U0484337

有爱的青春陪伴者

告白语未至

三月棠墨 /著

江苏凤凰文艺出版社

图书在版编目（CIP）数据

告白信未至 / 三月棠墨著. －－ 南京：江苏凤凰文艺出版社，2024.2
ISBN 978-7-5594-8053-8

Ⅰ.①告… Ⅱ.①三… Ⅲ.①长篇小说－中国－当代 Ⅳ.①I247.5

中国国家版本馆CIP数据核字(2023)第194115号

告白信未至
三月棠墨 著

责任编辑	王昕宁
特约编辑	雪 人　听 听
出版发行	江苏凤凰文艺出版社
	南京市中央路165号，邮编：210009
网　　址	http://www.jswenyi.com
印　　刷	长沙鸿发印务实业有限公司
开　　本	880mm×1230mm　1/32
印　　张	11
字　　数	382千字
版　　次	2024年2月第1版
印　　次	2024年2月第1次印刷
书　　号	ISBN 978-7-5594-8053-8
定　　价	42.80元

江苏凤凰文艺版图书凡印刷、装订错误，可向出版社调换，联系电话025-83280257

目录

CONTENTS

第一章・北城来的转学生　　　　　　　/001

第二章・滥竽充数的竽　　　　　　　　/027

第三章・近水楼台先得月　　　　　　　/052

第四章・碧水潭，桂花树　　　　　　　/078

第五章・英雄救美　　　　　　　　　　/106

第六章・我们做同桌吧　　　　　　　　/134

目录

CONTENTS

第七章·眬山的雪更好看　　　/161

第八章·祝你生日快乐　　　/188

第九章·祝我们永远开心没烦恼　　　/214

第十章·放学后在教室里等我　　　/241

第十一章·我更喜欢女主角　　　/267

第十二章·和江同学的高三生活　　　/294

第十三章·约好了一起考北城的大学　　　/319

第一章
北城来的转学生

1

开学前一天,上午下了场雨,午后天空放晴,炙热的阳光刺破云层照下来。空气里泛起一阵阵潮湿的泥土腥气,蝉鸣聒噪。

陆竿看了一会儿书后,洗了个头发,然后开始动手收拾明天要带去学校的东西。

陇山高中住校生一个月放一次假,明天去学校,要等到国庆节放假才能回来,除了一床被褥,要多带些衣服。

手机在这时候响起来。

陆竿将叠好的一条牛仔裤装进行李袋,起身去书桌上拿手机,接通后唤:"喂,书涵。"

"在干吗?"电话里传来一道笑嘻嘻的女声,十分清亮。

"整理东西。"

"带上你的暑假作业来我家,我请你喝饮料。"

陆竿愣了一下,明白过来,黄书涵这是暑假作业没写完,临到开学前一天着急忙慌地赶工。她语调有些无奈:"你要抄我的作业还让我亲自给你送去,黄书涵,你好大的脸面。"

"来嘛来嘛,我家里没人。"黄书涵逮住机会就向她撒娇,吃准她会心软。

果不其然,陆竿犹豫两秒就答应了:"好吧,你等我。"将要挂掉电话,突然想起自己忘了问她,"你要哪科的卷子?"

黄书涵不会一张卷子没写吧?那这一下午肯定赶不完。

高一结束的这个暑假,除了几本暑假作业,每一科额外发了学校自印的卷子,加起来几十张。暑假作业还好,后面的参考答案没撕掉,黄书涵应该能搞定。

001

电话那边静了一秒，响起翻卷子"哗啦啦"的声响，黄书涵说："数学、物理，还有化学。其他的我写完了。"

陆笋一听，忍不住笑了。

得，留下来的全是难写的。

挂了电话，陆笋拎起椅子上的书包，拉开拉链，找出这三科的卷子，统共二十来张，装进一个帆布包里，出了房间。

下到一楼，客厅里电视机的声音吵吵闹闹，播放了无数遍的《迪迦奥特曼》，陆延总也看不腻。

陆笋在门边的鞋架旁俯身换了鞋，问他："妈妈呢？"

陆延手里捧着一牙西瓜，扭头看了她一眼，说："在厨房。姐姐你要出去吗？"

陆笋"啊"了一声，出门穿过院子，将帆布包放到自行车前的篮筐里，朝在厨房忙活的夏竹喊一声："妈，我去找黄书涵，晚点回来。"

夏竹手持汤勺，从厨房里探出头："你东西都收拾完了？"

"回来再收拾。"

陆笋抬腿跨上自行车，脚下一蹬，顺着大门口的水泥坡道冲下去，拐个弯骑到柏油路上。

午后阳光正烈，照在脸上一片滚烫。

黄书涵住在中心街往西大桥去的一条巷子里，她父亲在外省打工，母亲租了街心一家门面，经营服装店。

大门虚掩着，陆笋推着自行车进去，停在院子里，轻车熟路地上二楼，推开右手边第二间房门。

陆笋抬眸，正瞧见黄书涵嘴巴高高噘起，上嘴唇和鼻子间夹着一支黑色中性笔，蹙着眉焦头烂额的样子。

"啊啊啊，救星你来啦！"黄书涵见到她比见到自家偶像还激动，跳起来冲过去抱住她，一阵乱摇乱晃。

"给，赶紧抄吧。"陆笋无情地推她，将手里的帆布包拍在她怀里。

黄书涵一把接过，坐回书桌前，摊开卷子，埋头奋笔疾书，不忘招待陆笋："随便坐，零食随便吃，千万别跟我客气！"

陆笋笑了一声，坐到她床上，百无聊赖地玩起手机里的贪吃蛇。

"你明天要带的日用品买了吗？"黄书涵边抄边问，头也不抬。

"我妈帮我准备好了。"

"哎，你妈对你真好，我妈都不管我。"黄书涵抱怨一句，将卷子翻个面，很快抄到了背面。

陆笋晃了晃腿，笑着说："你妈妈比较忙。"

黄书涵"嗤"了一声，都不好意思吐槽她那个妈："忙个屁，她一天到晚就知道打麻将，店让人偷了都不知道。"

这话陆笋没法接，索性不说了。

一个多小时过去，黄书涵只抄完了物理这一科，深深地感叹暑假作业简直多到令人发指。这还没到高二，等上了高三还得了？

她仰起头，揉揉酸痛的后颈脖子。

"陆笋。"黄书涵侧过身，手臂搭在椅背上。

"嗯？"陆笋的视线从手机屏幕上抬起来，看向她。

黄书涵自暴自弃地丢下笔，站起来伸了个懒腰，提议道："陪我去超市买日用品吧，牙刷、牙杯、毛巾什么的我都没买。"

陆笋收了手机，看了眼书桌上乱七八糟的卷子："你都写完了？"

"回来再写不迟，大不了我熬通宵。"黄书涵一副债多不愁的样子，推着陆笋的肩膀往外走，跟她保证，"放心吧，今天晚上，一双手，一支笔，我给你一个奇迹。"

黄书涵骑自行车的技术比陆笋高，由她骑车载着陆笋，从巷子里迎着风蹿出去，往街上那家挺大的利民超市去。

到了地方，陆笋先从后座跳下来，两脚着地的瞬间，腿麻了一下，她跺了跺脚。

陆笋跟在黄书涵身后进了超市，陪她在货架前挑选日用品。

黄书涵性子大大咧咧，买个东西就跟土匪进村一般扫荡，眨眼间就从这排货架奔到那排货架，陆笋跟不上她的步伐。

"陆笋陆笋，快过来！"站在另一排货架前的黄书涵朝她招手，激动之情溢于言表，还刻意压着声音，生怕什么人听见。

陆笋疑惑，抬步走过去："怎么了？"

"快看帅哥！"黄书涵拉着陆笋的手臂，给她指了指，示意她看侧前方。

两人躲在货架边，猫着腰探头探脑的姿势像极了小偷。

陆笋顺着黄书涵指的方向看过去，一个身形挺拔颀长的男生站在放置饮料的货架前，穿着纯白T恤、浅灰色束脚运动裤，脚上一双白色耐克板鞋，伸长胳膊去拿货架顶上的农夫山泉，又在下面一排拿了一瓶冰红茶和一瓶茉莉花茶。

清瘦骨感的手腕上戴了块黑色电子表，衬得皮肤白得欺霜赛雪，一股子浑然天成的清冷贵气感。

那男生下意识侧了下头，从陆笋的角度，能看到他清晰优越的侧脸线条,鼻梁骨高挺,喉结微微凸起,嘴唇似乎是抿了一下,显得唇形很薄。

"确实是帅哥。"陆竿对好友的审美给予充分肯定。

"是吧。"黄书涵咧着嘴角"嘿嘿"一笑,兴奋道,"我们卢店这小乡村里竟然有这种级别的帅哥,以前怎么没发现?我以为长成顾承那样就算顶天的好看了。"

陆竿一边打量那个男生一边思考,从没见过这号人,猜测:"不是我们这里的吧。"

男生买完东西,去收银台结账。

为了多看几眼帅哥,黄书涵拎着购物篮紧跟其后。男生从收银台边的冰柜里拿了一支甜筒放到柜台上,一块结账。

"十八块五。"超市老板娘微笑着说。

男生从口袋里摸出一张崭新的百元钞票递过去。

"有零钱吗?"老板娘一手接过来,习惯性举起钞票对着光线亮的地方照一照,以辨真伪。

"没有。"男生声线清越动听。

老板娘扯了个塑料袋给他,让他装东西,自己拉开抽屉找零,一把零钱上压着一大一小两枚硬币:"找你八十一块五,拿好了。"

男生抓起那把零钱往裤兜里塞的时候没注意,那枚一元的硬币掉出来,"叮"一声砸到地上,骨碌碌滚到陆竿脚边。

听到声音,男生垂眸,视线瞥过去。

陆竿弯腰捡起滚到鞋尖处停下来的那枚硬币,直起身递给男生。

"谢谢。"男生看着她,收拢手指,将硬币放进口袋里。

男生个子很高,目测一米八往上。因为两人的身高差,他看向她时眼帘微微垂敛,显出几分温柔味道,唇角一丝极浅的弧度,好像笑了一下,又好像没有。

许是男生在超市里耽误的时间久了点,在外等着他的一个男生挑开塑料门帘,探进来半个身子,喊道:"江淮宁,你怎么那么慢,太阳要落山了都——"

"来了。"江淮宁应了一声,没要老板娘给的塑料袋,抱起三瓶饮品、几袋零食和一支甜筒出了超市。

黄书涵紧跟着结了账,递给陆竿一瓶刚从冰柜里拿出来的冰红茶,算是答谢她前来江湖救急。

"你都买好了?"陆竿扫了一眼黄书涵手里提的塑料袋。

"差不多吧。"黄书涵此刻的注意力全都在那位叫江淮宁的帅哥身上,拉着陆竿急吼吼地跟上去,嘴上催促她快点。

陆竽无语，被她连拖带拽地拉出去。

超市外，江淮宁他们还没走。

他递给先前喊他的那个男生一瓶冰红茶，递给男生旁边的女生一瓶茉莉花茶，又把那唯一一支甜筒给她："随便拿的口味。"

女生仰头看着他，微微一抿唇，笑着说："谢谢。"

江淮宁拧开农夫山泉，仰脖灌了几口，偏头问男生："你说的那个篮球场在哪儿？"

沈欢抬手往前一指："前面那个路口拐进去，穿过大桥就到了。那是一所初中学校的篮球场地，假期没锁门，对外开放。"

他边上的沈黎抿了口水，白皙的脸蛋被太阳晒得红红的，略微不解的语气："这么偏远的地方，你怎么找到的？"

"我也是听我们班同学说的，他在这儿读的初中。"沈欢单手叉腰，看着她，"让你别来，后悔了吧？"

沈黎没接话，盯着江淮宁看了几秒，低头撕开甜筒的包装，咬了一口，绵软的冰冰凉凉的口感，带着清甜的草莓味。

"走吧。"江淮宁垂眸看一眼腕表。

沈欢"哎"了一声跟上去，跳起来勾住江淮宁的脖子，一路往南走："你这次回老家不走了吧？"

"嗯。"江淮宁扯开他的胳膊，不咸不淡地应道。

沈欢从他左边绕到右边，上蹿下跳跟猴子似的："你在北城读得好好的，怎么说转回来就转回来了？"

江淮宁走在沿街店铺投射的阴影里，侧着头，脸上神色不明。

家里公司的变故一句两句说不清楚，他也不想解释那么多："学籍在老家，原本到了高三也该转回来考试，提前不是更好。"

"是挺好的。"沈欢非常开心，"哈哈"笑了一声，"咱们又可以一块上学了。"

江淮宁读完小学五年级就随父母北上了，此后也就逢年过节偶尔回老家聚一聚。

听说他在北城一所高中里成绩稳坐年级第一。想到这里，沈欢拍了一下江淮宁的后背："告诉你，别看我们晓山高中小，卧虎藏龙着呢，你来了不一定保得住你那年级第一的宝座。"

江淮宁笑了一下，不予争辩。

落在两个男生后面的沈黎，听说江淮宁接下来会跟他们一块上学，心里涌起一阵甜滋滋的喜悦。

超市门口,黄书涵听到江淮宁和那个男生前面几句对话,扭头向旁边的陆竽求证:"他们说的那所初中学校,不会是我们的母校吧?"

往南走,从岔路口过去,再穿过大桥。这个方位陆竽再清楚不过,肯定地说:"是啊,怎么了?"

"你说怎么了?"黄书涵将手里杂七杂八的日用品放进自行车的车篮里,敲了下陆竽的榆木脑袋,"帅哥打篮球,免费的福利,不看白不看。"

陆竽面露茫然,仍然没反应过来:"你说什么?"

"我说,我们去看帅哥打篮球!"黄书涵一条腿跨过自行车,扭头示意她坐上来,"叫上董秋婉,一块去。"

陆竽一脸为难:"不好吧,让他们看见了,以为我们在跟踪。"

黄书涵恨铁不成钢:"顾承那帮家伙放了暑假隔三岔五在初中的篮球场地打球,这会儿肯定还在,我们去看他总行了吧。"

陆竽纠结着答应了,侧身坐上自行车后座,一手抓住黄书涵腰部的衣服。

"坐好了。"黄书涵弓着背骑得飞快,一眨眼超过了走在前面的江淮宁一行三人。

阳光刺眼,陆竽眯了眯眼,抬手勾起脸侧被风吹乱的发丝,朝那边看去一眼。江淮宁正好抬头,与她对视了短暂的一瞬。

董秋婉家住在初中学校附近,黄书涵找上门的时候,她睡午觉刚起来,穿一条黄色碎花裙,顶着惺忪的睡眼和一头凌乱的长发。

黄书涵嫌弃道:"懒死你了。走,去看顾承打篮球。"

董秋婉跟不上她的节奏,一脸蒙:"啊?"

"啊什么啊?"黄书涵拽着她出门,"不趁着开学前跟我们这群小伙伴多联络联络感情,等开学后可就一个月见不着了。"

晓山高中分新校区和老校区,中考分数线一样,考上的学生可自行选择就读哪一所。区别是新校区更大更漂亮,老校区的设施比较旧,纪律却十分严苛。董秋婉的妈妈管得严,让女儿报了老校区。其余的这些伙伴都在新校区。

董秋婉赶鸭子上架一般,被黄书涵带走了。

陆竽的自行车留在董秋婉家,三个女生步行,走在卢店初中外的那一条土路上,一路说说笑笑。

学校的不锈钢栅栏门敞开着,门卫家就住在学校隔壁,是个大爷,惯常喜欢喝茶听戏曲。此刻大爷手持蒲扇躺在摇椅上,一派惬意的模样,见着几个女生进去并未阻拦。

进了大门就是空旷的操场，一边的篮球场地响起激烈的追逐声，伴随着篮球拍地"砰砰砰"的声响。

顾承就在那群男生里，十分显眼。

黄书涵挑挑眉，语气带着预言成真的自豪："叫我说对了。"

"凯子，球传给我！"

球场上，顾承扬起右手，喊了一声，将众人的视线吸引过去。

穿白色宽松T恤的男生汗湿了后背，透出衣服底下紧实有力的肌理线条，接到球后纵身一跃，完美扣篮。

看台边坐着几个女生，见状跳起来欢呼。

黄书涵撇撇小嘴，跟身边的两人打趣："这帮女的天天来看顾承打球，一个暑假下来嗓子都喊'劈'了。"

董秋婉被黄书涵的话逗笑。

围观的那几个女生都住在中心街，平时打过照面，但没什么过深的交集。黄书涵拉着两个好友到不远处的树荫底下，远远地看着顾承那帮人。

"帅哥怎么还不来？"黄书涵伸长脖子朝校门口的方向张望，实力演绎"翘首以盼"四个字。

董秋婉不明所以："什么帅哥？"

陆竽给她说了在超市里的"奇遇"，并告诉她："黄书涵就是为了看帅哥才拉着我们俩过来的。"

董秋婉听完陆竽的描述，半信半疑道："比顾承还帅啊？"

顾承的妈妈是他们这一片出了名的大美人，跟二十世纪七十年代那批港星比也不逊色。可惜红颜薄命，他妈妈早早地过世了。顾承继承了他妈妈的相貌，从小好看到大。

黄书涵抢话道："你看了就知道，绝对帅！"

球场上那群男生中场休息。

有个染了黄头发、穿着深蓝色水手服的女生站起来，手里拿着一瓶矿泉水跑过去："顾承，给。"

顾承掀起眼皮看了她一眼，喘着粗气说："谢了，不渴。"

女生的手保持着举高的姿势，仿佛在说只要他不肯接她就一直举着。

"真不渴。"顾承不吃这一套，拒绝得非常干脆。

他偏头往另一边看，刚才上篮时似乎看到了陆竽，定睛一瞧，果真是她。

顾承抬步走过去，掀起T恤下摆往脸上扇风，块块分明的腹肌随着衣摆上下翻飞若隐若现，浑身散发着青春期的荷尔蒙。

黄书涵见他走过来，撞撞陆竽的手肘，咂了咂嘴："真不怪那帮女的捧场……"这张脸放在娱乐圈也得圈一批迷妹。

顾承走到跟前,黄书涵及时隐藏了后面的话,朝他一笑:"一个暑假不见,变黑了不少啊。"

"你们怎么来了?"顾承不答反问,视线随意地落在陆竿的脸上。

洗过的头发被风吹干,一头自然卷披在肩头,衬得那张脸巴掌大小。她平时不怎么爱出门,捂出来的皮肤白得晃眼。右眼尾处一粒小小的浅褐色的痣。

以前陆竿去他家吃饭,他奶奶见了小姑娘就说,泪痣泪痣,眼泪多的意思,以后恐怕是个爱哭鬼。

他还没见过陆竿哭鼻子的样子。

思绪跑远了,顾承恍惚听见黄书涵回答:"来看你打球,不行吗?"

"行。"顾承点了点头,勾起唇角笑笑,一副散漫不羁的样子。

说话间,他甩了甩头,被汗水打湿的额前碎发随之晃动,汗珠四洒,陆竿的脸被波及到,避之不及地往后闪躲。

顾承假装没看到,转过身坐在陆竿旁边,手臂搭在膝盖上,问她:"知道你被分到哪个班了吗?"

高一升高二,重新分班。

陆竿问:"你知道?"

顾承高深莫测地笑一笑:"嗯。"

"我怎么觉得你这笑里藏着东西呢?"黄书涵蹙眉思索,半晌,大胆猜测,"你和陆竿分到一个班了?"

顾承冲她比了个大拇指,赞叹:"聪明。"

陆竿心里的预感不太妙,她和顾承一个班?

"别卖关子了,哪个班啊?"陆竿实在忍不住了,开口问。

顾承心情很好地揭晓答案:"托住在县里的同学提前看了,八班。"

陆竿的眼眸一瞬灰暗,情绪全写在脸上了,一眼就能让人看出她不开心。顾承一抿唇,手掌拍上她脑门:"听说跟我一个班就这副表情,我得罪你了?"

"跟你没关系吧。"黄书涵接过话茬,"我们陆竿想进小班,你又不是第一天知道,八班不是她的理想班级好不好。"

晓山高中一个年级三十个班,一到十七班为理科班,剩下的是文科班。理科班里一班是顶尖,被称作"奥赛班",二到六班为小班,其余为普通班。

八班正是普通班。

这时候,球场上几人喊顾承:"承哥,还来不来了?"

短暂休息过后,周鑫、邓洋杰、李德凯他们重新回到篮球场,不怕晒、不怕热，个个精神抖擞。

他们这帮男生，连同陆竿、黄书涵几个女生都是从小学一年级就认识的。卢店乡这种小地方，小学和初中就那么一所学校，没有选择的余地。一个年级也就两三个班级，分班时来来回回组合，互相熟得很。

一路陪伴着长大，如今都在晓山高中就读。

"来了。"顾承站起身，跺了跺脚，让卷起来的短裤垂下去。

校门口有三个人慢悠悠地走来，黄书涵第一时间注意到了，兴奋地摇晃董秋婉，音量都不带掩饰的，大声说："帅哥来了！"

董秋婉抬眼望去，隔着一段距离，她三百多度的近视，出门没戴眼镜，根本看不清男生的脸。只看身影的话，那男生倒是修长挺拔，显露出几分玉树临风的气质。

黄书涵："他们来得也太慢了。"

陆竿同样近视，但度数没董秋婉那么高。她微微眯着眼，盯着那个男生的身影："可能是不熟悉附近的路，过了大桥，向北向西都有一条长长的路。"

"是哦。"黄书涵随口应道。

随着那三个人越走越近，董秋婉总算看清了个子最高的那个男生的长相，顿时露出这个年纪的女孩见到帅气男生该有的反应——她眼睛弯弯，嘴角上扬，偷笑："是比顾承要帅一点。"

黄书涵眨了眨眼："姐从不说假话好吗！"

董秋婉悄悄凑近陆竿，压低声音："别看黄书涵学习不行，审美倒是一绝。"

"我听见了！"黄书涵大叫一声，伸手去挠她痒痒。

几步开外的地方，沈欢驻足，用手遮在额前张望："这地方真难找。还以为不会有人呢，没想到这么热闹。"

江淮宁单手抄进裤兜里，"嗯"了一声。

顾承他们占了一个篮球场，还有几个空着。沈欢自来熟，与江淮宁对视一眼后，朝那群男生喊一声："哎，介不介意多加两个人？"

顾承停下来，扫了一眼两张陌生面孔，没犹豫地一偏头："来啊。"

他们这群人平时打篮球没个正经，人数不够照样打。眼下加上江淮宁和沈欢，正好能凑成5V5对决，何乐而不为。

那帮围观的女生早就注意到江淮宁了，一想到接下来的篮球比赛，一个两个都不顾形象地扯着嗓子尖叫。

黄书涵眉飞色舞，对着陆竿挤眼："怎么样，姐妹，这一趟没白来吧。"

一眨眼的工夫，篮球比赛开始了。

两队少年一上来就上演了激烈角逐，互不相让。顾承带领着周鑫、邓洋杰、李德凯、许聪几个，另一队是江淮宁、沈欢，连同另外三个男生。

顾承率先抢到球，没走两步就被江淮宁拦截，夺了过去。

原先给顾承捧场的那些女生看见这一幕，控制不住激动的心情，站起来两手挡在嘴旁做喇叭状，大喊"帅哥加油"。她们不知道江淮宁的名字，只能称呼她为"帅哥"。

黄书涵笑得前俯后仰。

顾承也有今天啊，风头全让人抢了去。

黄书涵视线一瞥，瞧见赛场外那道亭亭玉立的纤瘦身影。女孩穿着及膝的白裙子，乌黑柔顺的长发披肩，皮肤很白，露出来的小腿又细又直，白色袜子配黑色小皮鞋。阳光透过树叶的间隙，抖落点点光晕在她身上，让她看起来好像掉落林间的仙子。

"哎。"黄书涵拉了拉陆笋的手，嗓音低低地说，"那边那个女生，穿白裙子的，看着有点眼熟，你觉不觉得？"

陆笋的视线从篮球场上转移，看向黄书涵口中的女生，静静地打量了一会儿，摇头说："没见过。"

"算了，问你等于白问，你的眼睛成天盯在书本上。"

董秋婉眯着眼看了好久："我也没见过。"

黄书涵彻底放弃打听，话锋一转说："你们说那个女生……刚和江淮宁一块来的，江淮宁在超市拿的那支甜筒就是给她的。啊，名草有主的男生我可没兴趣看。"

陆笋："你哪儿来那么多想法？"

黄书涵不管，霸道地宣布："帅哥就该是公共产物，留给大家欣赏的！"

"别说了，专心看比赛。"陆笋拍了下她的膝盖，示意她别再乱说了，那个女生距离她们不远，让人听见多不好。

黄书涵嘀咕："你看得懂吗？"

陆笋一噎，实话实说："看不懂。"

"哈哈，我也看不懂球。"

但不妨碍她们看得热血沸腾！

那边有没上场的男生在给两队计分，目前江淮宁所在的球队领先了四分。刚记录完，江淮宁跳跃起来，扬手投篮，篮球在空中划了一道长长的抛物线，精准地掉落进篮筐里。

标准的三分球。

江淮宁队领先七分。

顾承喘口气，郁闷地瞄了一眼江淮宁，这家伙打哪儿来的，以前都没见过，打篮球这么猛。

沈欢热情高涨地挥手："老江，这里！"

他的站位适合扣篮，江淮宁逮住机会做了个假动作，绕过面前一个阻拦的男生，将篮球传给沈欢。

沈欢顺利接到球，想象中的画面是他跳起来，一手挂住篮筐，另一只手轻松将篮球投进去，再松手落地，完美耍帅。

然而现实是他刚跳起来一截，手里篮球就被顾承拍掉，夺走了。

沈欢在原地蒙了一秒："……我去！"

一场比赛下来，江淮宁队最终以高出两分的优势赢得胜利。本来会赢得更漂亮，只怪他们队有个猪队友。

江淮宁擦了擦额头的汗，瞥了眼沈欢，算了，娱乐性质的篮球赛，不该要求太多。

沈欢人菜还不肯承认，两手叉腰，上气不接下气地问："你这个眼神是什么意思？我们队赢了哎！"

江淮宁淡淡一笑，不解释。

同一队的另外三个男生过来跟江淮宁碰拳，夸赞他篮球打得好。

顾承"喂"了一声，江淮宁朝他看过去。顾承抬手将汗湿的头发捋到头顶，露出光洁的额头："你叫什么名字？"

"江淮宁，长江的江，淮河的淮，安宁的宁。"

顾承握拳，跟他碰了一下："顾承，义无反顾的顾，一脉相承的承。"

听他这样介绍自己，江淮宁笑了一下，紧接着其他人也开始自我介绍。

一场篮球赛，一帮少年就这么认识了。

看比赛的女生瞅准他们说话的空当，小跑上前来送水。黄头发的女生坚定不移地给顾承递水，其他的则围到江淮宁身边去。

江淮宁后退一步，险些招架不住，一转头，正瞧见沈欢露出一副幸灾乐祸的表情，颇为无语。

"姐，我的水呢？"沈欢不管兄弟，朝旁边喊了一声。

沈黎这才抬步走来，视线往江淮宁那边瞥了一眼，很快收了回来，将沈欢先前没喝完的冰红茶递过去给他。

等沈欢接过，沈黎转个身，抿了抿唇，递上矿泉水，声音不轻不重，刚好够周围的人听见："江淮宁。"

江淮宁借此机会得以脱身，舒了一口气："谢谢。"

他从她手里接过水，拧开瓶盖，仰起脖子一口气喝了大半瓶。

随着吞咽的动作，男生尖尖的喉结上下滚动，在阳光下透着一丝别样的性感，看得边上几个女生红了脸。

顾承和黄头发的女生僵持半天,最后还是没要她的水。

"顾承!"

眼见顾承头也不回地走到树荫下,黄头发的女生一跺脚,脸涨得通红,难堪极了,偏偏没什么办法。

顾承看着陆竿:"有水吗?带过来的水喝完了,渴死了。"

"没有……"

陆竿刚说完,手中忽然一空,她没喝完的半瓶冰红茶被顾承抽走了:"这不有吗?"

他旋开瓶盖,嘴巴没碰瓶口,举起瓶子悬空往嘴里倒,"咕咚咕咚"给喝完了。

陆竿眼睁睁看着饮料见了底,只剩个空瓶,反应过来后,跳起来打他:"这是黄书涵给我买的!"

顾承一边躲避她的攻击一边扭头说:"瞧你小气的样儿,回头我给你买一箱行了吧?啊!别打别打……"

"我不要。"陆竿气不过,追着他打。一时间篮球场上的人都被这两人的动静惊到了,目瞪口呆地看着他们。

江淮宁一手握着矿泉水,漫不经心地瞥过去,瞧见那女生拍了一下顾承的脑袋,两人才勉强休战。

一旁站着的沈黎自言自语一般小声说了句:"怪不得那男生不肯要别人递的水呢。"

2

夜幕降临,景和苑小区内,江家的灯亮了起来。

孙婧芳久不下厨,烧菜的手艺下降了不少,在厨房里忙活一个多小时,勉强烧出三菜一汤,摆上餐桌一看,卖相有点惨淡。

手往腰间围裙上抹了抹,视线在几盘菜上转了一圈,孙婧芳去书房叫丈夫吃饭:"学文,饭好了。"

江学文语气沉沉地应一声:"来了。"

孙婧芳转身去次卧叫儿子:"淮宁。"

江淮宁打完球回来冲了个澡,换上一身干净清爽的衣服,白色宽松T恤,黑色短裤,头发没吹干,湿哒哒地耷拉在头顶,碎发遮住了前额。

孙婧芳愣了两秒,说:"忘了买吹风机,回头我去买。"

这一处离晓山高中近的房子,一个月前才购入。人家装修好的二手房,急着出手,江家买了下来,方便江淮宁读书。很多家具没来得及购置,屋子里显得空荡荡的,没什么烟火气。

江淮宁拿毛巾擦了擦湿头，洗了手，坐到餐桌边："夏天其实用不上。"

"总能用上。"孙婧芳说着打量起屋子，空气里淡淡的清新剂味道萦绕在鼻尖，"还得添置一些家具。这边缺个餐边柜，你房里那个书桌太小了，过几天我去家具城看看，选一个大的，书架也得买一个。"

江淮宁沉默地接受，没提任何意见。

江学文坐下来吃了一筷子菜，脸色僵了一下，味道不怎么样，他不动声色地嚼了嚼，并未嫌弃妻子的厨艺，只说儿子转校的事情："是你妈选的这个学校，我原先打算让你读市里的一所高中，你妈觉得这里好。"

市里有一套房，是用他当年去北城奋斗赚的第一桶金买的。那时候房价没现在这么夸张，他买了套一百四十平方米的。在市里读书还更方便一些，至少不用重新装修房子。

孙婧芳跟他分析："也不是我一个人说晓山高中好，学校的师资力量确实不错，2005年就被授予省示范性高中，去年考上清大、北城大学的学生不少。要是不好，黎欢也不会让家里两个孩子在这儿读。"

黎欢是沈黎和沈欢的妈妈，也是孙婧芳的初中同学。两家常有往来。

孙婧芳也是经过深思熟虑，外加黎欢的介绍，最终决定让江淮宁转到晓山高中，日后沈黎和沈欢姐弟俩还能照应一二。

江学文沉吟片刻，抛出了一个重要消息："晓山高中再好，没有保送资格也是白搭。"

孙婧芳结结实实噎了一下，张了张嘴，半晌没说出话来。

一直没参与父母讨论的江淮宁这时候出声："没有就没有，我凭自己的实力也能考上想上的学校。"

儿子都同意了，江学文不再多说。

孙婧芳说："学校我去考察过了，各方面都挺好，就宿舍条件不行，主要是学生人数太多了，一间宿舍得住十个人。"

她无法想象，十个高高大大的男生挤在小小一间宿舍里，只怕连落脚的地方都没有。而且那宿舍她隔着门板上的玻璃小窗往里看了眼，阴暗潮湿得很。

这也是他们家目前手头不宽裕，也要咬牙买下这套房子的原因。周围空余的学区房一早就被租完了，只剩眼前这一个选择。

苦什么不能苦了孩子。

江学文吃了几口就饱了，没再继续讨论这个话题，起身去阳台，从裤兜里摸出一盒烟，点燃一根，望着远处亮起的点点霓虹灯光，默默地抽烟。

孙婧芳盯着他的背影看了几秒，眼神黯了黯，对江淮宁说："你慢慢吃，我去看看你爸。他心情一直没转换过来，还郁闷着呢。"

江淮宁也看了一眼阳台的方向，点头"嗯"一声。

孙婧芳忧心忡忡地放下碗筷，抬步往阳台走。

一扇推拉门，隔绝了阳台上两人的说话声。江淮宁收回目光，匆匆扒了几口饭，就站起来收拾餐桌上的残羹冷炙。

江学文早年创业，在北城跟人合伙开了一家塑料公司，主营业务是制造各种塑料复合包装材料、塑料建筑材料、装饰材料等，几年间发展势头迅猛。

今年年初，公司里另外两个合伙人因和他经营理念不合，暗地里设陷阱阴了他一把，害得他差点吃牢饭。

江学文一边接受警方调查，一边四处奔走，等那场风波逐渐平息，公司早就被人给架空了，只剩一个毫无用处的空壳子。人家转个身另开了一家一模一样的公司，将烂摊子丢给他。

一来二去，因各个环节的资金链跟不上，公司六月份宣布破产倒闭。

江学文气急攻心，吐了一口血后晕倒了，重病一场，在医院住了半个月，出院后又在家休息了半个月，眼见着整个人清减不少。

孙婧芳拿主意，结了员工的工资后，一家三口回到老家。

8月31号，是各大中学开学的时间。

清晨，没等闹铃响陆筝就醒了，迷迷糊糊看一眼手机，迅速从床上爬起来。她顶着一双肿泡眼洗漱，吃过早饭，从房间里拿上行李袋和书包，站在大门口等待。

夏竹在县郊区的一家服装厂上班，再过十分钟也得出发了："东西都带齐了吧？"

"带齐了。"陆筝应道。

手机铃声响起，陆筝侧身从书包侧边的口袋里掏出手机，来电显示顾承。

电话接通后，传来班车按喇叭的尖锐声响，顾承没睡醒似的，清了清嗓子："到门口等着，车马上过来了，给你留了座位。"

乡下通往县城的班车从中心街发车，一上午就三趟，错过了得中途转车，因此每一趟都有好些乘客。撞上节假日，车厢爆满，不提前占座得坐在过道的小马扎上，或者站着。

"已经到门口了。"陆筝说。

"行，挂了。"

简短的对话过后，陆筝挂了电话。

夏竹看着她问："车来了？"

陆筝收起手机，抿唇笑了笑："嗯，马上到。"

说句话的工夫，一辆白色班车晃晃悠悠地行驶过来，载了满满一车人，一大半乘客是学生。

陆筝踮起脚尖，挥了挥手示意。

车在家门口停稳，夏竹帮着拎起行李袋，放到后备厢里，目送陆筝上了车，嘱咐道："注意安全，有事打电话。"

"知道啦。"

车门"咻"一声关闭，车里憋闷的气味让陆筝蹙了蹙眉，抬眼看过去，也就顾承旁边的座位空着，放着他的黑色书包，是给她占的座位。

顾承看见她过来，拎起书包抱在怀里，弓着身主动往右挪了一个座位，坐在靠过道的位子，将里面靠窗的座位换给陆筝，她晕车。

"谢啦。"陆筝侧着身挤进去，坐下来后长舒一口气，首先将车窗拉开一条巴掌宽的缝隙，脸朝着窗外猛吸一口新鲜空气。

顾承拨了下头顶上方的空调出风口，手放下来时，在她脑袋上轻拍了一下："别把头伸出去。"

陆筝"哦"一声，将脑袋缩了回来，又把车窗的缝隙推小了一点，抱着书包靠在椅背上，打了个哈欠。

"没休息好啊？"顾承偏头看她，笑着问。

"唔，失眠了。"陆筝揉了揉眼睛，神色恹恹的，明显一副没精打采的样子。

她从小就这样，一遇上什么事就容易失眠，好比开学这件事，头一天晚上只要想想心里就像压了块石头。她妈妈总说她心理素质太差，经不住事。她不否认。

"你这好学生怎么比我还厌学，开个学都能让你睡不好觉。"顾承开了句玩笑，声音低缓，带着一股柔和的味道，"睡一会儿吧，车开得慢，得一个多小时。"

陆筝张嘴又打了一个哈欠。

隔着过道的黄书涵"嗤"一声，嘲笑顾承："你那是没心没肺，所以没心理压力。"

顾承扭头，白了她一眼。

黄书涵手臂撑着座椅边上的扶手，侧过身，伸长脖子对陆筝说："等报完名、收拾完行李，咱们出来逛街呗，我想买东西。"

陆筝困得睁不开眼，头还有点晕，拖着调子说："你昨天东西没买齐啊？"

"沐浴露、洗发水什么的压根没买。"黄书涵吐了吐舌，昨天光顾着看帅哥去了。
"行。"
得了她肯定的答复,黄书涵笑嘻嘻地坐正了身子,从包里掏出几颗糖,让顾承帮忙递给陆筝:"柠檬味的,含在嘴里好受一些。"
顾承接了糖,扣留下来一颗,剩余的给陆筝。
陆筝剥开糖纸,将糖果咬进嘴里,舌尖卷着糖滚一圈,酸酸甜甜的味道充斥着口腔,似乎没那么难受了。
她闭上眼休息,脑袋随着班车的颠簸晃来晃去,差点磕到车窗玻璃时,一只宽大的手掌及时扶了一下。
顾承用手将她的脑袋拨过来,轻轻放在自己肩头,身子往她那边倾斜,让她能靠得舒服一点。
陆筝其实没完全睡着,大脑处在半醒半迷糊的状态,只觉得不用颠来晃去挺好的,便顺其自然。
黄书涵不期然地瞥见这一幕,微微愣了一下,没说话。

早上八点半,校门口热闹非凡,来来往往的学生络绎不绝。
晓山高中占地面积四百五十多亩,宿舍楼有十几栋,每栋六层,位置靠近操场,距离校门口很远。几个男生将两个女生送到宿舍楼下。
陆筝和黄书涵先到各自的宿舍里放行李、占床位。
504宿舍,已经有几个床位被占了,陆筝选了靠阳台门的下铺,她不想睡上铺,每天上上下下不方便。
宿舍在五楼,陆筝放好东西,站在楼梯口等黄书涵。一阵轻快的脚步声在耳边响起,她抬眸看去,是黄书涵下来了,黄书涵的宿舍在六楼。
"今天好热啊。"黄书涵挽住她的手臂,两人一起下楼。
"我看了预报,最近都是高温天气。"
"要死了,宿舍里连风扇都没有。"
两人聊着天,从宿舍楼步行到教学楼。
每个年级都是独立的一栋教学楼,说是一栋,其实是两栋楼中间用回廊连接起来。黄书涵被分到十三班,十三班的教室在对面四楼的拐角处,从对面楼梯上去方便一些。
于是,两人在一楼分别。
黄书涵松开陆筝的手臂:"等会儿在这里会合啊。"
陆筝挥了下手,从另一边楼梯上去。
八班在三楼,右转第一间教室。
门敞开着,一个高高瘦瘦的男老师站在讲台上,看着很年轻,也就三十岁出头。白T恤外套着浅灰色的长袖衬衫，配深蓝牛仔裤、皮鞋。他一手撑着讲桌，低头看一本册子。

陆筝踌躇着抬步进了教室："老师好。"

杜一刚扭头看她一眼，温和地笑了笑："过来报名的？叫什么名字？"

"陆筝。"陆筝将手里数好的报名费交上去。

杜一刚拇指按着花名册，习惯性从下往上找名字，好一会儿过去，发现陆筝的名字排在正数第四个。他收了钱，装进黑色皮包里，朝她笑了一下："来，在后面签个字。"

陆筝拿起手边一支黑色中性笔，在自己名字后面的空白栏签了字，听见老师说："晚自习预备铃响前得到教室，有事情跟大家讲，注意时间安排。"

"好的，知道了，谢谢老师。"

陆陆续续有一些学生进教室，陆筝跟陌生的同学打了个照面，安静地出去了，到一楼等人。

陆筝面朝着对面的楼梯口，背后突然传来男生的说话声，她带着好奇回过头看了一眼，两个男生肩并肩，边走边聊天。

靠近她这边的那个男生的侧脸有些眼熟，没等她看清，两人就拐过了一堵墙，消失在视线里。

好像是昨天见过的江淮宁？

陆筝歪头，不太确定。

晓山高中附近最大的商场是亚美超市。

黄书涵在入口处推了一辆购物车，一进到超市里，她就不可避免地联想到昨天下午逛超市时，随意地一抬眸，被映入眼帘的一张清俊脸庞给惊艳到。

"昨天遇到的男生，就是那个江淮宁，我回去以后打听了一圈，愣是没打听出来是谁家的亲戚。"黄书涵说。

陆筝好笑道："怎么提起他了？"

"突然想到的。"黄书涵拿了一袋洗衣粉放进购物车，怅然若失道，"肯定不是我们学校的学生。"

"为什么？"

"你想啊，如果是我们学校的，以那样一张帅气出众的脸和贵气十足的气质，早就出名了，怎么可能藏得住。"黄书涵递给她一个"你是不是傻"的眼神。

陆筝点头："好像有点道理。"

脑海里闪过江淮宁的脸，之前在教学楼里应该是她看错了。

商场里开了空调，冷风徐徐地吹，让人感受不到外面的炎热，两人逛得不想离开，颇有点乐不思蜀的感觉。

时间一分一秒地过去，下午五点多，陆竽提醒时间不早了，七点零五分打晚自习预备铃，得提前回学校。

黄书涵结了账，拎着两个塑料袋出了商场。

商场距离学校三个路口、外加一条街，说近不近，说远也不是特别远，两人选择步行回去。

一路上边走边聊天。

过了三个红绿灯，眼看着再过一条街，学校东门就要到了，黄书涵倏地停住了脚步，手往口袋里摸了摸，脸色发白地说："我的钱丢了。"

在太阳的照射下，陆竽眼睛有点睁不开，转头看着她："确定吗？你再找找，说不定放其他口袋里了。"

黄书涵听陆竽的，连忙将身上几个口袋摸了一遍，连裤兜里的衬布都翻了过来，仍然没找到。

"真的不见了，怎么办啊？"黄书涵急得在原地打转，一个月的生活费呢，不见了这个月要怎么过？

陆竽轻抚她后背，出声安慰："丢了多少？我和顾承他们帮你凑一凑，先过完这个月再说。"

"五百块。"黄书涵瞅了她一眼，扁着嘴说，"怎么好意思让你们给我贴钱？我不要。"

两人面面相觑，陆竽一时间想不出好的办法："要不你仔细想想在哪儿丢的，我们回去找找看，说不定还能找回来。"

她这话安慰的成分更大，这一路上人来人往，钱掉在地上很快就被人捡走了，轮不到她们回去捡。

但不试上一试，怎么可能甘心。

"我想不起来，不知道什么时候掉的。"黄书涵语气沮丧，垮着脸往回走，眼睛盯在地上，迫切地想把钱找回来。

两个女生沿着来时的路返回，目光一寸一寸地睃着。花坛边一张粉红色的小纸片都能让她们激动不已，可是走近一看，并不是钱。

黄书涵脑子发蒙，一边走一边嘀咕："可能是出超市时随手扔小票，不小心把口袋里的钱带出来了。超市门口人那么多，早让人捡走了。"

陆竽没接话，默默地帮她寻找，不知不觉走回了亚美超市的正门，映入眼帘的是往来不绝的人群，彻底断送了她们找回钱的希望。

黄书涵不死心，忍着别人投来的异样眼光，翻了丢小票的垃圾箱。

别说五百块钱，一枚硬币也没找见。

3

下午七点多，陆笋踩着晚自习的预备铃声进了校门。她心里一阵慌张，脚步更是慌乱，手指紧攥着两边的书包带，拔腿往教学楼狂奔。

从没觉得学校这么大，教学楼好像在视线尽头，怎么也到不了。

她气喘吁吁地上了三楼，往右一拐，教室里的灯光透过敞开的门倾泻到走廊上。她猛地刹停了步子，里面传来略有些耳熟的说话声。

"大家好，我叫江淮宁，北城来的转学生，希望以后能跟大家一起学习，共同进步。"

男生的声线清冽干净，荡在陆笋耳畔。

她惊讶极了，脸上露出错愕的表情而不自知。

江淮宁拾起讲桌上的半截粉笔，转过身去在黑板上写下自己的名字，方便大家更直观地知道他名字对应的是哪三个字。

平心而论，江淮宁的字写得不怎么样，横不平竖不直，有些潦草，却让底下一众女生眼里放光。

江淮宁，让人轻易联想到清澈的水流，三个字念起来透着一股温柔绵长的感觉，舒舒缓缓，直入人心。男生五官清隽俊秀，气质出尘，像极了皎洁的白月光，静悄悄洒在这间简陋的教室里。

陆笋没有多余的精力思考江淮宁怎么会在这里，她愣在门口，视线越过江淮宁，落在了讲台边上站着鼓掌的班主任的脸上。

她迟到了。

她有点无措。

陆笋在小学、初中都是家长和老师眼里的好学生，学习成绩拿得出手，从来没违反过校规校纪，一直把老师的话奉为准则。

听话、懂事、省心，是她的代名词。

江淮宁自我介绍完毕，扔下粉笔头，抬步走下讲台，回到自己的位子上。

愣神的学生们反应过来，"啪啪啪"地鼓起掌来，掌声久久不息。

"江淮宁好帅啊！"

"学习生涯里唯一一次跟帅哥同班的机会，感谢八班，感谢校领导！"

"哈哈哈，你以前的班里就没帅哥吗？"

"北城来的转学生？怎么会转到我们这个小地方？"

"学籍在这里吧，提前回来适应。就是不知道他学习怎么样，那张脸倒是给人一种学霸的感觉。"

坐在门边的几个女生小声议论,一字不差地被陆竽听到了。

陆竽咽了口唾沫,趁着空当喊了声:"报告。"

杜一刚张口准备说话,就被这道突兀的声音打断,目光瞥向门口,一个女生略有些局促地站在那里。

开学第一天就有人迟到,身为班主任是有点不悦的。他记得陆竽,成绩还不错的一个女生,便没有多加责问:"进来。"

对上班主任审视的眼神,陆竽稳了稳心神,微低着头进了教室。

举目望去,前前后后的座位坐满了人,她抱着书包不知往哪里去。

刚开学,班主任还没调座位,同学们都是随便坐的。

陆竽焦急地搜寻空位,只见坐在第二组倒数第二排的顾承举了下手,向她示意。他身子后仰,靠在后桌边沿,微微蹙着眉,眉宇间藏着一股子无奈的情绪,仿佛在说她笨,这么久没注意到他。

陆竽暗暗松口气,沿着过道往后走。

杜一刚看着女生的背影,没忍住,还是多说了两句:"你们来报到的时候,我口头通知过,晚自习预备铃响前得到教室,我有事情讲。开学第一天,我知道大家的心还没从假期里收回来,以后要有时间观念,养成不迟到早退的习惯……"

没指名道姓的一番话,陆竽听在耳朵里,心头有了些微的刺痛感。她窘迫得抬不起头,脸涨成了番茄红。

思绪纷乱间,陆竽没留意脚下,被倒数第四排靠过道的女生突然伸出来的一只脚给绊倒了。

陆竽猝不及防,整个人趔趄了一下,俯趴下去,撞到江淮宁的课桌上。

桌腿"刺啦"一声,呈四十五度角往后倾斜。

江淮宁坐在倒数第三排靠过道的位子,状况发生得太过突然,他也蒙了一下,好在他眼疾手快,一手握住女生的胳膊肘,一手撑着桌角,这才没让她摔到地上去。

这一番动静闹出来的响声太大,班里的学生目光齐刷刷地朝陆竽看来。

空气凝结了,教室里一片寂静。

杜一刚背着手,从第三组和第四组中间的过道站上讲台,往这边看了一眼,没看出是什么情况,以为陆竽不小心摔倒了。

"没出什么事吧?"杜一刚出声打破了安静的气氛。

陆竽站稳后,江淮宁便收回了扶她胳膊的那只手。

陆竽疼得脑子一下转不过来,好半响,回头答了一声"没事",一手按着腹部,弓身坐在了倒数第二排,头低低地垂下去。

顾承离得远,刚才眼看着她要摔倒,来不及拉一把,此刻他俯低上身,眼里充满关心和紧张:"撞疼了?"

陆竽手臂搁在桌面上,抽了一口气:"还好。"

好个屁。顾承看得一清二楚,她的肚子撞到了桌角,那一下撞得不轻,皮肤肯定会青紫一片。

陆竽趴在桌上:"我没事,你别老盯着我,老师看着呢。"

顾承扭过身子坐正了,眼角余光还停留在她身上,薄唇翕动,轻声轻气地问:"好端端地走路,怎么还能摔倒了?"

陆竽一霎抿紧了唇,眼眸闪了闪。

别人不知道,她却很清楚,她是被人故意绊倒的。

陆竽抬眸朝前看,江淮宁背脊微弓,将移位的课桌摆正了,而坐在他前面的女生,扎着高马尾,赫然是曾与她有过节的方巧宜。

桌面被人轻敲两下,陆竽侧头看向边上,顾承在她的视线里抬了抬眉,低声问:"怎么迟到了?"

陆竽瞅一眼班主任,小声回答:"黄书涵钱丢了,我陪她去找,没注意时间。"

顾承见她一只手还捂着肚子:"放了学陪你去医务室看一下?"

"不去,没多大的事。"提起这事,陆竽就没好气,愤愤不平地瞪着前面。

如果眼神能化成刀子,那么方巧宜此刻已身中数刀。

顾承从她的眼神里品出一点不对劲,目光随之转移,在江淮宁后背停留了几秒。他很意外,昨天下午一起打球的男生这学期居然是同班同学。

"江淮宁?"顾承动了动唇,吐出这三个字。

江淮宁听闻自己的名字,身体动了动,微微侧头,往右后方瞥了一眼,眼神里充满困惑。

"没事儿,不是叫你。"顾承勾着唇角随意地笑了一下,吊儿郎当的姿态。

江淮宁感到莫名其妙,倒也没在意,平静地收回目光。

陆竽意识到顾承误会了,连忙跟他解释:"不是江淮宁。是坐他前面的方巧宜故意伸腿绊我。"说起来她还欠江淮宁一声谢谢,刚才若不是他及时扶了她一把,她估计会摔趴在地上。

顾承翘首盯着前面那个女生:"得罪她了?"

"算是吧……"

要说得罪,该是方巧宜得罪她才对。

高一下学期,她和方巧宜同桌过一个多月,关系始终不深不浅。真正闹矛盾是因为方巧宜没经过她同意,拿了她的卷子过去抄,抄完忘了给她交,导致她被老师叫到办公室批评了一顿。

她带了一肚子闷气,回到教室就质问方巧宜。

方巧宜漫不经心地从桌屉里拿出卷子,道歉都不怎么诚心:"对不起啊,我随手一放忘了交。"

陆笋冷笑一声:"你怎么没忘记交你自己的?"

方巧宜见她脸色难看,大声嚷嚷道:"都说不是故意的了,你还想怎么样啊?要不我去找物理老师说,是我拿了你的卷子?"

陆笋不甘示弱地回击:"好啊,你去说。"

"你!"方巧宜气呼呼地瞪了她一眼。

从这以后,两人没说过一句话,直到月考成绩出来,班主任调换了座位。

这件事过去了也就算了,陆笋没放心上,好巧不巧,期末考试她和方巧宜被分到同一个考场。

她坐在方巧宜前面。

高一下学期的期末考试成绩作为高二分班的衡量标准,所有学生都非常在意。

考数学时,临到最后十五分钟,方巧宜避开监考老师的视线,拿手里的笔戳了下陆笋的后背,前倾上身,飞快地说:"选择题后三道,答案给我说一下。还有倒数第二道大题第三小问,给我看一眼。"

在考场上作弊,无论是帮人作弊还是自己作弊,被发现后果都很严重。陆笋装作没听见她的话。

考试结束的铃声响起,第一排的学生站起来收这一列的答题卡。

方巧宜交了自己的答题卡后,见陆笋不紧不慢地收拾笔袋,恶狠狠地瞪了她一眼:"没见过这么小气的人,你给我等着!"

陆笋拿她当空气,看都没看她一眼,拿上东西就离开了考场。

谁能想到升上高二,两人该死地有缘分,被分到一个班里。

一个暑假过去,方巧宜显然还惦记着上学期期末考试那点事,逮住机会便给她绊上一脚,想让她当众出丑。

"就因为这点小事?"顾承听她交代完,很是不屑地"嗤"了一声。

他简直无法理解女生的脑回路,或者说,不能理解方巧宜那种斤斤计较、小肚鸡肠的女生脑子里都在想什么。

陆笋耸肩:"除此之外,我也想不到哪里得罪她了。"

"这人不纯纯的神经病吗?以为学校是她宫斗剧的舞台呢。"顾承歪着身子,注视着江淮宁前面的女生,越看越不顺眼。

江淮宁离得近,听了一耳朵女生间的小恩怨,心底微微发笑。

等了片刻，没听见后桌传来声音，他身体往后靠，后背抵在陆竽课桌边缘，轻声说了一句："同学，帮我捡一下笔，在你凳子底下。"

陆竽一愣。

江淮宁是在跟她说话吗？

没听到回应，江淮宁扭过头去，跟她错愕的眼神对上，他笑了一下，低声提示："你刚刚把我的笔撞掉了。"

她撞过来的那一下，桌面上一支中性笔滚了下去，只剩光秃秃的笔帽留在桌上。他低头在地上找了一圈，发现笔落在了陆竽凳子下面，他够不着。

陆竽和顾承一直在说话，他就没好意思出声打断，耐心等他们说完，他才趁着空当让她帮个小忙。

陆竽低下头，一支黑色的笔躺在她脚边，差一点就要被踩到。

她弯腰捡起来，语气感激地说："忘了跟你说，刚才谢谢你。"

"举手之劳，不用在意。"江淮宁微微笑着回道。

陆竽抿唇，也笑了一下，将手里的笔递过去。递笔的过程中，她忽然抬眸，瞧见班主任的目光直勾勾地射向她，估计是他们这一片的说话声有点大。

才因为迟到被批评，陆竽心里怵得慌，头往下低，飞快地将笔塞进江淮宁手中。

江淮宁僵了一瞬，他感觉到有什么尖锐的东西从脸上划过去，好像是……笔尖？

"丁零丁零……"

第一节晚自习结束的铃声打响了，杜一刚背着手走出教室，班里的气氛沸腾起来。

"老江，你脸上这画的什么，扮鬼呢。"江淮宁的同桌沈欢一转头看见他脸上那一道长长的黑线，笑得猛拍桌子。

陆竽被这魔性的笑声惊到，坐直了身子，可江淮宁背对着她，她什么也看不见。直觉告诉她，可能是她的失误造成的。

"江淮宁……"陆竽鼓起勇气，弱弱地叫了他一声。

江淮宁随口应了一句"干什么"，低头在书包里找纸巾，鼓捣一阵，终于翻出一包手帕纸。他抽出一张纸巾，侧过身，被画了一道黑线的侧脸正对着陆竽。

陆竽没忍住笑了一声，笑完自知不对，忙不迭向他道歉："对不起对不起，我不是故意的。"

那时班主任正盯着她，她不敢乱看，埋着头随手一递，没想到笔尖刚好朝向江淮宁的脸。

"对不起,我没注意看。"陆竿又一次道歉。

江淮宁盯着女生想笑又拼命忍住的样子,自己倒先忍不住笑了:"算了,知道你不是故意的。"

他拿纸巾蹭了蹭脸,墨水留存时间久了,根本擦不掉。

陆竿小声提醒:"可能需要湿纸巾……"

"没事,我去洗洗。"

江淮宁起身挪开凳子,出了教室,很快去而复返,脸上挂着水珠,已经洗过脸了。

不少女生盯着他看,或明目张胆,或小心翼翼。

岂止啊,走廊上好些别的班的女生匆匆瞥一眼,被他清俊的面容惊艳到,在八班教室后门处徘徊,偷偷地瞄上一眼。

江淮宁坐在位子上,一边拿纸巾擦脸上的水珠,一边问沈欢:"脸上还有墨水吗?"

沈欢看一眼,笑了笑:"没了。"

江淮宁将打湿的纸巾捏成团,随手丢在桌上。

沈欢两腿敞开侧着坐,一手搭在自己桌面上,另一只手搭在顾承桌上,感慨道:"没想到咱们这么有缘分,一个班啊。"

昨天他们还是萍水相逢的球友,今天就成了同班同学,而且是距离亲近的前后桌。

顾承闲闲地应道:"是挺巧的。"

沈欢性子开朗跳脱,很有幽默感,非常好相处,跟谁都能很快成为朋友。顾承一搭腔,他就来了兴致,跟顾承攀谈起来。

顾承随口应和着他的话,不时留意着教室前门。

眼见方巧宜跟一个女生说说笑笑进了教室,在位子上坐下,顾承止了话茬,面上划过一抹冰冷。

他桌面上没东西,随手拿了陆竿桌上一支笔,朝方巧宜扔去。

不偏不倚,正中女生的后脑勺。

方巧宜一手捂着后脑,猛地一扭身,面色不悦:"谁啊,没长眼睛……"

目光落在神色挑衅的顾承的脸上,方巧宜愣了一下,愤愤地咬了咬唇,这男生一看就很不好惹。

方巧宜不认识顾承,但见他和陆竿坐在一起,便能猜到他是为谁出头。

"瞪什么瞪,再搞小动作,下次扔你脑门上的就不是笔。"顾承歪靠在后桌沿,双手抱臂,懒懒散散地开口。

偏偏他这副散漫不羁的样子很能唬人。

方巧宜心里"咯噔"一下，没敢跟他呛声。

顾承不依不饶，故意扬声道："绊倒了人，连句道歉都没有，装哑巴就过分了啊，说说你呢。"

方巧宜抿紧了唇，继续装傻。

"喂！"顾承冲她抬了下下巴，"没听见啊，将笔捡起来，然后道歉。"

方巧宜背脊微微颤动了一下，只觉得万分屈辱。凭什么，他拿东西砸她，还让她帮着捡起来，没见过这么欺负人的！

硬气了没几秒，她终究顶不住那股无形之中的压迫力，慢吞吞地捡起掉落在地上的笔，攥在手里，起身放到陆竽的桌上，声音细若蚊蚋："对不起。"

陆竽没再计较："我接受你的道歉，希望下不为例。"

方巧宜面无表情地回了座位，胸腔里升腾起一股滔天怒意。不就找了个男生当靠山，神气什么？还下不为例，一股浓浓的说教口吻，她以为她是谁？简直不知所谓！

教室里吵吵闹闹，没有多少学生注意到这场小闹剧，夹在中间的江淮宁和沈欢却围观了全程。

剩下两节自习，全班同学上台做完自我介绍后，杜一刚开始选班委。陆竽语文单科成绩排名第一，被任命为语文课代表。

九点五十分，第三节晚自习的铃声打响。

杜一刚早在十分钟前就离开了教室，铃声一响，同学们作鸟兽散。这一层的其他班学生也一窝蜂涌出去，走廊一瞬变得拥堵。

陆竽让顾承先走，她要等黄书涵。

沈欢和江淮宁是走读生，两人很快收拾好了，准备走。沈欢一抬手将书包甩到肩上，跟后桌两个已经混熟了的朋友告别："陆竽、顾承，明天见。"

陆竽微微笑了一下，回道："明天见。"

顾承抬了抬手，算作回应，一扭头出了教室。

班里只剩下稀稀拉拉几个学生，陆竽背起书包绕到教室前门，目光不经意瞥到黑板旁边贴的一张纸，停下来驻足观看。

纸上是上学期期末考试成绩以及名次。她在班里排第四名，一眼就能看见，顺着往下找，江淮宁排在最后一位。

陆竽不免有些诧异，旋即明白过来，江淮宁是转校生，各科成绩都是空白的，只能放到最后。

"幸好上来看一眼，我以为你在一楼等我呢。"黄书涵气吁吁的声音突然在教室门口响起,"下去没见着你,我差点直接回宿舍了。"

她已经从丢钱的悲伤中走出来了,恢复了往日的活力,一步蹦到陆竿身旁,跟着陆竿看贴在墙上的那张纸:"你在看什么?"

值日的同学尚未离开,在打扫卫生,灯都亮着,教室里尘土飞扬。

陆竿抬起手臂勾住她的脖子:"说个你非常感兴趣的八卦。你心心念念的江淮宁在我们班,就坐在我前面。"

黄书涵眼睛一瞪:"真的假的?"

"我能骗你,我们班的花名册可骗不了你。"陆竿用食指点了点江淮宁的名字,"喏,你自己看。"

第二章
滥竽充数的竽

1

从教学楼回宿舍的一路上,黄书涵都在兴奋地向陆竽打听关于江淮宁的事。

"北城来的转校生?"

"他是这么介绍自己的。"陆竽给她复述了江淮宁自我介绍时的原话。

黄书涵笑得眼睛眯了起来,抱住陆竽的胳膊摇晃:"你说他怎么从北城转到我们这个小县城来了?搞不懂哎。"

"你问我我怎么知道?"陆竽摊手。

黄书涵接着问:"他学习成绩怎么样?"

"听沈欢……也就是他朋友说,他成绩很好。"

"看着就是一副学霸的样子。"黄书涵嘀咕。

"这还能看出来?"陆竽说着指了指自己的脸,一本正经地请教她,"你看看我长得是学霸的样子还是学渣的样子?"

"你当然是学霸咯,还用问!"黄书涵都不用仔细端详她,脱口而出。

长这么大她就没见过比陆竽更用功的学生,笔记记得密密麻麻,老师布置的作业第一时间完成,预习功课超级认真,熄了灯还会学习到后半夜。

陆竽幽幽地叹口气,自我认知很清晰:"我才不是学霸,学霸可不会在普通班里。"

黄书涵语调轻柔地安慰:"别这么说,江淮宁不也在普通班?"

陆竽纠正她:"江淮宁不一样。他是转校生,学校不知道他的成绩如何,只能按照规矩先给他安插在普通班。"

"你知道得还挺多。"黄书涵笑笑。

两人从食堂前的方格青砖走过,往宿舍楼走去。

方巧宜推开宿舍门,一副见鬼的表情。

陆笋端着一个蓝色塑料盆,盆里放着毛巾、牙刷、牙杯,准备往卫生间去。见到她,陆笋也明显愣了一下,不敢置信。

方巧宜很快回过神来,路过陆笋身边,阴阳怪气地讥讽:"期末考试不给我看又怎么样,还不是跟我一样被分到八班,也没见你进小班。"

陆笋没理方巧宜,沉默地进了卫生间,暗道一声"冤家路窄"。

她竟然跟方巧宜在一个宿舍,以后要怎么相处?

一瞬间,陆笋情绪糟糕极了,头都开始疼了。

宿舍里带的卫生间很小,四五个学生在里面就能被挤得错不开身,洗脸池就装了三个水龙头。对面是两个厕所坑位,所以,经常出现的情景是,前面的同学在洗衣服洗漱,转个身,正对上后面蹲坑的同学的脸。

谁也不嫌弃谁。

一个宿舍住了十个人,很多时候水龙头不够用,不想排队等的话,只能去走廊尽头的水房,那里安装了三排水龙头。

不过,同一层有不少宿舍,去晚了也得排队等别人用完。每到夏天最是拥挤。

陆笋占用了卫生间里一个水龙头,倒了半盆热水,又往里兑了点凉水,快速地冲了个澡,完了再刷牙洗脸。

出去时,眼看着方巧宜走到她的床位边,踮脚在上铺拿了一包纸巾。

陆笋整个人如遭雷击。

方巧宜睡在她上铺?

"看什么看?"方巧宜与她对视一眼,没好气地说。

陆笋弯腰将水盆塞到床底下,爬到床上去,从书包里拿出课本,在床上支起一张折叠桌,预习新课。

方巧宜上午来得比较晚,到宿舍时一大半床位已经被占了。权衡之下,她选了靠阳台的上铺,夏天能凉快一点。谁能想到,下面铺着天蓝色碎花被单的床铺是陆笋的。

早知道有陆笋在,她就不会住这个宿舍。

现在说什么都晚了。

晚上十点十五分,整栋宿舍楼熄灯了。

周围响起几道女生的尖叫声——洗漱到一半,眼前突然黑了,让人猝不及防。

陆笋不慌不忙地开了一盏蓄电台灯,在看数学书。

隔着朦胧的蚊帐,灯光穿透出去,照亮了小半个宿舍。大家舒了一口气,得益于陆笋及时送来光明,没来得及洗漱的不用摸黑行动了。

半个小时后，大家收拾得差不多了，躺在了各自的床铺上。阳台窗户敞开着，凉悠悠的风吹进来，散去了一半暑热。

陆竽将台灯的亮度调至最低，昏暗的光线里，不知是谁声音小小地问："你们谁有江淮宁的QQ号啊？"

提到江淮宁，宿舍里的气氛顿时变得不一样了，如同一锅煮沸的水，喧闹得险些将房顶掀翻。

"他进教室的时候，我第一眼就看见了，啧啧，长得跟明星似的，太亮眼了！"

"说错了，明星都没他长得好看。气质太绝了，好阳光好帅气，感觉跟小说里描写的校草一样。"

"北城来的，家里条件肯定很好。你看他穿的衣服从头到脚都是大牌子，手腕上戴的那块表也不便宜。"

"没人知道他的QQ号吗？"最先说话的那个女生叫程静媛，见缝插针地又问了一遍。

宿舍里热闹的气氛一时半刻停不下来，想静下心来预习功课恐怕不现实。陆竽合上书装进书包里，收起床上的折叠桌板，关了台灯躺下来。

陆竽听见叶珍珍的声音在黑暗里响起来："他才转来，没人知道吧。啊，不对，那个沈欢有可能知道，江淮宁是他的好哥们儿。"

程静媛不死心地问："陆竽，你坐在江淮宁后面，知不知道他的手机号或者QQ号？"

陆竽如实说："不知道。"

"那好吧。"程静媛遗憾地叹了一声，看样子是偃旗息鼓了。

方巧宜最后一个洗漱完，磨磨蹭蹭地从卫生间里出来。周围一片漆黑，她趿拉着人字拖慢慢摸索着往前走。

陆竽故意的吧？

别人洗漱时陆竽开着台灯大方照明，轮到她，陆竽立马关了灯，摆明了只针对她一个人，小气吧啦的，恶心谁呢！

方巧宜心里窝着火，摆放东西时故意弄得乒乒乓乓地响。

宿舍门板突然被人猛敲了几下，方巧宜吓了一跳，紧接着听见宿管阿姨的大嗓门在外面呵斥："几点了？熄灯了还在说话，这一层就数你们宿舍最吵，叽叽喳喳个没完，赶紧睡觉！再讲话我就记下来明天上报你们班主任！"

宿管阿姨一顿吼，宿舍里霎时安静极了，连呼吸声都能听见。

方巧宜立在床边，大气不敢出，整个人跟木偶似的定住了。

听着门外的脚步声远去，她才长长地松一口气，两手握住上铺的围栏，

029

踩着梯子爬上去。

铁架床"嘎吱嘎吱"的声音响起，睡在下铺的陆筝感觉到一阵地动山摇，仿佛在坐过山车，"轰隆隆"好一阵子，终于安静了。

陆筝翻个身面朝墙壁，无声地叹息，闭上眼睡觉。

起床铃六点整打响，在此之前陆筝就醒了，抓起枕边的小电子表看了一眼时间，五点四十分。

夏季这个时候天色已经泛起亮光了，晨光熹微，透过阳台照进来，隔了两层玻璃窗，如雾一般朦胧。

陆筝轻手轻脚地坐起来，取下墙上挂钩上挂的一本巴掌大小的日历。

这是她从家里带来的，陆国铭买酒时赠送的。一个月一页，八月份已然过去，她掀过一页，目光落在上面。

2012年9月1日，星期六。

崭新的一个月，崭新的学期。

陆筝挂好日历，拿出一个小小的英语单词本，靠着床默背单词。

二十分钟眨眼过去，起床铃响了，一阵嘹亮的号角声惊醒了睡梦中的大家。

陆筝收起单词本，在床上换了衣服，第一个去卫生间洗漱。等其他人陆陆续续下床，她已经整理好了，准备出门。

张颖从对面上铺爬下来，顶着一头凌乱的长发，抬手揉了揉睡肿的眼皮，睁开眼就看见陆筝拿起书包背在身后，愕然道："陆筝，你这么快就收拾好了？"

"嗯。"陆筝抿唇一笑，朝她摆了摆手，"我先走了。"

"拜拜。"张颖捂住嘴打了个哈欠，不自觉加快了行动速度。

陆筝早上一般不和黄书涵一起走，主要是黄书涵太懒，习惯睡到最后一刻，踩着预备铃进教室，陆筝接受不了。

她们中午和晚上会一起去食堂吃饭。

陆筝独自一人走出宿舍楼，在食堂买了两个包子，边走边吃。耳边循环了好几遍的起床铃声停止，切换到放歌模式，依旧是林俊杰的那首《江南》，从高一放到高二，从没变过。

早上的空气清新怡人，学校里绿化植被面积广，一路都能闻到草木花香，时不时传来鸟儿的啁啾声，空灵悦耳。

走到教学楼下，两个包子刚好吃完。

陆筝擦了擦嘴巴，穿过走廊到尽头的楼梯口。一路上没什么人，她踩在楼梯上都能听到轻轻的回声。

上到三楼，不出意外，教室门没开。

陆笋取下背后的书包挂在身前，拉开拉链，从里面掏出一本书，靠着门边的墙壁静静地看。

江淮宁从三楼的楼梯口出来就瞧见这样一幅画面。

女生穿着纯白的校服T恤、黑色的校裤，露出来的胳膊纤细白嫩。后背靠着墙，两脚并拢，微低着头，手里捧着一本书，侧脸安静又认真，嘴唇小幅度地动了动，默念着什么。卷曲的长发披散在肩头，随着低头的动作垂下来几缕，衬得那张脸很小。

脚步声惊动了陆笋，她下意识抬手勾起扫在脸颊上的发丝，抬起眼眸看过来。

江淮宁走近了，便能清晰地看到她眼角的那颗小痣。

"门没开？"江淮宁别开视线，随意地看了眼紧闭的教室前门，门上挂着一把铁灰色的锁。

陆笋点头："嗯。"

江淮宁的视线重新落在她脸上，定定地打量了一会儿，有点意外的样子："你怎么来这么早？"

他手里还拎着一杯豆浆，说话间，取出袋子里的吸管扎进盖子里。

陆笋说："我住校，来得早不奇怪，你走读还来这么早才比较让人惊讶吧？"

江淮宁解释："我家离学校很近。"

"哦。"陆笋瞄了眼他身后，"沈欢没跟你一起？"

江淮宁侧身倚在走廊的栏杆上，摇头："他家比我家稍远一点，没等他。"他顿了一下，很自然地把手里的豆浆递给女生，"你喝吗？我还没喝。"

"不用了，我吃过早饭了。"陆笋笑着摆了下手。

江淮宁拿着豆浆没喝，一只手臂弯曲，搭在栏杆上："忘了给老板说不放糖，我不大喜欢喝甜的。"

清晨的微风吹起男生额前的碎发，衬衫的下摆也微微拂动。他还没领校服，穿的是自己的衣服，白色的短袖衬衫搭配浅蓝色的牛仔裤，干净又清爽，犹如雨后青翠欲滴的树叶，或是冬日里一尘不染的白雪。

"这样啊。"陆笋视线在他柔软的黑发上短暂停留了几秒，喃喃出声。

"你喝甜的吗？"江淮宁手往前递了递，再一次问道。

陆笋看着他的眼睛，犹豫着接了过来，抿抿唇："谢谢。"

"该我谢谢你，不然不知道怎么解决。"江淮宁说完这一句，抬步走到她旁边，跟她一起靠在门边的墙上。

两人并肩站在教室外的画面,远远看着像是在罚站。

陆筝低头咬住吸管,沉默地吸了一口,底下的糖渣没完全融化,第一口吸上来的豆浆格外甜腻。

2

十一点四十五分,结束了上午第四节课。

铃声一响,大家纷纷出动,从教学楼往食堂方向去。

陆筝在一楼等人,三四分钟后,黄书涵下来了,像往常一样主动挽住陆筝的胳膊,两人下了台阶。

黄书涵叽叽喳喳跟她交流这一上午班里发生的事,正说到兴起,胡乱扫射的目光陡然捕捉到一道醒目的身影。

"江淮宁哎!"她抬了抬下巴,示意陆筝看前面。

几步开外,男生的身形在一众学生里格外修长,清瘦如竹,皮肤在阳光下白皙得好似透明。他边上是蹦蹦跳跳的沈欢,正兴奋地说着什么。沈欢身侧是举止文雅的一个女生,长发披肩,身量纤瘦,和众多学生一样,穿着白色校服短袖和黑色校裤。那样平平无奇的校服,穿在她身上却显得清纯动人,很显然,得益于那张姣好的脸蛋。

黄书涵注意到那个女生,眼里流露出惊讶的情绪,张张嘴,迟疑地说:"那不是……前天下午和江淮宁一起的女生吗?"

"怎么了?"陆筝看向她。

"原来那女生也是我们学校的。"

黄书涵拖着陆筝快走几步,追上前面三个人。

陆筝被她拽得跟跟跄跄,快要走不稳了,不得不压低声音制止她:"大姐,你走这么快干什么?"

"还用问,看帅哥啊!"

"喂,我说你……"陆筝的话压根不管用,眨眼间与江淮宁之间的距离近在咫尺,她及时止了话音。

这番动静还是被江淮宁察觉到,他扭过头来,略显错愕的目光停留在陆筝的脸上。

陆筝窘了。

黄书涵这人从来不会感到不好意思,拉着陆筝一步蹦到江淮宁身边,笑着跟他打招呼:"嗨。我们前天下午见过,在卢店初中,你和顾承他们打篮球。"

江淮宁点了下头,露出一个礼貌的微笑:"有印象。"

沈黎的视线越过沈欢和江淮宁看向她们,平静的眼神里蕴藏着一股探询的意味。

黄书涵打完招呼也没聊别的，退到一边去，暗戳戳地挠陆竿的腰，一双眼亮得惊人："江淮宁看着高冷，还挺好说话的。"

直到那三个人走远了，陆竿才松口气，颇有些无奈地看着自己的姐妹，却不得不承认她的话："是挺好的。"

黄书涵语气不无艳羡："你们班女生好福气，能够天天看帅哥。你想想啊，做题累得要死要活的时候，抬头瞄一眼江淮宁的脸，瞬间满血复活了。"

陆竿被逗笑："哪有那么夸张。"

没说几句话，两人到了食堂，找了个人比较少的窗口排队打饭。

套餐都是四块钱一份，三个菜加一个鸡腿，有炸鸡腿和卤鸡腿，任选一种。如果不想吃鸡腿，可以换成虎皮鸡蛋。菜的味道不错，价格也划算，一部分走读生会选择在学校食堂里吃。

陆竿和黄书涵端着餐盘，找到两个面对面的空位坐下来。

一个抬头的瞬间，黄书涵看见江淮宁坐在斜前方，正低着头夹菜，他旁边坐着那个恬静又漂亮的女生，两人偶尔交流几句。

陆竿吃了几口，没见黄书涵开动："你在看什么？"

"真有缘分。"黄书涵用筷子指了个方向，感慨了一句。

陆竿手里举着一个炸鸡腿，下意识回眸，恰恰对上江淮宁看过来的视线。因为黄书涵一直往这边看，他才有所感应，循着那道目光看回来，没承想看到的人是陆竿。

陆竿顿时噎住了，转过头来瞪了黄书涵一眼，简直害死她了。

黄书涵撇撇嘴，神色无辜："干吗这么看着我？"

江淮宁收回视线，没忍住，抿着唇笑得无声无息。

"你在笑什么？"坐在他边上的沈黎一转头就捕捉到他微微翘起的唇角，不明白他怎么突然笑了，出于好奇问了出来。

"没什么，看到好玩的事情了。"江淮宁含糊其辞地带过，端起手边的不锈钢小碗，喝了一口番茄鸡蛋汤。

沈黎捉摸不透，索性放弃，换了个话题问他："你在班里还适应吗？没遇上什么困难吧？"

"放心，这不还有我嘛。"沈欢扒了一大口米饭，"再说，他一大老爷们儿有什么不能适应的，老师和同学又不会吃人。"

沈黎郁闷地看了他一眼，没话说了。她这弟弟哪里都好，就是嘴巴有点欠，说话从不过脑子，常常能被他气到失语。

江淮宁淡笑着说了三个字："挺好的。"

吃饭的过程中,黄书涵频频朝江淮宁那个方向看,陆笋却是再没回过一次头,躲都来不及。想到刚才那一幕,她还有些难为情,担心江淮宁误会她对他有什么想法。

"我想起来那个女生是谁了,就说怎么那么眼熟!"黄书涵吃好了,把筷子往餐盘上一丢,声音清脆道,"三十班那个班花,沈黎,对不对?"

她是理科生,平日里不太关注文科班的八卦,但沈黎的名字她绝对听过,事实上高一的体育课上还跟沈黎见过几面。

她们两个班有一节体育课是重合的。

沈黎打羽毛球的时候,周围总是有好些男生观看。女生长发飘飘,披在身后,跳跃起来的身姿别提多抓眼球了。

"嗯,她是沈欢的姐姐。"陆笋放下筷子,从口袋里掏出纸巾擦干净嘴巴,递了一片纸巾给黄书涵。

"你早就知道?"黄书涵接了纸巾,瞪大双眼看着她。

"昨天才知道的。"陆笋站起来,将用过的纸巾扔进垃圾桶,"沈欢昨天在班里自我介绍时,特意提了他姐姐。"

"我说呢,两个人长得好像。"

"他们是龙凤胎,长相当然有几分神似了。"陆笋笑说。

两人一路说笑,走到教学楼下,互相挥手告别,分别从两个方向上楼梯。

江淮宁已经在教室里坐着,低头写一张英语报纸。这是上午英语老师布置的作业。

陆笋往后走,回到自己的座位,冷不丁听见江淮宁离得很近的声音,低低的,含着一股不甚明显的笑意:"你在食堂看见我躲什么,不会是在说我的坏话吧?"

陆笋猛地抬头,江淮宁那张清俊的脸庞出现在一摞书的上方,目光灼灼地盯着她,眨动的眼睛分外明亮。

"我为什么要说你的坏话?"陆笋深吸一口气,勉强定了定神,反驳他。

江淮宁凝神想了片刻,用一副匪夷所思的语气说:"既然不是说坏话,你为什么看起来有点心虚?"

"我……"陆笋磕巴了一下,音量陡然拔高,试图用气势压倒对方,"我哪里看起来心虚了!"

江淮宁突然扬唇一笑,决定不逗她了:"没有就没有,你别紧张。"

陆笋简直百口莫辩,营造出来的气势一瞬消散殆尽,声音弱弱道:"我没有紧张。好吧,我实话实说,是我朋友对你很好奇,所以多聊了几句你的事情。"

对不起，黄书涵，只能把你卖了，谁让你害我陷入窘境。陆竽暗暗道。

江淮宁身体彻底转了过来，手臂搁在她桌面垒起的书上，好整以暇地问："聊我什么？"

"就……随便聊聊。"陆竽眼神闪烁，渐渐招架不住，"我没骗你，真的是随便聊聊，好奇你和沈黎还有沈欢的关系，没别的了。"

"我老家就是晥山县的，小学五年级读完随父母北上，一直在那边读书。沈黎和沈欢的妈妈是我妈的老同学，我们从小就认识。"江淮宁简单地解释了一遍。

陆竽目光怔怔地看着他，半晌，"哦"了一声。

江淮宁见她发呆的模样："还有什么疑问吗？"

"没、没有了。"陆竽忙不迭摇头。

江淮宁沉默了几秒，看着她的神色显出几分纠结："其实我有点事需要你帮忙。"

话题转换太快，陆竽疑惑地"啊"了一声："你说。"

"你高一的学习笔记能不能借我复印一份？北城和南合省的教材有些科目不一样，分A版和B版。教材和教辅资料我已经买了，还得借助学习笔记巩固知识点。"江淮宁语调平缓地说，"沈欢学习不怎么样，帮不上忙，沈黎是学文科的，找她也没用，想来想去只能求助你了。"

陆竽有些较真地说："跟小班的学霸相比，我的成绩也不怎么样。"

江淮宁笑："怎么会？我看到成绩单了，你在班里是第四名。"

陆竽没想到他会去看教室里贴的成绩单。听他这话的意思，他还特别留意过她的成绩。她有些不好意思："那是因为你没看到小班那些学霸的分数，我比他们差远了，真的。尤其是奥赛班，遍地六百多分。"

江淮宁观察她的神色，迟疑地问："你是不愿意帮忙吗？"

"没有没有没有。"陆竽一连说了好几遍，生怕被误会是小气的人，"你要是不嫌弃，我当然没问题了。只是我的学习资料什么的在家里，放假的时候才能回去。"

江淮宁展颜一笑："那没事，我先跟你预定一下。"

陆竽："好吧，我下次过来带给你。"

方巧宜和同桌孔慧慧进教室时就瞧见这样一幅画面。

江淮宁趴在后桌上，修长的手指握着一支黑色中性笔，无意识地转动。陆竽两手托腮，神采奕奕地与他讲话，唇边的笑意灿烂到极致。

两人说了什么没人听清，只觉得这一幕十分养眼。

陆竽并不是那种一眼看上去让人感到非常惊艳的长相，却毫无疑问是漂亮的。她皮肤很白,黑长发是天生的卷曲,眼睛大而明亮,双眼皮,睫毛纤长,鼻子小巧,嘴唇弧度好看,是淡淡的粉色。

方巧宜余光一扫,瞥见程静媛走进来,她眼珠子转了转,状若无意地跟孔慧慧说:"你看陆竽,昨晚室友找她问江淮宁的QQ号,还装着跟人家不熟呢。他们说说笑笑的,哪里不熟了?"

程静媛愣了愣,抬眸看向江淮宁的座位,从这个角度只能看到男生微弓的后背,单薄的衣料勾勒出底下清瘦而不薄弱的身形。

方巧宜知道她听见了,也不再说别的,拉着孔慧慧回了座位。

午自习的铃声响了,班里安安静静,沈欢从外面进来,坐下来后两条胳膊交叠,脑袋枕在上面睡大觉。

江淮宁写完完形填空,伸手推了他一下。

沈欢睁眼,迷迷糊糊地问了一声:"干吗?"

"《英语词典》借用一下。"

沈欢在桌面上翻了翻,又在桌屉里摸索了几下,无奈地摊手:"落在家里了。"

江淮宁薄唇一抿,不想跟他说话了,转头问陆竽:"《英语词典》有吗?"

陆竽正好也在写英语报纸,晚自习要交。她说了声"稍等",从桌屉里拿出一本比板砖还厚许多的《牛津词典》递给江淮宁。

"谢谢。"江淮宁一手接了词典,放在桌面,掀开硬壳封面,雪白的扉页上,"陆竽"两个字清晰地印在上面。

女生的字写得秀气又好看,是非常标准的楷体,应当是阅卷老师最喜欢的那种字体。再对比一下自己的字,江淮宁觉得简直没眼看,不是一般的丑,俗称"跟鸡爪子刨过似的"。

收敛思绪,江淮宁微微笑了一下,根据单词首字母查询,将词义标注在单词旁边。

写完一张英语报纸,时间刚过两点,距离下午的预备铃还有半个小时。江淮宁趴在课桌上午休,依稀听到后桌传来细微的"沙沙"声,是笔尖摩擦纸张的声音。

午自习快结束时,顾承迈着大步从教室后门进来,臂弯夹着篮球,额前的碎发湿淋淋的,像被水洗过,短袖被撸到肩膀上。

他一屁股坐下,热腾腾的气息扑面而来,随后将一瓶冰镇的橙汁放在陆竽桌面,喘着粗气说:"英语作业写完了吗?借我抄抄。"

他还能更理直气壮一点吗?

3

晚自习前,各科课代表在黑板上写下作业的内容,以及交作业的时间,提醒大家抓紧时间完成。

英语作业下了第二节晚自习交。

顾承眼见其他几科的作业也要交,又问陆芋要。

陆芋早就利用课余时间全部写完了,动手给他找出来,教育道:"你就不能独立完成作业?还想不想考大学了?你不会是想高中毕业就回去继承你爸的家业吧?"

快速又直接的三连问,将顾承给问住了。

前桌的沈欢"扑哧"一声笑了,眼神饱含佩服地看了陆芋一眼,简直忍不住拍手称快。顾承这人拽得很,难得被质问得哑口无言。

"陆老师说得对,下不为例。"顾承勾起唇角笑笑,一副不正经的样子。

陆芋又不傻,还能不知道他口中的"下不为例"等同于一句废话。所以,她一个字也不会信。

一眨眼,第二节晚自习结束了。

坐在第一组第一排的英语课代表王璐站起来吆喝一声:"各小组的组长帮忙收一下作业,没交的把名字记下来。"

陆芋所在这一组的组长是个女生,坐在前面,依次往后收作业。

小组长很快收齐了自己这一组的作业,拿到前面去,脚步倏然顿了顿,扭头朝着陆芋的方向喊道:"同学,你的英语报纸没写名字。"

"说你呢。"顾承用手肘撞了撞陆芋的胳膊,提醒道。

陆芋原本在预习数学,抬起头看向前面,拿笔指了指自己的鼻尖,问:"我吗?"

"是啊,你没写名字。"女生站在讲台下方,扯出她的英语报纸扬了扬。

陆芋浅浅回忆了下,好像确实没写名字。她连忙双手合十比了个拜托的手势:"你帮我写一下,我给忘了。"

"你叫什么?"女生边说边走到自己座位上,拿了桌上的笔准备帮她写。

隔着长长的过道,陆芋不自觉放大音量:"陆芋。"

昨天开学,班里的同学虽说都做了自我介绍,可一个班里七十个人呢,哪能那么快全部记住。女生写了个"陆"字就卡壳了,问了一声:"哪个 yu?"

"竹字头,下面一个于是的于!"陆芋担心她听不见,音量又拔高了一个度。

女生还是没听清,一脸疑惑地问:"什么?鱼刺的鱼?"

教室里一到课间休息时间就吵吵嚷嚷,后面还有男生原地拍篮球,"砰砰砰",声音巨响。陆竽都有点崩溃了,伸长脖子重复一遍:"竹字头,于是的于。"

"哦哦哦,知道了。"女生总算是反应过来了,飞快地写上去,交到课代表那里。

"谢谢啊。"陆竽晃了晃右手,一脸感激之情。

"小事一桩。"女生笑笑。

江淮宁坐在陆竽前面,听完两个女生之间费劲的交流,忍不住回头对陆竽说:"你怎么不说是滥竽充数的竽,这样人家一听就知道是哪个字了。"

陆竽张着嘴巴,愣了好一会儿,无语到极点:"哦,我跟人自我介绍,说自己是滥竽充数的竽?你觉得这样比较好听?"

好像哪里不太对劲。

陆竽又说:"你跟人介绍自己,会说是永无宁日的宁吗?"

江淮宁狠狠噎了一下,词穷了。

眼看着江淮宁吃瘪,沈欢乐得不行,拍着桌子大笑,心情别提多舒畅了:"哎呀,头一次见老江被治得服服帖帖。陆竽,好样的,请继续保持。"他朝陆竽竖起大拇指。

毫不夸张地说,他因为这个就对陆竽这姑娘刮目相看。别看她文文静静,一开口却能切中要害,让江淮宁无话可说,他要笑死了。

听见陆竽被夸赞,顾承抬抬下巴,与有荣焉地说:"那是,我们鲈鱼儿不鸣则已一鸣惊人,从小就是十里八村的侠女,一出手就片甲不留。"

他说话时神采飞扬,衬得一双黑眸格外明媚。

沈欢咂咂舌:"鲈鱼儿?陆竽的外号?"

"嗯。"

"侠女是什么意思?"

"字面意思。"顾承在陆竽后脑勺拍了一把,翘起唇角,展露出一个勾人的笑,"她喜欢看武侠剧,看到剧里的人比剑过招,她就拿木棍学着比画,能从校门口一路比画到家门口。那气势一般人比不上,千万别被她外表给骗了。"

"哈哈哈,没看出来啊,陆竽你性子这么野。"沈欢眉毛挑得老高,意外极了。

江淮宁也有些忍俊不禁。

陆竽给了顾承一记警告的眼神,而后看向沈欢,勉强为自己"挽尊":"那都是小时候的事情了。"

"不过话说回来，你俩是青梅竹马？"沈欢陡然想到这一层，好奇地问。

顾承没否认，眉梢一扬："啊，算是吧，小学一年级就认识了。"

铃声突然打响，第三节晚自习开始了，几人被迫终止话茬。

几天下来，前后桌四个人混熟了，经常一起聊天。

这天中午去食堂吃饭，江淮宁、沈黎、沈欢三人去得晚，正好撞上高一放学的时间，食堂里人山人海，放眼望去各个窗口都排了长队。

晛山高中三个年级加上复读班共有九千多名学生，为了避免食堂拥堵，学校特意安排不同年级错峰用餐。高三最先，其次是高二，高一最后。

"陆竽！"

沈黎左顾右盼，对比哪个窗口人最少，耳边突然响起沈欢放大的声音。

"帮忙打个饭行不？"沈欢在陆竽转头看过来的时候，笑着摆了摆手。

"可以啊。"陆竽一丝犹豫也没有，爽快地答应了。

黄书涵和陆竽先他们一步到食堂，恰好有一个窗口人特别少，黄书涵反应快，拉着陆竽的手以百米冲刺的速度站在两个女生身后，一眨眼，后面就跟着排了好些学弟学妹。

"老江和我姐的也帮忙带一下，谢谢了。"沈欢愉快地挑了下眉，一个跨步到她身旁，递上自己的饭卡，"我在这边接应你。"

排在陆竽后面的学弟学妹们怨声载道。

"过分了啊，一个人帮三个人打饭。"

"能不能好好排队？"

"等那么久，要饿死了。"

沈欢抬起一只手在额前贴了贴，敬了个不怎么标准的礼，歉意一笑："不好意思哈，我们是分工合作，一人负责打饭，一人负责买饮料，还有一个负责占座。"

学弟学妹们齐齐无语。

江淮宁被沈欢的无赖样子震惊到，事已至此只能接受，转头对站在原地同样一脸震惊的沈黎说："你去占座吧，给陆竽和她朋友占两个座。"

沈黎"哦"了一声，转个身在食堂里寻找空位。

江淮宁一手抄进裤兜里，去了另一个方向。

黄书涵打完饭，端着餐盘站到一边等人，下一个轮到陆竽，她先问沈欢："都要什么菜？"

沈欢凑上前，一样一样地报菜名，很快点好了三份套餐，自己端了两个餐盘，陆竽帮他端了一个。

从排队的人群里出来的刹那，陆笋被人撞了一下肩膀，手里的餐盘碰到胸前的衣服，番茄汤汁溅出来，沾在雪白的布料上分外明显。

陆笋气昂昂地转头看去，恰好对上方巧宜幸灾乐祸的眼神。

对方"啊"了一声，轻飘飘地说："对不起，没看到你。"

分明在道歉，她却弯着唇角笑颜如花，让人感受不到一丝一毫的诚意。

陆笋眉心紧拧，只觉得方巧宜脸上的表情太过欠揍，偏偏她一手端着一个餐盘，没办法冲上去跟方巧宜理论，只狠狠地瞪了方巧宜一眼后，抬步赶上前面的两人。

黄书涵起先以为是那个女生不小心撞到陆笋，一看陆笋脸色不对劲，便放慢脚步问道："怎么了？"

"等会儿再说。"陆笋丢下一句话，目光四下搜寻。

"这里。"几米开外，沈黎站在一张餐桌旁，朝他们招了招手。

高挑苗条的身材，清丽脱俗的脸蛋，再加上柔和清纯的气质，几乎让人一眼注意到她的存在。

三个人走了过去。

食堂里一张餐桌搭配八个圆凳，一边四个，桌椅是连在一起的一整套。沈欢随便坐了其中一个位子，将左手的餐盘放在沈黎面前："江淮宁呢？怎么就你一个人？"

"他……"沈黎话刚出口，就看到去而复返的江淮宁。

他昨天领了校服，夏季的那一套清洗过后就穿上了，白色翻领短袖、黑色长裤，身量高挺，快步走来时带起一阵青柠味的风。那张脸俊朗干净，整体给人的感觉就像青春电影里的男主角，光是站在那里，什么都不做就能吸引所有人的目光。

落在他身上的那一道道惊艳的目光就是最好的证明。

江淮宁手里拎着一个白色塑料袋，装了几瓶饮料，放在餐桌中间："想喝什么自己拿。"

沈欢扒拉出袋子里的冰镇可乐："你去买饮料了啊？"

江淮宁"嗯"了一声，人家帮忙打饭，不能一点表示都没有。

沈欢给沈黎拿了一瓶橙汁，问黄书涵喝什么。

黄书涵啃着鸡腿，眨巴了几下眼睛，颇有点受宠若惊。江大帅哥请她喝饮料，做梦都不敢想的事情竟然实现了。

"我、我随便。"黄书涵收了收差点惊掉的下巴，随手拿了瓶冰红茶。

江淮宁坐下来，陆笋将一个餐盘推到他这边。

"谢谢。"江淮宁说。

陆笋没抬头，随意应了声"不客气"，从口袋里拿出纸巾，擦拭胸前弄脏的地方。擦来擦去没什么作用,她蹙了蹙眉,只好作罢。

江淮宁目睹她一张脸堆满郁闷,从袋子里拿了一瓶水溶C,拧开瓶盖放在她手边:"给你添麻烦了。"

"不是。"陆笋摇头,轻声解释,"刚刚被方巧宜撞了一下,汤弄洒了。"

"方巧宜?谁?"

"坐你前面那个。"陆笋不再纠结衣服上的污渍,丢下纸巾,拿起筷子吃饭。

江淮宁若有所思地看着她微微低垂的脸,一瞬间想到开学那天,坐在他前面的那个女生故意伸腿绊了她一跤,害她肚子撞到了桌角。

他听陆笋跟顾承说过,是因为女生间的一点小矛盾。

顾承当时出言警告了方巧宜一番,现在看来不仅没震慑到人家,反倒激起了对方的报复之心。

4

下了晚自习,陆笋在教学楼下等到黄书涵,两个人一起往宿舍楼走,聊起中午在食堂吃饭的事。

一想到方巧宜,陆笋的心情就不怎么好,烦躁地吐槽了句:"烦人。"

其实是不值一提的小事,可方巧宜连番针对她,摆明了跟她过不去,小事也会逐渐演变成大事。尤其她们住在同一个宿舍,白天在教室里碰面也就算了,晚上还得在宿舍里相处,时时刻刻心里梗着一根刺,令人感到不自在。

"要我说有些女生真的太斤斤计较。"黄书涵最看不惯这种背后耍小手段的女生。

陆笋握着书包带,下定决心:"我得找个机会跟她谈谈。我一直不吭声,人家以为我好欺负,回头越发得寸进尺。"

黄书涵:"用不用我帮忙?我嘴皮子功夫一流。"

"不用。我也不弱好吗?"陆笋努嘴,"大不了跟她吵一架,我才不怕她。"

一路说着话,两个人到了五楼。

"拜拜,明天见。"黄书涵摆摆手,在楼梯口与她分别,继续爬楼。

陆笋深吸口气,一手推开宿舍门,走了进去。

方巧宜和孔慧慧在宿舍里聊天,除了她俩,程静媛、张颖、叶珍珍几个女生也在。陆笋径直走到方巧宜跟前,淡淡地说:"聊聊?"

方巧宜弯腰从床底拉出脸盆,准备去洗漱,闻言掀起眼帘莫名其妙地看了她一眼,一撇嘴角:"谈什么?"

她压根想不到她们之间有什么好谈的。

高一同在一个班里，她们还是同桌呢，借她个作业她都不乐意，考试时让帮个忙也被无视了。开学那天，她不过是一时气愤，伸腿绊了她一下，她不是没摔倒吗？

结果她倒好，转头找了个男生当帮手，当着那么多同学的面给她难堪，逼她道歉，害得她面子里子都丢尽了。

她怎么可能没有怨气？只恨不得陆竿这个人原地消失才好！

眼下陆竿主动说要谈一谈，她却觉得说什么都没用。

除非陆竿不在八班，最好从此不出现在她眼前，她才有可能不计较，要不然她心里这口气没办法咽下去，永远堵在那里。只要看到陆竿那张脸，她立马就能想起来被顾承刁难的屈辱。

陆竿见她不肯配合，不再执着于单独跟她聊，当着宿舍里几个女生的面，开门见山道："你一定要这样吗？动不动就使绊子，让我不愉快，你自己也讨不到好。说起来我们没什么大矛盾。高一做同桌，你哪次要作业我没给你，也就那一次，你拿走物理卷子没给我交，害我被老师批评一顿，我对你发了脾气……"

"够了！"不等她说完，方巧宜怒吼一声打断了她，"装什么装，你这意思是我还得对你感恩戴德？"

她一声吼，宿舍里几个女生都被吓到了，面面相觑，谁也不清楚这两人到底发生了什么事，连劝架都没办法劝。

陆竿克制着脾气，好声好气地说："大家都是同学，要一起生活一年，能别弄得跟仇人一样吗？很累，也很幼稚。有什么事不能摊开说？你要是认为我哪里对不起你，你说出来，我向你道歉。可你是不是也得反思一下你自己？开学那天绊我一跤，中午在食堂吃饭又故意撞我，弄脏我的衣服，你真的觉得这样做能够开心？"

"我让你别说了，你没听见？"方巧宜恶狠狠地瞪了陆竿一眼，摔了手里的盆，一副要打起来的架势。

"好了好了，都是一个宿舍的，干什么啊。"

其他人听到这里终于明白了，因为一点矛盾，方巧宜处处针对陆竿，陆竿不堪忍受，这才主动站出来和解，方巧宜不领情，还被激怒了。

张颖充当和事佬，站在中间隔开两人，扭头劝说方巧宜："你少说两句，陆竿都说可以给你道歉了，你还……"

"关你什么事！"

方巧宜翻了个白眼，端起地上的盆，气冲冲地去了卫生间，门猛地被甩关上，发出"砰"一声巨响，宿舍彻底安静了。

张颖愣在原地，简直不知说什么好，自己没得罪她吧，至于语气那么冲吗？

叶珍珍拍了拍陆笋的肩膀，轻声安慰一句："算了，她在气头上，说什么也没用，别太纠结了。"

陆笋重重地吐出一口气，扯动唇角露出一个不怎么好看的笑容："我知道。"

叶珍珍和张颖对视一眼，眼神充满无奈。

相比而言，她们自然更倾向陆笋。虽然相处时间不长，陆笋的性格如何却是大家有目共睹的。晚上熄灯后会贡献出台灯帮大家照明，借用她的东西她从来不会推辞，阳台上谁的衣服干了都会帮忙收进来挂在床沿上，平日里说话都是带着笑的，声音温和动听。

耽搁这么一会儿，宿舍楼熄灯了。

卫生间的水龙头被占用，陆笋收起烦乱的思绪，端起脸盆，往里面放了牙刷、牙杯和毛巾，还有两件要洗的衣服，出了宿舍，去走廊尽头的水房。

水房里还有不少人，陆笋找了个位置洗漱，又搓洗了两件衣服，花了半个多小时。

她趿拉着拖鞋往回走，月光从没封窗的栏杆洒进走廊里，淡淡的清辉铺在浅米色的瓷砖上，堪堪能照明的程度。

到了宿舍门外，陆笋腾出一只手推门，没能推开。

她反应过来，门被人从里面插上了插销。

陆笋抬手敲了敲门，下一秒就听见宿管阿姨的声音从楼梯口传来。

"熄灯都多久了，还磨磨蹭蹭的，赶紧的！"

尖锐刺耳的嗓音落地，走廊上响起一阵拖鞋踢踏踏踏的声音，女生们脚步慌乱地往各自的宿舍跑。

陆笋抿紧了唇，又敲了敲门，这次力道大了一些。

四周一片安静，敲门声便比刚才清晰很多，张颖刚爬到上铺，动作顿了一下，从蚊帐里探出脑袋："谁把门闩上了？陆笋还没进来。叶珍珍，你给开一下。"

叶珍珍一脚踏出卫生间，里面水声"哗啦啦"的，她在洗衣服，没听见敲门的声音："陆笋在外面？"

"应该是。"张颖坐在床沿，压着嗓音说。

叶珍珍手还是湿的，甩了甩水珠，拉开门后的插销，一手打开门，看见陆笋在外面："还真是你。"她侧身让陆笋赶紧进来，嘀咕道，"谁锁的门啊？"

宿管阿姨的声音就在耳边，好像在呵斥隔壁宿舍讲话的女生。陆笋提

043

起的一口气呼出来，抬眸朝叶珍珍笑笑，小声说："谢谢。"

"我都没听见敲门声，是张颖提醒我的。"

叶珍珍笑了笑，转身进了卫生间，继续洗衣服。

宿舍里静悄悄的，陆竿摸黑走到阳台，拿起墙角的撑衣杆，将盆里洗好的衣服挂到头顶上方的晾衣架上，端着盆进来，塞到床底。

程静媛在昏暗的光线里朝陆竿看了一眼，抿了抿唇，什么也没说，仰躺到床上，拿起床里侧的一把小扇子扇风。

她都看见了，陆竿出去没多久，方巧宜锁了门，不用多想就知道方巧宜是故意的。

这些不经意的小手段，看似造不成什么伤害，却足够恶心人。

程静媛想到江淮宁和陆竿凑在一起说说笑笑的画面。男生俊朗清隽的面容一次次浮现在她脑海里，他唇边的笑那么好看，只看一眼，便让人有如沐春风之感，仿佛她看过的那些漫画里的男主角走进了现实，出现在她眼前。

这么一想，她对陆竿再生不出一丝同情心，反正搞小动作的人不是她，多一事不如少一事。

翌日早读，班主任杜一刚来班里巡视一圈，又背着手从后门出去了。

江淮宁背完一页单词，翻页的时候，坐他前面的方巧宜和她同桌孔慧慧说话的声音钻进他耳中。

"要不是叶珍珍帮她开门，就昨晚那情况，宿管阿姨得臭骂她一顿。"

"你锁的门？"

"嗯哼，看她那副颐指气使的样子就来气，不给她点教训，我都睡不着觉。"

"陆竿知道吗？"

"知道又怎么样？是她先惹我的。"

江淮宁搭在书上的一只手蜷起，捏住了书角。

短短几句话拼凑成完整的画面，在他脑海里上演——方巧宜锁了宿舍的门，将陆竿关在外面，想让她因此被宿管阿姨逮住教训。

昨天中午食堂里的场景他也没忘，虽不曾亲眼目睹，但陆竿没必要说谎，方巧宜故意撞了她，弄脏了她的衣服。

好歹是朋友，让江淮宁装作没听见恐怕有点困难，略一犹豫过后，他拿起桌上一支笔戳了下方巧宜的后背。

方巧宜猛地回头，映入眼帘的是男生清冷淡漠的神情。他的眼眸漆黑深邃，显得有些不近人情。

她愣了一秒:"有什么事吗?"

"以欺负同学为荣,你自己说出来不觉得羞愧?"江淮宁一字一顿说完,表情从始至终没有变化。

方巧宜僵了一下,脸色泛白:"什么?"

"别装傻了,你刚说的话我都听见了。"江淮宁淡淡地戳穿她,略微停顿一下,好言相劝,"以后别为自己的行为后悔就行了。"

什么意思?

最后这一句,方巧宜没听明白,什么叫别为自己的行为后悔,他是在威胁她吗?

江淮宁没心情欣赏她青白交加的脸色,一手抓起英语书立在眼前。

方巧宜木然转过身去,脑中一片空白,心底渐而升起一股寒意。

孔慧慧胆子小,被江淮宁那么一说,头都抬不起来了,也不敢再和方巧宜闲聊,老老实实背书。

早读结束,一些没吃早饭的同学下楼逛小卖部。

方巧宜浑浑噩噩地起身出了教室。

早读后半段,她一个字也没看进去。江淮宁的话在她脑海里盘桓,怎么也挥之不去,简直跟诅咒一样,让她浑身不痛快。

她小瞧陆竽了,一个顾承不够,现在江淮宁也为她出头,搞不懂陆竽有什么过人之处。顾承帮她说话还能想得通,他们以前就认识,是要好的朋友。江淮宁是从北城转来的,两人都没认识几天!

方巧宜越想心里越恼恨,没注意到程静媛打量了她许久。

"方巧宜。"

直到程静媛叫了她一声,她才从自己的世界里抽出神思,神情恍惚地看着程静媛,用眼神问程静媛叫住自己有什么事。

程静媛:"想什么呢,喊你你都没听见。"

"没什么。"方巧宜脸色还有点白,说完咬了下唇角。

被江淮宁嘲讽的事情她当然不可能讲出来,这不是平白让人笑话吗?

程静媛偏偏提到江淮宁的名字:"早读看到你和江淮宁在说话,你们聊什么了?"

方巧宜偏头看她一眼,眼神充满戏谑,在心里冷冷地嗤笑一声。

搞了半天,程静媛主动凑上来讲话是为了打听江淮宁跟她聊了什么。

思绪转了一圈,方巧宜突然不想隐瞒了,幽幽地叹一口气,假装苦恼地说:"他哪是跟我聊天啊,分明是为了陆竽。"

"陆竽?"程静媛目露困惑。

"是啊。"方巧宜露出一个苦笑,"我昨天不是跟陆竽吵架了嘛,陆笋可能添油加醋跟江淮宁说了这件事,他就趁着早读时间警告我,以后别为难陆笋,最后那话里都有威胁的意味了。你说他这是什么意思?"

程静媛扯了扯唇角,一时回答不上来,心情简直跟跳崖一样,直直地坠下去,让她险些喘不过气。

江淮宁帮陆笋说话?

这个念头闪过脑海,她的心口就止不住发堵。

平心而论,陆笋长得很漂亮,皮肤白白嫩嫩的,五官不够惊艳,凑一块却很养眼,笑起来的时候,那双眼尤其动人。心里不想承认,却不得不承认如此。陆笋性格也很好,开朗大方,丝毫不扭怩,温和沉静的样子不管是男生还是女生,都很难不对她产生好感。

也有可能是她想多了,江淮宁对陆笋没那个意思。

江淮宁品行好,看不惯方巧宜欺负同学,口头警告一声而已。

自我安慰一番,程静媛情绪好了许多,走到教室门口松开了方巧宜的手臂:"我回座位了。"

方巧宜目光跟随她到座位,瞧见她趴在桌上一副神游天外的样子,勾勾嘴角,轻不可闻地哼笑。

5

下午第三节是体育课。男生对体育课的热衷程度自不必提,铃声一响,后面几排的男生就一窝蜂从后门涌出去了。

橙红色的塑胶跑道在太阳的炙烤下,散发着一股子不怎么好闻的味道。绿茵茵的人工草坪被晒得油光发亮。

体育老师康永鹏穿着深蓝和白色相间的条纹Polo衫,灰色运动长裤,戴着一顶棒球帽,身材高大魁梧,两手叉腰站在塑胶跑道上,目光锁定落在后面的几个女生,捏起胸前挂着的口哨吹了两下:"快点,磨磨蹭蹭的。"

几个女生小跑起来,归入班级的队伍中。

上课铃声在这时候响起,康永鹏抽出腋下夹的蓝色文件夹,翻开封皮:"先点个名,念到名字的同学答到。"

名字点完,没有缺勤的,康永鹏合上花名册:"原地解散,自由活动。不许出校门,不许回教室,下课我要再点一遍名,人不在按缺课记名。"

大家欢呼一声跑远了。

一眨眼的工夫,篮球场上围了里三层外三层,女生们的尖叫声不绝于耳。

陆笋在打羽毛球:"那边什么情况?"

叶珍珍踮脚朝那边瞅了一眼,她个子高,视野比较开阔:"好像是江淮宁和顾承他们组队打篮球赛。"

这一节不止他们一个班上体育课,粗略计算应该有三个班,其中两个班是高一的。

张颖蠢蠢欲动:"怎么办,我也好想看班草打篮球。"

开学这几天,江淮宁早已被默认为高二(8)班的班草,都不用发起投票。江淮宁其人,颜值高和气质好是毋庸置疑的,唯一不确定的是他的学习成绩。不过,"班草"这个名号,颜值是首要,其他的不重要。

陆竿甩起羽毛球拍扛在肩上,一脸无奈地看着张颖:"有没有搞错,是你邀请我陪你打羽毛球的哎。"

在旁边候补的叶珍珍笑了,告诉张颖一个事实:"你现在过去也没用,占不到好的观看位置,没看那边被挤得水泄不通?"

张颖垮着小脸,惆怅地叹一口气,弯腰捡起地上的羽毛球。

陆竿淡淡地提醒:"你还有两个球。"

张颖:"你就对班草和顾承的篮球赛不感兴趣吗?篮球赛啊!想象一下,帅气的男生们在球场上奔跑跳跃时的矫健身姿,再露个腹肌什么的,简直不要太迷人!"

陆竿不知道该怎么说,她已经在开学前见识过江淮宁和顾承打球的场景了,确实赏心悦目,堪比青春偶像剧里的画面。正因为已经看过了,没什么好稀奇的,她才没有前去凑热闹。

另一边的篮球场,比赛如火如荼地展开,江淮宁和顾承各带一队,比分咬得很紧。双方每进一个球,周围都响起一片欢呼。

高一两个班的小女生比较疯狂,尖叫声尤为响亮。

一片尖叫声中,夹杂着陆竿一声突兀的抱怨:"完了完了,这下怎么办?"

张颖和叶珍珍同时仰起头,望着翠绿枝叶间一抹亮眼的白色,露出苦恼的表情。

刚刚陆竿接球时用力过猛,一拍子抽过去,羽毛球被扇飞了,再经由一阵风吹,挂在了一棵高大的杨树上。

"这么高,我再长高一米也够不着。"张颖不甘心地踮起脚试着伸手,距离卡住羽毛球的那根树杈还有好长一截。

陆竿抬高手臂,用手里的羽毛球拍去戳,同样够不着。

她也不知道自己是怎么打的球,竟然飞那么高。

"怎么办?"陆竿仰头仰得脖子都酸了。

"我再试试。"

叶珍珍绷着一张小脸,往后退两步,攒足力气猛地冲上去,踹了大树一脚,想通过摇晃树干让羽毛球自由落地。可惜这一排杨树是建校初期栽种的,几十年过去,如今树干粗如水桶,一脚踹过去,不仅纹丝未动,还差点把自己给撞翻了。

张颖看着叶珍珍跟跄好几步险些跌倒,控制不住笑出声来。

"你还笑!"叶珍珍佯怒,转头寻找救星,"喊个男生过来帮忙吧,看看能不能找东西给砸下来。下课后羽毛球和球拍要归还器材室的。"

有一个男生刚好经过。

沈欢拎着一袋子从小卖部买的矿泉水,路过时见三个女生围着一棵树左顾右盼,乐呵呵地问:"你们这是在干什么?"

"你来得正好,羽毛球卡树上了,能不能帮忙弄下来?"叶珍珍指了指树梢。

沈欢停下步子抬头一看:"这么高?"

他把一袋子矿泉水放地上,两手叉腰仰面观察,寻思着怎么才能弄下来:"我这身高也够不着啊。"他扭头朝一旁的篮球场高喊一声,"老江,过来帮个忙!"

刚打完半场,一群男生或站或坐,顶着太阳说闲话。沈欢号一嗓子,男生们看了过来。

江淮宁从人群中走过来,臂弯里夹着篮球。刚进行完一场剧烈运动,他额前的黑发全湿了,面颊染上一层薄薄的红晕,唇色比平时鲜艳许多。颗颗汗珠顺着脸往下淌,白皙的脖颈上也是汗,没入衣领里。

"叫我过来干什么?"他走到近前,看看沈欢,又看看边上的陆竿,说话声带着粗重的喘息。

沈欢抬手一指:"羽毛球卡树上了。"

江淮宁舔了舔干燥的唇,仰起脖颈往上看,颈项的线条随着仰头的动作拉伸,凸出尖尖的喉结,底下有颗浅褐色的小痣,本来不打眼,这一下全然暴露在视线里。

跟过来围观的几个女生都有点不敢直视了,这人不经意间的举动都养眼得要死,多看几眼心跳都止不住加速。

"我试试。"

话音落地,江淮宁后退一步,扬手抛出手中的篮球,瞄准了羽毛球的位置。然而人算不如天算,位置倒是瞄准了,篮球却正好卡在上面下不来。

周围的空气有点安静,只余风吹树叶的"沙沙"声。

江淮宁挠了挠头发:"这下好了。"

陆竿没想到会是这样,抿着唇有些哭笑不得。

"嘿,我就不信邪了。"沈欢耐心告罄,暴脾气上来了,一弯腰脱了脚上的球鞋,铆足了劲砸上去。

那只灰色的球鞋像飞镖一样射出去,不偏不倚,恰好以一个刁钻的角度卡在树杈上。

接二连三"损兵折将",沈欢彻底泄气。

人群中不知是谁"扑哧"了一声,带动着所有人都笑喷了。

笑声持续了好久,引起了顾承的注意。他原本坐在篮球场旁的一块草地上,起身拍了拍裤子上的草屑,抬步朝热闹中心走去:"怎么了?"

沈欢刚收起笑容,一听他问,又禁不住笑得嘴角抽搐,抬手指给他看。

顾承一手捋起额前的湿发,眯着眼往他指的方向看,一个三角树杈上,挂着球鞋、篮球、羽毛球……

他嘴角抖动一下,溢出一声短促的笑:"这是干吗呢,在树上摆摊?"
男生吊儿郎当的语气,带着一股幽默感,周围的人又是好一阵哄笑。

"承哥,靠你了。"沈欢拍了拍他的肩膀,"不要辜负我对你的期望。"

"去你的。"顾承一耸肩膀,将他搭在自己肩上的手抖落下去。

"你行不行?"江淮宁也有些忍俊不禁,走到顾承跟前,打量一下他的身高,再看看那根树杈的高度,"要不你踩我肩上叠罗汉?或者我踩你。"

他们两个的身高加起来应该差不多能拿下来。

"不需要。"顾承瞅了江淮宁一眼,挥挥手,让江淮宁退到一边去,他自有办法。

江淮宁迟疑地让开,只见顾承俯冲了一段距离,一个跳跃攀到树上,动作灵活得跟猴子似的,三两下爬得高高的,伸手够着了树杈,依次扔下球鞋、篮球。

"你们干什么呢!"

康永鹏转悠一圈,远远望见一个学生攀到树上,扯着嗓子吆喝了一声,紧接着吹了一声口哨以示警告。

顾承两手一松,直接跳落到地上。

康永鹏疾步走来,拨开人群到了顾承跟前:"爬那么高掉下来怎么办?一点危险意识都没有!"

周围的人七嘴八舌地帮着顾承解释。

"老师,羽毛球打到树上了。"

"是啊是啊,想了各种办法拿不下来。"

弄清楚事情原委,康永鹏警告了顾承几句,念在他不是故意爬树,没惩罚他。

等体育老师走了,顾承才举起手里的羽毛球,声音散漫地问:"谁的?"

陆筝晃了晃羽毛球拍:"我的。"

见认领的人是她,顾承勾起一边唇角笑了声,两根手指夹着羽毛球,在她脑袋上戳了戳:"小心一点,再打到树上自己爬上去拿。"

"知道了。"陆筝捂着脑袋。

顾承这才肯把羽毛球还给她。

陆筝拿着羽毛球,没有再打的心思,去归还器材。张颖和叶珍珍陪她过去。三人听见路过的几个学妹低低的议论声。

"那个男生也是高二(8)班的吗?好帅啊。我服了,八班的帅哥怎么那么多!我们班一个没有!"

"那个男生爬树上的时候,腹肌露出来了,身材好好。"

"噫,你的关注点要不要这么清奇。"

"随便瞅一眼就刚好看见了嘛。"

张颖撞了撞陆筝,朝她轻挑了一下眉,表情满是揶揄:"她们在说顾承吧,听说你俩是青梅竹马,你什么感觉?"

"什么什么感觉?"陆筝问完,立刻明白过来她的意思,一字一顿道,"别误会,我们就只是好朋友!"

校园生活太枯燥,正处在青春躁动的时期,男生女生之间的互动稍微亲近一点都会引来关注。

下课铃声打响,男生们意犹未尽,拖拖拉拉地从球场撤离。

刚进教室,第四节课的铃声响了起来。这一节在课程表上写的是"课外活动",实际上是自习课。

上课没多久,杜一刚过来巡视,通知一件事:"明后两天开学考,晚饭后记得把课桌挪开,桌面和桌屉里的东西清理出来,一片纸都不能留。考试安排表稍后班长过来拿一下,贴到教室前面的墙上。"

班里的气氛因即将到来的开学考而变得异常躁动。

晚自习前,班长曾响贴完了考试安排表,组织大家布置考场。

一时间,教室里充满了桌椅挪动、搬运东西的嘈杂声响。

原本是单人单桌,因为教室里空间有限,只能将两张课桌或三张课桌拼在一起,考试的时候自然不能这么分布,课桌与课桌之间的距离得拉开。这样一来,有些课桌没处放,只能摆起来堆在教室后墙角。

陆筝准备拖拽课桌时,顾承抬手一挥,阻止了她的动作:"放那儿别动,我帮你搬。"

他搬起她的课桌,放到另一侧。

陆筝将桌面上和桌屉里的课本装进瓦楞箱里,抱到讲台上,只留了几本要复习的资料放在课桌上。

其他的同学也一样,要么把书堆放讲台上,要么搬到外面的走廊上。

一切整理妥当,陆笋出了一头汗,坐下来歇气。

她和江淮宁仍旧是前后桌,相隔不远的距离。她随口问了句:"你在哪个考场?"

江淮宁刚看完考场安排表,听见她问便回答:"十三考场,好像就是十三班,我还不知道在哪儿。"

黄书涵就在十三班,陆笋当然清楚方位,指给他看:"对面四楼,最右边那间教室就是。"

江淮宁点了下头,表示记住了:"你在哪个考场你看了吗?"

"等会儿去看。"陆笋朝讲台望了一眼,贴着考试安排表的地方挤满了人,现在过去估计什么也看不到。

江淮宁说:"我帮你看了,在三考场,25号座位。"

陆笋大大的眼睛扑闪两下:"谢谢。那我就不用去看了。"

片刻后,顾承从讲台上一步跨下来,迈着慵懒的步伐到她跟前,手指骨节弯曲,敲了敲她的桌角:"三考场25号。"

"我已经知道了。"陆笋仰头看着他,"你在哪个考场?"

"十七考场。"顾承一扭身坐到自己的位子上,抓起桌上一支笔随意地在指尖翻转,毫不在意自己在哪儿考试。

陆笋一想到明天要考试就控制不住紧张,尽管她暑期里并未荒废高一的知识点,反而时常拿出来巩固。没办法,她从小到大就属于心态特别不好的那一类学生,不管大考小考都非常在意。

静了静心,她翻开一本数学习题册开始复习。

刚看完一道错题,过道里传来熟悉的对话声。

孔慧慧轻声细语地问:"方巧宜,你在哪个考场?我在本班考试哎。"

方巧宜答:"三考场。"

陆笋笔尖颤了颤,在习题册的空白处画了一道不规则的线条,跟毛毛虫一样。

回想起上学期期末考试时那一幕,她有些烦躁地闭了下眼,心想真是阴魂不散。只能祈求方巧宜的座位离她远远的,免得受其干扰,影响发挥。

第三章
近水楼台先得月

1

可惜天不遂人愿。

第二天早上到了考场，陆笋坐下没过一分钟，方巧宜就进来了，坐在隔着一条过道的侧后方。

两人短暂地隔空对视一眼。

陆笋暗暗吸气，调整了下呼吸，抛开那些乱七八糟的心思，拉开笔袋的拉链，从里面拿出一支黑色中性笔。

第一场考语文。这是陆笋的强项，大大小小的考试中几乎从未失手。答题卡和试卷发下来，她先翻看了一下，低头写上姓名、班级、学号，沉静下来做题的时候就忘记了方巧宜的存在。

一上午的时间飞快流逝，铃声响起时，陆笋刚好检查完一遍作文，确定没有错别字，交了上去。

她拿上卷子和笔袋，抬眼看见方巧宜从教室后门出去。

那一晚在宿舍争吵过后，方巧宜彻底拿她当空气，没跟她说过一句话，偶尔在过道里擦肩而过，她连眼皮都不会抬一下。

陆笋觉得这样也挺好。

既然注定做不成朋友，不如当陌生人，只要她别再搞一些上不得台面的小动作。

中午吃了饭，回到班上午休，路过江淮宁的座位时，陆笋问他："考得怎么样？"

这是他来晓山高中参加的第一场考试，班里的同学比他本人还要关注他的成绩。江淮宁想了下，按照真实情况说："作文不会写，瞎写的。"

陆笋不知怎么接话。

不过，这次的作文立意确实不好把握，她下笔前也犹豫了很久。

下午考数学。考试时间过半,陆笋对着眼前一道大题摸不着头脑时,一个纸团突然"啪"的一声落在脚边,将她惊了一下。

她下意识地垂眸看向地面,而后抬起头茫然四顾,不知是谁扔过来的。

第一时间怀疑到方巧宜头上,陆笋朝方巧宜的座位看去,方巧宜侧身对着她,一只手撑着额角,另一只手握着笔,正专注地写题,好似对纸团一事一无所知。

陆笋有些迷惑,还有些不知所措,冷不丁听见监考老师厉声道:"那个女生,左顾右盼干什么呢?"

另一名监考老师低声问:"怎么了?"

先开口的那一位老师没回答,下了讲台径直走到陆笋跟前,低头看了眼她脚边的纸团,视线上移,看着陆笋神情慌乱的一张脸:"怎么回事?"

同考场的其他考生纷纷看过来。

一道道目光落在陆笋脸上,犹如实物砸过来,让她的心一瞬悬了起来。

"我不知道。"陆笋说完就抿紧了唇,不关她的事。

监考老师弯腰捡起纸团,展开一看,上面写了选择题、填空题的答案,还有一道大题的解题步骤,一股火顿时涌上头顶。

"作弊?"

"不是我的。"陆笋不知道要怎么解释,翻来覆去就一句话,"不是我的……"

"不是你的是谁的?纸团就在你脚边!"监考老师对作弊的学生深恶痛疾,疾言厉色道,"你告诉我,谁扔过来的?这上面写着答案,不是作弊是什么?啊?我看你就是不见棺材不掉泪!"

另一位监考老师也走了过来,压下那位老师抬起来的手,温声劝说:"严老师,先让学生们考试,考完再追究,你这样影响其他同学。"

"她还用考试?一旦作弊,这门考试的成绩就作废了!"

"学生也说了,不是她的纸团。"

"她说不是就不是了?你见过几个作弊的学生肯承认自己作弊?田老师你就是性子太好,我跟你说,作弊这种事绝不能容忍,有一次就会有第二次……"

"这学生我以前教过,真不是会作弊的。"说到最后,田照华搬出自己认识陆笋的事实,"我高一带过的一个班里的学生,成绩不错。"

"这样?"严春荣迟疑了一下,气焰平息了些。

田照华从他手里拿过纸条,粗略地扫了一眼,再看桌面上陆笋的答题卡:"你看,这道大题她已经写完了,在你过来前也没碰过这个纸团,谈何作弊？"

严春荣看看纸条，又看看陆笭的答题卡，心中的天平摇摆不定："难道是她给别人递答案？那也跟作弊没区别了。"

田照华坚持自己的处理方式："事实究竟如何，咱们等考试结束再说。"顿了一下，他声音略高一些，让教室里的学生都能听见，"考场的监控开着，回头去查一下就知道是怎么回事。"

严春荣疑惑地瞅了田照华一眼，监控开了他怎么不知道？

对上田照华饱含深意的目光，他一下子反应过来，连忙应和："对对对，监控开了。"

田照华捏着纸条，再看陆笭，这孩子明显被吓得不轻，眼眶都红了。他默叹一口气，敲了敲桌面："没事，安心答题。"

陆笭没抬头，握着笔的那只手攥紧，脑子里思绪纷乱，犹如飓风刮过，让她迟迟静不下心审题。卷子上的字好像牵着手跳舞的小人，她一个也看不进去。

隔着一条过道的侧后方，方巧宜上一秒还得意暗爽，听到田照华的话后，呼吸就有些乱了。

考场开了监控？

方巧宜看向黑板上方的白色圆形摄像头，她当然知道每个教室都安装了摄像头，平时就是个摆设，根本不会打开。开学考也不是重要考试，有可能开监控吗？她不敢确定。

原本只是想教训陆笭，让她抬不起头，如果搭上自己就不划算了。

方巧宜咬着唇，一时踌躇起来，要主动承认吗？这样后果不会太严重。田照华教过她，性子很好，兴许心一软就不追究了。若是等他们查了监控，事情就闹大了，可能会全校通报批评。

还是说她要赌一把，假装无事发生，也许教室里的监控没开，老师之所以那么说，是想要吓唬作弊的学生。

到底要怎样选择？

整人的时候她没想那么多，眼下倒让自己陷入进退两难的境地。

要死了，完全没心思做题。

方巧宜偷偷瞥了一眼陆笭，眼里划过一抹浓浓的烦躁，都怪她！

似乎没过去多久，刺耳的铃声乍然响起，陆笭吓了一跳，慌忙写上草稿纸上演算出来的答案，下一秒答题卡就被人扯走了。

心情糟糕透顶，她重重地呼出一口气。

方巧宜看了眼讲台上整理答题卡的两位监考老师，脑中天人交战，最终一咬牙出了考场，将一切抛诸脑后。

陆笋迟迟没离开，等考场里的学生走得差不多了，她才抬步走到讲桌旁，小声唤了一句："田老师。"

田照华放下一摞答题卡，目光随之落在她脸上，面带笑意问："怎么了？下考了还不去吃饭？"

"我真的没有作弊，我不知道那个纸团是从哪里扔过来的，不是我的。"陆笋怕老师误会。作为学生，她背不起这样的黑锅。

"老师相信你。这件事老师会处理，去吃饭吧。"田照华语调温和，笑起来眼角皱纹横生，带着长辈的包容和宽厚。

陆笋抿了抿唇，轻应一声，离开了考场。

严春荣看了一眼那个女生的背影，心中微微触动，收了视线忍不住感慨一句："我那会儿确实有点着急上火。"

"岂止，一副要吃人的样子，活阎罗。"田照华笑道。

严春荣一秒板起脸，说回正事："咋办？你故意说考场开了监控，是想犯错的学生主动承认。现在人都走光了，没人站出来认领这纸团，你说说这件事要怎么处理？不管了？"

"没说不管。"田照华淡声说了句，从裤子口袋里摸出那个纸团，展开放在讲桌上，分出一半答题卡给他。

严春荣："什么意思？"

"比对字迹。"田照华手指点了点纸上的字，"这上面写了一道大题的答案，只需要比对答题卡上这道大题的字迹就行了，应该不难。"

严春荣惊呆了，没想到还能这样。

"赶紧的，答题卡得尽快送到数学教研组。"田照华扫一眼最上面一张答题卡，字迹对不上，随手扯到一旁。

严春荣见状，没再耽误时间，快速比对起来。

天花板上的吊扇"嘎吱嘎吱"地转动，两位老师站在讲台上有条不紊地翻看答题卡。

"哎，田老师，你看是不是这个学生？"严春荣指尖一顿，抽出一张答题卡，递到田照华面前。

田照华接过来，一一对照，别说字迹，连数学符号都写得一模一样，准没错。

他记下这个考生的姓名、班级和学号，再将散乱的答题卡整理好，装进密封袋里，松口气笑笑道："行了，交差吧。"

物理、化学、生物三科还没合并为理综卷，每一科都要单独考，考试时间安排得比较紧密。

第二天连考四门，上午两门，下午两门，放学比平时晚。

吃完晚饭回到班上，同学们各自行动起来，将桌椅挪回原位。

顾承帮陆竿把课桌搬回来，并在自己的课桌旁。陆竿自己去讲台上抱回一箱子书本，整理好放到桌面上和桌屉里。

"你让人毒哑了？"顾承万分不解地偏头打量陆竿，这小妮子从昨晚到今天一句话没说。

陆竿没好气地翻了翻眼皮，抄起桌上的书在他背上拍了一下，原话奉还："你才被人毒哑了！"

沈欢扭头说："承哥，你说你是不是贱得慌？人家好好的，你非要招惹一下，挨一顿打舒服了？"

顾承踹了一脚他的凳子："我看你才需要挨顿打。"

沈欢缩缩脖子，一副怕了他的样子。

"各科课代表去教研组拿参考答案，已经打印出来了。"曾响刚从教室外进来，手里拿着一根烤肠，站在讲台上高声提醒。

按照以往的惯例，考试一结束，各科课代表拿来参考答案，大家先自己对照答案纠错，接下来两天老师们会评讲试卷。

陆竿这个语文课代表行动迅速，语文答案是第一个发下来的。

大家立马翻出试卷对照着修改，片刻后，小小一间教室里炸开了锅，各种抱怨声飘在空中。

"阅读理解全错，我服了。"

"我作文写跑题了，更离谱好吗？"

"还有我，我作文也写跑题了。"

"文言文翻译我自己翻译完把自己逗乐了，这都什么鬼啊。"

听着一声声哀号，陆竿有些想笑。发完最后一张答案，她顺着过道回自己的位子，不经意看见江淮宁眉头拧得死紧，配合那张原本就有些清冷出尘的脸，让人不敢靠近。

难道他考得不好？

陆竿在心里猜测一番，倒也没问出口，坐到椅子上，跟其他人一样对照答案修改错题。

沈欢笑着问："哎，同桌，考得怎么样？"

刚好听到这一句，陆竿停了笔，竖起耳朵偷听。

可是等了好几分钟，江淮宁一个字没透露。

她疑惑地抬起头，视线里，江淮宁脊背线条微弯，低垂着脑袋，手里握着一支笔在试卷上写写画画，没拿沈欢的话当回事。

陆竿突然觉得自己偷听的行为有点好笑，还有点无聊。

2

第一节自习课不知不觉结束,其他科也都发了参考答案,一张张试卷看过来,陆竽的心情沉到了谷底。

尤其是数学,她考试后半段心态受到作弊事件的影响,简单的题算错了答案,有难度的题没能沉下心思考。

陆竽估算出大概的分数,只觉得天都塌了。

翻到前面,对着其中一道选择题发呆,犹豫之下,她拿笔戳了戳江淮宁的后背。

江淮宁正举着杯子喝水,猛地被她一戳,呛了一口水,一边咳嗽一边抬起手背抹嘴角,扭过头来,唇角还沾着水渍。

"我不知道你在喝水……"等他转过身,陆竽彻底呆住了,目光扫过他胸前一小片洇湿的水痕,对自己的莽撞行为感到懊恼。

"有事你说。"江淮宁清了清嗓子,随手搁下水杯。

"问你一道题。"

陆竽潜意识里认为他肯定会,于是没有先问他会不会做,扯过卷子,指着上面一道选择题给他看。

江淮宁看到括号里陆竽填写的C选项:"你这不是做对了吗?"

"我瞎蒙的,遇到不会的就选C。"陆竽手里握着红笔,尾端抵在下唇,莫名地有些不好意思,"运气好蒙对了。"

四个选项,正确率百分之二十五,蒙对一题得五分,那也挺厉害的。

江淮宁看了眼题目,侧过身在自己桌面翻找草稿纸。

"是找草稿本吗?我有。"

陆竽扯了个用过的本子翻到背面,是干净的空白,她平时就用这个打草稿。

江淮宁随手从她桌上拿了支笔,在指尖转了一圈,停下时,一串串公式被列在草稿本上:"这道题主要考的是数列的函数特性,根据题意,首先可得 an 通项公式……"

江淮宁讲题语速缓慢,让人很轻易就能跟上他的思路,一步步往下推算。

顾承趴在桌上枕着手臂睡觉,被男生清朗的声音吵醒了,一只手支起脑袋,歪着头眯起眼睛看过去。

目之所及,陆竽伸长脖子盯着江淮宁手下的草稿本,嘴唇微抿,表情格外认真,微微拧起的眉心显示她正在思考。江淮宁时而垂眸看笔下的公式,时而抬眸看陆竽的脸,确认她听懂了再进行下一步讲解,神情同样认真,像极了教书育人的老师。

男生生就一副好相貌,一举一动都透着与众不同的卓然气质,哪怕讲个题,那幅画面也像在拍电影。

两人的脑袋就隔了半臂的距离,说着说着还越挨越近。

顾承眉心一拧,看着碍眼,于是拾起桌上一块橡皮抛出去。

橡皮直直地砸中陆竿的脑门。

陆竿吓一跳,一手捂住脑袋,抬眸瞪过去一眼:"你干吗?"

江淮宁的视线随之瞥去,顾承一脸懒散笑意,开玩笑似的对陆竿说:"脖子抻老长,你是长颈鹿啊?"

"要你管。"陆竿驳了他一句,"睡你的觉,别捣乱。"

"被吵醒了还怎么睡?"

"那就别睡了。作业写完了吗?没写完赶紧写,第二节晚自习要交,别指望我给你抄,你自己说了下不为例的。"

"得,写作业就写作业。"顾承扭了扭脖子,骨节僵硬,随着扭动"咔咔"作响。

他打了个绵长的哈欠,生无可恋地揉了一把头发,从书堆里找出习题册,装模作样地写题。

陆竿不再管他,指了指草稿本上的步骤,问江淮宁:"这一步怎么算的?我没听明白,都怪他打岔。"

顾承"嘁"一声,强忍着没在她面前骂出口,只斜过去一眼,表达自己的不满。

不过他这表情没被陆竿瞧见,她一心扑在数学题上。

江淮宁一手按着草稿本,重新讲了一遍,演算过程给她详细写在一旁,方便她理解。陆竿眼睛一亮,豁然开朗道:"我会了。谢谢。"

她抬起脸冲他展露出一个灿烂到极致的笑容,清澈水润的眼睛好像月亮,衬得眼角那颗痣都格外好看。

江淮宁一顿,满不在意地说:"小事,以后有不懂的再问我。"

"嗯。"

想到发参考答案时,意外瞅见他心情不怎么好,陆竿逮住机会问他:"你考得不好?"

江淮宁正准备转过身去,闻言,神色颇为错愕地盯着她,不解道:"为什么这么问?"

陆竿指着自己的脸,胡乱比画:"看到你那会儿拉着脸。"

江淮宁被她的表情逗笑了,倒也没隐瞒,十分坦然地说:"作文写跑题了,估计拿不到高分。"

陆筝张口结舌："写、写跑题了？"

她之前听到班里不少同学抱怨，说这次的试题普遍简单，唯独语文是个例外，题目出得变态，不管是阅读理解、文言文翻译，还是作文都很让人抓狂，没想到江淮宁也中招了。

连着两天，老师们没讲新课，都在评讲试卷。

周日全天自习，以往都有老师坐镇，大概开学考的试卷还没批完，上午前两节课没老师带班。

第二节课间时间比较长，等江淮宁上完厕所回来，陆筝拿着资料书找他请教物理题。

"江淮宁，帮我看一下这道题行吗？"

有一就有二，先前问他问题他没推辞，还很热心细致地解答，以至于陆筝再有不懂的问题想找他请教，就没有那么多顾虑和心理负担。

"我看看。"江淮宁单腿跪在凳子上，弯腰弓背，手肘撑着她桌面上的书。

"这道。"笔尖在那道题上点了下，陆筝自己也明白问题出在哪里，有些窘迫地说，"受力分析好像画得不对吧？"

江淮宁没看题，首先注意到旁边的图形，坡道上一辆小车放着几个小方块，上面有陆筝用铅笔画的受力分析。

"少画了一个。"他很快下了结论，从陆筝手里抽走笔，给她添了一道，"先自己算，再有不懂的我给你讲。"

陆筝"哦"了声，埋头列物理公式。

江淮宁暂时没坐下，保持着姿势不动，目光直直地落在她笔下，看着她写。

一股淡淡的馨香窜入鼻尖，江淮宁莫名其妙地、下意识地滚动了下喉结。

顶着灼灼目光，陆筝压力有点大，生怕展现出自己愚笨的一面。

周日的大课间不用做操，班里嘈杂得跟一锅煮沸的粥似的，吵得顾承没法儿睡觉，他出去找周鑫、邓洋杰、李德凯去小卖部晃悠了一圈，买了一堆零食回来，恰好看到这一幕：两人一个弓着身，一个坐着，头挨头讨论题目。

没完没了了？

脸色晴转多云，顾承落座时故意将凳子挪得"刺啦"一声响。

陆筝没受他影响，一气呵成解完了题，递给江淮宁看，两只手置于胸前，一副"猫猫揣手"的样子，心里有点忐忑。

江淮宁大致扫了一眼:"对了。"

陆笋如释重负地舒口气，眉眼舒展开来。不夸张地说，被江淮宁盯着做题，她后背都出汗了。

"吃不吃？"顾承将买来的零食放桌上，问陆笋。

陆笋头也没抬地说了句"不吃"，继续做题。

物理是她的天敌，永远无法和解的那一种，得死磕到底。

"江淮宁，外面有人找。"

教室后门处，曾响靠着门框朝里面喊了一声，而后露出一个揶揄的笑容。

江淮宁闻声抬起眼眸，神情散漫地往外看。走廊上三个陌生的女生挤挤挨挨地站着，朝教室里张望。中间那个女生对上他的视线，一瞬变得羞赧，微微低头含胸，脸都红了。

一左一右两个女生推搡她，像是给她打气。

顾承扭头看了一眼，瞬间明白是什么状况，眉梢一抬，吹了声响亮的口哨："某人的桃花开了，一朵，两朵，三朵！"

江淮宁面无表情地出了教室。

沈欢托腮看着同桌远去的背影，"啧啧"了好几声："上次体育课后，不少女生找班里同学打听老江，我撞见过几次。前几天忙着开学考没时间想其他，现在考完了，那些小女生的心思就活络了。"

陆笋的目光跟随江淮宁的身影到教室外。他身高腿长，脊背挺直，侧影在走廊深蓝色栏杆的映衬下俊美如画。

他站在三个女生面前，动了动嘴唇，说了什么听不清。

陆笋收了视线，低头写题，默默地叹了口气。

那几个女生看起来好像是高一的学妹。

陆笋又写完一道题，江淮宁还没回来，她看了眼桌上的小电子表，距离上课还有十五分钟。她从桌屉里拿出一个比拳头还大的脆桃，去外面的水龙头洗干净，一掰两半，举起一半啃了一口。

清甜的汁水在嘴里流淌，果肉又脆又香。

目光一扫，走廊上的江淮宁回了教室，站在中间的那个女生一脸失落地撇开头，旁边两个女生轻拍她肩膀安慰。

又啃了一口脆桃，陆笋的视线不期然与程静媛的对上。

程静媛刚才一直在注意江淮宁的动向，眼见那几个女生失望离去，她心底舒畅不已。

"陆笋。"程静媛忽然叫住她。

陆笋嚼着脆桃，表情茫然："嗯？"

"你过来一下。"程静媛不等她出声就拉住她的手臂,把她拉到自己的座位旁,神秘兮兮地问,"江淮宁的生日你知道吗?"

陆竿大眼睛眨巴几下,摇头:"我不知道。"

程静媛却没气馁:"你帮我问问呗。"

陆竿神色纠结,突然问人家生日,会不会显得很奇怪?

"帮我问问嘛。"程静媛软着嗓音撒娇,薄薄的齐刘海下一双动人眼眸,看着跟小鹿似的。

方巧宜在她面前暗示过江淮宁对陆竿很特别,据她这几天观察,他们就是普通朋友之间的相处,比一般同学稍亲近一点,是坐前后桌的缘故,没有别的什么。方巧宜和陆竿闹矛盾,八成是想拉拢她一起针对陆竿才故意那么说,她差点就上当了。

陆竿犹豫几秒,勉强答应:"那……好吧。"

她磨磨蹭蹭回到座位,目光盯着江淮宁看,像是要把他看出个洞来,脑中飞速运转,在想怎么能自然而不生硬地问出他的生日。

江淮宁很快察觉她的视线,扭头问:"又有题不会?"

"啊?"陆竿回过神来,赶忙摇头,"不是。"

江淮宁疑惑:"那你?"

看着他欲言又止,她是想干什么?难不成跟沈欢一样,好奇他和外面那个女生说了些什么?

他觉得陆竿没那么无聊。

"我就是想问你……"陆竿嘴巴跟黏住了一样,支吾半天,吐出几个无关紧要的字眼,"你吃桃吗?"

无语,她要问的不是这个啊。

陆竿想拍脑门骂自己笨蛋,怎么回事,被他盯着她就问不出口了,心脏乱跳。

江淮宁勾勾手指:"拿来。"

正事没打听出来,还赔了半个桃子,陆竿盖章认证自己是个废物。然而话是她说出来的,不能反悔,于是忍痛奉上另外半个没啃过的脆桃。

江淮宁啃了一口桃子,评价道:"很甜。"

顾承从外面进来心情就不大好,摆着一张臭脸,活像别人欠了他八百万没还。他眼睁睁看着陆竿将半个桃子给了江淮宁没给他,整个人就更暴躁了。

他厚着脸皮伸手朝陆竿要:"我的呢?"

陆竿:"什么?"

"你说呢?桃子。"

"没了。"陆笋摊手,"不是我买的,黄书涵给我的,只有一个。"

只有一个,给了江淮宁不给他?绝交吧。

顾承气得后槽牙都咬紧了,双手抱臂靠着后桌,疯狂地抖腿。后面的桌子遭殃,跟发地震似的摇晃个不停。

趴在后桌睡觉的男生揉了揉眼角,一脸痛苦状:"承哥,别摇了,我感觉在坐摇摇车。"

顾承:"智障。"

江淮宁啃着桃子,心情还不错的样子,主动回答起沈欢方才的八卦问题:"也没说什么,那个女生问我对她什么想法,我说没什么想法。"

沈欢明摆不信他的话:"在外面那么久就说这两句话?鬼才信。"

"她还问我对什么类型的女生感兴趣。"江淮宁补充。

"你怎么回答的?"

"我说……"

江淮宁笑眯眯地停顿一下,勾起了沈欢的好奇心,陆笋也被吊起好奇心,不由得屏住呼吸静等答案。

"年级第一的学霸。"江淮宁接着说完后半句。

沈欢竖起大拇指:"还是你厉害。"

年级第一的学霸,那不就是江淮宁本人?

不对,"年级第一"也有可能是指其他年级的年级第一,还有可能是文科第一。

江淮宁像是看穿了他的想法,将最后一口桃子丢进嘴里,撑得一边腮帮子鼓起来:"年级第一哪有这心思?"

沈欢语调上扬:"那可不一定哦。"

陆笋听了一耳朵八卦,都快把程静媛交代的事情抛到脑后了,等她想起来自己的任务,小心翼翼地唤了声:"江淮宁。"

"嗯?"少年扭过头,脊背线条绷得笔直,清隽白皙的脸上笑容浅浅。

陆笋又不傻,程静媛三番五次打听江淮宁的事情,无非是跟那些女生一样,对他有所企图。

可按他刚说的,程静媛能有办法?除非考年级第一。

那是不可能的。

晓山高中卧虎藏龙,每回考试都会蹦出几个没听过名字的黑马,拿第一难如登天。

所以,陆笋得替她问清楚:"非得是年级第一吗?"

江淮宁眨眨眼,愣住了,只有眼睫轻轻颤动,浓密纤长,漂亮得像蝶翼。

沈欢惊了,没想到少女如此大胆:"鲈鱼儿,你想干啥?莫不是看上我们老江了,想要近水楼台先得月?"

陆竿脸色爆红,头摇得跟拨浪鼓一样:"不是不是,不是我,是我……一个朋友。"她不能出卖程静媛。

沈欢咧嘴一笑,手在胸口拍了拍,食指指向她,抛给她一个神秘的眼神:"你不用解释,我懂。"

3
中午放学,程静媛主动找上陆竿,跟她一块下楼。

陆竿用脚趾都能想到对方找过来的目的,没等对方纠结该怎么问出口,她就略带歉意地说:"不好意思啊,我没帮你问到江淮宁的生日。"

程静媛脸色一僵:"没关系。"

"陆竿!"

一道响亮的女声突然在耳畔响起,程静媛抬起眼眸,见东边楼梯下来一个女生,几步跑到陆竿面前。

程静媛说:"你们先去吃饭吧,我去找个朋友。"

她松开陆竿的胳膊,挥挥手先走了。

"她是你们班同学?怎么脸色怪怪的?"黄书涵歪着头问。

陆竿叹口气,脸上写着"别提了"三个大字,她将大课间的乌龙事件当个笑话讲出来。

"我服了,沈欢现在八成误解了,我解释了无数遍,他不仅不信,还乱脑补。"陆竿说起这个简直头大,两眼望天,被热烈的阳光刺得眯了眯眼。

"哈哈哈,江淮宁怎么说的?"

黄书涵嘴巴大张着,笑得直打嗝。

陆竿回忆了一下另一个当事人的神情,江淮宁还算淡定,起初一脸震惊,转瞬脸色就恢复如常。

"他没说什么,应该不至于误会。"

黄书涵笑够了,停下喘口气,给陆竿一个忠告:"姐妹你真是……傻了吧唧的。你想想,那个程静媛通过你打听江淮宁的事情,到最后事儿没成,她不得对你有点意见?再说江淮宁这边,人家没那个意思,你盲目牵线,万一闹得不愉快多不划算。"

陆竿矢口否认:"我没牵……"

"要牵也该是牵……"黄书涵凑到她耳边小声说,"俊男美女,双学霸组合。"

"谁?"

"笨蛋!"黄书涵敲她脑袋,"近水楼台先得月懂不懂?"

陆筝的表情一言难尽,摇摇头,她现在听不得"近水楼台先得月"几个字。

黄书涵以为她不懂,进一步解释:"你是不是傻?除了同桌,不就前后桌最亲近……"

陆筝连忙捂住黄书涵的嘴,半威胁半乞求:"你可别再乱说了,算我求你。"

这都什么跟什么?

黄书涵发出"唔唔唔"几声,眨眼表示投降,陆筝这才松开她。

江淮宁和沈欢在文科班外等沈黎耽误了几分钟,刚从教学楼出来,一抬眼就看见几步开外两个女生抱在一起窃窃私语。

沈欢联想到陆筝那句"非得是年级第一吗",忍俊不禁道:"老江,问你个问题,如果陆筝真有什么想法,你要答应吗?"

沈黎眉心一跳,抢在江淮宁前面开口:"你说什么?"此话问出来,她有些自己都不曾察觉的心慌。

江淮宁单手插兜,提膝朝沈欢大腿撞了一下:"你缺心眼?"

他看着走在前面的陆筝,女生扎着高马尾,微微弯曲的长发随着步伐一晃一晃,莹白的后颈若隐若现,好像藏了一块玉。

她一看就是那种学习至上的女生,怎么可能会动别的心思。

江淮宁乜了沈欢一眼,低声警告他:"别拿这种事瞎开玩笑。"没看那会儿陆筝解释得舌头都打结了。

沈欢努嘴:"陆筝性格很好玩啊,哪里像开不起玩笑的……"

他后半句还没说完,就接收到江淮宁不大高兴的眼神,立马在嘴巴上比画了一个拉上拉链的动作。

不让说他闭嘴就是了。

翌日,晚自习铃响前,曾响从班主任那里拿来了新鲜出炉的成绩单,张贴在门边的墙壁上,顺便带给大家一个消息。

这周五换座位。

大家一窝蜂挤到门边看成绩,边看边讨论,跟古代放榜时的场景有得一拼。

"江淮宁全班第一,厉害了。"

"早就听说他是学霸,不稀奇。看看年级排名多少?"

"四十一,也很牛了。"

"再往前进一名就跨过奥赛班门槛了!班草不愧是班草。"

"人家现在是校草了,你没看咱学校的贴吧?他的名气传遍全校了。"

不对,老校区和二高的学生也在讨论他。得,考试成绩一出,校草前面得再加个头衔——学霸校草。"

"哈哈哈哈……我们班居然有个数学零分的,这是什么情况?答题卡没交吗?"

"江淮宁数学只扣了五分,怎么做到的?"

"少写一道选择题就做到了。"

"闭嘴,有被伤害到。"

奥赛班只有四十个学生,个个是学霸。江淮宁此次考试排名年级第四十一,确实快够上奥赛班的门槛了。

陆竿还没来得及去看成绩,就已经从其他同学口中听说了江淮宁的排名,心情十分复杂。

不算特别意外,但总归是有些震撼。

学霸口中的"没考好"果然只是说说而已。亏她还担心他作文跑题,语文考砸了,白担心了。

沈欢挤到那群人当中,脖子抻得老长,跟一只大鹅似的,整个脑袋快要趴到成绩单上。

须臾,他满面带笑地挤出来,一副遛弯儿老大爷做派,背着手慢悠悠踱步到座位旁:"老江,全班第一,年级第四十一。"

江淮宁在写物理作业,目不斜视:"知道了。"

"不是我打击你,现在知道我省考生的厉害了吧?"沈欢眉飞色舞道,"你在北城那什么附中是年级第一,来了也就能跟小班的学生比比,暂且够不着奥赛班。"

江淮宁没被他的话打击到,淡定道:"要不下次再看看?"

作为旁观者,陆竿却震惊得无以复加。

江淮宁以前在北城是年级第一吗?这么厉害……

她真是低估他了,以为他只是普通的学霸。

沈欢一扭头就见陆竿嘴巴微张、杏眼圆瞪,一副惊讶不已的样子,"哈哈"笑起来:"我们鲈鱼吓傻了。没事,你考得也还不错,我看了,班里排第七。"

陆竿脸红了。跟江淮宁的漂亮成绩比起来,她这种年级上不知道排到几百名开外的,根本不值一提!

沈欢扬起眉梢夸赞道:"你语文是真的厉害,132分,年级第二。这次语文这么难。"

陆竿没答话,双手捧着脸,整个人仍旧陷在江淮宁考了年级第四十一名的消息里。

过了许久,她认命一般感叹:"人与人的差距就是那么大,不服不行。"

正因为这次语文比较难,帮她提了不少分,拉开了与其他人的差距,否则凭她数学掉的链子,排名不可能靠前。

这是江淮宁第一次参加晓山高中的考试,大概是不熟悉他们学校的考试模式,没能达到以前的水准,说不定下次就赶超奥赛班的学霸们了。

他自己也说了,要不下次再看看?听着就成竹在胸。

陆竿有点忧伤,拿笔戳了戳江淮宁的脊背。

男生猝不及防,被戳得肩膀缩了下,停笔回头,用眼神询问:干什么?

陆竿看向他的眼神糅合了崇拜和卑微,对他的称呼都变了:"江学霸,你还需要我的学习笔记吗?"

他之前找她要高一的学习笔记来着。但是她感觉,以他的成绩似乎不需要。

江淮宁点点头,语气肯定:"当然需要。"

"好吧。"陆竿怅然地叹口气。

为什么怅然?当然是因为这一刻,她深刻认识到自己和真正的学霸之间的差距,说是鸿沟天堑也不为过。

考场上再多给她一个小时,她的数学也不可能考到145分。

江淮宁看着她不停变换的脸色,好笑地问:"你怎么了?"

沈欢插话进来,替陆竿发声:"你傻啊,没看出来鲈鱼被你的成绩打击到了,你这个变态!不给人活路。"

江淮宁听了脑门直冒黑线,凉凉的眼风扫过去:"你刚还说我省考生无比厉害,我根本不算什么,这会儿又说我变态?合着好话歹话全让你一个人说完了。"

沈欢说不过他,索性转移话题道:"你们知道咱班数学零分的人是谁吗?"

陆竿很好奇:"谁?"

沈欢抬了抬眼梢,用眼神指向一个位置,音量低了两个度:"老江前面那位,方巧宜。"

陆竿怔愣,朝方巧宜的座位看去,她还没来。

很快,陆竿就反应过来,有可能是"作弊事件"导致方巧宜数学这一科的成绩作废。那也就是说,扔纸团的人就是她!

陆竿脸色沉了沉。

快打铃了,方巧宜挽着孔慧慧的胳膊走进教室,周围的气氛立刻变了,一个两个眼神怪怪的,瞅着她欲言又止。

方巧宜敏锐地感觉到哪里不对,却不明状况,扭头问孔慧慧:"我脸上有东西？"

孔慧慧端详她的脸,摇摇头。

"奇怪。"方巧宜喃喃,脑袋里全是问号。

孔慧慧见大家围在一起,好像突然明白过来,小声说:"成绩排名出来了。"

晚自习预备铃在这时候响了,挤在成绩单前的一群人作鸟兽散。方巧宜趁机跑过去瞅了一眼,从上到下,视线慢慢移动,许久找不见自己的名字。

她正疑惑,倒数的排名里赫然出现她的名字。

数学那一栏,一个刺目的零分针尖一般刺进眼眶,让她不敢相信眼前的一切是真的。

"巧宜……"边上的孔慧慧看到她的成绩,同样不可置信。

方巧宜僵立在那里,九月份的天,尚且燥热,但她手脚冰凉,像被人兜头泼了一桶冰水。

"方巧宜,老班叫你。"

物理课代表耿旭刚从物理教研组出来,抱来一沓批改过的作业,顺带传达班主任杜一刚的话。

"老师有说是什么事吗?"方巧宜忧心忡忡。

耿旭说:"不知道。"

方巧宜如同提线木偶,脑袋里一片空白,在众人不解的视线下蒙蒙地出了教室。

高二(8)班一时静不下来,议论纷纷。

"数学零分,不至于差成这样吧?"

"对啊,选择题随便蒙也不会是零分。"

"难道是……作弊?"

"又不是大考,一个开学考,没么严格,也值得作弊?"

十多分钟后,方巧宜回到教室,没闹出什么动静,但众人都在有意无意偷觑她,只见她脸色惨白,十有八九挨了顿批评。

班里众人更加好奇了。

方巧宜挪动凳子坐下,侧了侧头,目光冷飕飕地扫了陆竽一眼。那一眼,仿佛淬了毒。

陆竽低头做题,丝毫没有察觉她的眼神。

4

开学考的成绩出来以后,各个班里的同学都在讨论北城来的转校生的分数。

"听说江淮宁这次发挥得不好,他自己都放话了,迟早碾压奥赛班那群精英。"

"真的假的?这么狂吗?"

"八班同学说的。"

"下次月考什么时候?从来没这么期待考试。"

陆竿从水房打水回来,一路都能听见关于江淮宁的讨论,从昨晚持续到今天一整天,江淮宁这个转校生无时无刻不在刷存在感。

她打心底佩服他,明明才转来没多久,他的名字已经像风一样,吹遍校园。他们这些平庸的人,在这所学校里待了一年仍是籍籍无名。

只能说有的人天生自带光环,哪怕不显山不露水,也会被别人注意到,然后被推到万众瞩目的舞台。

劳动委员迎面走来,正好提醒她:"陆竿,今天该你们组打扫卫生。"

"哦哦,我知道。"陆竿拎着水杯进班,给同组的其他人说了一声,让放学别走,留下来值日。

班里一共七十个人,分为七组,每组十人,负责周一到周日的卫生。其中五人负责打扫班级,另外五人负责清洁区。

按照座位分配,打扫班级的为江淮宁、沈欢、陆竿、顾承、孔锐宣。

下了晚自习,班里同学陆陆续续离开,五个人留下来值日。四个男生一人打扫一组,组里只有陆竿一个女生,给她分配了最简单的活,擦黑板和讲桌。

陆竿一手捂住口鼻,避免吸入粉笔灰,一手拿着黑板擦在写满板书的黑板上挥舞手臂。

第三节晚自习是数学,数学老师大高个子,板书写到了黑板最顶端,陆竿只能抬高手臂跳起来擦。

江淮宁直起身时就见女孩在讲台上跟僵尸一样一蹦一蹦,蹦一下擦一下,费劲巴拉。

静静地看了两秒,他嘴角一弯,丢下扫帚走上讲台:"我来吧。"

没等陆竿反应过来,黑板擦就从手中脱离,到了江淮宁手里。他不用踮脚,轻轻松松擦完了最高处,拍了拍落在胳膊上的灰尘。

"长得高真了不起。"陆竿仰起脖子望着干净的黑板,发出一声羡慕的叹息。

"夸我?"江淮宁挑眉。

"可不是嘛。"

陆竿拧了块湿抹布擦洗黑板,一层白蒙蒙的粉笔灰被拭去,露出黑板本来的墨绿色。上面的部分还是由江淮宁帮忙。

"我帮你扫地吧。"陆笋不好意思让他多干活,这本来就是她的任务,相比其他组员已经够轻松了。

"没事,很快就扫完了。"江淮宁一手抄起扫帚,大刀阔斧一般,三两下扫干净剩下几个座位。

沈黎背着书包,怀里抱着校服外套,站在八班教室外等沈欢和江淮宁一起回去,眼前这一幕被她看见,她敛下眼睫,踢了踢脚下的沙砾。

室内的灯光洒到走廊上,影子斜斜地映在脚边,显得孤单单的。

她莫名地不开心。

陆笋最后离开,负责关灯锁门。

顾承留下来等她,两人一起出了灯火阑珊的教学楼,走在晚风醉人的林荫道上。

路上人影稀少,显得格外寂静,只有风吹树叶的"沙沙"声,空气里飘来一股辛辣的草木气味,不知是哪种树木。

"想吃串串吗?我请你。"路过食堂前的青砖路,顾承问。

顾承落后她半步,说话间提溜起她的书包。她肩上忽地一轻,扭头看了他一眼:"不吃,太晚了,要熄灯了。"

"走吧走吧。"顾承不容拒绝,扯着她的书包带子,将她往食堂里拽。

盛情难却,陆笋陪着他在串串锅前开吃,鱼饼、蟹排、鹌鹑蛋、冻豆腐,几串下肚,陆笋就饱了。

顾承送她到女生宿舍楼下,目送她走进卷闸门内才转身离开。

陆笋爬到五楼,推开宿舍门,里面的气氛稍显凝滞,室友们目光一致朝她看过来。

陆笋一愣,站在门口迟迟没敢踏进一步。

"陆笋……"张颖率先走到她面前,眉心拧得快打结了,吞吞吐吐道,"你的床铺、床铺弄脏了,不知道是什么。"

陆笋赶忙进了屋,撩开蚊帐往里一看,脸色骤然冷下来:"这是谁弄的?"

没人回答她。

宿舍里十个人都配了钥匙,随时能进来,不知道什么时候弄的,也不知道是谁弄的。

叶珍珍目光瞥向阳台上晾晒衣服的方巧宜,后者事不关己,好似没听见陆笋的话。可是,整个宿舍里跟陆笋过不去的人只有方巧宜,不是她还能是谁?

可惜没证据证明事情是她做的。

"方巧宜，是不是你？"陆竽气血上涌，恼怒到极点。

"哐当"一声，方巧宜将手里的脸盆掼在地上，轻飘飘的脸盆在地面弹了几下，发出乓乓乓乓的轻响，最终归于平静。

"你有病啊，关我什么事？"方巧宜像吞了炸药，一点即炸，气焰比陆竽嚣张多了，"你有什么证据证明是我做的？没有就闭嘴，别血口喷人！"

陆竽气得眼眶都红了："不是你还能是谁？"

她咬着唇，扫向宿舍里其他的女生。大家眼神坦坦荡荡，心里都很清楚不是自己做的。

陆竽床铺上被泼了洗发水、沐浴露之类的东西。

虽说不是什么脏污东西，可这两样浸入被芯后非常难清洗。学校里又没有洗衣房，用手洗的话，不管洗多少遍还是会有泡沫残留。

都是一个宿舍的，什么仇什么怨啊。

"除了你，我想不到别人。"陆竽目光直视她的脸，"开学考的时候，你就在考场上扔纸团诬陷我作弊，如果没有田老师证明我的清白，数学零分的人就是我。"

一石激起千层浪。

宿舍里几个女生面面相觑，目露惊愕。她们昨天看过成绩单，已经知道方巧宜数学是零分的事实。然而除了她自己，没人知道原因。

有男生在课间多嘴问了方巧宜一句，是不是答题卡没交，被她翻白眼怼走了。

原来是因为陷害别人作弊。

这也太……恶毒了，想想都可怕。

转瞬间，大家看向方巧宜的眼神都变了。

方巧宜忍受不住，怒气冲冲地吼道："你在胡说八道什么？"

"我胡说八道了吗？班主任为什么找你去办公室谈话？你的数学成绩为什么作废？还是说你觉得这件事天衣无缝？你不承认，那好，我们去老师那里理论！"一口气说完，陆竽哽咽了下，委屈极了。

被褥弄成这样，她晚上没地方睡了。

方巧宜胸脯剧烈起伏，一时半刻找不到话来反击。

一室寂静，其他人插不上嘴，只是谴责地看着方巧宜，有那么点唯恐避之不及的意思。毕竟谁都害怕招惹上这种难缠又阴险的人，搞不好背后被捅刀子。

那些目光落在方巧宜的脸上，跟尖刺一样，扎得她浑身不自在。

蓦地，宿舍楼熄灯了，眼前陷入伸手不见五指的漆黑，陆竽趁机抬手抹了一下眼角，跑出了宿舍。

"陆竽……"

张颖和叶珍珍同时出声，没能叫住她。

"大晚上的，出事了怎么办？"

几个关心陆竽的室友担忧不已，下一秒，被宿管阿姨一声吼震得不敢出声，只能用气声交流："会不会去找她朋友了？十三班那个，黄书涵。"

经过提醒，大家想起来陆竽有个玩得好的朋友在外班，两人经常一起吃午饭和晚饭，那个女生好像就在她们这栋宿舍楼里。大家顿时松了一口气："可能吧。"

"唉，真是开了眼了，没见过这种……"

叶珍珍吐槽到一半，被张颖扯了下胳膊，余下的话就没再说了。

陆竽摸黑上了六楼，敲开602宿舍的大门。

前来开门的是一个高高瘦瘦的女生，穿着短袖睡裙，披散着及腰的长发，探出脑袋问："你找谁呀？"

"黄书涵。"陆竽平复了下呼吸，声音听起来还算平静，不像刚跟人大吵一架的样子。

女生转头叫人："黄书涵，有人找。"

"来了来了。"

刚熄灯没多久，宿舍里的人还未就寝，黄书涵趿拉着拖鞋跑出来，见到是陆竽，惊了一下："你怎么来了？"

陆竽抿抿唇，低声说："能在你这儿挤一晚上吗？我的床不能睡了。"

黄书涵二话没说先把她拉进来，关上宿舍门，插好插销，这才关心起好姐妹的状况："你的床怎么了？"

陆竽说完，直接把黄书涵气炸了："这个贱人，看我不去撕了她！"

她说着就要去找方巧宜算账，被陆竽拉住了："没用的，她死不承认，我已经跟她吵了一架，没吵出结果。"

黄书涵恼火不已，抬起手一个劲儿在脸旁扇风，嘴里念叨着："气死我了气死我了，怎么会有这么恶心的人？骂一顿顶什么用，我想扇她！"

"你想扇谁？熄灯多久了还在讲话，赶紧睡觉！一个个的，哪这么能说！"门外的宿管阿姨"哐哐"拍门板警告。

黄书涵脖子一缩，吓得差点跳起来。

翌日早读时间，杜一刚照例前来班里巡视。

顾承的位子空着，人没来，陆竽一猜他就是睡过头了，或者睡醒了，压根不想来早读。杜一刚问了一声,跟顾承同一个宿舍的男生说他还在睡,杜一刚气得不轻。

陆笋不确定要不要在这时候火上浇油,找他说方巧宜的事。黄书涵昨晚提议,既然她没有证据,不如交给老师来处理。

一再斟酌,陆笋迟迟没下决定。

直到杜一刚巡视完一圈,出了教室,陆笋才提着一口气追了出去。

"老师。"

杜一刚停下脚步,转过身看着她。

陆笋站在他跟前深吸口气,一五一十说明情况。

教室里,一群学生搞不清楚状况,押着脖子看热闹。

"语文课代表找老杜干吗?"

"这谁知道?"

"老杜脸色好难看。"

因为角度的关系,其他同学看不到陆笋和杜一刚交谈的画面,只有第一组前两排的学生能通过敞开的前门窥见陆笋仰头跟老杜说了什么,老杜脸色变了变,两条粗黑的眉毛朝中间蹙拢。

了解他的人都知道,这是发怒的征兆,看来有人要遭殃了。

从陆笋出教室的那一刻起,方巧宜就表现得坐立难安,手指不停地抠着语文书的边角,都快抠烂了。

孔慧慧隐隐猜到一点,担忧地瞥她一眼:"巧宜,你说陆笋会不会找班主任告状,说你……"

接收到方巧宜警告的眼神,孔慧慧识相地闭了嘴。

陆笋的被褥确实是方巧宜弄脏的,孔慧慧亲眼所见。

前桌两个女生嘀嘀咕咕,江淮宁听得一知半解,蹙了蹙眉,转头看向过道另一边的张颖。没记错的话,她和陆笋一个宿舍。

他长腿一跨,俯身靠近,拿书在张颖身旁晃了一下。

张颖正背文言文呢,吓得一哆嗦,抬起脸来眨巴着一双受惊的兔子眼看向他,满脸写着问号。

江淮宁声音刻意压着,低沉和缓:"陆笋她……出什么事了?"

"啊?"张颖脑子没转过来。

江淮宁静静看着她,也不说话。

片刻后,张颖脑中灵光一现,终于明白他想问的是什么,随即展露出一个稍显为难的表情。

这让她怎么说呢,宿舍里女生闹矛盾?

"不方便说?"江淮宁看懂了她的纠结。

"等陆筝回来你自己问她吧。"张颖讪讪一笑,委婉回绝。

江淮宁只能靠自己猜测:"跟她有关?"他翘起大拇指一歪,指向前桌。

张颖看清了他的手势,惊讶地耸了耸眉毛,他怎么一猜就中?

沉默半晌,她给了一个半是明确半是疑问的回应:"你怎么知道?"

江淮宁心中了然,继续猜:"她又欺负陆筝了?"

这个"又"字就很灵性了,张颖暗暗感叹,朝他笑了笑,不愿多说。

没多久,陆筝回了教室。面对大家好奇探究的眼神,她表现得很镇定,眼皮都没掀一下,坐到位子上,若无其事地摊开书默背起来。

沈欢扭头朝后看,轻声唤:"鲈鱼,鲈鱼。"

陆筝从书上转移视线,与沈欢充满八卦的目光撞个正着,见他嘴巴张了张,用口型无声地问她:啥事?

陆筝摇了摇头,没打算说。

这可把沈欢急坏了,他正想追问来着,被江淮宁踢了一脚。这一脚不遗余力,他龇牙咧嘴"嘶"了声,冲江淮宁嚷嚷:"你踢我干什……"

话说一半,瞧见杜一刚气势汹汹地去而复返,沈欢连忙埋头,假装认真读书:"浔阳江头夜送客,枫叶荻花秋瑟瑟,主人下马客在船……"

杜一刚背着手站在教室门口,一股低气压以他为圆心向四周弥漫开来,班里琅琅读书声变得更大。

杜一刚脸色黑沉,好比暴雨前的乌云:"张颖出来一趟。"

张颖愣了,不关她的事吧?

她下意识地去看隔着过道的陆筝。

陆筝递给张颖一个放心的眼神,张颖顿时没那么紧张了,连忙放下书起身出去,没一会儿回来,脸色平静地说:"程静媛,老师叫你。"

程静媛和她一样,一头雾水地出去了。

接连几个女生被叫出去谈话,谈话时间都不长,两三分钟而已。其余的同学越发困惑,也没心思背书了,一个个呈观望状态,生怕错过什么细节。

有女生心思敏锐,喃喃一句:"叫出去的都是504宿舍的女生。"

"孔慧慧,老师叫你。"

上一个被叫去谈话的王璐进来,在孔慧慧的桌面敲了敲,头一偏,示意她出去。

孔慧慧胆子小,闻言肩膀瑟缩了一下,被刘海遮盖的额头渗出细密的汗珠,紧张得不行。

她还没起身,就听见方巧宜在一旁威胁:"该说什么不该说什么,你

073

心里清楚。"

孔慧慧更害怕了，低着头，下巴快要戳到胸前，慢吞吞走出去。

杜一刚站在连廊的栏杆处，岿然不动如一尊雕塑。他穿着一件翻领的格子短袖衫，下摆扎进裤腰里，个子挺拔，面部清瘦，颧骨比正常人高一些，目光凌厉。他的年纪在一批班主任里不算大，身上沉淀的气质倒颇显威严。

他还没开口说话，孔慧慧就吓得小腿打摆子。

杜一刚打量一眼跟前瘦瘦小小的女生，开门见山道："陆竽的床铺被人泼了洗发水的事情，你作为一个宿舍的，应该已经知道了吧？"

果然是因为这件事。孔慧慧的心一下子高高悬起，呼吸不由得急促起来："知道。"

没给她喘息的空隙，杜一刚紧接着问："知道是谁弄的吗？"

孔慧慧抿紧唇瓣，耳边回响起方巧宜的警告声，小脸失了几分血色，顶着压力轻轻摇头，撒谎说："不知道。"

杜一刚眉心拧起，由于孔慧慧垂着脑袋，并未看到他骤然变换的脸色，只听见他语重心长道："学校不仅仅是汲取知识学问的地方，更是学习如何做人、如何树立正确观念的桥梁。大家在茫茫人海相遇，成为同学是一种缘分，纵使有矛盾也不该以这种方式伤害别人。老师说这些是希望你能正视问题，如果知道情况及时说出来，避免再次发生此类事件。这件事的性质有多恶劣，我想你作为一个即将成年的人，有自己的判断。"

一番话说得孔慧慧心里纠结极了，也愧疚极了，几次想要将知道的说出来，可她太害怕了，她不想成为第二个陆竽，被方巧宜一再针对。

她没有陆竽那样的勇气，敢跟方巧宜正面对抗。

"老师，我不知道。"孔慧慧弱弱道。

"进去吧。"杜一刚捏捏眉心，眼看在她这里问不出什么有用的内容，只能作罢，"去把你同桌叫出来。"

宿舍没监控，问了宿舍里的几个女生，她们当中没人亲眼见到有人往陆竽的床铺倒洗发水。

纵然心里有猜疑的对象，奈何没实际证据，不能随便下定论。

青春期的小姑娘敏感又多思，打不得骂不得，轻不得重不得，一个弄不好冤枉了人家，后果难以想象。

须臾，方巧宜从教室出来，面色淡静如常："老师您找我？"

杜一刚强压下怒意："上次找你谈话还没过去多久，怎么又是你？方巧宜，你让我说什么好，考场上扔纸团作弊，连累人家陆竽。现在又背地里欺负她，人家怎么得罪你了？啊？是不是非得请家长来管教你，还是说你想记大过背处分？"

一通怒火发泄出来，杜一刚给她下最后通牒："你要是在我这里承认了，我可以从轻处理。"

方巧宜坚毅的眼神中透着无辜，语气还很委屈："老师，上次的事情是我不对，我知道错了，不会再犯。但这次真的不是我，我也不知道是谁做的，反正与我无关。您要是不信我也没办法。"

5

下了早读，顾承拖着散漫疲沓的步子从后门进来，没穿校服，黑色T恤搭配深灰色宽松牛仔裤，脚上踩一双限量版的篮球鞋。鞋是新到的，鞋帮白得晃眼，不染一丝污迹。

坐下没半分钟，肚子饿得"咕咕"叫，顾承有些烦躁，只能打起精神去楼下小卖部买吃的。脑子混混沌沌，也就没注意听班里学生议论的话语。

他在小卖部买了面包、南瓜饼、烤肠、矿泉水，给陆竿带了根玉米，去结账时，正巧碰见拿着几袋小零食的黄书涵。

顾承从裤兜里摸出一张五十元纸币拍在玻璃柜台上，脑袋懒洋洋地一偏，对收银员说："一起结。"

黄书涵没跟他客气，笑盈盈地说："谢啦。"

顾承掀了掀眼皮，拖着慵懒的调子"嗯"了一声，是困得连话都懒得说的意思。

等找零的间隙，他撕开面包的包装袋，将烤肠夹进去，咬了一大口，腮帮子鼓鼓地咀嚼起来。

两人一起往外走，顾承单手拧开矿泉水瓶盖，仰头灌水，凸起的喉结迅速起伏，昭彰着青春期少年独有的青涩性感。

黄书涵扫一眼就收回视线，随口提起："陆竿情绪好点了吗？"

顾承喝水的动作一顿，涣散的眼眸瞬间聚焦。他歪头看她，嗓子被水润过后，较之方才清朗了许多："陆竿怎么了？"

"你怎么给她当同桌的，她被人欺负了你都不知道！"黄书涵一想到陆竿昨晚的遭遇，心情就没法好了，说出口的话不自觉带了质问的意味。

顾承皱着眉："说清楚，她被谁欺负了？"

黄书涵竹筒倒豆子般将自己知道的说了，正想问顾承打算怎么办，一转头他人已经跑没影了，耳畔只留下一阵风。

"哎！你冷静点啊……"

明知他听不进去，黄书涵还是朝他背影喊了一声。

顾承这暴脾气，气头上什么事都做得出来，万一……

黄书涵打了个哆嗦，不敢往下想，拔腿就往教学楼跑。

075

但她哪能追上顾承的脚步，顾承早八百年跑进班里，手里东西往桌上一丢，拽起方巧宜的胳膊，拎小鸡似的将她扯离座位。

"你要干什么？"方巧宜惊叫一声，挣扎间胳膊被扭得生疼，小脸霎时白了几分。

顾承没回她的话，只冷冷笑了一声，连拉带拽把人拖出教室，大步往走廊尽头走，那里是洗手池。

顾承接了盆凉水，淋了方巧宜满头满脸。

恐惧和屈辱席卷全身，她一边大叫一边抬手怒骂："顾承，你有病啊，你就不怕我去告老师！"

班里一众学生听到声音，一窝蜂冲出去围观，却被眼前的一幕惊吓到。

顾承不顾别人围观，俯身靠近方巧宜的脸，满是戾气的嗓音犹如冰碴击耳："上次跟你说的话，你没听懂？"

陆竽刚从老师办公室出来，只见前方围了一群人，夹杂着各种窃窃私语声。

心里突然生出一个猜测，她提步朝人群中心走去，果然看到顾承的身影。除了他，还有满身狼狈的方巧宜。

"顾承！"陆竽唤了一声。

恰在这时，上课铃响了，围观的各班学生迅速撤离战场。

前两节课班里都在议论这件事，通过各方打听，大家得知是方巧宜背地里整同宿舍的陆竽，作为陆竽的好朋友，顾承看不过去，这才出手教育她。

课间休息时，陆竽见顾承如往常那样趴在桌上睡觉，伸手推了推他。

顾承竖起脑袋，头顶几撮发丝翘起来，给他漂亮邪肆的脸上增添了两分呆萌。他睡眼惺忪地望着陆竽："咋了？"

"谢谢。还有，别再那样了。"陆竽嘟囔，"也不怕被老师知道，给你记一笔。"

"谢屁啊，跟我还见外。我那是伸张正义。"顾承无所谓地哼一声，又倒下去了，闭着眼，手伸进桌屉里摸出一根玉米放她桌上，"凉了，不想吃就别吃了。"

陆竽不嫌弃，啃了口玉米。

坐在前面的江淮宁也从其他同学口中得知了事情的经过，想了想，转过身，视线下移，瞅着陆竽桌底下很占空间的两个大塑料袋："你这……"他磕巴了一下，好似不知道怎么开口，"这床单你打算怎么弄？"

"啊？"陆竽有点没反应过来，过了两秒，接上他的话，"可能得找走读生带到校外的洗衣店去洗,学校里没法洗。"

江淮宁说:"给我吧,我帮你带出去。"

陆竽又"啊"了一声。

"你怎么呆呆的,脑瓜都不灵光了。"江淮宁顺手弹了下她的脑门,"我不就是走读生?"

陆竽摸了摸额头,直愣愣地看着他,刚才还没傻,现在彻底傻了。

思绪迟缓了好久,陆竽答道:"是哦。"

她忘了他是走读生,可以找他帮忙,可是这样会不会太麻烦他了?她本来想找班里的女生来着。

江淮宁不由分说把她桌底下的袋子拎过来,放在自己的凳子旁边,免得放学后忘了:"我中午不出校门,晚上再帮你带出去,你着急用吗?"

"不……不着急。"

她可以再去黄书涵那里挤一晚,黄书涵不会拒绝的。

顾承睡得不算沉,两人的对话他听了个全,睁开眼睛打个哈欠:"不用麻烦他,我中午帮你带出去。"

"你又不是走读生,没有出入证怎么出校门?"陆竽用怀疑的眼神盯着他。

学校严格要求,住校生除了每周五放学能出去放风,其余时间不得随意出校门。

顾承不当回事:"学校的围墙狗都能跳出去。"

陆竽是三好学生,见不得违反校规校纪的行为,立马摆出一张严肃脸:"不许翻墙,被抓到后果很严重,影响班级量化分。"

她面朝江淮宁,方才还有些犹豫,此刻打定了主意:"那就麻烦你了。"

江淮宁挑起唇角微微一笑:"不麻烦,举手之劳。"

沈欢用奇怪的眼神看着江淮宁。虽然江淮宁长了一张清冷贵气生人勿近的脸,骨子里却一直很乐于助人,但像这般殷切地上赶着助人,他倒是第一次见。

该怎么形容这种行为呢?

跟孔雀开屏有点像。

第四章
碧水潭，桂花树

1

晚上九点五十分下晚自习，江淮宁单肩挂着黑色书包，一只手拎着两个大塑料袋，从座位上站起来。

陆筝看到了，还是觉得有点过意不去："我忘了给你钱。"

"算了吧，洗个床单被套要几块钱。"江淮宁催促磨磨蹭蹭的沈欢，叫他赶紧收拾东西，怎么那么能磨叽。

他不肯收钱在陆筝的意料之中，只好换种方法补上："这样吧，我明天早上请你吃早餐？学校的小馄饨卖得超好，去晚了都没得吃呢。"

江淮宁这下没拒绝，应得相当干脆："好啊。"

顾承还没走，闻言，漫不经心地插话："给我也带一份。"

陆筝难以置信地说："你能起得来？"他要是哪天没迟到，一定是太阳打西边出来了。

"要不试试？"

"你要起得来就给你带。"

"那就这么说定了。"

沈欢往书包里装了几本书，也不管回家后会不会看，反正背回去能安心不少，权当是心理安慰。收拾好了，他脑袋一偏，冲江淮宁道："走啊。"

江淮宁跟陆筝说了声"明天见"，出了教室。

路过文科三十班，沈黎已经从教室里出来了，在走廊等他们。见江淮宁提着两大袋东西，她凑上前笑着问："你这拿的什么？"

"陆筝的床单。"沈欢替江淮宁回答。

沈黎自然是不能理解，柔和的脸上罕见地出现空白表情，怔然说道："床单？"

沈欢将班里女生的恩怨绘声绘色讲给他姐听："你是没看到早上那

出！啧啧，震惊全班。"

沈黎看着江淮宁，男生侧脸沉静，好似清风朗月。他一个字没说，默认了沈欢的一切说辞。

到了车棚，江淮宁把塑料袋挂在车把上。他的自行车前面没安装车篮，只能这么放。

如此一来，骑车的过程中，他那双无处安放的大长腿免不了撞到塑料袋，发出"呼啦啦"的声响。

沈黎瞄了好几眼，在红绿灯路口停下时，对江淮宁说："我的自行车有篮子，装我车篮里吧。你那样骑车蛮难受的。"

江淮宁单脚点地，身子微微倾斜，一只手搭在车把上："不用，没什么不方便的。"

晚风撩起他柔软的发丝，他抬眸看着前方的红灯倒计时，语气平常。

沈黎讪讪："那好吧。"

当他们到达前面那家洗衣店时，很不幸人家已经关门了。

晚上十点了，一般的洗衣店确实该关门了。

沈欢望着紧闭的深绿色卷帘门："怎么办？明早再来？"

早上六点过几分，江淮宁会骑车路过这里，那时候洗衣店估计没开门，来了也是白搭。

江淮宁脚踩到踏板上用力一蹬，自行车前行，风吹起他的校服衣摆，少年弓着脊背，声音似风："算了，回去让我妈洗。"

沈欢没看到他姐的脸色变了，还在那儿嘻嘻哈哈没心没肺地调侃："你这算不算讹了鲈鱼一顿早餐？"

江淮宁扬眉一笑："怎么能叫讹？她自愿请我吃的，没请你你嫉妒是不是？"

"滚你的！"

沈欢疯狂蹬着脚踏板，像踩着两个风火轮，很快追上前面的江淮宁。

路灯将几人的影子拉长又缩短，晚风裹挟着微微凉意，吹在脸上惬意极了。沈欢回头叫上落后的沈黎："姐，你骑不动了？快跟上啊。"

江淮宁住的景和苑小区离学校近，比姐弟俩先到家。

孙婧芳还没睡，坐在客厅看电视，肩上搭着一条深褐色的披肩。电视声音调得小，听到开门的动静，她扭头看过去。

江淮宁推门进来，在玄关蹲下换鞋。

"肚子饿了吗？"孙婧芳起身说，"我给你煮碗面吧。"

"不饿，晚上吃得挺多。"

江淮宁走到客厅，校服外套敞着，松松垮垮挂在身上，里面是白色翻领短袖,个子高出孙婧芳一个头,杵在那里存在感极强。

"你这拿的什么?鼓鼓囊囊的。"孙婧芳目露好奇,指了下他手里的袋子。

"妈,帮个忙。"江淮宁抬手蹭了蹭后脑勺,故作淡静地说,"同学的床单被套,还有一床夏凉被,不小心弄脏了,学校里没地方洗,让我帮忙带去洗衣店。沿路的洗衣店关门了,我就给带回来了。"

"行,给我吧,小事一桩。"孙婧芳说。

"谢谢妈。"

孙婧芳扯出袋子里的东西一看,一整套的床上用品,浅蓝色和白色相间的格子,上面印着雏菊小碎花,清新淡雅,一看就是女孩子喜欢的风格。

孙婧芳愣了一下:"女同学的?"

"嗯。"察觉到孙婧芳的眼神不对劲,江淮宁急忙撇清,生怕她误会,"不是你想的那样,她坐在我后面,人挺好,还答应帮我找学习资料,我给人家帮点小忙是应该的。"

孙婧芳难得见儿子面红耳赤地解释一件事,觉得有趣极了,当下憋不住笑,眼角的鱼尾纹都深了些许:"我没多想啊,你不用这么紧张。"

匆匆丢下一句"我回房看书了",江淮宁拎着书包进了房间,关上门,没过两秒又把门拉开。

孙婧芳一脸好笑地看着他:"怎么了?"

江淮宁忽略她的表情,一板一眼地说:"你设置好洗涤程序就去睡觉吧,我来晾。"

洗大件衣物少说得四五十分钟,时间很晚了,左右他闲着无事,可以边做题边等。

孙婧芳听出儿子是在心疼她,心里一片熨帖:"我睡了午觉,现在不困,不然也不会坐在这儿看电视。你早点休息,我再看一集连续剧。"

江淮宁没再坚持,只说:"那你看完就去睡觉,明早不用给我做早餐,我在外面吃。"

一集电视剧放完,又坐着等了一会儿,孙婧芳去把洗好的床上用品拿出来,装进烘干机里,之后再挂到阳台上晾着。

一晚上过去,到第二天早上基本上也就干了。

次日一早,孙婧芳将那套床上用品一一叠整齐,装进一个更大的袋子里,交给江淮宁,让他带去学校给人家:"路上骑车小心,记得吃早饭。"

江淮宁到教室的时候,陆笙已经坐在了位子上,边看错题集边吃包子。他的课桌上放着一碗热气腾腾的馄饨。

"来这么早?"江淮宁走到座位旁,拎高手里的超大号手提袋,"喏,你的床单、被套还有被子都洗好了。"

陆笋吞下嘴里的食物,抬头看他,表情意外极了:"洗衣店的效率这么高?"

江淮宁没解释,含糊地应一声,坐下来吃馄饨。

清亮的高汤里漂着紫菜、虾皮和香菜,滴了香油,香味四溢,一颗颗馄饨晶莹剔透得能透过皮看到里面包裹的肉馅儿,还没入口就知道很好吃。

江淮宁吃了一只,果然很美味,忍不住问她:"食堂哪个窗口卖的,我怎么没见过?"

"不是食堂里买的。"陆笋说,"服务中心二楼一个小窗口,只有早上供应,你不在学校里吃早餐,当然不会知道了。"

话刚说完,顾承拖着步子进来,破天荒头一遭起这么早,他精神萎靡不振,困得走路差点撞墙。

一屁股坐下来,顾承习惯性靠着后桌沿,一条腿伸到过道里瘫着,手搭在腿间。

迷瞪了一会儿,他掌心向上递到陆笋面前:"我的早餐。"

陆笋从桌屉里拿了两个包子给他。

顾承眯成缝的眼睛睁大了,半晌,露出一副"你在给我开玩笑"的表情:"就这?"他不可置信地看着江淮宁面前的鲜肉馄饨,"我的馄饨呢?"

陆笋理所当然道:"没有。"

顾承下巴颏一抬,指着江淮宁,不爽到极点:"为什么他有?"

"只能带一碗,两碗不好拿。"

打包的馄饨装在一个纸碗里,外面套上透明塑料袋,没有盖子,拎在手里汤很容易洒出来,只能一手提着袋子,一手托住碗底。她只有两只手,只能端一碗。

江淮宁端着纸碗侧过身,朝顾承友好一笑,一副哥俩好的做派:"要不给你匀几个?"

"滚滚滚滚。"顾承表情嫌弃,没好气道。

江淮宁显然只是嘴上说说而已,实际上一口一个馄饨,很快吃完了,汤也喝光了,只剩空空的纸碗,比脸还干净。

顾承脸黑得像锅底。

陆笋觉得对不住他,哄道:"你明天要是还早起,我给你带。"

顾承啃了一口酱肉包子,虽然也很好吃,但他终究心理不平衡,怪腔怪调地说:"谢谢,不吃了。"气都气饱了。

081

陆筝没被他拿捏，潇洒甩头："不吃拉倒，我拿去喂狗。"

顾承气性大，一上午过去，脸还是又黑又臭，也不怎么搭理人，坐在他前面的沈欢压力很大，简直如芒在背。

午休过后，沈欢脑袋往左移，悄悄问刚睡醒的江淮宁："谁招惹承哥了？他跟个冷气制造机似的，盯得我后颈发凉。"

江淮宁无辜脸："不知道。"

"你会不知道？我怎么感觉跟你有关？"

沈欢自己也说不清楚是打哪儿来的直觉，江淮宁和顾承的气场不太融洽，他俩倒也没有急赤白脸地吵过架或是有别的矛盾，就是莫名的磁场相斥。

江淮宁露出看白痴的眼神："少给我扣黑锅。"

他不欲与沈欢多说，起身去外面洗脸醒神。

曾响站在讲台上，将黑板擦拍得震天响，吵醒了那些趴在桌上睡得正酣的同学："醒醒，起来了！别睡了！下午开学典礼，搬上凳子去操场集合！"

班级广播发出"刺刺啦啦"刺耳的噪音，调试了片刻，声音恢复正常，年级办主任通知各班学生前往操场参加开学典礼。

班里的同学齐声欢呼。

学生时代就是这样，只要不用上课，干什么都乐意，哪怕是顶着三十几摄氏度的高温在室外听枯燥冗长的演讲。

2

开学典礼流程繁多：校长讲话、校领导讲话、高三年级办主任讲话、文理科优秀学生代表讲话、新生代表讲话……

台下灌了一耳朵鸡汤的学生们昏昏欲睡，烈日当空，没困得从凳子上跌下去就不错了。

等所有仪式结束，大家感慨，待在教室里上课也挺好的。

唯一的安慰是今天周五，下午只有两节课，现在已经结束了，住校生终于可以出校门放风了。

陆筝先把凳子送回教室，然后跟黄书涵一起出去喝奶茶、吃小吃。

她们不敢去太远的地方，还得回来上晚自习。

黄书涵一手奶茶，一手棒棒鸡，吃一口喝一口，不亦乐乎："上次听你说你们班这周五换座位，换了吗？"

"还没呢。"陆筝端着一筒炸串，同样边走边吃，"估计今天晚自习会换。"

"要跟校草分开了,难过不难过?"

她们走进学校对面一家卖卤菜的小店,想买点鸭脖鸭翅、藕片、海带结之类的带回学校吃。

陆笋惆怅地叹气:"说实话,挺难过的。"

黄书涵被一口奶茶呛到,咳得脸红脖子粗。

跟随她们身后进店的沈欢和江淮宁刹住脚步,前者震惊得失去表情控制,后者心里像被兔子腿弹了下,心跳突然加快。

但此刻的他还不懂这是怎样一种情愫,只觉得陌生又躁动。

黄书涵笑眯眯,像引诱小红帽的狼外婆:"真的呀?"

"嗯。"陆笋郑重其事地点头,"如果江淮宁换走了,我再想找他问问题就没那么方便了。唉,这么耐心细致还很帅的'辅导老师'要离开我啦,想想就难过——"

沈欢憋得脸部肌肉都在抽搐,实在憋不住了,"扑哧"笑出声:"哈哈哈,老江听到没,鲈鱼说你长得帅。"

"听到了。"另一道声音在后背响起。

陆笋缓缓扭头,对上江淮宁浅含笑意的眸子。

他单手插兜,背对门外的光,卤菜店里灯光打得暗,他脸上的表情其实看不太清,但那双灼人的笑眼难以忽视。

然而陆笋只想夺门而逃。

一直到回学校,陆笋周身还被一股尴尬到窒息的气氛萦绕。

只要想到江淮宁站在门边看她的那个眼神,她就想抱头大喊救命,怎么会那么凑巧,不早不晚,刚好被他本人听见!

晚来一秒也好啊!

黄书涵不仅不同情她,还很幸灾乐祸道:"别挠耳朵了,再挠耳朵要掉了。"

陆笋挫败地塌下肩膀,能怎么办,时光又不能倒流。

黄书涵搂住她肩膀,拍了拍:"没事啦,江淮宁长得帅不是众所周知吗?你只是说了个事实而已。"

陆笋没被安慰到,一脸生无可恋:"可也没有人当着他的面说啊。"

黄书涵:"那还真没有。"

两人在楼下分别,各自提着几袋小吃回教室。

座次表已经出来了,贴在讲桌上,方便任课老师上课点名回答问题。

一周一次的放风机会难得,大多数同学这个时候还在校外,只有几个女生围在讲台上看。程静媛是其中之一,粉嫩的脸蛋上喜不自胜的表情掩不住。

虽然她什么也没说，陆竿好像猜到了她高兴的原因。

"陆竿，你回来啦。"程静媛抬头看见陆竿，主动打了声招呼，眼睛里星光闪烁。

"嗯，我买了很多吃的，你要吃吗？"陆竿把一堆小吃放桌上。

程静媛弯着眼睛走下讲台，坐在江淮宁的座位，转个身面朝陆竿。她耸了耸鼻尖，娇娇俏俏地说："你买的什么，好香啊。我去宿舍洗衣服了，都没时间出去。"

陆竿从袋子里翻出一次性手套给她："这是在学校外面那家卤菜店买的，味道很不错，你快尝尝。"

"谢谢，我吃一个鸭脖。"程静媛戴上手套，抓起一块鸭脖啃，"你是不是还没看座次表？"

"等会儿去看。"

"我帮你看了，你坐方巧宜那个位子。"

"哦。"陆竿情绪不太高。

沈欢和江淮宁进来，手里提着同一家店的卤菜。沈欢不太讲究，举着一根大鸭腿边走边啃，糊了满嘴油。

江淮宁往陆竿这边看。

四目相对，那股尴尬的感觉再次浮现，陆竿低埋着头，用面前的书堆挡住脸。

江淮宁扬唇一笑，几分逗趣的意味。

程静媛突然一惊："陆竿，你怎么了？"

"没事没事。"陆竿强装淡定，借着跟她讲话掩饰尴尬，"你再多吃一点吧，我买了很多，一个人吃不完，本来也是准备带回宿舍跟你们分的。"

程静媛声音甜甜的："我就不客气啦。"

陆竿怕她不好意思，抽出一只一次性手套戴上，跟她一起吃。

沈欢咋咋呼呼的声音在讲台上响起："座次表出来了？美女们让一让，我瞅一眼我坐哪儿。"

女生们让出一个位置，沈欢高举鸭腿跻身向前，趴在那儿看了一眼，然后跳下讲台张开双臂哭丧着脸奔向江淮宁。

他还没开口，江淮宁就唯恐避之不及地闪躲。

沈欢矫揉造作道："我们要分开了，老江，我舍不得你，没有你我可怎么活啊。要不你去跟老班说一声，我们还坐一块吧。"

江淮宁一脸嫌弃，问他："我坐哪儿？"

沈欢还未开口，程静媛就从座位上站起来，摘掉染了红油的手套，给他指了一个位子:"你坐那里。"

第三组第五排最右边那个座位。

江淮宁看她一眼,点了点头,没说话。

倒是陆笋,眼睛突然一亮。她和江淮宁的座位就隔着一条过道,不是很远,问问题很方便!

江淮宁没漏掉她的表情,问:"你坐哪儿?"

陆笋喜不自禁:"跟你隔着过道。"

江淮宁"哦"一声,想到她在卤菜店说的话:"这下不用担心耐心细致还很帅的'辅导老师'离开你了。"

陆笋好不容易忘记这回事,被他提起立马想起来,尴尬得头皮发麻、脚趾抠地,可怜巴巴递给他一个"求放过"的眼神。

江淮宁懂得适可而止,弯了弯唇角,开始动手收拾东西。

晚自习前十分钟,班里学生差不多到齐了。看过座次表后,大家行动起来,挪桌子、搬书箱,教室里顿时跟战场一样,"叮叮当当"喧闹不断。

顾承没来,估计打篮球忘了时间,陆笋只能先搬自己的。她拽住桌角往外拉出一截,还没进行下一步动作,耳边就传来江淮宁干净清澈的声音:"我帮你。"

江淮宁修长的手指圈握住她的胳膊,将她拉到一边,两只手分别扣住课桌两边,往上一提,侧着身避开过道里的同学,"啪"一声,课桌被安放在方巧宜刚空出来的地方。

陆笋像条小尾巴,亦步亦趋地跟着他:"谢谢。"

看他转身忙着搬他自己的课桌,陆笋眼疾手快地拿起他桌上的水杯,怕倒下来砸碎了:"要不明天我还给你带早饭?"

江淮宁没想明白缘由,直截了当地问:"为什么?"

陆笋说:"答谢你帮我搬桌子啊。"还能为什么。

江淮宁放下桌子,一手撑着桌面,一手扶腰,歪着半边身子很无奈地看着她:"你上辈子是账房先生吗?非得把账算这么清楚。"

陆笋无措地眨了眨眼,然后就被江淮宁敲了下脑门,笑着说:"搬个桌子而已,你要不要这么见外啊陆笋。"

这是他第二次弹她脑门。

陆笋心说,他还挺顺手的。

陆笋正沉浸在江淮宁无奈又温柔的笑意里,下一秒就被程静媛甜美动人的声线拉回现实。

"江淮宁,能帮我搬下桌子吗?我坐你前面。"

085

程静嫒都开口了，江淮宁当然不可能拒绝她，说了声"稍等"，把弄乱的桌面整理了下就去帮她搬桌子。

程静嫒抱着书包跟在他身后："谢谢。"

几个女生有点羡慕地看着江淮宁帮程静嫒搬桌子，想开口又不好意思，最后只能找其他男生帮忙，或者干脆两个女生抬着一张桌子挪来挪去。

陆竿稍微收拾了下，坐在位子上发呆，余光里江淮宁把程静嫒的课桌放在他前面，程静嫒自己又拖着课桌往后挪了挪，坐下来时，后背刚好抵着后桌沿。

3

新座位适应了一周，陆竿最开心的事就是她的同桌是张颖。

两个女孩子天天乐乐呵呵，一块打水、上厕所。

不开心的是程静嫒每节课间都要向江淮宁请教问题，除了语文，其他的科目不限。陆竿想问江淮宁问题，只能眼巴巴地排队等。

她总是会替江淮宁考虑，课间只有十分钟休息时间，他给程静嫒讲完题，没剩几分钟，她再去问会耽误他时间。她想，他也许需要休息一会儿，或者出去上厕所。往往陆竿会按捺住，等他真正空闲下来才会去问。

不过，江淮宁这人真的很好，有时候她不好意思打扰他，他看她的眼神就知道是怎么回事，会主动问："哪道题不会？"

陆竿很感激他，去小卖部买东西就顺便给他带一罐可乐，作为答谢。

他没有拒绝，摆在课桌上。

冰镇的易拉罐外壁凝结了细密的水珠，随着时间推移慢慢汇聚成水柱往下淌，桌面洇出一圈水痕。

沈欢路过江淮宁的座位，看见可乐就自顾自拿过来喝，被江淮宁一把抢回来，冷冷淡淡睨他一眼："自己去买。"

沈欢气呼呼："小气！"

他俩的打闹陆竿看在眼里，也习以为常，只有张颖大惊小怪，趴在她肩上咬耳朵："江淮宁长得帅还没架子，好难得哦。"

陆竿不知道回什么，说了个"嗯"字。

张颖又说："我觉得校草对你特别好。"

这一点陆竿倒没太大感觉，自我怀疑道："有吗？"

"有啊。"张颖说她脑子太迟钝，这都感觉不出来，"他总是给你讲题，超有耐心。"

陆竿摇头失笑，觉得张颖可能误会了："不管是谁找他请教问题，他都会认真细致地讲解。你看他也经常给程静嫒讲题啊。"

"不一样。"张颖反驳,"他会主动问你。"

陆筝又绕回开头的问题:"有吗?"

张颖一摆手:"哎呀,反正跟你说不清楚。这是一种直觉。"

第二节大课间,室内广播响起激昂的曲子,提醒大家去小操场集合,做广播体操。

陆筝例假第二天,肚子疼得要命,像有无数根锋利的尖刺在小腹处翻搅。前两节课她都拿热水杯焐着肚子,但是作用微乎其微。

老师一走,她立刻攥着一片卫生巾去厕所,晚了人会很多,要等好久。

张颖和叶珍珍在楼梯口等她,见她脸色惨白地拖着步子出来,关心地问:"还是很痛吗?"

陆筝说不出话来,虚弱地点了点头。

叶珍珍叹口气,关于痛经这个问题,作为女生非常能感同身受,有时候痛起来恨不得切腹自尽。她提议:"找老师请假吧,别去上操了,遭罪。"

陆筝规矩惯了,没到不能动的地步不愿请假。

小操场里,班级列队站好,前后左右的同学间隔两臂的距离,随着广播体操的节奏做各种伸展动作、转体动作、跳跃动作。

不管哪一种动作,陆筝都不敢大开大合,全程在划水。

最后一个动作做完,她着实松了口气。

从小操场往教学楼去的路上,她感觉裤子后面不太对劲,紧张兮兮地拉扯张颖的袖子,声音细若蚊蚋:"你帮我看看,我裤子后面有没有弄到……"

周围都是学生,陆筝不敢有大动作,快走两步到张颖前面,让张颖不着痕迹地帮她瞅一眼。

校服裤是黑色的,即便沾上血迹也不明显,只是颜色会深一些。张颖垂下视线盯着看了两眼,跟她说:"没有。"

"没有吗?"陆筝问。

叶珍珍也说没看到。

陆筝认真感知了一下,整个神经陡然放松下来,可能是她的错觉,以为侧漏了。

一抹高大的阴影倾覆过来,陆筝转头,冷不防撞见江淮宁,他就在她右后方。他个子高高的,皮肤很白,五官优越,在熙攘人群中分外显眼。

江淮宁看着她,那双点漆的眸子好似会说话。

在说什么呢,陆筝看不明白,脑海里蹦出来的第一个想法是:他没听见吧?

087

回到班里，陆笋跟软面条一样，精疲力竭地趴在桌上，脑袋埋进臂弯里。

她整张脸没血色，嘴唇也惨白惨白的。

张颖吓得不轻，她偶尔也痛经，好像没到陆笋这么严重的程度。她趴到陆笋脑袋旁，伸手戳戳陆笋的胳膊："我给你冲点红糖水？"

"我没有红糖。"陆笋脸朝下，声音闷闷的，气若游丝。

"啊，我有红糖，但是在宿舍里。"张颖四下观望，"我去问其他人。"

她起身离开座位，去问了同宿舍的几个女生，绕了一大圈一无所获。

张颖空手而归："都没有。"

顾承从外面进来，路过陆笋座位旁的过道，见她趴着一动不动，迈出去的脚往后退了一步，停在她身旁，手指在她脑袋上敲了敲："这是怎么了，蔫了吧唧的，做个广播体操累成这样？"

陆笋稍稍抬起头，他这才瞧见她的脸色，顿时收了玩笑的心思，手背往她额头上探："发烧了还是中暑了？"

陆笋摇摇头，含糊其辞："不要紧，就是有点热。"

"那就是中暑了，我去给你买药。"说着，顾承就准备转身出去。

陆笋赶忙拉住他的T恤下摆，截停了他的步伐："不是中暑，就是做完操又累又热，我趴会儿就好了。你回座位吧，快上课了。"

上课铃响了，顾承一步三回头地往后走。

这一节是生物课。生物老师邹广平拎着教案和水杯进来，发福的中年男老师，穿着深蓝色Polo衫，铁灰色西裤，腰间别着一串钥匙，走路"叮当"作响。

他站上讲台就开始讲课，一句多余的话也没有。

"报告。"

一道突兀的声音打断了邹广平慷慨激昂的教学内容。邹广平话音一停，手里的粉笔点在黑板上断成两截。

大家预感不妙，谁都知道他最讨厌上课迟到的学生。

众人为迟到的学生捏一把汗，纷纷抬起头看戏。谁知站在门口的人是江淮宁，他手里攥着一个黑色塑料袋，应该是下楼去买东西了。

邹广平自然认得他，来晓高不到一个月的转学生，风头正盛，老师们在办公室也会聊到他。按照他上次开学考的成绩，估计在普通班待不了多久就会被挖到奥赛班。

"进来。"

学霸的待遇果然跟一般人不同。邹广平一句训斥的话也没有，一招手就让人进来了，转过头若无其事地继续讲课。

江淮宁顶着大家的目光回到座位,坐下来时长臂一伸,趁人不注意,将一个黑色塑料袋扔进陆竽的桌屉里。

动作快得陆竽都没反应过来。

她扭头朝他看过去,他假装无事发生,从书堆里翻出生物课本,捡起桌上一支笔,漫不经心地在指尖转动。

陆竽右手握笔佯装记笔记,左手从桌面拿开,探进桌屉里摸出那个塑料袋,打开一看,里面是一包红糖块,包装袋上写着"益母红糖"。

"轰"地,她的脸红得彻底,连忙把袋子推进桌屉里。

脸上的热度并没有降下去,反而越升越高,她感觉自己成了一只跳进油锅的小龙虾。

陆竽动作再快,也逃不过张颖的眼睛,她已经看到袋子里的东西了,脸上惊讶的表情截张图都能当表情包来用。

陆竽没管张颖,也没听清老师讲了些什么,她眼神四处躲闪,既想去看江淮宁,又怕两人对视会徒增尴尬。总之,她颅内的思绪已经跟跑火车一样,"哐当哐当"驶向了不知名的远方。

江淮宁他……他迟到是因为去给她买红糖?

他听到她和张颖的对话了是吗?

他一定听到了!

事实上,在听到她的话之前,江淮宁就看到她上课拿热水杯焐肚子,下课又急匆匆跑出去,便猜到原因了。也能想象到她很难受,毕竟她的脸肉眼可见的苍白,走路也不如平时利索。

张颖推了推陆竽,避开老师的目光,用气声说:"红糖拿出来,我给你倒水,你赶紧喝一点缓解一下。"

张颖提了暖水瓶到教室来,就放在课桌底下。

陆竽先偷瞄了一眼老师,然后把桌上的水杯拿到下面,在桌屉里窸窸窣窣一阵捣鼓,撕开红糖的包装,丢了两个糖块进去。

张颖接过她的水杯,弯腰倒满开水,拧上盖子摇晃两下再递给她。

"谢谢。"

"客气什么。"

陆竽抱着水杯,仍旧死死地焐着肚子。

她佝偻着背部,强打精神听课,思绪却总不受控制地跑偏。

好不容易熬到下课,陆竽只觉得解脱,她拿出贴着肚子的红糖水,打算趁热喝掉,奈何盖子拧得太紧,怎么也打不开。

"张颖,帮个忙。"陆竽把水杯递过去。

张颖放下笔,一手握住杯身,一手扣住杯盖,抵在腹部使劲儿拧,脸都憋红了,杯盖还是纹丝不动。

"不行,我也打不开。"张颖又试了一次,还是不行,"奇了怪了,我拧上的时候没用多大的力气啊。"

陆竿说:"可能是水太烫的缘故,盖子里的橡胶圈吸住了。"

"给我。"

江淮宁注意她好半天了,对她有点无语,明明有更好的人选,她偏要找张颖帮忙,是他不好使唤吗?

陆竿转头看了他一眼,还是很不好意思,手捏了捏耳朵,缓解尴尬:"谢谢。"

张颖连忙把水杯递给江淮宁:"靠你了。"

江淮宁手掌宽大,手指修长,整个盖子还没他手掌三分之一大,他五指收拢,轻松一拧就打开了。

手背凸起的筋脉一收一放,画面性感又夸张,像漫画里的特写分镜头。

张颖叹为观止。

江淮宁长腿往侧边跨了一步,拉近与陆竿之间的距离,抬手将拧开的水杯和盖子放她桌上,听见她说:"谢谢。"

"刚不是谢过了?"

江淮宁挑眉,声音含着明显的笑意,惹得前桌的程静媛回头看他。

陆竿捧着水杯,喝了一口甜得发腻还带着浓浓益母草味道的红糖水。

4

九月底,正值初秋时节,下了一场淅沥小雨,缠绵了两天。气温降下好几度,到了夜里更是凉意习习,睡觉都得盖得严严实实。

这一年中秋节和国庆节连在一起,放假八天,用大家的话来说就是爽呆了!

班里时不时能听到同学们在讨论假期去哪儿玩。有随父母去北城旅游的,祖国母亲的生日,去北京比较有意义;有出国的,已经提前办好了签证……可谓人心浮躁,学习氛围直线下降。

陆竿没受影响,一有时间就跟以往一样埋头做题。

她没有假期旅游计划,只有学习计划。

"红笔借我。"江淮宁敲了下她的桌子。

陆竿很顺手地从笔袋里抽出红笔放他手里:"你拿着用吧,我还有好几支。"

江淮宁对照答案更正了一下错题,抬腕表看时间,还剩半小时午自习结束,立刻收起资料书倒头就睡。

多一分钟都不肯坚持。

陆笋做题思路被他干扰,不由自主地朝他看去。江淮宁两手交叠垫在桌上,脑袋枕着手臂,校服外套罩在脑袋上避光。

隔着过道坐了半个月,陆笋余光里全是他的身影。她早发现了江淮宁的习惯,他每天中午会睡半小时,几乎雷打不动,作业再多他也会在此之前全部完成。

谁让他做题速度快,正确率还很高呢。

陆笋羡慕,但学不来。她脑袋笨,只会死读书。

江淮宁没睡着,校服底下的眼睛是睁开的,他感觉有道视线凝在身上。这种感觉非常强烈,他忍不住想要一探究竟。

于是,江淮宁掀开了校服一角。

陆笋没料到他会突然有此动作,视线没来得及收回,被他逮了个正着。

她莫名慌乱,心跳失衡,好像漏掉了一拍。

江淮宁趴着没动,侧着脸朝向她,脑袋还顶着校服,只露出一双眼睛,定定地看着她,眼中有淡淡的戏谑,还有一点困惑。

她为什么要趁他睡觉的时候盯着他看?

陆笋也不知道自己为什么有做贼心虚的感觉,情急之下胡乱找了个借口:"我是看你袖子弄脏了。"

江淮宁竖起脑袋,捞起垂在桌边的袖子看了眼。晓山高中的校服是黑白配色,前胸后背是黑色,胸口贴着校徽,两条袖子是纯白,沾上污迹很明显。

他袖口有一道墨水印,估计是做题时没留意蹭上去的。

江淮宁"哦"了声。

陆笋尴尬死了,开始挠耳朵,在想自己是不是有点欲盖弥彰。

江淮宁看出她的羞窘,很轻地笑了声,再度趴下去,用校服挡住半张脸。他声音压得很低:"你不睡午觉的吗?从没见你睡过。"

陆笋点了点头。

她在学校从来不睡午觉,时间全用来做题了,就这还总觉得时间不够用。

江淮宁心想,她的刻苦很多人都比不过。

据他观察,陆笋课间休息时间除了必须处理的事情,基本都在做题,作业写完了就做课外习题巩固,完了再预习新课、背单词、背古诗词。听说她晚上在宿舍学到很晚,中午还不午休,太拼了。

学习要讲究方法,不能闷头瞎干。他想跟她说这个来着,又不知如何开口,好像有点好为人师的嫌疑。

毕竟天道酬勤也是有道理的，他的学习方法不一定适用于她。

唉，还是想告诉她，要劳逸结合，别绷太紧。这才高二，照她这么紧锣密鼓地学习，到高三怎么办？岂不是连觉都睡不成了。

思绪转了一圈回到原点，半个小时一晃而过，他今天这个午觉没睡成，全用来想东想西了。

放假前一天，班里彻底躁动起来。

住校生中午就把行李箱搬到教室来，打算放学就拎起行李直奔校门。陆笋也一样，推着行李箱进班，放在自己和张颖的凳子中间。张颖的行李箱挨着放，空间十分拥挤。

江淮宁发现了，让陆笋把行李箱放在他的座位旁，她没拒绝。

下午只用上两节课，午休时间提前，放学比平时早很多，目的是保证住得远的学生也能早点回家。

最后一节课好巧不巧是脾气暴躁的生物老师来上。

邹广平讲着课，动不动就停下来大吼一声："还没放学呢！一个个的都给我坐好咯，别让我再听见稀里哗啦的声音。"

不怪他发火，底下一群归心似箭的学生，已经偷偷摸摸开始收拾书包，把要带回去的假期作业装好。

距离放学还有十五分钟，邹广平被磨得没脾气了，接下来他要讲的一个知识点很重要，但下面这群学生根本没心思听。回头出相关的考题，他们只会脑袋空空，没半点印象。

邹广平放弃了，丢下粉笔和教案："行了，剩下十五分钟自己做题吧。"

学生们欢呼一声"万岁"。

陆笋东西收拾得差不多了，在死磕一道生物题。

"啪嗒"一声，一个纸团从侧边扔到她面前。

陆笋下意识朝左边看，江淮宁抬了下下巴，示意她打开。

毕竟是在课堂上，陆笋先左顾右盼"侦察"一番，确定老师没注意他们这边，才用手指捏住纸团攥在手心里，再偷偷展开。

目睹她小心翼翼的动作，江淮宁食指骨节抚了下鼻尖，轻笑一声。

她难道不知道，越是探头探脑，越容易引起注意吗？

陆笋眯着眼，努力辨认纸条上的字。老实说，江淮宁的字真的非常潦草，很难一眼看出他写的是什么。

研究了一会儿，她终于认出每一个字，连起来默念一遍：你放假什么安排？有QQ号吗？给我。

陆笋提笔在下面回复：假期没有安排。有QQ号，但我不用。

这么回答好像显得语气很生硬,陆竿想了想,在后面画了个笑脸。

她叠起来,将纸团扔回江淮宁桌上。

陆竿的字迹端正灵秀,很好辨认,江淮宁扫一眼就看清了,继续写:手机号呢?

陆竿:要手机号干吗?

江淮宁:万一假期里有问题向你请教,联系不上你怎么办?

到底是谁向谁请教问题啊,他是不是在捉弄她?

陆竿心里这么想,最后还是老老实实给他写了手机号码,然后避开老师的视线,把纸团扔过去。

放学铃一响,班里就炸开锅,靠近前门的学生从前门走,靠近后门的学生从后门走。

顾承身前斜挎着一个深灰色运动包,从教室后面绕到前面来找陆竿,准备帮她提行李箱,低头一看,她座位上就一个行李箱,还不是她的。

"你箱子呢?"

"在江淮宁那儿。"陆竿背上书包,手里还提着一个帆布包。

江淮宁从座位旁推出陆竿的行李箱,顾承朝他看一眼,不咸不淡地道一声谢,拎起行李箱先一步跨上讲台,免得挡道,问陆竿:"都收拾好了吗?"

"嗯,走吧。"陆竿大致检查一遍,没漏掉东西,朝江淮宁挥手,"拜拜,假期结束再见。"

江淮宁家住得近,不着急走,慢悠悠地把卷子整理好装进书包里,声音低得好似自言自语:"不一定等假期结束……"

陆竿没听清他说了什么,被顾承扯了一把书包带,拽出了教室。

"别磨蹭了,去晚了没座,今天所有学校统一放假,人特多。"顾承边下楼边说,"给黄书涵打电话,问问她到哪儿了。"

两人先出了校门,几辆熟悉的班车停在校门口,司机吆喝着"卢店卢店",旁边还有小面包车抢生意。

顾承扫一眼,朝陆竿微抬下巴:"那里。"

陆竿亦步亦趋地跟着他。到了车旁,顾承叫她先上去占几个座,他则站在车门外,仰头冲司机喊一声:"开一下后备厢。"

"来了。"司机一抖肩膀从车上跳下来,嘴角叼着一根刚点燃的烟,手上戴着开车用的白手套,身上套着一件花里胡哨的衬衫,满头大汗地绕到后面,开了后备厢的锁。

司机弯腰帮他拎行李箱,顾承一摆手:"不用,我拎得动。"

"啥时候收假?"司机一手撑着车身,一手叉腰,两只脚交叠,歪着身子,语气闲散地问。

"7号下午。"顾承放好行李箱,拍了拍手上的灰。

"得,知道了。"司机上车前还冲着黑压压的学生群体大喊,"卢店的这里上车啊,马上发车了!卢店卢店!"

陆芊到车上占了几个座位,自己坐在靠窗的位子,抱着书包和帆布包。

侧边的玻璃窗突然被人敲了两下,"咚咚"两声脆响,陆芊扭头见是顾承,两手并用推开了车窗。

顾承将自己的斜挎包从窗口塞进去给她,额前流了不少汗,碎发杂乱地竖着,弯唇不羁一笑:"等着,我去买点喝的。"说完也没等陆芊回应,拔腿穿过校门口的马路,朝对面奔去。

阳光炽热,少年的背影宽阔挺拔,却依然青涩,迎着微风,眨眼消失在视线里。

陆芊握着手机给黄书涵发短信:车在校门口左侧。

过了几分钟,黄书涵上气不接下气地跑来了,一屁股坐到陆芊旁边的空位,一边喘气一边抬手在脸旁扇风。

"我服了,老师拖堂,我快急死了。"

陆芊抽出一张纸巾给她擦汗:"我们生物老师简直是菩萨,提前十五分钟就不讲课了。"

"羡慕不来。"黄书涵摇头抱怨。

周鑫、李德凯几个人上来了,陆芊把占座位的东西拿起来,让他们坐。

周鑫扫视一圈:"我承哥呢?"

陆芊刚想说他去买东西了,顾承就拎着一袋子饮料回来了。

他爱出汗,一来一回跟洗了个头一样,额发湿漉漉的,被他全部捋到头顶,露出完美无瑕的五官。身上黑色的T恤吸热,他一手扯着胸前的领子抖动扇风。

顾承给几个男生一人丢了罐可乐,最后袋子里剩两杯奶茶,扔到黄书涵腿上:"你俩一人一杯。"

"承哥大好人,救我狗命。"黄书涵分给陆芊一杯,迫不及待地插上吸管猛嘬一口,发出畅快的声音。

顾承浑不在意地哼笑一声,往后走了一步,踢了踢周鑫的腿:"滚到外边坐,我坐里边。"

"啧,坐哪里不都一样,难不成里边的座位香一些?"周鑫嘴上念叨,身体却很诚实地挪到外边。

前两天的降温像是跟大家开了个玩笑,今天陡然回到盛夏的火炉里,让人感叹秋老虎的威力不容小觑。

顾承坐下来，疯狂抖动领口，他快热死了，司机也不舍得开空调。

稍微歇口气，他扯了扯陆筝的马尾，她嘴巴松开吸管，吞掉一大口奶茶，鼓起的腮帮子跟着瘪下去，转头看他。

顾承在裤兜里摸了摸，掏出来一包话梅，从座位间的缝隙递过来："晕车难受的话就吃一颗。"

黄书涵捣乱："承哥，我也想吃话梅。"

顾承翻她白眼："你吃屁。"

周围几个男生哈哈大笑。周鑫跟着捣乱："涵姐，这能忍吗？绝对忍不了！跟承哥打一架，打赢了我给你买一车话梅。"

黄书涵回过头横他一眼："喝你的可乐吧，就你屁话多。"

李德凯："周鑫听见没，涵姐说你屁话多，还不快道歉。"

周鑫装模作样："涵姐我错了。"

一群人从小就是这么打打闹闹、没所顾忌，经常互相揭短，糗事能说一箩筐。

整个车厢里都是他们的嬉闹声。

江淮宁在校门口等车，他爸爸刚给他打了电话，说顺路过来接他，一块去沈欢家吃饭。

江淮宁看着一个方向许久不动，沈黎有些好奇，顺着他的视线看过去，是一辆寻常不过的蓝白色班车。

待她仔细看，倒数第三排靠车窗的位子，露出一张熟悉的女生侧脸。

她扎着高高的马尾，捧着一杯奶茶，低着头，后颈皮肤白得晃眼，身上规规矩矩地穿着朴素的黑白校服。她后面的男生手里握着一罐可乐，恶作剧似的，突然贴在她脸颊上。她被冰得往侧边一缩，转头瞪人，像一只被惹毛了的猫。

她转头那一瞬，沈黎看清了她的全脸，是陆筝。

江淮宁在看陆筝。

陆筝坐在拥挤的班车里，只露出一个上半身的侧影，在人群中那么不显眼，他却能注意到她，盯着她看。

沈黎的好心情转瞬消失，胸腔漫上来一股说不上来的憋闷，心情就像那罐可乐，充满了将要膨胀的气体，随时可能喷发出来。

"淮宁！"

陆筝依稀听到有人叫江淮宁的名字，循声朝车窗外看去，不需要寻找，她很快就锁定那个耀眼的少年。

他的校服外套略宽大，松松垮垮地挂在身上，显得身形劲瘦修长，如冰天雪地里一棵翠绿的松。黑色书包挂在右肩，一侧的书包带系了个网兜，装着篮球。

他站在哪里,哪里就自成风景。

周围的人只会沦为背景板。

陆笋看得入神,连奶茶都忘了喝,耳边的嬉笑打闹声自动被屏蔽。

视线里,沈黎仰起脖子对江淮宁说了句什么,他抬头望去,朝停在路边的一辆黑色大众车招了下手,抬步走去。

沈欢低头刷手机,被沈黎叫了一声,连忙跟上前面两人。

陆笋的视线不由自主地随着他们的身影移动,慢慢落在沈黎身上。

女孩没有穿校服,穿着一条素净但很讲究剪裁的白色长裙,高腰设计拉长了身材比例的同时,显得腰特别细,不盈一握的纤瘦感。裙摆垂感很好,底下刚好露出一截雪白脚踝。柔顺的黑长发披在肩上,额前几缕头发拢到脑后,别了枚漂亮的蝴蝶结发夹,站在那里就让人想到"亭亭玉立"四个字。

沈黎和江淮宁肩并肩,一样的耀眼。

陆笋默默地赞叹一句,低头咬住吸管,吸上来一口甜甜的奶茶,心里蔓延的情绪却是带着一种自己也弄不明白的酸涩。

这种感觉好奇怪,她从没体会过。

"你在看什么?脖子都快伸出去了。"黄书涵三下五除二解决完一杯奶茶,脑袋凑到她脸旁,跟着往外看。

陆笋想说没看什么,谁知黄书涵火眼金睛,第一眼就注意到那个人:"江淮宁好帅啊。"

不管看过多少次,她都会发出同样的感叹。

有人就是能一次次惊艳到你。

"沈黎那身段绝了,不愧是文科班的女神。"黄书涵随后注意到江淮宁身边的女孩,由衷地赞美。

陆笋"嗯"一声,赞同她的说法。

黄书涵改口说:"有衣服加持的成分吧,一筐萝卜青菜里出一朵纯白茉莉花,当然显眼了。你换上裙子也超美的。"

学校不强制要求学生穿校服,除非有大型活动。平时穿私服的学生也不少,只要不是太出格的着装,老师通常会睁只眼闭只眼,非常能理解青春期孩子追求美的想法。像今天这种放假的日子,自然更不会管了。

好些女生穿得漂漂亮亮,走到哪里都是一道风景线。这才是青春,张扬的,明媚的,蓬勃向上的,也是美好的。

车里人坐满了,开始发动,晃晃悠悠地驶上大马路。

5

国庆假期举办婚礼的人多,陆筝家附近就有一户人家娶亲。

夏竹做完早饭就去给人家帮忙,连陆筝的奶奶刘春秀也过去了,她手艺好,能帮着煮大锅饭。

陆筝把自己关在房间里写作业,由于那户人家离得近,请来调节气氛的歌舞团演出卖力,吹拉弹唱的声音不绝于耳。

陆筝被吵得没办法集中精神,扯了两团棉花塞进耳朵里。

手机铃声响了好几声她才听到,扯掉右耳的棉花,她拿起桌上的手机瞄了一眼,老年机小小的屏幕上闪动着一串陌生号码。

她蹙蹙眉,不爱接陌生来电,正要挂掉,突然间福至心灵,难道是……

陆筝赶在电话自动挂断前接起来,声音比平时僵硬:"喂?"

应该是江淮宁吧?

那边传来熟悉的声音,似乎是怕她听不出来,他先自报家门:"我是江淮宁。"

"我知道。"

"你怎么知道?"他大概在笑,语调有些上扬,带着点慵懒的味道。

陆筝耳朵痒痒的,她换了只手拿电话,另一只手无意识地抓起桌上的笔,学他平时那样转动:"猜的。"

那边说了句什么,陆筝没太听清,愣了一下才后知后觉,左耳塞的棉花团忘了扯出来,她连忙摘下棉花:"你刚才说什么?"

江淮宁语气无奈:"我问你在做什么?"

"哦。"陆筝咬笔头,"在家写作业。"

"假期没有别的安排吗?"

"暂时没有。"陆筝顿了顿,主动问他,"你呢?"

江淮宁说:"打算明天去爬山。你们卢店是不是有个很有名的碧水潭?听说那里的风景不错,想去游玩。"

碧水潭,陆筝当然知道,算是他们这边小有名气的一个地方,称不上什么旅游景点,只有本地人逢年过节去上面看风景。那里有道垂直而下的瀑布,顺着蜿蜒崎岖的山路能爬到瀑布顶上,上面聚着一汪碧绿的寒潭。碧水潭的名字便由此得来。

陆筝不敢老王卖瓜,实话跟他说:"你来了可别失望,就是很普通的一个地方,跟你在北城看到的那些旅游景点不能比。"

"能不能比要等看过才知道。"江淮宁轻咳一声,"有时间吗?能不能请你当导游?"

江淮宁的意思是让她带他游山玩水?他们两个人吗?

陆筝握着笔在空白的纸上胡乱画了几道，显示她此刻的心情跟这些弯曲交错的线条一样杂乱无章。

犹豫数秒，她支吾道："你介意……我多叫两个朋友吗？"

不知为何，江淮宁首先想到的人是顾承："顾承？"

"不是。"

顾承才没有闲情逸致爬山，他可能觉得有那个时间还不如打球，或是跟那几个男生"开黑"。

江淮宁笑着说："那我们就约好了。"

"嗯？"

"我不介意你多叫朋友。"

"哦，我朋友你也认识，黄书涵。"陆筝提前给他说清楚，免得到时候碰面了徒增尴尬，"还有一个女生，叫董秋婉。你们应该见过，开学前一天在卢店初中的篮球场，她也在。"

江淮宁在脑海里搜索一圈："黄书涵我知道，一起吃过饭。董秋婉我没印象。"

陆筝笑了声，那天下午除了打篮球的几个男生互相介绍，场外的女生们只充当观众，彼此没说过话，不记得很正常。

"大概你对那天的我也没印象。"陆筝突然冒出来一句。

"冤枉我。"江淮宁叹口气，似乎被人误解受了委屈，"超市里你帮我捡硬币，我印象深刻好吗？"

陆筝趴在书桌上傻笑，还好只是手机通话，他看不到她的表情。

"是吗？"她反问，语气不自觉地软下来，"那你说，我那天穿什么颜色的衣服？"

简直像"快问快答"环节，江淮宁没有一丝犹豫，立刻回答："白色T恤，浅蓝色牛仔短裤，白色凉鞋。我说得对吗？"

陆筝讶然，她自己都得回忆一下才能想起来那天穿了什么衣服，他却能记得这么清楚。

翌日，上午九点半，约在中心街会合。

陆筝早半个小时到了，她本来还担心会迟到，来了发现没人就松了口气。出门前她纠结穿什么衣服耽误了不少时间，试了几条裙子，感觉太奇怪了，他们是去爬山又不是逛街。于是她换回了舒服的卫衣和运动长裤，背了一个小号的帆布包。

正等得有点无聊，一辆黄色班车停在中心街口。

自动门"哧"一声打开，下来几个人。

陆筝盯着车门,有预感江淮宁会坐这一班车,果然,下一秒视线里出现那道熟悉的身影,英挺修长。

江淮宁穿着一整套白色运动衣,两条袖子和裤缝各有一道显眼的红色线条,戴着黑色棒球帽。帽檐遮住了上半张脸,露出清晰凌厉的下颌线。

似有所感,江淮宁抬眸,朝陆筝的方向看过来。他抬手朝她招了招,扬起唇角展露出一贯阳光灿烂的笑容。

陆筝定定地看着,不知是被阳光晃了眼,还是被他的笑容迷住了,一时竟没能回神,慢了两秒才给出回应。

沈欢从车上蹦下来,跟许久没见陆筝似的,高举双臂挥来挥去,喊:"鲈鱼!"

陆筝愣了愣,很快反应过来是自己理解错了,她以为就江淮宁一个人。

沈欢身后紧跟着下车的是沈黎。安静内敛的女孩穿着棒球服和牛仔裤,头顶的米白色渔夫帽上印着墨绿色的笑脸,简单又时尚,像个前来度假的小明星。

沈黎抬起头看到陆筝那一刻,难以形容的那股憋闷感又漫了上来。

昨天江淮宁叫沈欢和她一块出去游玩放松,她潜意识里以为就他们三个,没想到他还叫了陆筝。

"怎么就你一个人,你朋友呢?"江淮宁站定在陆筝跟前,抬了抬帽檐,一双眼睛里盛了笑意。

"她们在前面等着。"

"你是专门留在这里等我们的?"江淮宁总是这么礼貌周到,会替别人着想,"是不是等很久了?"

"也没有很久。"陆筝说完看向沈黎,笑着跟她打招呼,"嗨。"

沈黎扯唇回以一笑,她笑容浅淡,不达眼底。

黄书涵和董秋婉在前面的桥头等他们。

两方人见了面,先互相打招呼。黄书涵不用说,托陆筝的福,跟江淮宁已经混熟了。

董秋婉却是自上次一别,第二次见江淮宁。虽然被黄书涵提前告知过,见到他本人还是呆滞了好几秒。

这人近距离看更帅!

这就是老校区和新校区的区别吗?他们老校区的男生普遍灰扑扑的,她一年到头没见过一个像样的帅哥,本就枯燥的高中生活简直了无生趣。

"这就是我跟你说过的董秋婉。"陆筝给江淮宁介绍。

江淮宁摘了棒球帽,朝她一笑:"你好,江淮宁。"

董秋婉个没出息的,被他看得脸红,说话都结结巴巴:"你、你好。"

沈欢和沈黎也做了自我介绍。

董秋婉还是觉得不真实，走路时疯狂拉扯陆筝的手肘，给她眼神暗示。

陆筝不解地看着董秋婉。

董秋婉悄咪咪地凑近她说："你什么时候跟帅哥混得这么熟了？都能把人约出来爬山，你可以啊陆筝……"

陆筝掐了董秋婉一把，董秋婉一秒收声。

几人穿过桥头，江淮宁发现这条路有点熟悉，问陆筝："这地方我们上次好像来过。"

"嗯。"陆筝给他解答，"去卢店初中也是从这条路走，前面有个岔路口，往北走是卢店初中，往南走一段再拐进一个小路就是上山的路。你记性还蛮好的。"

江淮宁："你这算夸奖？"

陆筝不知怎么回答，冲着他傻笑。

从岔路口经过时，沈欢碰见个眼熟的面孔："李德凯？"

一起打过球，李德凯对他也有印象，停下脚步笑嘻嘻道："你怎么在这儿？"

李德凯随后看见黄书涵、陆筝她们，顿时了然："去碧水潭玩？"

黄书涵点点头，也猜到他为什么出现在这里，八成又是在卢店初中的篮球场打球，隔着几十米远都能听见里面的欢呼声。

顾承一露面，那群女生准会去捧场，一个比一个喊得大声。

李德凯是出来买水的，打声招呼就准备回去。黄书涵叫住他，随口一问："你们要不要一起去？成天打球有什么意思。"

李德凯没一口拒绝："我去问问承哥。"

他这一问，再回来，爬山的队伍就多了一群人，除了顾承他们几个，还有好几个初中生跟来。

顾承刚打完一场，热得全身都是汗，跑起来身上带着蓬勃的热气，抬手扯掉发带，甩了甩头发，径直到陆筝跟前，没看她旁边的江淮宁，冷飕飕地直视着她："爬山怎么没叫我？"

"你不是在打球吗？叫你你也不一定来。"陆筝躲开一步，免得他头发上的汗水甩到她脸上。

"那你也没问过我。"顾承执着地问。

陆筝莫名其妙："这不是问你了吗？"

一群人浩浩荡荡地往山里进发，小路上沙砾石头堆积，越往上走路越陡峭，没多久体力不行的人就开始哼哧哼哧大喘气。

沿路的风景优美，让人觉得不虚此行。满眼青山葳蕤，由于前几天下过雨，峰顶上缭绕着一层淡薄的雾气，小路旁是水泥浇筑的沟渠，山峰上的水"叮叮咚咚"从沟渠流淌，扒开两旁的草丛，便可看见清澈的水流撞击到石壁上，溅出白色的水花。

碧水潭一共两个峰，一峰更容易攀登，不到中午，一群人就站在瀑布顶上，一览众山小地拥抱大自然。

沈欢两手拢在嘴旁做喇叭状，对着空旷的山涧大喊："啊——"

一群人看傻子似的看着他。

沈欢扭头看他们："你们不喊一个吗？"

黄书涵这才好心告诉他，不用这么兴奋，二峰上的风景比这里美多了，而且更高更有成就感。不过，这些都不足以使他们激动，因为从小到大攀爬过无数次，早没有新鲜感了。

大家或坐或站，拿出零食和水短暂休息。

江淮宁坐在一块大石头上，两条大长腿敞着，手肘搭着膝盖上，望着脚边的寒潭。这一汪清潭在群山怀抱中，倒映着岸边幢幢树影，潭水清澈见底，碧绿如玉。

不比他看过的那些旅游景点差。

正出神，眼前递来一瓶矿泉水，江淮宁顺着那只手往上看，对上陆竽阳光下白皙细腻的脸。

他一手接过那瓶水，拧开瓶盖递给她。他修长的手指握着瓶身，骨节的凸起像被刻刀雕刻而成。

陆竽倏地笑起来，眼睛闪着亮光："你干什么？是给你喝的。"

他两手空空，没带任何东西，一看就不了解情况，这连景区都称不上的小地方可没有卖水的。

江淮宁慢悠悠地收回手，抿了一口水，笑了一下："谢谢。"

顾承从李德凯手里接过一瓶水，旋开瓶盖，仰起脖子"咕噜咕噜"一口气灌了大半瓶水，目光自始至终直勾勾地盯着水潭边上的两人，不知道在聊什么，有那么好笑吗？

同样注视着两人的沈黎，心里的难受逐渐清晰。

"江淮宁。"她没忍住叫他。

江淮宁朝她看过来，眼神带着询问。

沈黎吸了口气，郁闷地说："我有点累了，走不动，不想爬二峰了。你和沈欢还要继续吗？"

江淮宁看向沈欢，问他的意思："你呢？"

不能让沈黎一个人留在这里，荒郊野外太危险，得找个人陪她。

沈欢的脸被晒得通红,汗水顺着脸往下淌,但他不甘心止步于此:"我还想往上爬。"

人是江淮宁叫出来的,不能放在这儿不管,他点了点头:"那你跟他们上去吧,我留下来等你们。"

他坐着没动,棒球帽拿在手里扇风。

顾承捏瘪了手里的矿泉水瓶,丢给李德凯,让他放塑料袋里,下山的时候带走。坐着休息了几分钟,组织大家攀登二峰。

二峰上有个天然水库,周围居民的自来水源就是这里。

一群人爬上去,站在高高堆砌的大坝上,喘还厉害,一个个不顾形象地席地而坐,有的干脆躺在上面。

几个女孩子以背后的青山绿水为背景,拍了很多张照片。

下午一点多,大家原路返回。

上山容易下山难,沈欢一边走一边抱怨腿快断了:"我姐没上二峰是对的,我现在后悔了,坐在一峰吹吹风多舒服,何必受罪。"

黄书涵嘲笑他:"那你顺着这个坡滚下去吧,一路能滚到一峰,也不用走路了。"

顾承倏地笑了一声。

"喂,你那会儿为什么生气?"陆竿双手插兜,在他旁边慢悠悠地走。

"不容易,还能看出来我生气了。"顾承半是玩笑半是自嘲,"我以为你反应迟钝,什么都不懂呢。"

"我是不懂啊。"陆竿眼神坦荡荡,在阳光下赤诚又澄澈,"正是因为不懂才问你。"

顾承胸口一堵,不想跟她说话,怕自己被气到猝死。

陆竿偏着头盯住他,只为了不错过他脸上的表情,等了半晌,没见他吭声。

"你怎么不说话?"

"算了。"顾承泄气了,不跟她这个讨厌鬼计较,"你自己慢慢想吧,想不明白就算了,无所谓。"

他们到达一峰前,沈黎和江淮宁正在聊天,不知怎的突然就聊到了陆竿,可能是沈黎起的头。

"陆竿和那个顾承,他们是什么关系?"她眨着一双动人的眼睛,问得很随意。

江淮宁感到很意外,手指勾着棒球帽转圈的动作停下来,目光笔直地看过去,有些莫名:"怎么会这么问?"

"你不觉得顾承对陆竿很特别吗?"沈黎被他的眼神盯得有些无所适

从，心跳突突的，心虚感突如其来，她率先移开视线，看着被风吹得荡起层层涟漪的潭水，"陆竽对他也很……亲密。"

她中间顿了一下，用了"亲密"这个词。

"你想多了。"江淮宁声音淡淡，听不出具体的情绪，"他们就是好朋友。"

身后传来阵阵说笑声，是那群人下来了。

江淮宁站起身，拍了拍裤子上的灰，将棒球帽扣在脑袋上，双手揣进运动裤口袋里。

到达山脚，一群人饥肠辘辘，恨不得啃一口路边的草。

"我知道有家很好吃的农家乐，吃完了再回去。"顾承看了眼时间，不到三点，已经过了午饭时间，距离晚饭还早。

沈欢兴致勃勃地答应了。

他们跟着顾承七拐八绕，一群人进到一条狭窄的巷子里，叩开门，里面是一方宽敞干净的院落，一条小黄狗趴在花坛边晒太阳。

"曹叔。"顾承喊了一声。

"哎！"屋里有人出来，手里握着一把瓜子，嘴皮子上还粘着几片瓜子壳，"阿承啊，我说谁呢。"

顾承一抬下巴，没说废话："整一桌菜出来。"

"行，自己找地方坐。"

曹叔爽快地应了，把瓜子揣进兜里，搓了搓手，低头进了厨房，扭头唤来老婆。两人一个备菜一个起锅，有条不紊地忙活。

顾承领着人进了东边的一个包间，让大家随便坐，他自己拎起茶壶，熟门熟路地出去泡茶。

陆竽坐了一会儿，嫌屋里闷，出去逗狗。

她蹲在小黄狗旁边，拿一根小树杈在它眼前晃来晃去，小黄狗会跳起来咬她手里的树杈。江淮宁站在屋檐下看了许久，忍不住开口提醒："也不怕它咬你。"

陆竽回头，笑眯眯地说："它很温驯的。"

陆竽拿着树杈不动，小黄狗就抬起前肢，趴在她膝头，还要跟她玩。

江淮宁抬步走过去，陡然闻到一阵花香，四下睃了一圈，才发现院子角落里栽了一棵桂花树。树冠蓊郁，翠绿的枝叶间挂满了金灿灿的小花朵，一簇一簇，开得热闹喜人。

风将花香送到各处。

曹叔的老婆握着一把小芹菜从屋檐下走过，见他们俩盯着桂花树，热情地说:"掐几枝带回去养着,满屋子都是香的。"

陆竽客气地说"不用了"。

谁知江淮宁看着正经又礼貌,这种时候却不客气,说了声"谢谢"就动手折了几枝开得最灿烂的。

陆竽看呆了。

江淮宁转头见她直愣愣地盯着自己,有点无辜地摸了下鼻子:"怎么了,我又不是偷花贼,阿姨让折的。"

陆竽讷讷道:"兴许人家只是客套。"

"是吗?我问问。"江淮宁还真打算问人家。

这怎么好意思问,陆竽正要阻止,一扭头,屋檐下哪里还有阿姨的身影,她已经进了厨房。

江淮宁倏地大笑,凑近闻了闻桂花,香气宜人,递给陆竽:"你带回去养吧。"

"是你折的,为什么要送给我?"

"我家远,等我带回去估计上面的花早就七零八落了。为了不辜负人家的好意,交给你来养比较合适。"

江淮宁说得有理有据,陆竽都没法拒绝了。

她忘了问,他明知带不回去,为什么要折下来,让它开在枝头不好吗?

沈黎见江淮宁许久不回来,担心他迷路,出来找他,不期然看见两人站在桂花树下,江淮宁抬手摸了下陆竽的脑袋,对陆竽说了句什么。

他说的是,你头发上有朵桂花。

但沈黎隔得远,听不见,只觉得他那个温柔的神情让她心脏发紧。

乡下到县城的最后一班车是四点,三人坐了这趟车回去。

一路上,江淮宁没有说话,坐在靠窗的位子上。

这一侧是三个座位连着,中间坐着沈欢,沈黎坐在最边上,视线时不时越过沈欢瞟一眼江淮宁。

他脑袋上的棒球帽压得低,帽檐的阴影遮下来,只露一截线条清晰的下巴颏,后颈靠着椅背,半睡半醒的状态。

沈黎脑海里闪过他和陆竽在桂花树下的画面,默默地叹息一声。

到了县城,各自回家。

江淮宁午饭吃得晚,晚饭没胃口吃,坐在餐桌旁陪父母,偶尔夹一筷子菜,聊些学习上的事情。

江学文寻了个空当,提出自己的想法:"老在家里蹲着不是长久之计,我想找点事情做。"

气氛安静一瞬，孙婧芳放下筷子："你想做什么？"

江学文低低咳嗽一声，先跟她算一笔明白账："淮宁才读高二，以后读大学要花钱的地方多着，家里的积蓄也不足以下半辈子衣食无忧，坐吃山空是绝对不行的。"

江淮宁插话："我上大学可以兼职，你别太有压力。"

"先听我把话说完。"江学文语重心长道，"我和你妈都知道你上进，从小到大大小事情没让我们俩操过心。我的意思是，我如今不到五十，手脚也不是不能动，总闲着不是个事儿。"

江淮宁和孙婧芳对视一眼，孙婧芳问："你有计划？"

"我听人说眈山县底下的卢店乡，有个风景秀丽的碧水潭，未经开发。我想在山脚建一座度假山庄，当然，那地方我还没去考察过，不知道具体状况如何，能不能实施。"江学文说这些的时候，眼睛里有希冀的光芒，驱散了往日的阴霾，"目前就只有一个粗略的想法，后续要开展工作可能还得拿到政府审批，流程没那么简单。"

太巧了，江淮宁今天才去过碧水潭。

孙婧芳对于丈夫再创业的想法没有异议，她唯一担心的是资金问题："咱们手里的钱够吗？开度假山庄前期得投入大量资金，后期能不能回本还得两说。再过一年，淮宁就读高三了，我不想闹得家里太动荡。"

江学文有过这方面的顾虑，沉吟了下，老老实实说了自己的打算："光靠我一个人肯定不行，到时候得拉投资，找人入股。"

孙婧芳一时没说话了。

当初在北城开塑料公司也是跟人合伙，就因为识人不清，到头来遭人算计，差点被抓进去吃牢饭，想起来孙婧芳还心有余悸。

饭桌上的气氛变得有些凝滞，半晌，江淮宁出声："碧水潭的风景不错，可以试试。"

江学文和孙婧芳同时看向他，江学文兴致高涨："你觉得可行？哎，不对，你怎么知道碧水潭？"

"今天和几个朋友去碧水潭游玩。"

江淮宁大致讲了讲碧水潭周边的环境，他没攀登二峰，不了解上面的景致如何，暂且略过。

陆竿说他们当地人每年都要去几趟碧水潭，几乎成为逢年过节的固定项目，修建度假山庄不仅能给本地人提供服务，还能吸引外地游客，确实有可发挥的空间。

江学文受到鼓舞："那我就试一试。"

第五章
英雄救美

1

假期总是那么短暂，转眼就到了返校的日子。

陆竽上了班车，只看见黄书涵和董秋婉，不见顾承他们几个，还没开口问，黄书涵就捂嘴惊呼："陆竽，你拉头发了！"

黄书涵嗓门太大，顿时整个车厢的人都看着陆竽，准确来说，是看她的头发。

陆竽窘迫不已，下意识抬起手，不自在地拨了拨柔顺的发丝，"嗯"了一声。

假期里，她妈妈带她去买秋季的衣服，顺便去理发店剪头发，提起现在的女孩都喜欢把头发拉直，再剪一个齐刘海，她妈妈就建议她把自然卷拉直。

黄书涵眼睛都瞪直了："来来来，过来让我再看看。"

陆竽脸颊发烫，在黄书涵旁边的位子坐下，接受她全方位的目光洗礼。董秋婉也歪着身子凑过来看陆竽，边看边笑。

"很奇怪吗？"陆竽问她们。

"No，只是没看习惯而已。"黄书涵好奇地问，"怎么把头发拉直了？你都不知道我有多羡慕你的自然卷，理发师都烫不出那种效果。"

陆竽："我妈随口一提，我一冲动就答应了。"

"你这样也好看啦，显得特别清纯。"黄书涵搂着她笑嘻嘻地说，"真的，往那儿一站就是女神。"

陆竽害羞，赶紧换了个话题："顾承他们呢？"

"谁知道啊。"黄书涵手里握着手机，停留在QQ聊天界面，朝她晃了晃，"发QQ消息给他也不回。"

106

"不难猜吧?"董秋婉说,"他们几个肯定坐前面那趟班车先走了,去游乐城抢占好位置了。"

摇摇晃晃一个小时,车停在路口,各自提起行李箱下车。

董秋婉和黄书涵有别的安排,问陆竿:"我们要去新华书店买书,你去吗?"

陆竿没有要买的东西,而且她提的行李箱太重,行动起来不方便:"你们去吧,我回学校。"

"OK,学校见。"黄书涵摆了摆手,拉着董秋婉先走了。

陆竿推着行李箱去公交车站,站在广告牌的阴影里。

等了没多久,304公交车缓缓驶来,停靠在站牌前。

陆竿抬头确认了一遍,从前门上去,投币往后走,坐在靠后的一个空位上,手抓着行李箱的拉杆,牢牢地抵在腿边。

她很怕坐公交车,因为总是走走停停,晕车症状会加重。

还没到下一个站点,她就有点想吐,拼命忍着。

公交车再次停下来,陆竿透过另一边的车窗往外看,白晃晃的阳光下,绿色的站牌显示"景和站",名字取自附近的景和小区。

陆竿舒了口气,暗暗给自己打气,再坚持一下,距离学校还有四站,很快就能解脱了。

一群人上了车,气味有些杂,陆竿昏昏沉沉之际,一股清爽干净的味道窜入鼻尖,脚步声停在她身旁,头顶落下来一道清润好听的声音:"我坐里边?"

陆竿愕然抬眸,与江淮宁垂下的视线相接。

男生穿着黑白校服,单肩挂着书包,纯白色耳机线从校服口袋蜿蜒而上,一只耳机塞进耳朵,一只耳机垂在身前,显然是为了跟她说话,特意摘下来的。

"你怎么在这儿?"陆竿傻傻地问。

目光在她头发上多停留了几秒钟,江淮宁回过神来,手指了指车窗外:"我住景和苑小区。"

他嫌太阳晒,没像平时那样骑自行车,改坐公交车。

"哦哦。"陆竿赶忙侧过身,方便他进到里面的座位。

江淮宁坐进去,卸下书包放在膝上:"作业都写完了吗?"

陆竿反问:"你没写完?"

江淮宁一只手随意地搭在前排的座椅靠背上,勾了勾嘴角:"问你呢。"

"我当然写完了。"陆竿一本正经地答。

江淮宁点点头:"也是。"她学习态度那么认真,估计回家第一件事就是埋头写作业。

车子起步,驶离站台,陆竿脑袋里那股要炸开的眩晕感卷土重来,她紧闭着双唇不再说话,生怕当场哕出来。

那样就太丢人了。

江淮宁见她紧绷着脸,似乎不愿开口,也就不再找话题,静静坐着听歌。他捏起垂挂在胸前的那只耳机,递到陆竿面前:"要听歌吗?"

陆竿嘴唇动了动,吐字简洁:"好。"

她从他手里接过那只耳机,指尖相触,一点温热沾染上,陆竿微微一怔,慌乱地别开视线,捏着耳机塞进离他近的左耳。

一阵熟悉的旋律、熟悉的声音灌进耳朵,是周杰伦的歌。

但陆竿听的歌不多,听不出是哪一首。

> 我想起花瓣试着掉落
> 为你翘课的那一天
> 教室的那一间
> 相遇的那一天
> 我怎么看不见
> 消失的下雨天
> 我好想再淋一遍……

陆竿听着歌,烦躁的心绪神奇般被抚平。她靠着椅背,余光一点点挪移,落在江淮宁沐浴在阳光里的侧脸上,俊美得那么不真实。

短短一截耳机线连着两人,不得不靠近的距离,否则耳机就会掉落。

歌曲换了一首,是空灵动听的女声,好像在娓娓道来一个故事。

> 倔强的表情
> 就这样隔离了我们想触摸的脸庞
> 不再体贴退让

副歌部分听得陆竿心中荡起柔软涟漪,她禁不住启唇问江淮宁:"这首歌的歌名是什么?"

耳机里的歌声还在继续,混合着江淮宁凑近而来的低沉嗓音:"《一样的月光》。"

他话音落,陆竿刚好听到那句——

一样的月光，怎么照不亮未来的形状。喔，就这样吧，我的爱，让寂寞的月光占据我的窗……

陆竿点点头，微微笑着说："很好听。"

这首歌唱到尾声，江淮宁按亮手机屏幕，将进度条拉到开头，又听了一遍。

短短四站路，在歌中结束。

公交车减速，将要停在晓山高中站，陆竿如梦初醒，恍然望着车外大片大片灿白的阳光，以及巍峨屹立的校门。

车没停稳，颠簸了一下，陆竿摘下耳机还给江淮宁，一句话没说，快步冲出车门，蹲在路边吐了。

江淮宁吓了一跳，看了眼被遗落在过道的行李箱，帮她提下去。

"你晕车？"他问。

陆竿说不出话。

江淮宁手忙脚乱从书包侧边的口袋里取出水杯，拧开盖子递给她："喝点水压一压。"

陆竿两手撑着膝盖吐得天昏地暗，也没仔细看，把水瓶拿到手里就猛灌了一口，漱了漱口吐出来，又灌了一口水吞下去，这才意识到不对劲。

她手里拿着的是透明塑料水杯，中间一圈黑色橡胶保护套，瓶口很小，很像矿泉水瓶。

但这不是什么矿泉水，是江淮宁的水杯，她在他桌上见过。

她身体突然定住的动作太过突兀，江淮宁一瞬就明白过来她在纠结什么，不在意道："没事，你喝吧。"

陆竿一时踌躇，不知是要把水杯还给江淮宁，还是继续拿着。

黄书涵的声音解救了她。

"陆竿。"

陆竿好似被解了穴，缓缓抬头看过去。

黄书涵从一辆出租车上下来，背着书包，提着一个小型行李箱。

陆竿问："你不是和董秋婉去新华书店了？"

"书店关门了。"黄书涵喘口气，打量她的脸，一看她苍白的脸色就猜到怎么回事，"又晕车了？"

她已经司空见惯，每次坐车陆竿都会吐上一回，少有例外。

黄书涵瞥向边上的江淮宁，笑着打了个招呼，注意力重新回到陆竿身上，拍了拍她的脊背："好点了吗？"

"嗯，好多了。"

江淮宁顺手从她手里拿过水杯，拧上盖子，放回书包侧边的口袋。

黄书涵敏锐地捕捉到这一细节，没出声揶揄，挽着陆竿的胳膊往学校里走。江淮宁推着陆竿的行李箱跟在后面，陆竿不好意思劳烦他："我自己来。"

她要回宿舍，江淮宁要去教学楼，不是同一条路。

江淮宁伸手挡了一下："送你一段路。"

突然响起的手机铃声打断了陆竿即将出口的话，她连忙翻出手机，屏幕上闪烁的一串号码没有备注，是陌生来电。

陆竿放慢了脚步，迟疑着接起来，听见对方不冷不热地说："承哥的钱包弄丢了，在我们腾飞游乐城，让你过来给他送钱。"

"你是说顾承？"

"对，你是他朋友吧？"

陆竿心生疑窦："麻烦你让他接一下电话。"

陌生的男声有点不耐烦："他忙着玩游戏呢，我喊不应。"

挂电话前，对方还催了一声："快点。"

黄书涵在陆竿旁边，没听清电话里的人说了什么，只听对方提到顾承，问陆竿："顾承怎么了？"

"在游乐城玩，钱包弄丢了，叫我现在过去给他送钱。"陆竿看了眼时间，还有两个小时上课，来得及。

黄书涵翻个白眼，吐槽了顾承一通，然后对她说："我帮你把行李箱拿到宿舍。"

"你能行吗？我箱子很重。"

"交给我，没问题。"黄书涵递给她一个放心的眼神，"你快去吧。别忘了骂他一顿，这个不靠谱的家伙。"

陆竿只笑不语，转身去校门口拦车。

黄书涵推着一大一小两个行李箱，慢吞吞往宿舍楼群的方向移动，速度慢得跟蜗牛爬行一样。

林荫路的另一旁是大操场，下午的阳光暴烈如火，操场上不知在举办什么活动，欢呼声和掌声不断，人群如潮水般堵了好几层。

黄书涵运气好，在宿舍楼下遇到一个同班的女生。

女生帮忙搭把手，将两个行李箱搬到了楼上。

黄书涵在宿舍整理完东西，躺了一会儿缓神，叫上同伴去教室。

再次路过大操场，黄书涵抻着脖子张望："那边在干什么？"

"篮球联赛。"同行的女生兴致勃勃地说，"我们学校和二高的男生私下组的局。平时学校的篮球场不对外开放,他们就选在今天开赛。顾承人气好高,我刚才去瞅了一眼,不少女生叫他的名字。顾承那长相又拽又酷,穿着球衣别提多吸睛。"

"你说谁?"黄书涵怔了怔,大脑迟钝地转了两圈。

顾承不是在游乐城吗?

意识到不对劲,她猛地停下步子:"顾承在打篮球赛?你确定那里面的人有他?没看错吗?"

女生被她陡然变换的神情弄得有点蒙,语气确定:"是他啊。"

黄书涵还是不敢相信,抓紧书包带,从操场一个侧门绕进去,往最里侧的篮球场狂奔。

拨开重重人群,黄书涵在球场上看到那个追逐的高大身影,穿着一身黑色球衣,背上有个红色的数字"9",额前的碎发汗湿了,紧贴着发带。

他甩了甩湿发,在场上打了个手势。队友会意,扬手把球传过来,他接了球,穿过大半个篮球场,投了个完美的三分球。

满场喝彩,震耳欲聋。

黄书涵朝球场喊了一声:"顾承!"

身边太多女孩子叫这个名字,她的声音混杂在人群里瞬间被湮没。无论她喊多少声,顾承也不可能听见。

黄书涵闭了闭眼,真是服了他。

她从口袋里摸出手机,找到陆竿的号码打过去,响了很久无人接听。

黄书涵快急死了,心里一阵没来由的恐慌。

顾承分明在这里打球,为什么那人给陆竿打电话说他在游乐城,还让陆竿过去送钱,把她骗过去想干吗?

黄书涵顾不得那么多了,直接冲到球场上,不管三七二十一拉住顾承的胳膊,将他往场外拽:"你跟我过来!"

赛事正进行到白热化阶段,顾承被她这么一拽,丢了个投球的好机会,有些恼火:"你发什么疯?跑球场上来干什么?"

"我联系不上陆竿,她去找你了!"周围噪音一浪高过一浪,黄书涵扯着嗓门朝他的脸大吼一声,"她要出什么事,我跟你没完!"

球场上的队友不明情况,绷着脸发飙:"搞什么?在打比赛呢,人怎么走了?"

顾承满头大汗,大口喘着气,眉头拧得死紧。大脑还处在高度刺激和亢奋的状态,他没能理解黄书涵的话:"什么叫陆竿去找我了?"

黄书涵阴着脸,快速地给他解释了一遍。

沸腾的血液急速降温,顾承脑袋木然。

腾飞游乐城的确是他经常去的地方，因为在一条废弃污水河旁，地理位置足够偏僻，不容易被学校老师发现。

顾承大步流星地走开，从看台栏杆上取下自己的外套，找出口袋里的手机，有条来电显示。

半个小时前，陆芋给他打过一通电话。

他手指按了下，回拨过去，嘟声响了好久，能打通，但没人接。

顾承叫了声球场上的周鑫和李德凯，将外套甩到肩上，飞奔出操场，身影远远看着如同离弦之箭。

周鑫和李德凯大汗淋漓地从场上退下来，场外候补的邓洋杰也跟着站起身，三人面面相觑。

虽然不知道发生了什么，但见顾承紧张成这样，他们都能猜到事情不简单。

"承哥干吗去了？"

周鑫一把拉住黄书涵，她跟顾承说完话，他就一副火急火燎的样子，她一定知道原因。

"你别废话了，赶紧跟上顾承。"黄书涵懒得再解释一遍，推了他一下，声音急切地催促。

2

陆芋在出租车上给顾承打过一通电话，直到响铃结束也无人接听，她便相信顾承忙着玩游戏无暇顾及。

车开到目的地，陆芋才知道腾飞游乐城距离学校那么远。

道路两边，一边是吃喝玩乐一条街，开了各种杂七杂八的店铺，腾飞游乐城在尽头拐角的位置，黑色牌子上印着纯白字体，往后走就是七拐八绕的巷子；另一边是一条干涸的污水河，散发着淡淡的淤泥味道，岸上栽种了一排垂杨柳。

陆芋没进过这种地方，走到门口，透过关闭的玻璃门往里张望，里头光线昏昧，柜台后坐着一个染着紫红色头发的小妹，边嚼口香糖边跟一个男人调笑。

紫头发姑娘看了眼陆芋，挑起下巴示意男人看外面。

穿黑色T恤的男人拉开一扇玻璃门，转头朝身后使了个眼神。眨眼间，面前出现七八个小混混模样的男生，看向陆芋的眼神不像善茬。

陆芋心里一紧，一股不好的预感冲上大脑，她多没想，掉头就跑。

"小妹妹，跑什么啊，还没怎么着呢。"

那群小混混不怀好意地嬉笑着，不费吹灰之力就追上陆芋，将她围了起来，堵在一条前路封死的巷子里。

像戏弄小丑一样，一个个看着她露出恶劣的笑。

为首的那个叼着烟，抖着嘴角笑得最张狂，上下打量着她，"啧"了声："这么细皮嫩肉，鸥姐说教训她一顿，也没说怎么教训，还真有点下不了手。"

陆笋呼吸停滞，脚步磕磕绊绊地退后，"砰"一下，脊背抵在粗糙的砖墙上："你们是不是认错人了？我不认识什么鸥姐。"

"你不是陆笋？电话没错，人就没错。"小混混欺身逼近。

陆笋听出他的声音，是给自己打电话的人，她慌张道："顾承呢？"

"哈哈哈，哪有什么顾承。"小混混抓住她的肩狠狠往后一撞，陆笋后脑磕到坚硬的墙壁，痛得她眼前发昏，"不这么说你还不肯来呢。"

雨点般的痛感袭来，陆笋蜷缩着身子，尽量护住头部，面对几个人高马大的男生，她没有丝毫反抗的能力。

就在她感到绝望的时候，一阵急促的脚步声奔来，落在身上的拳头消失。

她从臂弯的缝隙里，只看到一片黑色的校服裤脚，踢向拽着她头发的那个小混混，一言不发地挡在她身前。

几个小混混被激怒，转移了目标："来个多管闲事的，揍他……"

耳边是拳拳到肉的混乱声响，陆笋心脏濒临窒息，强撑着哆哆嗦嗦翻出手机，拨打报警电话。

或许是这一片区域鱼龙混杂事故频发，民警出警速度很快。

警笛声遥遥传来的时候，几个混混对视一眼，四散逃窜，只留下跪坐在地上软成一摊泥的陆笋和倒在她旁边的江淮宁。

医院走廊充斥着消毒水味，偶尔几道脚步声匆匆掠过。陆笋狼狈地站在诊室外，手脚冰凉地等待着，惶惶不知所措。

一对中年夫妻的对话声在走廊里响起，语气含着焦急和关切。

"淮宁在哪儿呢？不是说送到中心医院来了？唉，好端端去学校怎么受伤了？我真是搞不懂了……"

"你先别急，我去问问。"

"护士，请问江淮宁被送到了哪个诊室？我是他家长。"

陆笋耳朵里好像灌了水，那些声音明明离她很近，她却听不清。愣了许久，她才意识到是江淮宁的父母赶来了。

她抬步走了过去，已经无法正常组织语言，脑子混沌，嘴巴自动开合："叔叔阿姨，对不起，江淮宁是因为我才受的伤，对不起。"

孙婧芳看着眼前的女孩，衣服凌乱，右边脸颊蹭破了一块皮，往外渗出血丝，眼眶红红的，紧张又不安地抿着唇。

纵然心急如焚，事情没弄清楚前孙婧芳也不好怪罪，语气缓和了两分："你的伤要不要紧？让医生处理一下。"

陆笋摇摇头："我不要紧。"

江学文错开身，先去诊室了解情况，被医生告知他儿子江淮宁右臂骨折。幸好检查结果显示骨折端无移位，不需要动手术，但要马上使用石膏固定。

夫妻俩紧绷的神情放松下来，暂时没问其他的，让医生帮江淮宁医治。

听到江淮宁右臂骨折，陆笋眼泪流了满脸都没察觉到。

书包里的手机隔一会儿响一次，她没有心情去接听，蒙眬的眼眸一瞬不瞬盯着江淮宁。

江淮宁抬眸间注意到她，明明痛得脑袋一阵阵发蒙，还有多余的精力关心她的状况："你身上有没有其他的伤？怎么不让医生看看？"

他说话时咬着牙，有丝丝抽气声溢出来。

他在强忍疼痛。

江淮宁经常打篮球，身体素质不错，只怪对方人数太多，双拳难敌四手，何况他时刻护着身后的陆笋，行动上难免受到限制。他是象牙塔里的乖乖学生，别说打架，跟人发生冲突都没有过，那些人是不要命的社会渣滓，无论如何他也讨不到便宜。

陆笋喉咙哽咽，说不出话来，只知道摇头。

她没想到那时候江淮宁会突然出现挡在她前面，他不是已经回教室了吗？他现在一定很疼吧？出了那么多汗，嘴唇都泛白了。

孙婧芳拿着各种单子去缴费，回来时正好瞧见两个小朋友一个站在门口，一个在里头吊着手臂，互相望着彼此。

孙婧芳轻叹一声，拍拍陆笋的肩膀："走吧，我带你去看看医生，这里有他爸照顾，没事儿。"

小姑娘孤零零的，身边也没个人，怪让人担心的。

陆笋书包里的手机再次响起，她木讷地跟在孙婧芳身后，拿出手机看了眼，接通电话，嗓音嘶哑地说："喂……"

"陆笋，你现在在哪儿？"那边传来顾承急吼吼的声音。

"我在医院。"

"哪家医院？"顾承喉结滚了一下，嗓音沉得可怕，像被砂纸打磨过。

"我没事，很快就回去了，你不用过来。"

挂断电话，陆笋犹豫着要不要给她妈妈打个电话，事情有点严重，惊动了民警,那几个小混混没抓到,她要配合做笔录。

陆笋只受了点皮外伤,医生检查过后,很快帮她处理完了。

孙婧芳将她送到医院外面,刚好有辆出租车送完人停在路边,她走过去拦下,让司机送她回学校。

陆笋坐进车里,降下旁边的车窗,望着站在路边的中年女人,心里感动又愧疚:"阿姨再见。"

"路上注意安全。"孙婧芳叮嘱她,"别忘了给家长打个电话。"

陆笋朝她点了点头。

车窗升上去,出租车启动,在薄暮冥冥的天光里绝尘而去。

陆笋浑身的神经还绷着,久久缓不过来,车窗外建筑物飞速后退,拉长而模糊。她闭上眼,不断回想江淮宁挺身挡在她身前的画面。

少年单薄的肩膀,替她遮住了所有风霜雨雪。

一想到这里,陆笋心里就泛起细细密密的疼,掺杂着一股陌生的情绪。

陆笋握着手机的手指紧了紧,车快开到学校时,她拨通了妈妈的电话。

她妈妈估计在忙,第一通电话没接。

陆笋第二次打过去,电话接通了,那边充斥着车间机器运转的"嗡嗡"声响。

夏竹走远了一点才开口说话,背景噪音小了很多,声音清晰:"笋笋,怎么这个时候给妈妈打电话?"

隔着电流听到妈妈轻柔的声音,陆笋胸腔里的委屈一瞬间放大了无数倍,好不容易止住的泪水又决堤,眼眶里酸酸涩涩,她吸了一下鼻子:"我出了一点事情……"

她断断续续地讲,夏竹还没听完就紧张起来。

"你有没有受伤?"

陆笋用袖子拭去眼泪,抽噎了一下:"一点擦伤,医生已经看过了。"

夏竹又问:"那个男生呢?"

"他受伤比我重。"陆笋一字一句道,"他现在在医院里,手臂骨折了,要打石膏。"

夏竹一听,顿时心急如焚:"在哪家医院?我先过去看看人家,你安心回学校上课,等忙完了我就去你学校。别哭,有妈妈在。"

"嗯。"陆笋带着浓重的鼻音说,"中心医院。"

所幸夏竹工作的服装厂就在晓山县近郊,坐车过去大概半个小时。

医院里,夏竹跟江淮宁的妈妈碰上面,又是道谢又是道歉。

孙婧芳看着眼前温柔大方的女人,在了解完事情经过的基础上,说不出怨怪的话来:"都是一个班的同学,那种情况下淮宁出手帮忙应该的。

115

男孩子皮实,没多大的事儿,养养就好了。陆竿妈妈不用道歉,那些混混才是真的可恶,就知道欺负女学生。"

原本还担心对方家长会借此刁难,夏竹也做好了被迁怒的准备,万万没想到对方这么善解人意,她心里越发感激。

"说到底江同学是因为我家陆竿受的伤,医药费我来付吧。"夏竹来的路上取了一沓现金,当下也没仔细数,一股脑塞进孙婧芳手里,"千万别拒绝。"

"哎,不用不用。"孙婧芳推拒,"有医保呢,用不了这么多。"

夏竹态度坚持:"这钱你要是不收我心里实在过意不去。多余的就当是补偿江同学,他这手臂受伤,多耽误学习。"

两位妈妈在病房里推来推去,江淮宁吊着胳膊,无奈地看着她们,不得已出声打断:"妈,要不你就收下吧。"

孙婧芳睁大眼,扭过头瞪了他一眼:"你这孩子,说什么呢……"

趁此机会,夏竹一把将钱塞进她怀里,不给她反悔的机会,转身就走:"我就不打扰你们了,我去学校看看陆竿。"

3

天边的云一点点吞噬碎金般的夕阳,天空擦成一片黑,沿路的路灯一盏盏亮起来,暖白的灯光由点连成线。

陆竿回到学校的时候,下午两节课已经过去了。

正是吃晚饭的时间,学生们去了食堂,整栋教学楼显出这个时候该有的安静。

她背着书包走在长廊上,最后一抹霞光染上她的衣角。

她踏上三楼,脚步声轻缓,可顾承还是第一时间就听出来是她,从座位上"噌"地站起来,带动着凳子腿发出刺耳声响。

他没去吃晚饭。

尽管陆竿在电话里强调自己没事,他一颗心仍旧像被绳子捆缚,不断收紧,勒得他喘不过气来。

等待的这段时间,每一分每一秒都是煎熬,手里一本书被他捏得皱巴巴,他的心脏也皱巴巴,抚不平整。

顾承走到她跟前,垂下眼眸仔细检查她的脸、胳膊、腿。

她脸上的伤口刺痛了他的眼睛:"不是说没受伤吗?脸上是怎么回事?身上呢,还有没有其他的伤?"

他手指伸出去,将要触碰到她的脸,陆竿有点不自在,偏头躲开了。

她坐下来,将书包抱在怀里,故作轻松地说:"一点小伤,没事的。"

顾承嗓子发干，吞咽了一口唾沫，一股难以言喻的钝痛感从心底开始蔓延，他抑郁地搓了搓头发，胸口堵着的一簇怒火不知道朝哪儿发泄："能告诉我到底发生什么事了吗？我要担心死了。"

陆竽张了张嘴，一个字还没说出口，教室后门忽然传来一道喊声——

"陆竽！"

黄书涵熟门熟路地进来。

陆竽转头对上一张焦急万分的脸，笑了笑："你怎么来了？"

黄书涵没说话，眼珠子滚了滚，差点哭出来："你怎么样啊？都怪我，没有陪你去。"

"好啦，别哭了，我这不是好好的吗？"陆竽拉着她的手晃了晃，轻声安慰，"就算你陪我去，遇到那种事我们俩也没办法躲开。"

黄书涵隐约猜到一点，却不清楚事情经过："具体是什么情况？"

陆竽跟他们说了自己被骗去游乐城挨揍的事情，幸好江淮宁及时发现事情不对劲，一路跟着她，危急时刻出现救了她。

顾承拧着眉，还没将清楚当中的细节，就被黄书涵拍了一巴掌："你说，是不是你在外面惹了事，那些人教训不了你，所以把目标对准了你的朋友！"

顾承被她一巴掌拍蒙了："我没得罪人……"他声音越说越低，不敢百分百确定。

他行事一向没什么顾忌，无形之中得罪了谁可能自己都没意识到，但他很确定，他从没听说过什么"鸥姐"。

顾承表情很无辜："对天发誓，我真不认识这号人。"

"发誓有什么用。"黄书涵一个眼神也不想给他，"这次多亏了校草。唉，我当时怎么就没意识到这件事不对劲。说到校草，他人呢，怎么没跟你一块回来？"

陆竽敛下眼眸，心里不是滋味，闷声闷气地说："他为了保护我，手臂被那些人打骨折了，还在医院里。"

黄书涵顿住，惊得好半晌吐不出一个字。

"天哪！"呆滞了半分钟之久，黄书涵双手捂着嘴，"打骨折了？这么严重……"

陆竽垂着头："嗯。"

顾承眼神晦暗，看着陆竽从书包里拿出一摞书，一一摆在课桌上，而他胸中盈满了懊悔和自责。

晚自习的铃声打响了。

陆笋没吃晚饭,黄书涵到小卖部给她买了面包和酸奶,她刚吃两口,杜一刚来到班里,她慌忙将面包塞进桌屉里。

"陆笋,出来一下。"杜一刚站在前门处,朝陆笋看过来,招了招手。

陆笋擦了擦嘴角沾上的面包屑,起身走了出去。

她一离开,班里就响起窸窸窣窣的声音,伴随着窃窃私语声。

"听说陆笋在校外被人打了。"

"真的假的?"

"你没看到她脸上的伤吗?"

"你听谁说的?"

"下午两节课她没来,大家去吃饭了她才到校,跟顾承说起这件事,有人在教室里听到了。"

"你猜江淮宁为什么也没来?他为了保护陆笋被打进医院了,手臂骨折了还是腿骨折了,不太清楚。"

大家讨论着,因为提到"江淮宁"的名字,刻意压低的音量骤然变大,爆发出一阵阵惊叹。

"江淮宁受伤了?"

"只能说'校草'称号名副其实,人帅学习好,还会英雄救美。"

管理纪律的同学头疼不已,坐在讲台上狂拍黑板檫:"安静安静!都别吵了,班主任还在外面。"

教室里一瞬鸦雀无声。

陆笋跟着杜一刚出去,在拐角处正巧遇见上楼的夏竹。

"妈。"陆笋低低地唤了一声。

杜一刚看着夏竹,摆出和气的笑容:"陆笋妈妈你好,我是陆笋的班主任,我叫杜一刚。"

"杜老师,你好。"

没有多余的寒暄,杜一刚也知晓对方为了什么而来:"陆笋的事情我们已经了解了,民警现在在年级办里,需要陆笋同学配合着做些调查,要不您一起过来?"

夏竹没跟陆笋说上话,连忙应道:"好好好。"

三人一同下楼。

年级办在一楼,靠近楼梯口的那间教室。三人敲门进去,号称"阎罗王"的年级办主任摆着一张严肃脸,在跟民警交涉。

陆笋跟在她妈妈身后,神情有些紧张。

民警估摸着她受了惊吓,问话全程不急不缓,了解完情况,最后登记了给她打电话的那个号码就完事了。

民警离开后，年级办主任跟夏竹表态："请您放心，我们一定会积极跟进后续情况，抓到那几个危害学生健康的社会败类。"

夏竹点头道谢："我相信民警和各位老师。"

从年级办出来，陆笋后背出了一层汗，长长地呼出一口气，有点疲惫。

夏竹这才有时间关心她的状况："身上真的没伤？"

陆笋抱着妈妈的胳膊，跟她说实话："就几处淤青，不严重，医生说一天搽两次药就好了。"

夏竹心疼地摸了摸她的头发和脸颊："以后一个人不要去陌生的地方，陌生人的电话也不要乱接。这回幸亏有你同学在，不然我真的……不敢想象。"

陆笋"嗯"了一声，跟她保证以后会注意。

第二天是周日，本该全天上自习，因为前段时间放国庆和中秋长假，收假回来需要补课，按照周四的课表来上课。

下了早读，江淮宁吊着手臂来了。

他刚坐下来，桌位旁就围满了人，全都是关心他的同学，可见他的人缘好得没话说。

沈欢从后面挤到前面来，把江淮宁的同桌挤得没地方坐了："老江，你怎么把自己搞成这样了？电视剧里英雄救美的画风不是这样的啊。"

江淮宁皮笑肉不笑："你挤到我同桌了。"

同桌陈建波和刘君义摆摆手："没关系。"

陆笋几次扭头看江淮宁，视线被其他人遮挡，只能看到他的头顶。

顾承拨开嘘寒问暖的人群，视线下移，盯着江淮宁打石膏的右臂看了几眼："谢了兄弟，以后有什么需要尽管提，能办到不能办到我都给你办得妥妥帖帖。"

他在替陆笋道谢？

江淮宁面无表情："没必要。"

顾承说："你千万别跟我客气。"

江淮宁仰起头，对上他有些幽深的眼眸，勾起嘴角向他言明："真没必要，不管是谁遇到那种事我都会出手，跟你没关系。"

忍了许久的程静媛，终于在听到这句话后，转头看向江淮宁。

男生微抿薄唇，唇畔挂着淡淡的笑意，说话声音轻缓如风，却咬字清晰，一字一字叩击在耳膜上。

她都听别人说了，江淮宁是为了保护陆笋才受的伤。

可听他这般解释，她似乎又没那么难受了。

江淮宁本来就是像太阳一样温暖耀眼的男生，如他所说，陌生人需要帮忙他都会出手相助，何况是相处已久的同班同学被殴打。

快上课了，围着江淮宁的同学散开，陆竽这才看到他，她的目光不受控制地落在他的右臂上，胸口闷得紧。

原本准备了一堆话，此刻面对他，她一句也吐不出来。

江淮宁转头看她一眼，笑了笑："怎么这样看着我，不认识了？"

陆竽没来得及开口，老师就来了，她只能眼神哀哀地瞅着他。江淮宁被她看着，有点无所适从。

主要是她那个样子，特别像犯了错的小孩。

他在心里默默叹口气，生出一股无奈的感觉。

平日里，陆竽就非常客气，给她帮一点小忙，她总是想方设法地回报。一开始他觉得她太见外，"谢谢"两个字挂在嘴边不累吗？后来发现她就是这样的性子，滴水之恩当涌泉相报。这下他因为她手臂骨折了，无法想象她得内疚成什么样子。

但这不是他想要的。

4

第二节大课间，广播声响起，班里同学陆陆续续地下楼到小操场集合做操。

江淮宁手臂有伤，坐在教室里一动不动。

陆竽犹豫片刻，去找班主任请了个假，也没去上操。她坐在位子上，还是那副楚楚可怜的眼神，隔着过道，目光投注在江淮宁身上。

江淮宁察觉到了，轻轻叹息一声，开玩笑道："陆竽，你再这样看着我，我会怀疑是不是欠了你钱。"

陆竽瞪圆眼睛，笑不出来，期期艾艾地说："你的胳膊还疼不疼？"

"没什么感觉了。"江淮宁左手撑着脸，偏头看向她，目光里掺着疑惑，"你怎么不去做操，三好学生要缺勤了？"

陆竽趴在桌上，侧着脸朝向他，声音细小："我跟老师说我身上有伤，做不了操。"

江淮宁闻言，嘴角挂上一丝若有若无的笑。

昨天是孙婧芳陪她去的诊室，已经跟他说过了，她身上没什么伤。

"为了我？"江淮宁语调上扬。

他的眼神灼亮有神，落在脸上好像有实感，陆竽脸热，脑袋往臂弯里埋了埋："你别拆穿我。"

说完，她还是觉得很不好意思，局促地站起来，拿起自己桌上的水杯和江淮宁的水杯，匆匆说道："我去帮你打水。"

她逃也似的跑了,空荡荡的教室里只余江淮宁一个人。

四周静悄悄的,除了他溢出的一声轻笑,还有风从窗户吹进来,翻动书页的细微响声。

陆筝接了水回到教室,看见江淮宁抽出一本数学资料,左手拿着笔在上面勾勾画画,微垂着头,碎发掉落在额前,侧脸安静而清俊。

陆筝把装满热水的杯子放他桌上,不知出了什么心理,多余解释了一句:"我帮你烫洗过了。"

江淮宁没领会她的意思,轻抬眉梢:"什么?"

陆筝指了指他桌上的水杯。

她昨天喝过他杯子里的水,他忘了吗?

江淮宁后知后觉地反应过来,不太在意地"哦"了声。

他搁下笔,取出书包搁在腿上,单手拉开拉链:"手伸出来。"

陆筝不知道他要做什么,本能地听从他的话,伸出一只手。

江淮宁从书包里掏出一沓现金放她手心里:"收好了,别弄丢了。"

陆筝怔怔地看着手里的钞票:"干吗给我钱?"

"这是昨天你妈妈给的,用不了这么多。"

陆筝一听是她妈妈的意思,下意识就塞回给江淮宁,话都说不利索了:"我妈给的,你就收着吧,我做不了主,我不要。"

"陆筝。"江淮宁叫她名字,语气很严肃地说,"你要是再拒绝,我以后就……不给你讲题了。"

想了半天,他也就想出这么一个微不足道的威胁,效果却想不到的好,陆筝当即攥紧了手里的钞票,没再推给他。

开玩笑!免费的大神辅导课,她到哪里去找?

江淮宁见她收下那笔钱,心情愉悦地微微一笑。

陆筝把钱收好,装进书包的夹层里,顺手掏出一沓复印的学习笔记回报他:"给你,高一的数理化生四科笔记都在这里,按照课程顺序整理好了。"

江淮宁微一挑眉,惊讶不已:"你帮我复印好了?"

"假期里正好去复印店旁边的书店买东西,顺便就复印了。"陆筝把一摞资料放到他桌上,转身坐好,拿出作业埋头苦写。

耳边隐约传来嘈杂的声响,是上操的同学们回来了,脚步声在楼梯间回荡,纷纷乱乱。

隐秘的心跳一下一下撞击着胸腔,只有陆筝自己知道有多快。

中午放学,其他同学争先恐后飞奔去食堂吃饭,只有江淮宁不动如山地坐在教室里。

陆筝看着他,不由得担心:"用不用我帮你带饭?"食堂这个时候很拥挤,他伤的是右臂,不方便打饭。

江淮宁在看她给的笔记,闻言抬了下头,笑着说:"不用,我妈会给我送饭。"

孙婧芳也是考虑到他吊着手臂,不适合去食堂吃饭,决定这段时间给他送饭,直到他手臂康复为止。

陆筝迟迟没走,支支吾吾地问他:"医生有说过什么时候能康复吗?"

虽然事情已经过去一天,她每想起一次,心里的愧疚还是很浓重,尤其看到江淮宁无法正常写作业,只能用左手拿着笔在卷子上勾画,她就不可抑制地感到自责。

江淮宁能猜到她此刻在想什么,出言安慰:"医生说了,我这骨折程度算轻的,四周到六周就能拆,看复查的结果。你不用自责,很快就会好。"他看了眼走廊上蜂拥穿过的学生,催促道,"快去吃饭吧,晚了高一放学人更多。"

陆筝下楼,碰到了前来送饭的孙婧芳,主动打招呼:"阿姨好。"

"你好。"孙婧芳提着保温桶,戴着遮阳帽,说话时将帽子取下来,朝她露出温柔的微笑,"这是要去食堂吃饭?"

"嗯,阿姨,我们先走了。"

孙婧芳点点头。

黄书涵扭着脖子观察走远的孙婧芳,满口称赞:"怪不得校草颜值逆天,他妈妈长得也太漂亮了,年轻时候不得美成大明星?气质也好好哦,一看就是有钱人家的太太。"

陆筝拉了她一下:"别看了,走吧。"

两人出了教学楼,正往食堂的方向走,陆筝被人叫住了。

夏竹急匆匆跑来,额头上都是汗珠,停下脚步拍着胸脯顺气,心想,差一点就跟她错过了。

陆筝眼里闪过讶异:"妈,你怎么来了?"

黄书涵笑着问候:"夏阿姨。"

"哎。"夏竹应了一声,而后看向陆筝,拎高手里的篮子,里面放着保温桶,另一只手提着水果和牛奶,"我借用厂里的小厨房炖了点汤,做了几道菜,送给你同学吃,也有你的份。"

黄书涵立刻明白过来,江淮宁为了救陆筝伤成那样,陆筝的家长的确该对人家有所表示。

"那我就先去食堂啦。"她爽快地摆摆手,临走时朝陆筝挤了下眼睛,飞快凑到陆竽耳边说:"可以啊,你和江校草连家长都见上了。"

陆竽愣在原地,还没反应过来,黄书涵就撒腿跑远了。

夏竹没听见黄书涵说了什么,对陆竽说:"走吧。"

陆竽回过神来耳根发烫,走路都同手同脚了。

她领着妈妈去教室,事先跟妈妈说明:"江淮宁的妈妈也来学校了,给他送了饭。"

夏竹边上楼梯边说:"不管怎么样,咱们该有的表示不能少,心意得摆在那里。"

"还有,妈妈,你昨天给江淮宁的钱他都还给我了。"陆竽突然想起来这件事,跟她报备。

夏竹一愣。

难怪江淮宁昨天在病房里劝他妈妈收下,原来是想通过陆竽还回来,那孩子也是挺有主意的。

两人上了三楼,教室里除了江淮宁母子俩没有别的同学。

听到脚步声,坐在陆竽凳子上的孙婧芳转过身,见到是她们,立马站了起来。

夏竹快步上前,脸上堆满笑说:"刚听陆竽说了,江同学把钱都给她了,这怎么能行,我看还是……"

"陆竽妈妈,我早想说了,两个孩子一个班的,以后还要一起相处,咱们就别推来让去的,让孩子看笑话。这件事就这么过去吧,咱们都别提了。"孙婧芳接过话茬,给这件事画上一个句号。

夏竹只好妥协,不再纠结于此:"既然这样,钱的事就算了,这点东西还请收下,不然我这心里实在过意不去。"

孙婧芳没再拒绝,大大方方接受了。

"还有这个,炖了三个小时的骨头汤。"夏竹拿出篮子里的不锈钢保温桶,放在江淮宁桌上,"都说吃哪儿补哪儿,不知道你爱不爱喝。"

江淮宁礼貌地笑了笑,说实话:"闻到香味了,应该比我妈的手艺好。"

倒不是他故意恭维,他妈妈的厨艺确实勉勉强强。

孙婧芳斜眼瞥他,嗔怪道:"既然你喜欢那就吃吧。我不多待了,保温桶你不用管,晚上来接你的时候再带回去。"

夏竹看着外面走廊经过的学生,有点拘谨,跟陆竽说:"我也走了,你们慢慢吃,我明天再过来。"

两位妈妈一块出了教室,隐约还能听到她们的交谈声。

孙婧芳说:"太麻烦了,你还要上班吧?每天一来一回很耽误时间,以后别给他送了,我闲着没事,我来就行了。"

夏竹一迭声道:"不麻烦不麻烦,应该的。"

陆筝和江淮宁面面相觑,江淮宁先忍不住笑起来,抬抬下巴示意她别傻站着了:"凳子搬过来,一起吃。"

陆筝依言把江淮宁桌上的书搬到自己桌上,再把自己的凳子搬到过道里,打开她妈妈带来的两个保温桶。

其中一个装了满满的筒子骨汤,慢火炖出来的,汤汁清亮不油腻,随着盖子揭开香气四溢。另一个保温桶分了几层,装了几道家常菜,红烧小排、清炒藕片、香菇油麦菜,都没放辣椒。

陆筝左看右看:"我妈好像没给我准备米饭。"

江淮宁推过去一盒米饭:"我还没吃,分你一半。"

"你够吃吗?"

"这么多菜,够吃。"

陆筝没推辞,拨出一团米饭,剩下的给他推回去。

江淮宁右手不能随意挪动,好在孙婧芳给他准备的餐具是叉子和勺子,左手也能使用,就是不太灵便。

"你妈妈做的菜真好吃。"江淮宁品尝过后,眉毛都要飞起来了。

陆筝随口说:"都是跟我奶奶学的,我奶奶做菜更好吃。"

"你要不尝一尝我妈做的菜,对比一下?"江淮宁笑着提议。

陆筝从善如流地夹起一只虾放进嘴里,表情如江淮宁所料,微微僵住了。

江淮宁盯着她,笑不可遏地问:"味道怎么样?"

"还……还行吧。"陆筝嚼了嚼赶紧咽下去,紧接着吃了一口米饭。

"不用勉强。"江淮宁对自己老妈的厨艺水平心知肚明,"我和我爸一般都选择实话实说,我妈已经习惯了。"

陆筝"扑哧"笑出来。

江淮宁左手握着叉子,挑起几根油麦菜,还没送进嘴里就掉到桌上。他表情些许无奈,搁下叉子,找了两张餐巾纸擦干净桌面的油渍。

陆筝心思敏感,立即察觉到他的情绪变化,小心翼翼地问:"需不需要帮忙?"

江淮宁抬眸对上她的眼睛,见她神色认真,不像在说笑,他微微扬眉说:"怎么帮忙,你喂我吗?"

陆筝呆住,眼里的认真转化为难以置信,大概没想到他会这么说。

挣扎片刻,本着报答救命恩人的想法,她毅然决然道:"也不是不可以。"

江淮宁刚想说自己是逗她的,然而话没出口就被她这一句堵了回去,

124

他撩起眼帘诧异地看着她,半晌,顺着杆子往上爬:"来吧,啊——"

他张了张嘴,跟她来真的。

陆筝扭头观察四周,确定此时此刻班里一个人也没有,她飞快夹起一筷子油麦菜塞进他嘴里。

"咳咳咳!"

她动作太粗鲁,差点捅到他嗓子眼了。

"对不起,我不是故意的……"

陆筝正不知如何是好,江淮宁歪着头笑了:"骗你的,我没事。"

5

周一,杜一刚来班里宣布,一年一度的运动会即将展开,叫体育委员去办公室拿报名表。班长、副班长、团支书负责拉赞助,语文课代表想一下班级口号。

午休前,付尚泽拿着运动会报名表四处抓壮丁,动员大家踊跃参加。

"同学们,听我说,这是咱们高中生涯最后一次运动会了!到了高三,运动会可就没我们什么事了,大家要珍惜机会啊!"

他音量大,自带大喇叭效果,回声荡过教室每个角落。

转了一圈,付尚泽来到陆筝桌边,手臂搭在她的书上,露出标准微笑,像极了推销保险的:"陆筝同学,语文课代表,大美女,确定不报个项目吗?你同桌张颖同学报了两个项目哎!"

陆筝撑着额头,一副"求放过"的痛苦模样:"不是我不给面子,我实在是没半点运动细胞。"

"没事没事,体育精神是重在参与。"付尚泽鼓励她,"别怕自己不行,到时候全班同学都会为你加油助威。"

陆筝招架不住的时候,正巧看见江淮宁隔着过道在偷笑。

"呃,还剩哪些项目没报满?"陆筝不想被取笑,弱弱地声明,"事先说好,我不擅长耐力型的运动,实在不行给我安排一个短跑。"

她态度一松动,付尚泽就来劲了,扫一眼报名表,很遗憾地告诉她:"短跑类的项目都没了,给你安排1500米长跑吧?"

"啊?"陆筝惊愕地张大嘴巴。

1500米,跑完她还有命吗?

她拼命摇头拒绝,然而付尚泽已经提笔把她的名字填写在1500米那一栏:"相信我,你能行,咱慢慢跑,没关系的。"

陆筝悔恨不已,自己就不该松口!

完成一个小目标,付尚泽开心地去抓下一个"壮丁"。

他转个身趴到江淮宁桌上,下意识张口问道:"校草要不要报个……"话说一半,才注意到他的手臂打了石膏,于是卡壳了。

江淮宁倒没在意,缓缓抬起眼睑:"有针对残疾人的项目吗?"

付尚泽抚着后颈憨憨地笑了声,转而将目标对准他的同桌:"陈建波、刘君义,你俩想报哪个项目?"

游说完那两人,付尚泽看着女生那边的项目还有好几个空缺,有点心累地叹口气,掉转方向又凑到陆竽跟前。

还没开口说话,陆竽就像受到惊吓一般往张颖身上靠,躲避付尚泽的靠近:"你还想干什么?我已经报了一个项目!"

"我又不是洪水猛兽,你别这样。"付尚泽笑眯眯地说,"你看,你的大长腿是不是很适合跳高?跳高多简单啊,蹦一下就行了,不耗费体力的。"

"你别开玩笑了。"陆竽继续躲他,"我净身高才一六三,比我高的女生多了去了,你去找她们吧,求求了。"

"她们报了别的项目。"

"你别以为我好骗。"

"真的,骗你我是小狗。"付尚泽一个大男生,撒起娇来毫不嘴软,"语文课代表,课代表,你就再报一个好不好,我请你喝奶茶。"

…………

一来一回拉扯了几个回合,陆竽败下阵来,被付尚泽忽悠着又报了一个跳高的项目。

他根本就是个"忽悠头头"!陆竽暗暗地想。

午自习的铃声"丁零丁零"响起来,付尚泽心满意足地举起报名表,用手指掸了掸,回了自己的位子。

陆竽瞪着他的背影,眼睛快要喷出火来。

江淮宁看着她气鼓鼓的模样:"你不想报不会拒绝他?"

陆竽撇撇嘴,对自己也很无语:"他一直在求我,我都不好意思拒绝。"

付尚泽就是看准她好说话,才一而再地怂恿她多报几个项目。

接下来几天,晚自习前那段时间就由付尚泽和曾响组织大家到操场练习列方队、走正步,为运动会开幕式做准备。

班主任得空去验收练习成果。

"走得还是有点乱,不够整齐,多练几遍。"杜一刚双手抱臂,站在后面观察队形,眉毛时不时蹙起,点评几句。

操场上还有别的班在列方队,较劲似的互相攀比。

杜一刚本来对运动会一事不太热衷，觉得耽误学习不说，还容易让学生浮躁，此刻却被激起胜负欲，拉着他们一遍一遍纠正，堪比军训时期。

被训练的八班学生纷纷叫苦不迭。

一个开幕式而已，倒也不必如此较真。

中途休息时间，杜一刚站到队伍前方："咱班举牌的女生选了吗？"

付尚泽说："还没呢。"

开幕式那天，每个班级队伍前得有个女生举着班牌领大家进场，举牌的女生代表班级的门面。虽然没有硬性要求，但大家一致觉得应该选个相貌气质佳的女生。

杜一刚不懂他们这些私底下的规矩："那就现在选吧。女生里有没有谁愿意举牌？"

个别女生想站出来又不好意思，推推搡搡，左顾右盼。

队伍里一阵沉默，杜一刚就知道会是这个情况："既然没人毛遂自荐，那你们有没有属意的人选？要不咱们就来个投票选举。"

大家七嘴八舌地议论起来。

"肯定要长得好看的啊，我们班的门面担当，不能被别的班比下去！"

"陆笋！陆笋！"

"程静媛！"

"王璐！"

后排的男生干脆喊名字，最大声的要数顾承，喊的是陆笋的名字。

陆笋听了大惊失色，这种风头她才不想出。她循声回头，找到最后一排鹤立鸡群般的顾承，杏眼圆睁瞪他一眼。

顾承扬了扬眉毛，笑得肆意，似乎在说：来打找我呀。

最终，陆笋的呼声最高，杜一刚直接钦点了陆笋："我看大部分同学选陆笋，那就陆笋来举牌。"明明决定好了，还象征性地问一遍陆笋本人的意思，"陆笋，你没意见吧？"

陆笋敢对顾承吹胡子瞪眼，哪敢在老师面前这样，只得默默点头，认命地担起举牌的重任。

杜一刚提醒她："开幕式当天要穿定制的衣服，你跟生活委员报一下尺寸，到时候学校统一发放。"

陆笋乖乖道："知道了。"

还有十分钟晚自习就开始了，大家原地解散，拖拖拉拉地回班。

10月21日清早，秋季运动会拉开序幕。

艳阳高照的好天气，湛蓝天空飘动着大团大团的云朵，像漫画里撕下来的一页。

操场上空回荡着激昂的音乐声，唱响青春的风采。彩色旗帜围绕操场一圈，迎风招展、猎猎作响。各班队伍迎着朝阳，在场外的青砖路上等候。

学校的东侧门敞开，开进来一辆辆赞助商的车，眼镜品牌、运动品牌、文具品牌，在主干道旁的树荫下缓缓停靠。

大家激动不已，左顾右盼跟身边的同学交谈。

陆竿在操场入口旁的卫生间里换衣服，学校统一为举牌的女生定制了服装，不是多么漂亮的衣服，中规中矩，主要作用是区别于其他穿校服的学生。

换好衣服后，陆竿把校服装进塑料袋里，寄存在器材室，匆匆忙忙往八班队伍跑去。

"陆竿来了！"

不知是谁大喊了一声，提醒了大家，一时间所有人的目光凝在陆竿身上。

陆竿奔跑的步伐霎时停住，她深吸口气，放缓脚步慢慢走过去，手指紧张地捏住裙摆。她没在校园里穿过这么短的裙子，面对大家的注视，多少有点不适应，脸颊一点一点染上热意。

有人在吹口哨："好漂亮啊！"

陆竿穿着白衬衫，领口系着深蓝色的蝴蝶领结，下面搭配与领结同色的百褶裙，裙摆在膝盖上面，有点类似于JK制服。长发扎了个利落的高马尾，随着走动轻轻摇晃。

"陆竿深藏不露啊，腰这么细，腿这么长。"

"比起文科班的女神也是不输的。"

"只能说咱们学校的黑白校服谁穿谁丑出天际——校服一脱，封印解除！"

"哈哈哈，你脱掉校服也不见得好看，别把自己的丑赖给校服，人家校草穿校服也帅得像拍青春电影的男主角。"

"说起校草，咱们的校草呢，没来吗？"

"不知道，可能不来吧。"

音乐声戛然而止，广播里传出字正腔圆的女声，宣布开幕式即将开始。校领导在主席台落座，各班队伍陆续进场。

陆竿高举着班牌，微微眯起眼睛，时刻注意着前方队伍的进程。

十月中下旬，即便天气状况良好，清晨的温度也有些低。她裸露着胳膊和大腿，有丝丝凉意爬上肌肤，只能祈祷赶快进行完开幕式，她好去换衣服。

"接下来，向我们走来的是高二（8）班的方阵——"

陆竽迈开步伐带领全班同学进场，目光一扫，注意到八班的看台处坐着孤零零的一道身影。

隔得远，她没戴眼镜，但一眼就能认出那是江淮宁。

运动会期间他本可以在家休息，没想到会来观看比赛。

陆竽轻轻扬唇，露出合宜的微笑，随着班级队伍喊出整齐响亮的口号："八班八班，非同一般！突破极限，勇夺桂冠！"

押韵的口号一遍遍回荡在耳边，气势浩大。

绕着操场走了大半圈，到草坪上集合，等全部方队走完，听领导讲话。

陆竽时不时朝看台上八班的位置张望，却见江淮宁已经下来了，坐在遮阳棚里，守着他们班的物资，旁边是班主任，两人正在说话。

仪式结束，陆竽把班牌给了班长，她先去卫生间换回校服。

走回八班的场地时，江淮宁身边已经围了一群人，男生女生都有，大家都没想到他会来，意外又激动。

被问起原因，江淮宁抬眸，恰好瞧见走近的陆竽。

两人视线相对，他没移开目光，轻轻笑了笑，启唇回答："当然是因为我还没见识过晓高的运动会，有点好奇，在家里待不住。"

"唉，你没能参加真是太可惜了。"

"是啊，看你打篮球的样子，体育运动应该不在话下，可惜不能看到你比赛了。"

"谁说不是呢。明年高三，运动会就跟我们没关系了。"

不仅是本班同学，其他班的男生女生也都频频朝传说中的"校草"投来关注。

江淮宁倒没觉得遗憾，靠着椅背用下巴点了点旁边的位子，朝陆竽说："给你留的。班主任刚说了，让你组织几个文采好的同学写加油稿。"

"哦。"陆竽在他身旁的空位坐下。

其余同学该准备的准备，该去看台的去看台。

江淮宁转过头来，肆无忌惮地盯着她的脸看，直盯得陆竽面红耳热，垂下头看脚边摆起来的两箱矿泉水。

她脸上化了妆，是不是看起来很奇怪？

"上午有你报名的项目吗？"

江淮宁看够了，终于偏转视线，看向被阳光照射的橘红色跑道。短跑初赛即将开始，裁判员在起点线做准备。

陆竽摆弄着桌上的本子和笔："下午有跳高。"

说起这个她就头疼，她没怎么训练过，估计不会拿到好成绩，完全是过去充数的。

江淮宁见她愁眉苦脸，靠在椅子上笑："怎么了，我还想过去给你加油呢。"

陆笋一脸"你在开玩笑"的表情看着他，努努嘴说："你又不是没看到那天付尚泽抓壮丁的场面，我不是自愿的，我是赶鸭子上架。"

江淮宁鼓励她："笨小鸭也会有爆发的时候。"

"谢谢。"

陆笋并没有被安慰到，反而因为他要去观看，产生一股子想临阵脱逃的紧张感。

下午，跳高比赛开始前，付尚泽前来提醒参赛同学去检录。

陆笋认命地叹了口气，站起来左右扫视一圈，没看见江淮宁的身影，可能去厕所了。她默默祈祷，他最好一时半刻别回来。

脱掉校服外套，陆笋穿着短袖和长裤前往检录处，在那里遇到了沈黎。

沈黎穿得比她清爽许多，纯白的短袖短裤，扎了个低马尾，清秀的脸蛋白里透粉，站在人群中很是醒目。

两人打了个照面，陆笋刚想微笑着打招呼，沈黎就率先转过头跟自己班里的同学讲话，没看见她一般。

"陆笋，我们来给你加油啦。"叶珍珍和张颖穿过大半个操场，来到南边的跳高比赛场地。

陆笋一手捂脸，无奈道："你们怎么来了，我就随便跳一下。"

"别打退堂鼓，相信自己，你一定可以！"张颖重重拍了下她的肩膀，"看好你，冠军非你莫属。"

其他同学纷纷看过来，陆笋一想到接下来的惨状，简直没脸待在这里。

江淮宁回到八班的区域，没看见陆笋，于是问付尚泽："陆笋呢？"

"她去跳高了。"付尚泽说，"叶珍珍和张颖去照应她了。"

"跳高的场地在哪儿？"

付尚泽给江淮宁指了一个方向，江淮宁抬眸望去。

阳光刺眼，他手掌挡在额前，远远地看见已经有人成功越过横杆，落在军绿色的海绵垫上。没有迟疑，他疾步朝那个方向而去。

陆笋排在倒数第三个，前面就是沈黎，眼下还没轮到她，她正伸长脖子观看排在最前面的同学跳高，紧张得想吐。

旁边传来女生兴奋的欢呼声。

"沈黎沈黎，快看，江校草过来看你跳高了。"

"要命了，手臂打了石膏还这么帅气逼人！"

"啊啊啊，他是不是在看你！"

沈黎经常和江淮宁一块在食堂吃饭，放学也一起走，这在文科三十班里不是秘密，而是有目共睹的事实。

大家羡慕的同时，又觉得一切都合情合理，听说他们的妈妈是好朋友。

叶珍珍和张颖听到几个女生的议论，没忍住小声嘀咕："江校草是八班的，怎么就不能是来给我们班陆竿加油的……"

陆竿抿唇看过去，江淮宁沐浴在下午充沛的阳光里，朝她这个方向走来，他的目光落在了……她前面的沈黎身上。

她目光陡然一暗，心里微沉。

不是说过要来给她加油吗？

待他走到近前，陆竿慌忙转移视线不再看他。紧张的情绪占领高地，她不由得攥了攥手指。

"你也报了跳高？"

江淮宁的声音在耳畔响起，一如既往的清润动听。

他用了"也"字，其他人听了，自然能解读出话里的意思——他不是特意来看沈黎跳高的，只是刚好过来，发现她也在这里。

沈黎脸色变了变，嘴角的笑有些僵硬："嗯。"

叶珍珍顿时来了精神，一步蹦到江淮宁面前："江淮宁，你是来给陆竿加油的吗？"

"当然了。"男生眼神坦荡，回答得也很大方，脸上挂着比头顶骄阳还灿烂的笑容，"我是八班编外啦啦队队长。"

"噗！"张颖笑喷了，"校草你还挺幽默。"

说完她捂了下嘴，有些懊恼，怎么一不小心把"校草"两个字给说出来了。她们女生私底下讨论江淮宁会不自觉称呼他为"校草"，当着他本人的面却没那么放得开。

江淮宁目光直视陆竿，眼神定定的："加油。"

刚才起哄的几个女生面面相觑，有点尴尬。

恰好这时候裁判员喊了一声，轮到沈黎。

起跳高度是一米，因为心里堵得慌，沈黎助跑的时候心不在焉差点绊倒，影响了发挥，擦着杆子过的。

紧接着是陆竿，轻松过杆。

第一轮淘汰了几个选手，裁判员增加高度，进行第二轮比赛。

沈黎时不时扭头看江淮宁，发现他没有离开，一直在旁边观看比赛，弄得她既紧张又郁闷，接连发挥失常，第三轮就被淘汰了。

她抑郁地退到一边去，整个人仿佛被一股沉甸甸的空气包裹住，透不过气来。

陆笋勉强挺过第四轮，纵身一跃，四仰八叉地摔倒在海绵垫上，姿势丑得她自己不用照镜子都知道一定很难看。

她起身一摸后脑勺，用来绑头发的皮筋不见了，发丝四散，披了满背。是她刚才那一跳太猛，不小心把皮筋甩出去了。

陆笋一手拢住头发，垂下眼四下寻找，还没找到，一只修长的手突然进入她的视线，在海绵垫边的地上捡起那根蓝色皮筋，递给她："在找这个？"

陆笋松了口气，从他手里拿过来，举起手臂胡乱地扎好头发，到队伍里等待，朝他露出一个微笑。

她稍微运动一下脸就通红，颊边都是汗水。

叶珍珍这个后勤人员立马上前一步，递上一瓶拧开的矿泉水，让她喝两口，并在她仰头喝水的时候，拿着纸巾给她擦汗。

陆笋差点被水呛到："你不用这么夸张。"

张颖更夸张，站在她身后，手搭在她肩上："用不用给你捏捏肩？我看电视里打拳击赛中场休息时都是这么做的。"

陆笋无语。她看到江淮宁笑得眼睛都快看不见了。

沈黎比完了，却待在原地没有离去，裁判等会儿就会宣布成绩，尽管早已知晓自己的成绩排不上名次，可以提前离开，但她的脚就像钉在了地上，无法挪动一步。

张颖可能是大预言家，她先前说陆笋一定可以，陆笋每次都觉得自己离淘汰不远了，竟然坚持了一轮又一轮，最终拿了个第三名，也算为班级争了荣誉。

"陆笋，你太棒了！"

两个女孩子抱着陆笋蹦蹦跳跳。

陆笋累得差点倒下去，摆摆手，表示自己再也不跳高了，这辈子都不跳了，腰快摔断了。

几人准备回八班的阵地，江淮宁跟沈黎挥了下手算是打个招呼，跟上前面三个女生的步伐。

陆笋迈不动步子，稍稍落后，江淮宁适时在她耳边低笑着说道："笨小鸭。"

陆笋脚步倏然顿住，脸颊一热，没有回头看他，想起他说的那句——笨小鸭也有爆发的时候。

叶珍珍和张颖听力挺好，自然没漏掉江淮宁的话，互相对视一眼，表示没听懂，"笨小鸭"是什么暗号吗？

陆竿累惨了，在看台最后一排的空位坐下，后背靠着墙壁，加油稿也不想写了。

江淮宁坐在她边上，给自己开了一瓶矿泉水，喝了几口，放在身旁的台阶上，抬起头举目远眺。

跑道上有选手在跑步，赛况激烈。

下一秒，广播里响起男子4×100米接力赛的提醒，陆竿两手抱着刚刚喝过的一瓶矿泉水，问前面的付尚泽："体育委员，顾承去检录了？"

"啊，刚走。"付尚泽说这话时站起来，拍了拍巴掌号召大家，"一会儿有我们班的比赛，大家记得给健儿们加油。"

一呼百应，八班这一块的气氛霎时热火朝天。

顾承穿着运动背心和短裤，后背别了号码牌，站在最后一棒的位置，原地高抬腿做热身运动，而后转过身，朝八班的方向挥了挥手。

"承哥加油！"

"啊啊啊！承哥！你是最棒的！"

"承哥承哥，气势磅礴！"

付尚泽无奈地扶额："我说各位，不要厚此薄彼，光给顾承加油，不给其他同学加油。"

陆竿刚才还在喊累，这会儿却嫌看台的位置不够好，她没戴眼镜看不清，于是放下手里的矿泉水，站起来观望比赛。

口哨声吹响，赛场上的男生拱起脊背，如一头进击的猎豹，迎着风疯狂向前奔跑，完全不知疲倦。

耳边伴随着掌声和欢呼声。

到最后一棒，陆竿情绪高涨，两只手挡在嘴旁做喇叭状，不要命地喊："顾承加油！顾承加油！顾承加油……"

也不管那人能不能听见。

江淮宁侧过头，耳朵快被她的声音震聋了。

不知不觉，思绪有点飘远了，他在想，如果自己此刻在赛场上，她会不会也这么大声地喊"江淮宁加油"。

可惜也只能是想象。

顾承最后一棒接得迅速，跑得更是如同一阵风，眨眼蹿出去，落在其他人眼中，快得只剩下一道残影，甩其他赛道的男生一大截，很快冲到终点线。

八班同学一阵欢呼。陆竿举着手臂在台阶上蹦了两下，也跟着高呼起来，眼睛亮晶晶的，兴奋又激动地看向身侧的江淮宁："我们赢了！"

江淮宁回以一笑："嗯，我们赢了。"

第六章
我们做同桌吧

1

嗓子喊哑了，陆笋干咳了几声，坐下来，拿起腿边台阶上的矿泉水猛灌了几口，视线还停留在赛道上。

载誉而归的八班运动员们身披绚丽的夕阳，脸上洋溢着张扬无畏的笑容，朝他们挥手。

一片掌声如雷轰动。

有道视线直勾勾地落在脸上，不容忽视。陆笋有所察觉，偏过头来，与江淮宁的目光端端对上。

她呛了一口水，嘴唇水润润的，像饱满的樱桃。

她用手指擦拭了一下嘴角的水痕，眼里泛起一丝疑惑："我脸上有东西？"

江淮宁眸光流转，意味不明地看了看她手里的矿泉水，又看了看台阶上剩下的那一瓶。她没发现拿错了吗？

算了，喝都喝了，他也懒得提醒了。

江淮宁用手指抚了抚鼻尖，无奈又好笑地说："没事儿。"

陆笋一头雾水，却也没细究他那眼神是什么意思，一口气灌了大半瓶水，只剩下小半瓶拿在手里。

江淮宁控制不住视线，又瞥了眼那瓶矿泉水，轻咳一声。

陆笋脑子蒙蒙的，顿时又被他闹出的动静吸引了注意，偏头打量了他一眼。江淮宁还是那副唇角含笑的模样，笑什么笑？有那么好笑吗？

陆笋不自在地抠着矿泉水瓶身上贴的塑料膜，心跳突突的，既有点不明所以的茫然，又有点隐秘的雀跃。

她好像变成了一个奇怪的人，情绪总是被他的一举一动，甚至一个眼神所牵动，一会儿开心得找不着北，一会儿又郁郁寡欢，有时还会胡思乱想。

第一天的比赛项目结束，还没到平时的放学时间。

运动会期间，学校管制没那么严格，走读生和住校生都能自由出入校门，不用向门卫出示出入证。

叶珍珍和张颖提议去学校外面吃，陆笋没有犹豫就答应了。

三个女生从东侧门出去，在学校附近的一家砂锅店解决晚饭。陆笋点了砂锅米线，另外两个点了砂锅土豆粉。

铁盘上装着砂锅，被老板端到面前来，沸腾的汤汁还在冒着小泡，还没入口鲜香味就窜入鼻尖。

陆笋肚子早就饿了，闻到味道口中生津，迫不及待地尝了一口，结果不小心被辣椒油呛到嗓子，猛地咳嗽了一声。

叶珍珍赶忙给她扯了张餐巾纸："你慢点吃。"

"好辣。"陆笋吐吐舌头，一口下去嘴唇和脸都红了。

"你要了特辣？"

"不是，我点的中辣。"陆笋斯哈了两下，一脸哭相，"我没想到中辣会这么辣，太上头了，鼻涕都流出来了。"

"哈哈哈！"叶珍珍干脆把纸巾盒推给她，"快喝点水。"

陆笋擤了擤鼻涕，拿起手边的矿泉水，还是下午那一瓶，水没喝完，她就一直拿在手里没扔掉。

拧开瓶盖的时候，她动作蓦地停滞，盯着瓶盖的边缘一动不动。

对面两人没发现她的异样，埋着头吸溜土豆粉，还好她们明智，点了不辣的。

陆笋久久失神，脑海里反复回放下午的场景，她和江淮宁挨着坐，两瓶矿泉水放在两人中间的台阶上，她给顾承喊完加油，坐下来随手拿了一瓶，没仔细看……

她拿错了？

陆笋将瓶盖转了一圈，几乎可以确定，这不是她一开始喝的那瓶。

闲得无聊时，她用指甲在瓶盖周围掐出了一圈痕迹，眼前这一瓶，瓶盖干干净净，没有她掐出的痕迹。

脑中轰然，一股热血直冲头顶，让她本就被辣得泛红的脸更红。

张颖举起筷子在发呆的陆笋面前一晃："醒醒，被辣傻了？要是实在吃不下，咱就别吃了，重新买点儿别的吧。"

陆笋恍恍惚惚地说了一句："没事，我能吃。"

第二天下午基本是长跑类项目。

陆竽还有个 1500 米要跑,悲催的是她刚好来例假,只能在跑之前吃一粒布洛芬缓释胶囊。

哨声响起,身旁几个赛道的选手立时冲了出去,陆竽反应慢了半拍,一开始就落在了后面。

她跑起来的时候,身后那一片响起整齐划一的加油声。

"陆竽陆竽,八班美女!一枝独秀,称霸宇宙!"

旁边几个班的学生纷纷看过来,一个个笑得前俯后仰。

这谁想的加油口号,也太有才了。

陆竽本人听了差点笑岔气,一手扶着腰,鼓足了劲儿往前跑。余光里突然蹿出来一道修长的身影,她边跑边侧头瞧,只见顾承一身白色短款运动衣,沿着草坪与跑道相接的边缘陪她跑。

耳边除了风声,还有他轻微的喘息声。

陆竽额前的刘海被吹起来,她抹了一把汗,抽出精力朝他吼道:"你疯了,等会儿你还要跑 3000 米!"

顾承不当回事地笑了笑:"小意思。"

陆竽本就精力不济,跑步的过程中开口说话太费劲了,她缓了好久才喊出第二句:"你回去!"

"别说话了,我陪你跑完。"顾承不容置喙地说了句。

陆竽赶不走他,又不想再费口舌,只好由着他。

看台上,江淮宁站在最高一级台阶上,视线紧随着那两道身影,眉心微微蹙起,手里的保温杯被他紧紧地握着。

绕着操场跑了快四圈,陆竽腹中像有什么东西在翻搅,只觉得头昏脑涨。跑完她就直接栽倒在旁边的草坪上,呈"大"字形摊开,大口喘气,闭着眼任由阳光照射在脸上,浑身的汗像雨滴砸落。

体育课上跑 800 米已是极限,跑完 1500 米她真的要晕厥了,也不知跑了第几名。后面一段她顾不上瞧别人,只顾着闷头跑,心里想着终点就在眼前,绝不能放弃。

众人眼看着素来冷静的江校草,手里握着保温杯,疾步朝终点线走去。紧随其后的是后勤人员叶珍珍,怀里抱着矿泉水和太阳伞。

顾承蹲在陆竽身旁,轻轻推了推她的胳膊,语调温和地劝:"剧烈运动完别躺着,一会儿有你难受的,站起来活动活动。"

陆竽精疲力竭地摆手:"现在就是……打雷下雨了……我也不想动。"

头顶的艳阳被遮住,陆竽眯起眼,一把伞挡在上空,叶珍珍朝她伸出一只手:"我拉你起来。顾承说得对,不能躺着。"

两人合力把软成面条的陆竿拉起来。

叶珍珍大呼:"陆竿我真是小看你了,你跑了第二名,最后冲刺阶段看得我热血沸腾!"

"啊?我第二名?"陆竿摇摇晃晃地站直,瞪着眼睛,不可置信的模样。

"对啊!"

下一秒,陆竿就软软地靠在叶珍珍身上,气若游丝道:"那我是挺了不起的。"

叶珍珍"扑哧"一笑,递给她一瓶矿泉水:"慢点喝,别呛到了啊。"

陆竿伸手去接,被江淮宁伸过来的手臂挡了一下:"喝这个吧。小心烫。"

他把保温杯塞进她掌心,等她握住他才松开手,转身的那一瞬,猝不及防与顾承投来的视线相接。

江淮宁唇角微动,似乎是对顾承笑了一下,没多停留,很快离开了。

陆竿捧着杯子,突然就想到昨天那瓶拿错的水。

2

秋季田径运动会圆满落幕,杜一刚到八班的场地做收尾工作。

"卫生委员,负责监督好本班场地的卫生情况,垃圾袋、矿泉水瓶都带走,等会儿学校有人专门过来检查卫生,进行评分。"

卫生委员高举双手:"知道了。"

杜一刚扫视一圈,寻找曾响:"班长,班长呢?咱班搬出来的桌椅一共有几套,清点好数目,散场后记得搬回去。"

曾响从人堆里站起身:"知道了。"

"还有啊,距离平时的放学时间还有一个多小时,也就不上课了,都老实点儿,别违反校规校纪。"

杜一刚最后叮嘱一句,背着手离开了。

整个操场回荡着这群人青春洋溢的欢呼声,他们暂时忘记了学业的烦恼,高考也离他们还远,可以无忧无虑仰天大笑,只顾今天,不愁明天。

"各位,我说一下,咱们这次收的班费还剩好多,要不出去聚一餐?"曾响拿着充气助威棒敲了敲桌子,示意大家安静听他说,"咱也不走远,就在学校附近的餐馆里。"

"好耶!"

曾响的提议获得全票通过。

一众人分工明确,迅速打扫完场地卫生,把桌椅板凳送回教室,分批出发,在校外一家烧烤店集合。

光吃烤串少了些趣味,曾响起哄玩个游戏。

提到游戏,大家只能想到"真心话大冒险"这种耳熟能详的。

付尚泽手里举着一串烤脆骨,左右晃了晃,率先提出反对意见:"不好不好,输了不罚酒这游戏就没意思了,但在座一大批未成年,能喝酒?别忘了咱晚上还得上自习呢,被老班发现了可就吃不了兜着走。"

英语课代表王璐想到曾看过的综艺节目,里面的嘉宾玩的游戏很有趣:"玩'你说我猜'吧,大家在纸上随意写动物、植物、短语、电视剧名、歌名什么的,两个人一组,一人负责比画提示,一人负责猜,得分多的获胜。"

付尚泽鼓掌:"这个好!"

听起来很好玩,大家没意见,一致决定就玩这个游戏。

曾响找烧烤店老板拿来纸笔,每人写几张,混在一起,到时候随机抽取。

"哪组先来?"曾响把纸片装进啤酒箱子里,背面朝上,抽取的人看不到正面的字,公平公正。

"抽签决定呗。"程静媛说完,看了眼江淮宁,"抽到相同数字的两个同学为一组。"

第一组是王璐和付尚泽,众人挤眉弄眼:"考验默契的时候到咯。"

王璐和付尚泽对视一眼,两人在班里的座位离得远,平时也没什么交流,猛不防凑到一起,还有点放不开手脚。

付尚泽先开口:"你来比画还是我来?"

王璐说:"我来吧。"

付尚泽点点头。

王璐从纸箱中抽出一张纸片,上面写着"香蕉",她眼睛一亮,这个词完全没难度:"听好了,两个字,一种水果,黄色的,扒开皮吃,皮扔在地上容易让人滑倒。"

"香蕉!"

"猜对了。"

众人目瞪口呆,没想到这么快就得一分。不过,也有人挑明:"直接说英语单词 banana 不就好了?"

王璐强调规则:"不能说英语,那样就没意思了。"

"OK,你们继续,限时两分钟啊,快进行下一题吧。"

王璐手忙脚乱地抽出第二张纸片,上面写着一部众所周知的电视剧《神雕侠侣》,这个也很好猜。

王璐信心满满地说:"四个字,金庸老先生的作品,主角是师徒关系,还有一只雕……"

话没说完,众人就哈哈大笑:"你说了'雕'字,不能提到答案中的字!这个 pass 掉,下一个,抓紧时间。"

王璐愣了一秒,随即反应过来,懊恼地拍了拍额头。

对面的付尚泽咧着嘴角笑:"其实你说主角是师徒关系时我就已经猜到了,后面那半句不用说。"

王璐:"那你怎么不打断我?"

两分钟时间一晃而过,这一组只猜对了三道题,得三分。

前面几个小组闹出了不少笑话,整个烧烤店就数他们这一片最热闹,连小吃街上路过的人都频频投来好奇的目光。

轮到第六组,曾响笑着问:"第六组是哪两位?"

陆笋抽到的是数字"6",正捏着签四处张望,程静媛突然挤到她身旁,小声说:"陆笋,咱俩换一下吧。"

程静媛观察了好久,就在刚刚,她看到了江淮宁手里那张签是数字"6"。

换一张签而已,陆笋觉得无所谓,正准备递给程静媛就听见有人叫自己的名字。

"陆笋,我跟你一组。"

她抬眸看过去,只见江淮宁指尖捏着一张蓝色签,轻晃了一下,上面写着数字"6"。

陆笋悬在半空的那只手不上不下,停在那里。程静媛的手指刚触碰到签的一角,没来得及接过去,其余人的目光就扫了过来。

大家都注视着她们俩,不好再公然调换了。程静媛蜷了蜷指尖,讪讪地缩回了手。

"快点。"江淮宁一偏头,催促陆笋坐过来。

隔着几个同学,顾承歪靠在一张带靠背的折叠椅上,一条腿伸直,一条腿屈起,手里拎着罐没开的冰镇可乐,底部搁在膝盖上,食指一下一下拨动着拉环,拉着一张黑脸。

陆笋绕过几个同学,坐到江淮宁面前。

跟校草面对面玩游戏,不知是多少女生暗中期待的事情,男生们多多少少也知道一点,开起玩笑:"语文课代表,别只顾着看帅哥哈,咱们主要还是玩游戏。"

还没开始,陆笋就被他们说得耳根泛红。

江淮宁面色平静,仿佛他们议论的人不是自己,他只看着陆笋,问:

"你来描述还是我来?"

"我来吧。"陆筝定定神,挺直脊背轻呼一口气,大家的目光灼灼发亮,盯得她压力好大,说话声音都没底气,"你的手臂不方便。"

"靠嘴巴描述又不靠手。"

"不是得配合……肢体动作吗?"

"表达能力过关就没问题。"

陆筝听懂了他的言下之意:"那你来描述?"

其他人的目光在他们俩之间来回睃动:"我说你们到底商量好了没有,谁做主啊?"

江淮宁拿定主意:"我来描述。"

陆筝没跟他争,顺从地比了个"OK"的手势,乖乖坐着等待猜题。

两分钟倒计时开始,江淮宁手探进箱子里抽取第一张纸片,冷静地描述:"三个字,吃的。嗯,我上周四给你带过的早餐。"

陆筝只想了一秒,飞快回答:"小笼包?"

众人隐隐嗅出了一丝不同寻常的气息,虽心下好奇,却也没出声打断他们。

"对。"江淮宁随手扔掉纸片,抽出下一张,眼中闪过一丝踌躇,嘴巴却比脑子快,脱口而出,"歌名,两个字,林俊杰的……"

说到这里,他顿了一秒,不知接下来该怎么描述,于是唱了出来。

　　风在这里就是黏
　　黏住过客的思念
　　遇到了这里缠成线

江淮宁第一次在众人面前唱歌,一直知道他声音好听,没想到唱起歌来声线与平时大不相同,音色没那么清亮,是略低沉的,像极了雨后初霁的清晨,空气里有着一定的湿度,天色却是明媚的,很迷人,每个字都在扣动心弦。

众人正默默地奢求再多听几句,最好唱完整首,可陆筝下一秒就猜出来了:"《江南》!"

她听的歌不多,换了任何一首别的歌,她都不一定猜得出来,但谁让这首歌每天早上起床铃响之后必放一遍呢。

别说唱几句,哪怕让她听前奏,她也能立马答出来。刚刚她之所以晃神,也是因为第一次听江淮宁唱歌,反应慢了几秒。

在座的住校生大呼:"太犯规了!这首歌我们住校生就没有不知

道的！"

陆筝捏了捏耳垂，莞尔一笑。

江淮宁没多想，扔掉纸片，从箱子里抽出第三张，仍然是一首歌。

他眼梢一挑，眉宇间尽是洒然笑意。不知是不是他们运气太好，竟然又是一首彼此都熟悉的歌。

"这次还是歌名，五个字，徐佳莹所唱。"江淮宁抬眸，直勾勾地盯着陆筝的脸，眼里漫开深沉的笑意，语速极快地帮她回忆，"国庆收假那天，我们在公交车上听过，你问过我这首歌歌名是什么，还记得吗？"

"《一样的月光》？"陆筝当时一听到，就不可自拔地喜欢上了这位歌手的声音，所以记忆深刻。

江淮宁扬唇一笑，朝她比了个大拇指。

他话里的信息量太大，其余同学还在做"阅读理解"。什么意思？这两人一起在公交车上听歌？是他们想象的那个画面吗？

渐渐地，一众人望过去的眼神里多了些别的意味。

江淮宁没受影响，继续抽纸片。陆筝却没有他那样的好心态，周围人声鼎沸，不时提到她和江淮宁的名字，在人潮涌动里，只有她一个人知晓，她的心脏快要跳出来。

陆筝强自镇定，可是她怎么也没想到，下面这道题将她好不容易筑起的壁垒一瞬击碎。

江淮宁抽到纸片时，沉吟了许久，抬眸看了看陆筝，又低头看了看纸条上的字，"纠结"两个字印在眼睛里，似乎不知如何描述。

不得已，用上肢体动作。

他伸手指了指自己。

陆筝猜测："你？"

江淮宁摇头："主语，第一人称。"

陆筝："我？"

江淮宁点头："一共四个字。最后一个字是第二人称。"

思考了片刻，陆筝仍是一脸茫然，完全找不到猜题的方向，嘴唇翕动，念念有词："我什么你呀？"

江淮宁低低地咳了一嗓子，差点说出"I like you"，意识到不能用英语提示，他只能拐着弯儿暗示她："表白用的一句话，好好想想。"

四个字，表白用的话，答案已经滑到嘴边呼之欲出，陆筝却迟疑了好几秒，周围猜到的同学快急死了，恨不得替她说出来。

昏黄的灯光下，陆筝在喧闹人群中凝视对面男生的眼睛，一字一顿道："我、喜、欢、你。"

江淮宁眼眸闪烁了下,整个人定住了。

时间仿佛凝滞了,周遭的沸腾人声逐渐远去,天地间只剩下他们两个人,互相望着对方。

一秒、两秒、三秒……不知过去多久,空气重新流动,寂静被打破,同学们的欢笑声荡漾开来。

"玩个游戏而已,怎么还当真了?别闹了别闹了,再闹陆竿该不好意思了。到第七组了吧?哪两位?"

一声声玩笑话就像长了翅膀,往陆竿耳朵里飞,她再也不敢抬头看江淮宁,哪怕一眼。

好在暮色深深,光线昏昧,她的脸红应该没那么明显。

3
十一月初,学校例行放月假。

放假那天星期五,最后一节刚好是物理,班主任的课,没人敢造次。哪怕心已经飞回家了,表面还得装作认真听课。

离放学还有五分钟,杜一刚讲完一道题,停下来老生常谈地科普一些安全知识。

"欺负陆竿同学的那几个人渣警方还没抓到,大家放学后别四处逗留,尽快回家,最好能结伴而行,不要落单。真遇到事情了,别硬碰硬,及时拨打报警电话。知道了吗?"

"知道了!"一众学生回应的声音空前响亮。

杜一刚看一眼教室后墙挂的钟表,再讲道题时间恐怕不够,于是一挥手:"放学吧。铃声响了再出教室。"

话音一落,班里一众学生开始手忙脚乱地收拾书包,闹出乒乒乓乓的嘈杂动静。

杜一刚站在讲台上,背着双手,一脸嫌弃道:"作业别忘了带回去写,上午让课代表发的两张卷子,还有习题册上的内容。周日下午返校的时候要交。"

没人应他,只等着铃声一响,作鸟兽散。

陆竿回到家先洗了个热水澡,穿上秋冬款的睡衣,坐在书桌前整理带回来要写的作业,列好计划表,按照难易程度来完成。

一摞书里突然掉落出来一个粉色的线圈本,陆竿捡起来,翻开第一页,才想起来这是许久没碰过的绘画本。

她在绘画方面算得上小有天赋,小学初中学业没那么繁忙,闲暇时候喜欢看书画画。她对照着动漫里的人物画的图传到别的同学手里,大家都说像印刷的。

陆竽盯着本子上的画,一时手痒,把作业推到一边,随手拿起笔袋里一支黑色中性笔开始勾勒线条。

她太过专注,没听见敲门声。

轻轻敲了两下门,夏竹没听到回应,直接推门进来。

陆竽悚然一惊,下意识把本子翻过来压在手肘下,抬眸瞅着夏竹,眼里透着明显的紧张。

夏竹也被她猛一抬头的动作吓一跳,愣在门口,有些好笑地问:"干什么呢,敲门都没听见。"

陆竽手指微微蜷起,抠了抠本子的边缘:"没、没干什么,写作业……"

夏竹没细究,把手里的东西搁在她书桌上:"上周跟你刘阿姨逛超市的时候,给你买了几双袖套,现在的小姑娘都流行戴这种。这不冬天到了,厚衣服袖头不好洗,你装进书包带去学校用。"

夏竹给她买的是短小精美的款式,有的缀满碎花,有的绲一圈木耳花边,还有缝一层透明蕾丝的。

陆竽看了很喜欢,拿在手里反复摩挲:"谢谢妈妈。"

入冬以后,大家都在校服外套上自己的衣服,班里很多女生都用了袖套。到手肘处的长款已经不流行了,这种短款的成为女生们的心头好。不单单用来保护衣服袖口不被弄脏,也是一种漂亮的装饰。

"下次回来得到十二月份了吧,别忘了多带一些厚衣服。羽绒服是肯定要带的,今年冬天特别冷。"夏竹不放心她的马虎性子,"你整理行李箱时叫我一声,我帮你收拾。"

陆竽小鸡啄米般点头。

夏竹离开前帮她把门关上。

陆竽长舒口气,静了一会儿,将压在手肘下的线圈本抽出来,翻到正面,画中的人五官线条清晰。

浓密的眉,双眼皮,底下一双大而清澈的眼,嘴角轻抿,有着微微上扬的弧度,像极了讲完题时歪头对她笑的样子。

画上的人好似在凝视自己,陆竽眼睛一闭,合上本子塞进桌屉最里面。

陆竽拍了拍头,暗骂自己有病,还病得不轻。

返校后一周,江淮宁去医院拆掉了石膏。因为长时间没活动过右臂,关节有些僵硬,不太能伸直,做屈肘动作时手肘处隐隐作痛,还有点麻。

医生说这属于正常现象,慢慢锻炼就能恢复如常。

陆竽有些担心接下来的考试,问江淮宁:"你参加这次的月考吗?"

下周一考试，距离今天就剩一个周末的时间，他的手肯定恢复不到正常状态。

"当然要参加。"江淮宁意气飞扬地挑眉，"别的班都打赌我能不能考得过奥赛班的大神了，我临阵脱逃算怎么回事。"

陆竽唇边溢出一抹浅浅的笑意："你竟然知道这个。"

"本来不知道，沈欢在我耳边一直念叨。"

陆竽低了下头，唇角笑意渐深，沈欢那么八卦，会跟江淮宁说这件事一点不奇怪。她抬起头，认真地说："你一定可以。"

"对我这么有信心？我可一个多月没正经写过作业，也就两只耳朵听听课而已。"江淮宁心里好笑，不知她这笃定的语气从何而来，他本人都没那么自信。

陆竽也说不出个所以然，被他盯着，脸一红，梗着脖子道："我说可以就一定可以！"

周六上了一天的课，周日全天自习，大家写作业的写作业，复习的复习。到了晚自习，跟以往一样，清理考场，为明天的月考做准备。

课桌之间拉开合适的距离，书本搬到讲台或走廊外，多余的课桌摞起来堆放在教室后墙根。

考试的时间总是过得飞快，最后一场结束，众人解脱了。班里桌椅恢复原样，各科课代表去教研组拿参考答案。

接下来几天，各科老师评讲试卷。

成绩很快出来，物理课代表耿旭去物理教研组送作业，顺便拿来成绩单。

"给大家说个消息，老班打算换座位了，大家要是有什么想法提前告诉他，等他那边排完座次表就不能更改了。"

教室里一片哗然。

还能自己提要求？杜一刚什么时候这么好说话了？

有人一语戳破："你提归你提，至于老班采不采纳就看他怎么想了。"

这话倒是没说错。

耿旭笑了笑，找第一排的同学借了固体胶，直接将月考成绩单覆盖在上次开学考的成绩单上面，用手拍了拍。

距离下节自习课还有几分钟，坐在前排的同学一窝蜂挤到黑板旁边，查看自己的成绩。

沈欢以往最爱凑热闹，这会儿却毫无兴趣，直奔江淮宁的座位："哎，老江，你去跟老班说，咱俩坐一起呗。"

成绩他没看，不过心里有预感，考得不算好。

所谓近朱者赤近墨者黑，跟江淮宁一起坐，看江淮宁成天写作业、做课外训练，他也不好意思总是玩闹。这一个月他坐在后面被带歪了，闲来就打游戏、看漫画，作业完成得也不积极，有时来不及交干脆抄前后桌的。

其实也怨不得别人，是他自制力太差。

江淮宁在做题，被沈欢扰乱思路，没好气地说："你怎么不去跟班主任说？"

"哦，让我去说，回头老班怼一句，你成绩不咋样，要求还挺多。"沈欢见江淮宁低着头爱答不理的样子，没皮没脸地挤到他凳子上坐着，"你就不一样了，第一名，你一句话顶我十句。相信我，老班不会拒绝你的任何要求。"

江淮宁没理沈欢，扯了张草稿纸演算，也不知听没听进去。

沈欢："行不行给个准话啊。"

江淮宁："我考虑一下。"

沈欢跳脚了："多少年的兄弟情了，这还需要考虑？"

江淮宁淡淡地抬眼："你再吵吵，我连考虑都不用考虑。"

"行，我不打扰你了，你慢慢考虑，慢慢考虑。"沈欢站起来，朝他敬了个礼，蹦跶着往后走。

陆竿正好要去上厕所，路过前面，去瞅了一眼成绩单，首先看到的就是江淮宁的名字，雷打不动的第一名。她的视线平移往右看，年级排名：21。

年级前四十名就能进奥赛班，他这成绩稳了。

那些赌他不能进的同学怕是要输惨了。

陆竿真心替他感到开心，还好没有因为手臂受伤耽误这次考试。

她往下看，寻找自己的成绩，上一秒的开心转瞬变成郁闷。

她退步了，跌出了班里前十。尤其是数学，考得一塌糊涂，刚过及格线。

"考得怎么样？"从外面进来的江淮宁，凑过来跟她一起看。

陆竿傻了，下意识的动作竟然是抬手捂住成绩单，不让他看。

江淮宁从女孩的指缝里看到了漏出来的数学成绩，原本打趣的话也没说。

陆竿有些懊恼，她此举简直欲盖弥彰，躲得了一时躲不了一世，现在是捂住了，别的时间他照样能看到。

她长长地叹一口气，破罐子破摔地放下手，表情抑郁："没考好。"

江淮宁扫了一眼她其他科的成绩。

陆竿露出个假笑："你看，你在年级上的排名，倒过来正好是我在班里的排名,是不是很好笑?我每天不知道在学什么……"说到后面,语气显而易见的低落。

她从来不睡午觉,晚上回宿舍还要再学习一小时。比其他同学睡得晚,考试还没别人考得好,相当于做无用功。

好比耿旭,在班里大部分时间在睡觉,被同学们戏称"睡神附体",照样考班里第二。

"不能这么说。"江淮宁指尖点了下她的物理成绩那一栏,"你这次物理考得挺好的。学习上的事讲究循序渐进,急不得。"

"你不觉得我是在拆东墙补西墙吗?好不容易物理进步了,数学又差成这样。"

江淮宁一时哑然,竟不知该怎么安慰她才好,只好揭自己的短:"我语文作文这次又写跑题了呢。语文老师还把我叫办公室骂了一顿。"

陆竿绷不住笑了。

江淮宁松口气,终于笑了。

她再不笑,他就要绞尽脑汁想笑话逗她开心了。

心情好转是一时的,难过才是持续的。

吃了晚饭回来,陆竿没像以往那样看书写题,而是趴在桌上发呆,眼睛直愣愣地看同桌张颖在桌底下织围巾。

天冷了,班里的女生最近流行织围巾,宿舍里好几个女生这周五放学出去买了毛线和编织工具,大晚上亮着台灯围在一起研究各种针法。

陆竿手工极差,对这些也不感兴趣,没参与过。

"只是一次月考而已,考砸了下次努力考好就行了,过去的事情不管怎么难过也无法改变现实,不如坦然一点。"张颖安慰她,"我都考砸多少次了,已经麻木了。"

张颖一副语重心长的口气,跟个老妈子似的,结合她织围巾的行为,更像了。

陆竿扯了扯唇角,轻轻笑了。她的心态一直是个问题,她自己清楚,一时半会儿恐怕改不了。

"别难过了啊,要不转移一下注意力,跟我学织围巾?很有意思的!我都织上瘾了,晚上不想睡觉。"

光是用眼睛看着,陆竿就觉得张颖织的菱格花纹好复杂,更别提亲手尝试了。她摆出敬而远之的神情:"算了吧,我笨,学不来。"

张颖也不勉强她,一边织围巾一边跟她聊天,让她帮自己注意点,老师来了说一声。

江淮宁从外面进来的时候就瞧见陆竽蔫巴巴趴在桌上的样子,他下午才想方设法将人给哄得肯露笑脸了,怎么吃个饭的工夫,又回到了原点。

在位子上坐下,江淮宁靠着后桌,细长漂亮的手指捡起桌上一支笔,正琢磨着,一道轻柔的声音突然在前面响起。

"江淮宁,有道题想问你。"

程静媛拿了张数学卷子,上午才发的,数学老师让大家在自习课上写完。

江淮宁思绪散漫,好半晌才集中精神,看向她手里的卷子,心底那点儿不耐没表现在脸上。

这卷子不用交,明天周一的课堂上老师会讲,实在用不着请教他。

不过,他没将这话说出来,拿了卷子问她:"哪道题?"

程静媛干脆转过来面朝他,指着卷子背面倒数第二道大题:"第三小问不会写,算很久了。"

这张卷子江淮宁下午已经写完了,没思考多久,当即给她指出了解题思路,看她似乎不明白,他准备写下来。

在他找草稿纸的时候,程静媛温柔笑着说:"你就写在卷子上吧,没事儿。"

江淮宁没那么做,找了张草稿纸给她写步骤,又从头到尾细致地讲了一遍。

程静媛的心思不在题目上,听得似懂非懂,语气不由得感慨起来:"调座位后再想找你请教问题就没那么方便了。"

江淮宁没接话茬,把草稿纸递给她:"听懂了吗?"

程静媛神色一僵,一股落寞漫上心间:"懂了。"

这人,好像压根没听懂她的言下之意。

江淮宁扔下笔,靠回后桌,有点无聊地扭头朝右看。

陆竽趴在桌上,侧脸枕着一只手臂,跟同桌嘀嘀咕咕说着话,听声音就能判断出她情绪不高。

程静媛的话提醒了他,他随手撕下草稿纸一角,"唰唰唰"在上面写了一行字,捏成个纸团,砸到陆竽桌上。

谁知她跟同桌聊天太投入,没瞧见他扔过去的纸条。

江淮宁有点无奈,拿笔戳了下她的肩膀。

陆竽肩膀一抖,跟兔子似的倏地一下坐直了,一手按着肩,扭头朝他看过来,眨动着又大又亮的眼睛。

江淮宁一个字没说,微抬下巴,示意她看桌面。

陆竽这才发现手肘旁边有一个小纸团,她捏起来展开。

江淮宁的字配合皱巴巴的纸张，又得辨认好一会儿。

  我跟班主任提议，我们做同桌吧？——JHN

  陆竿疑惑地看过去，直白地问："为什么？"
  江淮宁："你教我语文啊。正好，我给你辅导理科，要不要？"
  陆竿心动了，这一次调座位，她肯定没那么好的运气跟江淮宁坐得近，而她已经习惯听他讲题了。做同桌的话，比隔着过道还方便一些。
  可是……真的要让他去找班主任说吗？
  陆竿思考片刻，提笔在纸条上写了两个字：不要。
  陆竿把纸团扔到江淮宁桌上，江淮宁打开一看，神色愣了愣，随即在下面写：真不要吗？我已经跟班主任说了。
  张颖织围巾的间隙，瞧见他俩一张纸条扔来扔去，一脸莫名。
  没到上晚自习的时间，有什么话不能直接说，还非得扔纸条，搞不懂……
  陆竿看清纸条上的字，手抖了一下，愕然地看着江淮宁。
  见她一动不动像个小木偶，江淮宁莞尔，长腿一跨，倾身到她桌边，低声说："骗你的，我还没跟班主任说。得先征求你的同意，你答应了，我再去找班主任。"
  陆竿气呼呼地拿起笔，在他脑袋上敲了一下。
  耍她很好玩吗？
  江淮宁摸了摸脑袋，露出挺享受的表情，趁着没打铃出去了一趟，找班主任说明情况。
  第二节晚自习下课，杜一刚亲自拿了新的座次表到教室。
  "利用课间十分钟赶紧把座位给我换好喽，别耽误下节自习。"
  吩咐完杜一刚就走了，任由他们闹腾。
  张颖抱住陆竿，脸埋在她怀里依依不舍道："要跟鲈鱼分开了，我不要……我还想跟你做同桌。"
  陆竿也抱住她，哄小孩似的拍了拍："没关系，下课随时来找我玩。"
  张颖佯怒："鲈鱼没有心，都没有舍不得我！"
  陆竿哭笑不得。
  余光闪过一道身影，陆竿定睛一看，是沈欢，猴子似的，一个箭步跳上讲台，踮着脚往前凑。
  沈欢的眼睛飞快睒动，找到自己的名字后，再看同桌是江淮宁，仰天大笑。

他冲到江淮宁的座位旁,抱住江淮宁摇晃:"好兄弟,平时没白对你好。"

"滚。"江淮宁一张麻木脸,无情地推开他。

沈欢自顾自傻乐:"老江,我就知道你刀子嘴豆腐心,你对我最好了,你的爱就像山,不动神色,却绵绵不绝。"

江淮宁被他恶心坏了,两条眉毛向额心蹙拢。

沈欢挡住陆笋的视线了,她偏头去看江淮宁:"我坐哪儿?"

"别急,等会儿我帮你搬桌子。"江淮宁说。

"哦。"

沈欢趴陆笋桌上:"真有缘分啊,咱俩又凑一起了。"

江淮宁嫌沈欢碍眼,眼皮一抬,淡淡道:"你不用收拾东西?"

沈欢立马直起身:"哦对对,马上要打铃了。"

说完他就往后走,将桌上散乱的书本规整好,见顾承搬桌子,他随口一问:"承哥你坐哪儿?"

"往左移一个组,再往前挪一排。"

顾承放置好自己的课桌,折回来单手拎起凳子,随手一丢,凳子倒在地上他也懒得扶起来。

他绕到前面准备帮陆笋搬桌子,还没走过去就看到陆笋抱着书包起身站在过道里,江淮宁搬起她的课桌,转个身放在他原先的座位上。

江淮宁的座位变动不大,还是第三组第五排,只是往左平移了一个位子,坐在了中间,左边是沈欢,右边是陆笋——他们这一组是三张课桌拼成的。

顾承眼皮颤了颤,舌尖舔了下干燥的下嘴唇,阔步去讲台上看座次表。他自己的座位是别人告知的,没看过这张新座次表。

找到陆笋的名字后,他自然就看到与她紧挨着的江淮宁的名字,无语地撇了下嘴,他俩还真是坐一块。

铃声打响,班里仍然是兵荒马乱,久久没静下来。

"静一静!你们听听哪个班像你们班这样?"

化学老师是隔壁班的班主任,平日里性子还算和善,然而坐下两分钟了班里还没安静下来,他也着实恼火。

底下不知是谁接了一句:"老师,我们在调座位。"

"用嘴调的?"化学老师怒目一扫,班里顿时鸦雀无声。

到底是班主任,平时再好脾气,该有的威严不会少。

其实桌椅早就搬好了,只不过大家换了新同桌正处在躁动阶段,话难免多了些。眼见老师发火,一众学生自是乖乖听话,不再讲闲话。

149

陆竽深吸口气，努力适应新座位。以前不是没跟男生做同桌，可这个男生变成江淮宁，她就觉得哪里都别扭。

归根究底，是因为他的一举一动对她来说存在感太强。

陆竽脑袋埋得低低的，动手整理书本。

弄整齐后，陆竽拿出没写完的数学卷子，左臂刚抬起来放上桌面，便碰到了江淮宁的手肘，骨头硬硬的，如尖峭的石子。

她像被蜜蜂蜇了一下，连忙缩回去。

视线左移，见江淮宁毫无异样，陆竽松了一口气。

江淮宁的桌面干净整洁，无需花时间整理，一摞课本、一摞资料书，资料书上压着几个文件夹，里面装的是各科的卷子，侧面贴了科目标签，一目了然。不像她，卷子总是随手夹进书里，要用的时候到处翻找。

4

下了晚自习，江淮宁往书包里装了两本资料书，单手拎起来拐在右肩上。

陆竽还没收拾好，见他起身，连忙退到过道里，给他让出走路的空间。

江淮宁敲了下她的脑袋："明天见，同桌。"

陆竽还没反应过来，江淮宁就和沈欢一块走了。

冷风迎面招呼到脸上，已经有了些微的刺痛感，针扎似的。十一月中旬，还不到最冷的时候，等过些时日，到了隆冬腊月，北风刮起来才是真的跟冰刀没两样。有段日子没骑自行车，江淮宁还挺怀念乘着风前行的感觉，丝毫不惧寒冷。

如果没有沈欢在耳边叨叨不停就更好了。

"心情美丽啊，我终于又换回来了！老江，以后得劳烦你多多帮助了。咳咳——"说话时嘴巴张太大，沈欢喝了一口冷风，剧烈咳嗽起来。

江淮宁穿了加厚款的黑色冲锋衣，拉链拉到最顶端，能盖住下巴和嘴唇，兜帽罩在脑袋上，只看身影轮廓便觉得男生英挺帅气，让人挪不开视线。

他没理沈欢，脚下蹬得飞快。

沈黎与他并排，不得不加快速度跟上，扭头问："你们班换座位了？"

"嗯，今天晚上换的。"江淮宁的声音闷在布料里，有股慵懒感。

"你俩又坐在一起了？"

"提前去找班主任说的。"江淮宁单手握车把，腾出一只手拽了下即将滑落的兜帽。

"你们班的班主任还挺好说话。我们班调座位都是老师说了算，不满意去找他说也没用。"

沈黎视线黏在他身上,见他整理完帽子重新握住车把,弓着的脊背弧度好看,像挺拔的山丘。

沈欢插话:"那是老江学习好,换了别的人去说照样没用。"

沈黎斜了他一眼,当姐姐的威严立马显现出来:"还说呢,你这次月考怎么回事?退步那么多,到底有没有好好学?"

一提成绩沈欢就头疼,苦着脸求饶:"行行好,别告诉咱妈。我保证接下来肯定努力学习,向老江看齐。"

"你最好说到做到。"

"知道了。"沈欢嘀咕,"都是一个娘胎里出来的,怎么差别这么大?你在咱妈肚子里的时候是不是把我的大脑给吸收了?"

沈黎无语。

"要不然怎么你这么聪明,我脑子就不开窍?"沈欢抱怨一通,转念又想,自己甩锅的行为太不要脸了,干脆承认,"算了,是我没认真学,前段时间光想着玩了。不过学习这种事真不好说,陆竽每天勤奋得就差废寝忘食了,这次也退步了好几名。"

提到陆竽,江淮宁开口帮腔:"你只看到她总成绩退步了,没看她物理进步飞跃。找对方法,冲上去是迟早的事。"

"你给辅导的?"沈欢听出他语气里的袒护,有那么点老师维护自家学生的意味,一下就猜到了。

"嗯。"

沈欢被激起胜负欲,当即表态:"行,以后加我一个。我俩就跟你混了。都是同桌,你可不能厚此薄彼,只给她开小灶不给我开。"

风吹起发丝拂到脸上,就像那颗被拨乱的心,沈黎抬手勾起发丝掖到耳后,语气不自然地问江淮宁:"陆竽也是你同桌?"

"对啊,你不是来过我们班吗?第三组是三张课桌并排放。"沈欢抢先道,"老江坐中间,我和陆竽坐两边。姐,你怎么这么意外?"

耳边的风声"呼呼"作响,沈黎淡然一笑,随便解释了句:"我们班没有男女混坐的,所以感到意外。"

周一早上,陆竽像往常一样,早早从宿舍里出发,到教学楼时,四周寂静得只能听见她自己的脚步声。

上了三楼,右拐,陆竽微微愣了一下,教室前门敞开,有人比她先来。

陆竽走进去,教室里空荡荡的,一个人也没有。

她好奇地扫视一圈,目光最终落定在自己的课桌上,整洁的桌面放了一份早餐,小笼包装在透明塑料袋里,袋口扎得很紧,里面铺满了白气,看着就热腾腾,像刚出锅不久,旁边还有一杯豆浆。

江淮宁的位子上有他的书包和黑色外套,像是被主人随手一丢,歪七扭八的,外套袖子还垂到了地上。

陆竿走过去给他捡起来,刚坐下,一阵脚步声由远及近。

她抬眸望去,江淮宁从教室外进来,毛衣袖子挽到小臂,白净的脸庞挂着清透水珠,眉毛湿漉漉的,显得特别浓黑,底下一双眼眸清澈乌亮。

陆竿呆了两秒,赶忙搬起凳子往前挪动,前胸紧贴着桌沿,腾出一点空间,开口问:"你什么时候来的?"

江淮宁刚用凉水洗了把脸,整个人精神焕发,额前的发梢还湿着,被他用手指胡乱地拨拉两下,侧着身进去:"刚来没一会儿。小笼包还热着,快吃吧。"

陆竿伸手一摸,岂止是热的,还烫手呢。

"你的呢?"她问。

"我在早餐店吃过了。"

校外那家早餐店的小笼包是一绝,早上去晚了还得排长队。住校生吃不到,只能央求走读生帮忙带。得知陆竿也喜欢吃,江淮宁上次就帮她带了。昨晚问她还想不想吃,她说想,他今早就带来了。

陆竿低头咬了一口小笼包,滚烫的肉馅儿裹着浓郁汤汁在口腔里流淌,绵软的外皮中和了鲜肉的味道,恰到好处的美味。豆浆也是烫的,又香又浓,放了白砂糖,甜甜的,是她喜欢的味道。

她边吃边翻开一本巴掌大的单词本,用手肘压着,眼睛盯着上面的英语单词默背。

她咀嚼的动作小小的,没发出什么声音。

江淮宁的视线不受控制地停在她一动一动的嘴巴上,不知怎的,想到了进食的小兔子。

班里来人了,江淮宁轻咳一声,收回了视线。

与此同时,陆竿抬起眼眸,轻抿了下嘴角:"早餐多少钱?我给你。"

上次他帮她带早餐,她要给钱他就没要,总占他便宜怎么能行?她心里会过意不去,感觉欠了他。

江淮宁拿了本书出来,还是那句话:"不用了。"

"不行,要给钱。"陆竿说着就拉出桌屉里的书包,从里面摸出钱包。

斜侧里伸过来一只手,直接按住她的手腕,指腹下传来的触感滑嫩细腻,江淮宁猛地愣住了。

陆竿也愣了愣,嗓子干咳了一声。

江淮宁收回了手,陆笋趁机抽出一张二十的纸币递给他。

江淮宁用一股万般无奈的语气说:"陆笋你再这么客气信不信我……"

他一时卡壳了,陆笋怔怔地接了后半句:"就不给我讲题了?"他上回就是这么威胁她的。

江淮宁一噎,他那次就随口一说,她记到现在?

"不是,我说你丢不丢人,一顿早餐而已,拉来扯去。"好气又好笑,江淮宁说话的语气都有点不对劲了。

也没见你跟顾承那么客气啊。他差点脱口而出这一句,勉强忍住了。

陆笋吸了一大口豆浆吞掉,理直气壮道:"那我不能总是占你便宜吧?"

"这也叫占便宜?"

"这不叫占便宜,难道早餐是从天上掉下来的吗?"陆笋嘟囔了句,还不是花你的钱买的。

他要是不肯收钱,她以后坚决不让他带了。学校里其实也有好吃的早餐,小馄饨就很不赖。

江淮宁领教过她的口才,确定自己说不过她,突然笑了一声。

"你笑什么,我跟你说认真的。"陆笋被笑得很莫名,下意识抬手抹了下嘴巴,以为嘴边沾到了东西。

"哎,咱俩交换一下,我给你带早餐,你送我一样东西。"

"什么东西?"陆笋扫了桌面一眼,"桌上有的你随便拿。"

除了这些,她也没别的东西可以给他。

"谁要你这几本破书,我又不是没有。"江淮宁趴在两人课桌中间,歪着头打商量道,"我看你那天在跟张颖研究织围巾,给我织条围巾,我帮你带一个月的早餐,怎么样?"

陆笋想都不想就拒绝了:"换一个。"

"我就想要条围巾。"江淮宁语气坚定,说什么也不换。

陆笋一顿,视线在他白皙的脖颈流转。

冬天到了,早晚气温低,上学放学的路上骑自行车特别冷,尤其是脖子,冷风灌进去滋味不好受,裹围巾会好些。

可她真的不会织围巾。

"我可以买一条送你。"陆笋说。

"那还是算了吧。"

江淮宁偃旗息鼓了,抓起桌上的物理资料书往后翻,另一只手拿了支笔在书上勾画,一秒进入学习状态。

陆笋吃掉最后一口小笼包,扔了垃圾回来,小心翼翼地偏过头问:"你是不是生气了？"

江淮宁："说什么呢，我就随口一提，你别当真。"

这时候沈欢进来了，两人止了话茬。

5

周二前两节晚自习，数学老师发下来一张卷子让大家写。数学教研组的老师自己出的题，有些难度。

铃声响起的时候，老师从凳子上起身，手撑在讲桌上问了一句："都写完了吗？"

底下抱怨声四起。

"没啊，太难了，两节课根本写不完。"

"草稿纸废了一大堆。"

"不会现在就让交吧？不要啊！我后面还有三道大题看都没看。谁写了？赶紧先借我抄抄，要死了。"

这场面在李宏鸣的预料之中，他手一抬，大发慈悲道："行了行了，别哀号了，没写完自己另外再找时间写。明天下午的课堂上评讲这张卷子，不上新课了。"

众人齐齐松了一口气，只要不让现在交都好说。

老师刚出教室，江淮宁的座位旁边就围了几个男生，都是班里名列前茅的学生，上进又好学："江淮宁，你肯定写完了吧，卷子借我看一下。"

陆竿还在蹙着眉头埋头苦算，但她知道江淮宁只用了一节自习课就完成了这张难度不低的数学卷子，第二节自习他在做自己买的习题集。

坐在他旁边，她既佩服又时常感到焦虑。

江淮宁从数学那一科的文件夹里拿出卷子递给他们当中的一人，视线掠过陆竿的侧脸，开口道："自己拿去看吧，别在这里堵着了。"

几个男生捧着他的卷子拿去研究。

耳边清净不少，陆竿舒口气，继续算题。

她后面几道大题也空着，没了要交卷的紧迫感，她就耐心地一点点琢磨。

周三下午第二节是数学课，上课铃打响了，李宏鸣迈着不紧不慢的步子进来，手里就拿了一张卷子和一个深灰色保温杯。

"昨天发的卷子拿出来我检查一遍，没写完的站着听课。"

声音不重的一句话，仿若一道惊雷在班里炸响，后排已经有自觉的学生站了起来。

李宏鸣瞪了几眼，负手顺着过道往后走，左右各扫一眼，检查大家摊在桌上的卷子有无书写的痕迹。

陆竿有所预感,扭头看了一眼,果不其然,站起来的几个人当中有顾承。

两人的目光隔着好几排人遥遥对上。

顾承摸了摸后脑勺,率先别开视线,后脚跟踩在凳子下面的横杠上,个头生生拔高了一截,本就挺拔的身形看起来更加高大修长。

李宏鸣检查完第一组和第二组,绕到另一边过道去检查第三组和第四组的学生,边走边冷声呵斥:"真够可以的,课下给了时间还不好好写,居然还有白卷。昨晚两节自习课干什么去了?不想学就给我滚出去!作为学生,连最基本的作业都完成不了,还坐在这里干什么?家长送你来学校就是为了让你换个地方睡觉的?现在不努力,等出了校园到了社会上,你们就明白什么叫作悔不当初……"

顾承掏了掏耳朵,耷着狭长的眼尾,听得瞌睡虫都出来了。

李宏鸣转过身,正巧看见他嘴巴张老大在打哈欠,登时气得胡子都歪了,指着后面:"给我站到过道里去醒醒神!午休时间不睡觉,非得在课堂上睡是吧?"

顾承心思不在学习上,逃课贪玩是常有的事,但他很少主动惹是生非,也不会在课堂上忤逆老师。

闻言,他老老实实扯过桌面上比脸还干净的卷子,去过道里站着,脊背靠在后墙上,懒懒散散的模样。

李宏鸣太阳穴抽了两下,厉声道:"给我站直!站没站相,像什么样子。"

顾承倏地立正,直挺挺地站着,跟一杆秤似的。

"扑哧!"后排几个男生没忍住笑了起来,怕被迁怒,连忙竖起书本挡住脸。

李宏鸣沉着脸走到讲台上,拿起一截粉笔开始讲题。

外面在刮风,天空黑云密布,阴冷的空气无孔不入。教室里开了灯,门窗紧闭,一股子憋闷的味道。底下一排排学生就跟地里冻蔫了的萝卜菜,提不起精神。

李宏鸣讲了两道题,几乎没什么人搭腔,语气顿了一顿,一副恨铁不成钢的脸色。

春困秋乏夏打盹、睡不醒的冬三月。总之,这群学生就没有不犯困的时候,得想个办法治治他们。

沉思片刻,李宏鸣抖了抖卷子,指了一列学生:"这样,从前到后一人说一道题。"

老师果然了解学生的天性，一到提问环节，个个都绷紧了大脑里那根弦，聚精会神地看着卷子上的题。

坐在第一排的方巧宜猝不及防，直接愣住了，站起来半天没找到状态，慌乱地说："选B。"

李宏鸣将手里的卷子卷成长筒，轻磕了一下桌沿："我知道选B，说一下解题过程。"

方巧宜对照着卷子磕磕巴巴地说完，李宏鸣让她坐下，扬声道："大家都听到了吧？那这道题就不讲了。下一个。"

陆竿不由得紧张起来，因为老师点的正是她所在的这一列。

她按照题目的顺序数了数，悲催地发现，轮到她回答的那道选择题刚好有难度，顿时更紧张了。

昨晚数学老师说今天要讲这张卷子，不会做的题目她就没麻烦江淮宁，心里想着反正老师会讲。

谁承想，老师改变主意，突然来这么一出，搞得她措手不及。

没时间怨天尤人，陆竿轻咬下唇，提笔写解题步骤。

越是着急越是没头绪，她抽空瞥了一眼江淮宁，他没怎么认真听讲，一手撑着脑袋，指尖优哉游哉地转着笔，眼睛盯着一本数学习题集，在看别的题。

察觉到来自右侧的注视，江淮宁朝陆竿看过来，眼里闪过疑问。

陆竿目光下移，落在他的卷面上，瞬间瞪大了眼睛。

这道选择题江淮宁选的答案是C，而她选了个D！

"下一个。"

讲台上数学老师的声音在这一刻化作催命符，让陆竿浑身血液直往头顶冲。

坐在陆竿前面的同学站起来，凳子"刺啦"一声响，叩击在她耳膜上，紧张感成倍在她大脑里膨胀。

江淮宁感受到她的紧张，身体微微向右偏移，低声问了句："怎么了？"

陆竿指着卷子上的题，小声说："这道题我不会做。"

江淮宁看了眼题目，正打算给她讲，前面的同学说完坐下了。李宏鸣抬了下头，看向后面的陆竿："下一位。"

陆竿垂着头缓慢站起身，没敢看老师。

李宏鸣没听到回应，眉毛一横："没做出来？"

陆竿嗫嚅道："选……C。"不用怀疑，江淮宁肯定是对的。

李宏鸣拿黑板擦敲了两下讲桌："解题步骤呢？"顿了顿，顺便提醒后面的同学，"接下来回答问题的同学说完答案就直接说解题过程，别等我开口问。"

陆笋吞咽了下口水，求救的眼神投向江淮宁。

江淮宁扯过自己的卷子给她，后知后觉反应过来，他做选择题向来快速，压根没有在旁边写步骤的习惯。

情急之下，他干脆口述："先做一条辅助线，连接 a 点和 f 点，因为……"

就在陆笋以为自己要被罚站的时候，数学老师恍然道："哦，我差点忘了，这道题有图形，那就到黑板上来写。来。"

李宏鸣屈指，轻叩了下身后的黑板。

陆笋硬着头皮离开座位，视死如归地站到讲台上去，先把卷子上的图形画到黑板上，再按照江淮宁的提示，在 a 点和 f 点之间连接了一条虚线。

时间一分一秒过去，脑袋里仍旧是空茫茫的一片，连最基本的解题思路都找不到。

陆笋在焦灼和局促中生出一股悔意，早知道那会儿就勇敢承认自己不会做，也不用被拎到讲台上。

眼下说什么都来不及了。

所有人都注视着陆笋，那一道道目光刺在背上，陆笋倍感窘迫，捏着粉笔的指尖蹭满了白灰。

两分钟过去，她只写了几个歪歪扭扭的符号，急得快晕厥过去。

陆笋深吸口气，打算放弃，一道声音突然插进来："李老师。"

"哎。"李宏鸣应答一声，放下卷子出了教室，"邹老师，找我什么事？"

班里的学生伸长脖子朝外面张望，前来叫人的是他们班生物老师邹广平，大冷天脑门上出了一层汗，一脸焦急地跟李宏鸣说着什么。

陆笋孤零零地站在讲台上。

坐在第一排的方巧宜嗤笑一声，一手托着下巴，好整以暇地看她出丑："不会写就下来呗，难不成还要留在上面唱大戏？简直要笑死人了。"

"刺啦"一声，从后面传来，像是凳子被挪开的声响。

前面的同学没看到，可后面的同学看得清清楚楚，江淮宁一手撑着桌面站起身来，长腿跨过陆笋的凳子，颀长的身影从过道蹿到讲台上。

底下一阵哗然。

原本注视着外面两位老师的那些视线统统收了回来，齐刷刷地看着讲台，只见江淮宁从讲桌上捡了小半截粉笔，站在陆笋边上，一脸冷静地写解题步骤。

他手上动作快得眼花缭乱，一个个数学符号从粉笔头下流淌而出。

生怕老师突然折返，江淮宁中间没有丝毫停顿，一气呵成，写完了看也没看,随手一扔粉笔头,拽着陆竽下去了。

洒然的背影,引得班里众人欢呼,气氛瞬间就沸腾了。

"厉害啊!"

唯有陆竽,好似游离在现实世界之外,从头到尾像是做了场梦,虚幻得很,不敢相信自己就这么被江淮宁从讲台上拉下来,当着全班同学的面。

江淮宁的声音将她拉回了现实:"不用谢。"

陆竽眼睫颤了下,抬眸看过去,他轻轻扬了下眉,唇边是散漫的笑。

"吵什么?吵什么?"李宏鸣一脚踏进教室,脸色比外面的天还阴沉。

他就出去说几句话,教室里吵得玻璃窗都要震碎了,这帮学生简直无法无天了!不知道这是在上课?

众人还没从刚才那一幕带来的冲击中缓过神来,神色各异,看着十分滑稽可笑。

李宏鸣还在持续训斥:"太不像话了!你们哪有一点学生的样子,一个个多大的人了,还需要老师寸步不离维持课堂纪律,说出去不怕被人笑掉大牙?你们去看看小学生,他们都比你们自觉!"

"是是是,老师快讲题吧,再不讲就讲不完了。"后面有男生头铁地回怼了一句。

"下节生物课,你们生物老师临时有点事去医院了,改成上数学,所以下节课接着讲卷子,不用担心讲不完。"李宏鸣沉沉地出了一口气,走回讲台,"我们接着看这道题……到哪道题了?"

他被气糊涂了,没找到讲题的状态。

"黑板上那道题!"下面的学生高声回答。

李宏鸣侧过身,看着黑板上跟杂草一样乱飞的字迹,半眯着眼细细辨认。

有人憋不住偷笑,大家心照不宣,一时间,低低的笑声在课桌间荡开,隐秘的气氛无声蔓延。

陆竽听见了,恨不得挖个地缝钻进去。

李宏鸣自然不懂他们在笑什么,看完步骤,拿粉笔在旁边打了个对钩:"方法是对的,过程过于简洁。幸亏这是道选择题,要是道大题,这么写要扣分的。"

"哈哈哈——"

偷笑已经满足不了大家,有的直接笑出了声,目光频频往江淮宁和陆竽的座位扫。

江淮宁早已习惯被人围观,一脸坦然无畏,由着别人打量。陆竽就不同了,脸皮儿忒薄,这会儿两边脸颊红透了,好似打了两团晕不开的腮红,头埋得低低的,努力降低存在感,只想变成透明人。

李宏鸣脸色一沉,皱着眉"嘶"了一声:"我说你们班今天怎么回事儿?静不下来了是吧?讲个题有什么好笑的?"

一声比一声高的质问,勉强压制住了这群作乱的学生。

后半节课安然无恙地度过了,铃声一响,李宏鸣没走远,拿了随身带的保温杯,站到教室外的走廊上透气。

陆竿感到解脱,脊背松垮下来,软软地趴到桌上,脸朝下,手臂环抱住脑袋当起缩头乌龟。

肩膀被人轻碰了一下,陆竿侧了侧头,露出小半张脸:"干什么?"

"危机都解除了,你怎么还这么丧气?"江淮宁面朝右边坐,两条长腿敞着,左手搭在课桌上,笑得人畜无害。

"别说了,丢脸死了……"陆竿重新把脸藏起来,羞愤得无法用言语形容。

脑海里每播放一遍课堂上那一幕,她就尴尬得汗毛倒竖。

"哪里丢脸了?老师又没有骂你。"江淮宁低着头凑过去说话,压低的嗓音里透着一股别样的温柔,像是在哄人。

陆竿不看他,心说,比起被同学们笑话,我情愿被老师骂一顿。

教室后面,顾承从过道回到座位,直勾勾地看着前面。男生俯低上身,一张俊逸的脸上染着温和笑意,即使听不见他说了什么,也能看出他在逗人开心。

顾承杵在那里一动未动,黑白分明的眼里铺满了阴霾,手里的卷子被他揉作一团,粗暴地塞进桌屉里。

同桌见状惊诧道:"承哥,下节课老师还要接着讲卷子,你这……"

"滚。"顾承脸色冷凝,没好气地打断了他。

同桌讪讪地缩了缩脖子,想不明白顾承这股气来自何处,难不成因为被老师罚站,心里不爽?

"过了星期三,不愁星期天"是学生们常挂在嘴边的一句话。

一晃眼到了周五,下午放学后,陆竿坐在教室里等黄书涵,跟她约好了出校门逛一逛。

等待的时间里,她做了几道完形填空。

"陆竿。"黄书涵从对面楼绕过来,站在教室前门叫她。

陆竿盖上笔帽,将英语报纸折叠两下,夹进英语课本里,起身拉上外套拉链,两手揣进口袋,一蹦一跳到了黄书涵跟前。

今天依然是刮大风的阴天,连着好几日没见着太阳,心情都要抑郁了。

159

出了学校,两人先在一家店里吃了面,再去书店看书。

陆筝翻着杂志,手肘被黄书涵推了一下:"我想买这两套书,有点贵,钱没带够,你借我点儿呗。"

陆筝看她手里的书,是两套古言小说,大长篇,一套里有五六册。其中一套书的书封上写着"已被改编成电视剧"的宣传语。

"可以啊。"陆筝摸出口袋里的钱包,"要多少?"

"等会儿结账的时候再说。"

陆筝把钱包重新塞回口袋,合上手里的旅游杂志,放回原来的位置。

两人一块去结账,黄书涵看时间还早,问她还有没有想去的地方。

陆筝突然冒出的一个念头,驱使她走进隔壁的精品店铺。黄书涵两只手抱着一摞分量不轻的书,跟在她后面进去:"你要买什么啊?"

"随便看看。"

嘴上这么说,陆筝进去以后四处寻找,穿过两排货架,直奔最里面那个摆放着各色毛线的货架,认真挑选颜色。

黄书涵随即明白过来:"你要织围巾?"

陆筝看着她:"你怎么知道?"

"织围巾这项活动最近风靡全校好吧,我们班女生都玩出花样了。"黄书涵耸耸肩,"我跟着凑热闹,织了两个晚上就放弃了。"

"很难吗?"陆筝只看张颖织过,很复杂的样子,没亲自尝试。

"难倒是不难,我这人就是缺乏耐心。"

陆筝"哦"了声,拿起两个颜色的毛线让黄书涵帮忙参考:"你说黑色和深蓝色哪个更百搭?"她抬手一指,"还有那个灰色也不错。"

"你什么审美哦,选这么老气的颜色。"黄书涵单手抱书,指着货架上另外几个颜色的毛线,"米白色和酒红色不好看吗?那边那个浅驼色也很好配冬天的衣服。"

陆筝不言语,认真对比手里的两个深色毛线团,最终选了深蓝色。

要买几团毛线呢?她犯了愁,扭头咨询黄书涵:"织围巾一般要用几团毛线?"

"五六团吧?看你想织多长的。"

围巾肯定是越长越暖和,能绕脖子好几圈,于是陆筝买了六团毛线,然后去挑织围巾要用的木棒针。

结了账,将东西装进一个纸袋里,陆筝拎着往外走。

黄书涵落后两步,走着走着突然一顿,福至心灵道:"我说陆筝你该不会是给别人织的吧?"

第七章
晓山的雪更好看

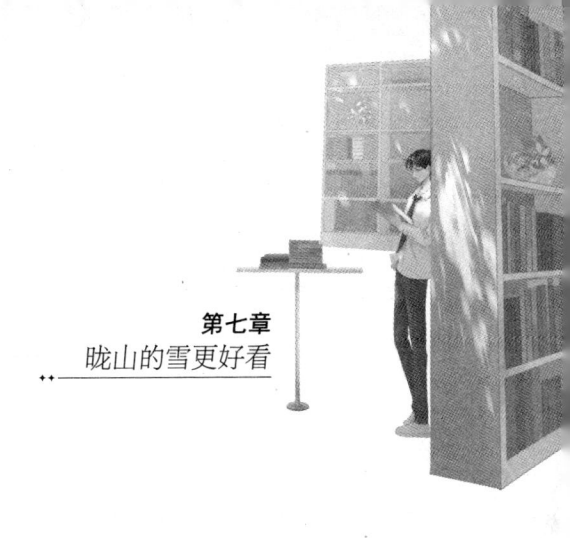

1

上完三节晚自习,铃声响了,陆竿背着鼓鼓囊囊的书包准备回宿舍。

难得见她收拾得这么迅速,江淮宁意外地多看了几眼,随后就留意到她那个令人无法忽视的大书包。

"装这么多书你看得完吗?"江淮宁吃惊。

知道她爱学习,但也不用这么拼吧?晚上不打算睡觉了?

他自然不知道陆竿书包里装的是什么,而陆竿也不打算告诉他,微仰着头,神秘莫测道:"不告诉你。"

陆竿回到宿舍后,迫不及待地洗漱上床,拉上遮光的床帘,打开自己的小台灯,从书包里倒出一堆毛线,拆开其中一团,打了个结系在木棒针上。

接下来……接下来她就不知道该怎么做了。

陆竿摊手靠在床头,对着一团毛线犯难,甚至开始怀疑人生。

她想不通自己为什么要心血来潮织围巾,耽误时间不说还费脑子,不如直接买一条来得简单。

陆竿抓了抓头发,脑袋从床帘中间的缝隙探出去,苦大仇深地看着坐在对面床铺泡脚的张颖:"颖子。"

"干吗?"

"算了,等你泡完脚再说。"

陆竿两手抓着两边的帘子,只露出一颗圆圆的脑袋,探头探脑的样子惹笑了张颖。她说了声"好",泡完脚,起身倒掉水:"说吧,什么事。"

陆竿拉开帘子招了招手,大方地邀请她:"你坐过来。"

张颖无奈一笑,侧身坐到陆竿床边,这一坐下,自然看见她床上堆着的几团毛线,顿时笑开了:"你要织围巾呀。上回我邀请某人,某人还说不感兴趣呢。"

"突然想试试。"陆笌眼神躲闪。

"想让我教你？"

"嗯，看你挺熟练的。"陆笌往里挪了挪，让张颖坐近一点，不吝夸赞，"你织的花纹都很漂亮。"

张颖已经织了好几条送给朋友，听她称赞，拍拍胸脯自豪道："你算是问对人了。我会好几种花纹，你想要织哪一种？"

陆笌是新手，很有自知之明，不敢挑战高难度："要简单一点的。"

"我先给你看看成品。"张颖趿拉着拖鞋到自己床铺边摸到手机，打开相册给陆笌看自己之前织的那几条围巾，一一科普，"有鱼骨针、大麻花、菱形格，还有双面直纹，这几种我都会。"

陆笌露出长见识了的眼神，经过一番对比，最终选中看起来比较简单的鱼骨针。

张颖拿起毛线和木棒针给她示范一遍："第一排的针数要数够，后面照着织就行了，注意别跳针，很简单的。"

陆笌学着织了几针，像模像样的。

"这不就会了。"张颖笑起来，"不过你得注意一下，针脚松一些比较好看，别织太紧，会显得硬邦邦不够蓬松柔软。我看你买的是羊绒线，这种线挺贵的，你这是要送给谁呀？"

陆笌心跳漏掉一拍，忘了自己织到第几针了。

"我……我就是织着玩的。"

怎么张颖和黄书涵都猜测她要送人，就不能是给自己织的吗？

张颖假装看不出她的心虚，意味深长道："你慢慢织，我就不打扰你了，有不懂的你再问我。"

陆笌打着哈欠，重复着枯燥又机械的编织动作，眼眶泛酸，她停下来揉了揉眼角，拿起枕边的小电子表看了一眼，顿时惊到了，竟然已经凌晨三点多了。

宿舍里除了室友沉睡时发出的轻微鼾声，再无别的声音，静得人心里发慌。

想到明早还要上课，陆笌赶紧关了台灯躺下来睡觉。

脑袋昏沉沉的，竟有些睡不着。

翻来覆去好几次，后来不知何时睡过去的，头一次没在起床铃响前醒过来。

"陆笌，你怎么还不起来？"张颖洗漱完，见陆笌的床铺毫无动静，掀开帘子推了推她。

陆笋睡觉习惯从头蒙到脚,睡得特别沉,迷迷糊糊睁开眼睛,她一手搭在脑门上,外面的起床铃声已经结束,在播放那首熟悉的《江南》。

陆笋一惊,从床上翻身坐起。

"你终于醒了。"张颖舒口气,"你昨晚熬到几点啊,睡这么死,喊了好几声都没醒。"

"三点多吧。"陆笋迅速穿衣下床,嗓音沙哑得不像话。

一脚踩到地上,她大脑有点眩晕,手扶住了床架,摸了摸额头,感觉好像有点烫,不是很确定,嗓子不舒服倒是真的。

她咳嗽两声,拿了脸盆去洗漱。

"我的天,服了你,不能慢慢织吗?"张颖望着她的背影咋舌。

陆笋洗完脸也没精神多少,头重脚轻的感觉很强烈,经过室外的冷风一吹,打了几个喷嚏,鼻涕都出来了。

张颖捧着杯小米南瓜粥小口喝着,看着她的脸色突然说了一句:"你别是感冒了吧?"

陆笋拿纸巾擤了鼻涕,苦笑了下:"可能是。"

"你啊你,也不想想,最近降温夜里那么冷,宿舍里又没空调暖气,肯定会着凉啊。你有感冒药吗?"

"没有。"陆笋咬了一口酱肉包子,嘴里寡淡,尝不出什么味道,"中午放学我去医务室看看。"

"记得多喝热水。"

班里已经来了不少学生,叽里呱啦地朗读,陆笋坐下来,把书包塞进桌屉里,打起精神抽出英语课本。

江淮宁看着她,感到稀奇:"今天来这么晚?"

陆笋"嗯"了声,没精打采地掀了掀眼皮:"睡晚了,没听见起床铃。"

她说话的声音明显带着鼻音,江淮宁第一时间听出不对,端详了她几秒,得出结论:"你生病了。"

不是疑问,是肯定的语气。

陆笋没想到他这么敏感,只得承认:"大概是着凉了,有点流鼻涕。"

气温一天比一天低,班里感冒的同学有好几个,安静的课堂上总能听见咳嗽声,老师也多次提醒大家注意保暖。

江淮宁无心看书,低声问:"吃药了没有?"

陆笋摇头:"没。"

"陪你去医务室看看?"

"现在?"

"不然呢，拖下去更严重了怎么办？"

陆筝再次摇头，轻声说："我能感觉到不是很严重，就是普通的感冒，我中午放学去医务室，没事的。"

她眼睛有点红，毫无神采，看着蔫巴巴的。

江淮宁轻叹口气，拿她没辙。

这一上午，陆筝不停擤鼻涕，鼻头都要擦肿了，又红又痛。

课桌侧边的挂钩上系了个黑色垃圾袋，装了半袋子用过的纸巾。她觉得自己好邋遢，要崩溃了，干脆丢掉形象，扯了两团纸塞鼻孔里，用嘴巴呼气。

江淮宁看了看她，眼里装满担心，嘴上却不饶人："让你早点去医务室你不听我的，活该难受。"

中午放学，江淮宁和沈欢一道下楼。

文科三十班的老师拖堂了，两人站在走廊栏杆处等沈黎。

半敞开的教室后门能窥见两人的身影，铃声响了有一会儿，班里好些学生没心思听课，纷纷侧头观看。

坐在沈黎附近的女生小声提醒道："沈黎，江校草又来等你了，还有你弟。"

这三人中午总是一块吃食堂，在同学间早不是秘密。

闻言，沈黎微微侧头往外看了一眼，江淮宁后背倚靠着栏杆，黑色羽绒服拉链敞开，里面是黑白配色的校服，一手抄进兜里，手肘搭在栏杆上，一派闲适地侧着头与沈欢讲话。从这个角度望过去，能看到他清晰的下颌线和柔软的发丝，哪怕在阴沉沉的天色下，他也是一抹亮眼的存在。

收回视线，沈黎轻轻抿唇，一点上扬的弧度在唇角稍纵即逝。

"下课。"地理老师合上书，从教室前门出去。

班里丁零哐当一阵杂乱声响，学生们纷纷动，嘴里嚷嚷着"快饿死了"，步履生风，跟随大部队往教学楼外跑。

沈黎没顾得上收拾，急急忙忙出去找两人："老师拖堂了。"

"看到了，讲得唾沫横飞，完全没有要下课的意思。"沈欢笑了一声，"老江说这会儿食堂人多，我们去校外吃，你把出入证带上。"

沈黎没有异议，回班里拿上出入证，跟着出了校门。

"我们吃什么？"走在冷飕飕的风里，沈黎冻得打了个哆嗦。

"老江，我们吃什么？"沈欢没主意，问身侧的人。

江淮宁是临时起意，也没有特别想吃的东西，扫了一眼沿街的小吃店："天冷，吃点汤面怎么样？"

沈欢:"我都好说。"

三人去了路边一家面店,一人一碗热气腾腾的汤面,二十分钟不到就解决了午餐。沈黎吃饭速度稍慢一点,还剩下小半碗。

江淮宁付了钱,视线穿过透明的塑料门帘望向对面一家药店,心里记挂着陆竽,不知道她说中午去医务室是真是假。

他多少有点了解她那人,性子有点犟,还很怕麻烦……

江淮宁:"你们先等等,我出去买点东西。"

四人位的餐桌,沈黎单独坐一边,抬起头的时候,江淮宁已经挑开门帘出去,笔直修长的身影逐渐远离,伫立在路边等了几秒红灯,然后提步穿过马路,走进对面一家开着门的药店。

一直到他的身影消失在视线里,沈黎才重新低下头,筷子挑起几根面送进嘴里,问坐着玩手机的沈欢:"江淮宁不舒服吗?"

"没有吧。"沈欢头也没抬地说,"怎么问起这个?"

"我看到他去药店了。"

"药店?"沈欢滑动屏幕的手指顿了一下,思索两秒,恍然道,"可能是帮陆竽买的吧,她上午一直在擤鼻涕,好像感冒了。"

沈黎心下一沉,不说话了,默默地吃剩下的面。

药店里,江淮宁站在玻璃柜台前,跟后面一位穿白大褂的医师交流,详细描述完陆竽的症状。医师给他拿了几盒药,额外问了一句:"发烧吗?"

江淮宁怔愣了下,不确定。

陆竽只说情况不严重,他没测过她的体温。

思考片刻,江淮宁想了个万全之策:"这样吧,您给我拿一个体温计,退烧药也拿一点,用不上就算了。"

中年女医师抬眸看看眼前挺拔帅气的男生,忍俊不禁:"小伙子还挺贴心。"她侧身拿了一盒退烧药,又问了句,"体温计要什么样的?"

"体温枪有吗?"

"有的,那种贵一点,要四十。"

"就要那一种。"

"好的,稍等。"女医师弯腰在下面的柜台里拿出一个体温枪,扫了条形码,连同几盒药一起装进塑料袋递给他。

江淮宁付完钱,道了声谢离开。

沈黎已经吃完了,跟沈欢相对无言地坐着等人,远远瞧见江淮宁过马路,沈黎开口提醒了句:"走吧。"

沈欢收起手机揣进口袋里,站起来蹦了蹦,率先走到前面挑开门帘,迎面一阵寒风吹得他忍不住缩起脖子。

这么冷的天，怕是要下雪了，还不到十二月份呢。

沈欢随意地想着，等江淮宁走到跟前，瞥了一眼他手里的塑料袋："是给陆竽买的药？"

江淮宁没遮掩，"嗯"了声。

沈欢不知想到什么，发出一声感慨："我说你怎么突然提议要在学校外面吃，敢情是为了给她买药，你直说就好了。"

"这倒不是。"江淮宁一手抄进羽绒服口袋里，"偶然看见对面的药店，想着她可能没买药，顺便带了点儿。"

事实的确是这样，他没有撒谎。

沈欢没过多纠结这个问题，转眼跟他聊起别的。边上的沈黎却没法不多想，她步子越迈越慢，眉目低垂，一副心事重重的模样。

是她的错觉吗？江淮宁对待陆竽与别人有些不同。

细细数来，光是她知道的就有好几件事不在她的接受范围内，带陆竽的床单被套回去洗；运动会上特意过去给陆竽加油；陆竽跑步他还到终点线去给她送保温杯；眼下给陆竽买药又买体温枪……

2

陆竽没去食堂吃饭，让张颖给她带一个手抓饼，她独自一人前往医务室。

入学一年多，这还是她第一次来医务室。

陆竽敲了敲门，无人应答。她趴在玻璃窗上，两手挡在眼睛旁朝里面张望，一排排架子上码放着各种各样的药品，里面空无一人。

转念一想，这个时间点医生都去吃饭了，没人才是正常现象。

陆竽额头磕在玻璃窗上，长长地叹了口气，也不知道什么时候会来人。

枯等了几分钟，陆竽彻底泄气了，沿原路返回。

等她终于回到尚算暖和的教室，感觉一条命只剩下半条，喘气时胸腔里涌上一股难以言喻的滋味，闷痛闷痛的。

陆竽"扑通"一下趴到桌上，闭上眼平复。

不知过了多久，就在她晕晕乎乎快要睡着的时候，头顶突然覆上一只手掌。她一惊，抬起头来，映入视线的是江淮宁那张凑近的帅气脸庞。

"吃药了吗？"

他问话的嗓音轻缓，陆竽只觉周身有暖流淌过，顿了几秒，站起来让他进去："医务室没人，我晚点再去……"

话未说完，江淮宁抬高手臂，将一袋子药放到她桌面，坐进去的同时，手掌在她后脑勺轻拍一下："就知道你不靠谱。"

陆笋目光怔怔地看着桌上的药,常用的几款感冒药都有。

江淮宁见她发呆,落在她后脑勺上那只手鬼使神差地偏移,贴到她额头上。他刚从室外回来,手指冻得冰凉,与她略有些烫的体温相触,对比实在鲜明。

"陆笋,你是不是发烧了?"江淮宁皱起眉毛。

江淮宁拆了体温枪的包装盒,靠近她额头测了一下,荧绿色的小屏幕上显示38.6℃。

陆笋不言不语,像雕像一般任由他摆弄,过了好久,她仍然沉浸在他带来的温暖和熨帖中。

直到鼻腔里一阵痒,她没忍住打了个喷嚏。

江淮宁猛地僵住了,半晌,好笑又嫌弃地说:"陆笋,你干的好事!"

"啊,对不起对不起,我不是故意的,我……我给你洗衣服吧……呜呜呜!"

陆笋要哭了,手忙脚乱地抽出几张纸巾给他擦衣摆,本就烧红的脸蛋此时此刻像极了熟透的番茄。

沈欢上完厕所回来就瞧见这样一幕。

陆笋脸色爆红,手指拽着江淮宁的衣摆,一双水灵灵的眼眸泛着红,一边咳嗽一边不停道歉。而江淮宁站在她跟前,身高优势摆在那里,随随便便就给人一种居高临下的感觉,但他微低着头,脸上无奈温柔的笑十分晃眼。

"行了,原谅你了。"

江淮宁眼瞅着沈欢绕过讲台回到座位,从陆笋手里拽回自己的衣摆。

陆笋捂着嘴咳嗽一声,露出的眼眸更红了,心里内疚又羞窘,除了道歉没别的话可说:"对不起,要不你把衣服……"

"好了好了,不怪你。"江淮宁笑着打断她,嗓音越发温和。

陆笋感到挫败,在他那里,她的面子和里子都不存在了,被她给丢完了。

"中午吃饭了吗?"江淮宁拆了药盒,看清用法用量,"退烧药吃一粒。你嗓子不舒服,消炎药也得吃,两粒,还有感冒灵。到了晚上没退烧就得去医院挂水,不能继续拖延。"

"没吃。"陆笋嗓音哑得快听不出声儿来,"让张颖带了午饭。"

"不早说。我可以在校外给你带点儿清淡的养生粥。"

"没事,随便吃一点就行。"

陆笋重新趴回桌上,侧脸枕在手臂上,心里涌上一股难以言喻的复杂情绪。这些复杂的情绪在心头发酵,最后归结为一个清晰认知:江淮宁

167

可真好。

不多时,张颖和叶珍珍吃完饭回来了。

张颖走到她座位旁,把手抓饼放桌上,弯下身靠近她的脸:"感觉好点儿了吗?"

陆笋一手扶着脑袋:"还好。谢谢。"

"谢什么,赶紧吃吧,凉了就不好吃了。"

陆笋一口一口啃着手抓饼。她早上没吃几口,一上午过去,早就饥肠辘辘,哪怕食欲不好,也坚持着吃完了。

江淮宁见她吃完了,叮嘱了句:"等会儿把药吃了。"

"嗯,谢谢。"

陆笋抬手拍了拍脸颊,想让自己精神点,中午还得写作业。

各科课代表刚把下了午自习要交的作业写在黑板上,她看了一眼,还差一份物理作业没写。

见她掀开物理习题册埋首写题,江淮宁一点也不惊讶。

陆笋吃了药,情况当然不可能即刻好转,反而因为药物的作用越发困倦,眼皮沉沉地耷拉着,每眨一下眼都能感觉到困意更浓一分。

江淮宁实在看不下去了,强行干预她:"别写了,你刚吃了药,趴下睡一会儿吧。"

陆笋迷瞪着眼,小声说:"我作业还没写完。"

"睡醒了再写。"江淮宁指尖点了点手腕上的黑色机械表,"半个小时,半个小时后我叫醒你。"

"我写完了再睡也是一样的。"陆笋努力睁大眼,认为自己还能坚持。

江淮宁就知道她脾气犟,对待学习上的事更是有着一股九头牛拉不回的执拗劲。劝说不管用,他直接抽走了她桌面的习题册,一把塞进自己的桌屉里,丢给她不容置喙的两个字:"睡觉。"

陆笋瞪直了眼睛,不肯就范,伸手探进他的桌屉里:"江淮宁,你还我……"

"你先睡觉我就还你。"江淮宁用手掌挡着,不让她拿。

两人在桌底下悄摸摸地较量,不期然地,两只手撞在了一起。是因为陆笋的手摸到了习题册一角,正要拿出来,江淮宁不想还给她,情急之下攥住了她的手。

两人同时愣住了。

他的手掌宽大,根根手指修长有力,紧紧地缠住她的手。

江淮宁率先松开手,左边那只耳朵悄然红了,在陆笋看不见的地方。

陆笋也没再拿了,收回手垫在桌上,慌里慌张地趴下去,呼吸前所未有的急促，嗓子眼里的灼烧感变得强烈，要窒息了……

临睡着前，她戳了戳江淮宁的袖子，轻声细气地说："我、我要是打呼了你就叫醒我。"她鼻子不通气，担心睡着后闹出动静吵到周围的同学。

"知道了。"江淮宁比了比口型，没发出声音。

陆竽这才把脸埋进臂弯里放心睡去，呼吸声略有些重，倒是没打呼噜。

江淮宁收敛心思写完了作业，身体微微后仰，靠在后桌边沿，一瞬不瞬地盯着她。

女孩只露出一小片白净的额头，刘海被揉得蓬乱，睡得沉沉的。探出袖口的手指微微蜷缩，搭在胳膊上。她的手真的很小，手指却很纤细，中指侧边有写字磨出来的一块茧。

意识到自己盯着人家看了很久，江淮宁摸了摸鼻子，略不自然地别开视线。不知道她就这么睡会不会加重感冒……

江淮宁脱下羽绒服给她盖在后背。

长款的羽绒服，绵软厚实，能将她脑袋都蒙住，衣摆拖到地上他也没管，反正今晚要带回去洗。

"完了完了完了……"

陆竽醒来时，午自习结束的铃声在耳边回荡，惊得她差点从凳子上跳起来。

江淮宁这个大骗子，说好半个小时叫醒她，却放任她睡到现在！

陆竽一边用幽怨的眼神瞪着江淮宁，一边从他那里拿回自己的物理习题册，眼里满是惊慌失措，脑子都要炸了。

她后面还有好几道大题没写啊！

江淮宁弯腰捡起掉在地上的羽绒服，揉成一团抱在怀里，静静地看着她慌手慌脚地往后翻。

翻到要写的那一页，陆竽狠狠愣了一下，露出错愕的表情。

恰好这时小组长过来收作业，直接拿走了陆竽手里的习题册。

小组长走开后，陆竽回过神，不可置信地看着江淮宁："你帮我写的？"

那些字总不可能是自己跑上去的吧？

"不然呢？"江淮宁拿了支笔在指尖转来转去，漫不经心地偏头看着她，挑起一边唇角"啧"了声，"某人的字实在太难模仿了，还好物理题公式用的多，没几个字要写。我努力写工整了，应该……看不出来吧？"

方才匆匆扫了一眼，陆竽看得出他确实用心了，字母符号写得整整齐齐，没有凌乱得像稻草一样。

可是，他怎么能帮她写作业！

"三好学生"陆笋从小到大没抄过别人的作业,更别说让别人帮忙写作业了。

陆笋不知道说什么好,人家也是出于好心,她断然说不出半句指责的话。沉默了足足有两分钟之久,她捂着脸蒙蒙地说:"老师看出来怎么办?"

物理老师即班主任杜一刚,"火眼金睛"的称号不是空穴来风的。

江淮宁仍旧是那副不当回事的模样,轻飘飘地一带而过:"大不了我就说写题的时候没看清拿错了,写都写了总不能撕掉吧?"

他理直气壮的语气,配上淡然无惧的表情,洒脱得好似山间的风,世间万物都不萦怀于心的少年气油然而起。

陆笋无奈,又觉得好笑,最终败给他了:"那几道题我都没来得及看。"

江淮宁歪头,一脸"你事儿还真多"的样子,一字一顿道:"等习题册发下来,我给你讲一遍行了吧?大小姐,去洗把脸准备上课吧,睡得口水都流出来了。"

陆笋顿住。

感动仅仅维持了三分钟,她现在想打一下这个欠揍的男生。

一个星期过去,陆笋的感冒终于好了,也到了放假回家的日子。

十一月的最后一天,星期五,下午上完两节课就提前放学了。

天气不好,班车开得慢,一个小时后,缓缓停在陆笋家门口。

"我先下了。拜拜。"陆笋站起来跟车里的小伙伴们挥了挥手,提着行李箱下车。

刚进门,陆笋就看见她妈妈站在院子里跟人打电话,声音听起来很急切。

"对,现在要用车,你能腾出时间吗?去一趟县城……行,好,谢谢。我在门口等你。"

夏竹一手握着手机,转过身就对上陆笋探究的眼神,她脸上焦急慌张的神色来不及收敛,被陆笋看在眼里。

"笋笋回来了。"夏竹满腹心事,实在挤不出笑容,语气显得几分僵硬。

没等陆笋开口,夏竹就穿过院子拾级而上,到屋里拿了钱包和围巾,一副要出门的架势。

陆笋丢下行李箱,急匆匆跑到她跟前,见到的就是她坐在椅子上数钱的画面:"妈,发生什么事了?"

夏竹没抬头,数了一沓钱塞进包里:"没什么事,你在家照顾好弟弟,晚饭在奶奶家吃。我可能回来比较晚,你闩好门,我叫你再来开。"

陆笋追问:"是不是爸出什么事了?"

夏竹眼眶一红，别过脸揉了下眼角，摇了摇头："你别问了。"

院子里传来一阵紊乱的脚步声，是奶奶从隔壁过来了。

夏竹叮嘱："妈，你在家看着两个孩子，我先去看看是什么情况，应该没那么严重……国铭不会的……我相信他不会的。"

说到最后她有些语无伦次，到底是没经过大风大浪，遇到一丁点事就慌了手脚。偏偏这种事不好找人出主意，不管是真是假，传出去名声都不好听。让嘴碎的人听了去，流言传着传着，假的都能变成真的。

刘春秀比她还慌，急得要哭："我知道我知道，你放心吧。"

陆竽看了看年迈的奶奶，又看了看六神无主的妈妈，心里头乱糟糟的："奶奶，是不是我爸他出事了？"

刘春秀说："你爸让警察给抓了，在县城派出所……"

"妈！"夏竹想拦都拦不住，一着急没控制好情绪，语气里带了责怪的意思，"你跟孩子说这些干什么？影响她学习。"

她转头对陆竽说："没事，你别担心，我这就过去。"

这时候门口停了辆银灰色面包车，车窗落下，驾驶座上的中年男人按了两声喇叭提醒。

"我走了。"夏竹抹了一把脸，脚步匆忙地出去。

这个时间已经没有乡下通往县城的班车，她包了利民超市老板的车，麻烦他跑一趟。

夏竹一手拉开后座的车门，心慌意乱下，上车时没注意脚下绊了一跤，膝盖磕到了车门，疼得钻心。刚坐稳，一个身影钻进来，坐在她边上，紧接着，她一双冰凉的手被紧紧握住。

"我陪你去。"陆竽两只手包裹住她放在膝盖上的手，语气坚定地说。

夏竹抿着唇，没赶她下去，重重地点了下头。

车子稳稳启动，司机升上了车窗，驶出一段路程后，他从后视镜里瞄了眼依偎在一起神色凝重的母女。

夏竹平时总在他开的超市里买东西，陆国铭也在他那里打过牌，他与这家人都很熟，寒暄了句："这么着急去县城里，是家里有人生病了？"

乡下医疗条件有限，凡是严重点的病症得到县城或市里的医院诊治，见她神色惶惶，他下意识以为是这方面的事情。

夏竹本不打算对外人说，心里也深知瞒他不住，斟酌片刻，她含糊道："老陆出了点事，人在派出所里，当中可能有什么误会。"

一听"派出所"三个字，司机愣了一下，不再多问。

事情比夏竹想象的严重。

她和陆竿到了县城派出所,在走廊上就听到里面女人破口大骂的声音。

"和解什么和解?这种臭不要脸的男人就该被拘留到死,光天化日都敢对我姑娘动手动脚,私底下指不定做了多少丧尽天良的事。我今天把话撂在这里,这种程度要是不拘留,我就天天到你们这里来伸冤,我倒要看看这世上还有没有公道可言!"

一个身穿制服的民警走在前面,领着母女两人进去。

大厅里,同样是一对母女。母亲生得高大,皮肤黝黑,穿着绛紫色的短款羽绒服,豹纹打底衫的领口兜着脖子,一头棕黄色的鬈发,正对着两个民警唾沫横飞,不时怒瞪一眼,五官尖刻凶狠。她边上是一个身材纤瘦的女孩,留着中长直发,浅灰色呢大衣里一件黑色V领长毛衣,长筒靴裹到了膝盖上,露出一截穿着肉色打底袜的大腿。

女孩二十出头的年纪,站姿散漫,微偏着头,任由她妈在前面冲锋陷阵。她跟个没事人一样,一会儿摸摸耳朵上的圆圈耳环,一会儿抠抠指甲,显得百无聊赖。

一见这阵仗,夏竹先没了底气,她抿唇走上前:"你好……"

嚷嚷个不停的中年女人扭头看了她一眼,语气不善道:"你谁啊?"

"你好,我是陆国铭的妻子,有什么事我们好好说。"夏竹扯唇笑了下,态度尽量友好和善,"我想这其中是不是有什么误会,我丈夫他不是那样的人。我想问,您姑娘真的确定……"

"你这话什么意思?还成我们的错了?"中年女人横在夏竹面前,抖着唇角冷笑一声,"警察同志你们听听,她家男人不检点,欺负小姑娘还有理了,这种人你们不好好敲打,他是不会长记性的。"

旁边几个民警被吵得头疼:"女士,请您冷静一点,我们还在调查中。"

"冷静一点,你们让我怎么冷静!是我女儿被猥亵了,还是在商场那种地方,换了你家闺女试试!"中年女人音量拔高,"晓鸥,你自己来说。"

何晓鸥腿站直,面无表情地将商场发生的一幕重复一遍。

"我从卫生间出来,就看到那个男人在门口鬼鬼祟祟,我正想绕道走开,他突然抓住我,拽我衣服,要把我拖进边上的安全通道里。我肩上被抓了好几道印子,现在还疼。要不是刚好有人经过,谁知道会发生怎样的后果。出来以后,我立马就报了警。"

一番话说完,何晓鸥不在意这是公共场所,一把扯下毛衣的领口,将胸口的肌肤裸露出来。

现场几位男警猝不及防,神情尴尬。两名女警凑近检查了一下,皮肤上确实有几道颜色颇深的抓痕,肉眼看得出来下手的力道极重。

何晓鸥耸耸鼻尖,一副泫然欲泣的模样:"民警同志,我不要求赔偿,只要求严惩违法犯罪的人。"

夏竹身体摇摇欲坠，险些栽倒下去："不可能。"

中年女人越过挡在身前的民警，猛推了她一把："事实摆在面前，还能冤枉你们不成？真是一个被窝里睡不出两种人，你男人不是个东西，你也一样！"

"好好说话别动手！"民警上前隔开中年女人。

夏竹被推得倒退两步，幸而陆笋扶住她，不至于摔倒。

陆笋弄清楚事情始末后，冷静地开口问道："商场的监控呢？我要看监控。"

任谁说陆国铭猥亵年轻姑娘，她都不会相信，她爸爸不是那样的人。

像是被提醒了，夏竹恍然抬眼，目光灼亮地盯着几个民警，希望他们能给出一个确凿的证据。

要她相信陆国铭会做出对不起她的事，她也是不信的。

将近二十年的夫妻感情，没有人比夏竹更了解陆国铭是个什么样的男人。他老实巴交、大孝子、顾家，永远把自己摆在最后一位，一切以家人为先。

民警怎么可能没想到这一点，轻叹口气："那一层的摄像头正好坏了，还没修好。"

陆笋拧紧了眉心："其他楼层呢？总不可能都坏了吧，就没能拍到那一片区域的监控？"

"其他楼层的监控我们已经全部调取了，正在安排人逐一排查，一时半刻很难有结果。"其中一个民警据实相告。

陆笋深吸口气，一字一顿地说："那也就是说，到目前为止，没有直接证据能证明我爸爸⋯⋯"她不愿说出那两个字，抿了下唇。

"是这样的。"

陆笋看着那对母女，眸中愤怒一闪而过："我爸爸是无辜的，不是别人空口白牙说几句话就能污蔑得了的。"

"嘿，你这死丫头，说谁呢！谁污蔑了，吃饱了撑的拿这种事污蔑你们，我图什么？小小年纪不学好，牙尖嘴利颠倒黑白倒是有一套，你是哪个学校的？"

中年女人怒火中烧，冲上去要打陆笋，巴掌已经扬起来了，夏竹眼疾手快一把将陆笋拉到自己身后，护住她。

与此同时，民警再次拉住中年女人，冷着脸呵斥："肃静！当这是菜市场吗？吵吵闹闹的。"

"我不活了，还有没有天理了，民警不管事，公然偏帮罪犯，我要去

173

法院告你!告你们!等着吃官司吧!"

中年女人一会儿哭闹一会儿大骂,吵得人不得安生。

民警几次制止无效,颇为无奈。

的确,目前只有何晓鸥的一面之词,不能作为判断案情的证据。可她身上的伤是真的,也有目击证人说确实看到陆国铭和她在卫生间门口拉扯。

经过多番考量,民警让陆国铭的家属先回去等消息,待事件有新的进展,他们会通知到位。

从派出所出来,夏竹眼眶里一片湿润,眼前渐渐模糊。

天色漆黑,寂静的街道被微弱路灯光笼罩着,寒风阵阵,吹在脸上让人发昏。陆笋一手揽过夏竹的肩背,明明同样难过无措,却强撑着安慰她:"没事的,等他们找到了证据就能证明爸爸的清白,咱们身正不怕影子斜。"

面包车停在一棵光秃秃的梧桐树下,看见她俩走过来,司机开了前灯,照亮了前方一片路。

3

连着两个晚上,陆家人没一个能睡得好觉,吃饭也是胡乱应付几口。

陆笋静不下心来写作业,带回来的书包连拉链都没打开过,原封不动地放在那里。

转眼到了星期日下午,该返校了。

陆笋不放心妈妈一个人在家,想要打电话找班主任请假,被妈妈训斥一顿。

夏竹让她安心回学校上课,有消息了会给她发短信。

陆笋一脸不情愿,被妈妈硬塞进车里。

到学校的第一件事是补作业,陆笋没急着去班里,就在宿舍里写。

距离下午上课的时间还早,程静媛也没去班里,盘腿坐在床上,怀里抱着个毛绒玩具看小说。

余光捕捉到陆笋在写作业,她表情闪过一瞬的错愕。

陆笋对待学习的那股认真劲,入学以来被她看在眼里,头一回见陆笋假期归来补作业,着实称得上稀奇。

时间缓缓流淌,还有四十分钟上课,陆笋不敢再耽搁,收拾作业装进书包里。

"你最后走,记得锁门。"程静媛系好鞋带,丢下一句话,背上书包先她一步离开宿舍。

陆笋锁好门下楼,独自走在铺满银杏落叶的小道上,心头仿佛压着一块重重的石头。站在教室门口的时候,她神情还有些恍惚不定。

走在前面的程静媛冷不丁刹住脚步,转过身满眼惊诧地看着陆竽。

陆竽本就心事重重没注意看路,差一点撞到她身上,堪堪站稳后,眼眸微抬,有些纳闷地问她:"你怎么不进去?"

班里学生来了一大半,陡然听到这个声音,全都目含惊愕,审视着程静媛后面的陆竽。

程静媛之所以突然定住,是听见坐在靠门边的一个男生跟同桌说:"听说陆竽的爸爸被警察抓走了。"

男生的同桌说:"还听说他爸是钟鼎国际商场的保安,借着巡查之便,专挑那些漂亮又年轻的女生下手。"

程静媛联想到宿舍里陆竽失魂落魄的样子,一下子就相信了,知道她走在自己后面,这才回头看了她一眼。

看陆竽的样子,似乎还不知道她爸爸的事情在班里传开了。

程静媛勉强压下内心的震惊,没说什么,抬步进了教室。

陆竽跟着进去,能感觉到好些视线落在她身上,鄙夷的、轻蔑的、怀疑的、不可置信的,种种种种,让她茫然又不安。

陆竽抱着书包坐到位子上,周围讨论的声音渐渐大了起来。

"听谁说的啊,这么离谱的事能是真的?反正我不信。"

"不清楚,坐在前面的人传的。"

"我是听万兴磊说的。"

万兴磊听到有人提自己的名字,赶紧撇清:"不是我传的,我也是听那几个女生说的,就第一排那几个。"

"方巧宜?"

"反正就她那一片。"

"是方巧宜先说的吧,我也听到了。她好像有个表叔还是表舅来着,在县城派出所工作,周五那天晚上陆竽和她妈去了,跟那个受害者的家属在派出所吵起来了。"

"还真有这种事,长见识了。"

江淮宁搁在桌面上的一只手收紧了,抬眸冷冷地射向议论得最激烈的那群人。

他在班里一贯温和得好似没脾气,突然摆出一张冷脸,周围的空气都冻住了,让人怵得慌。

那几个学生互相对视一眼,噤了声。

陆竽突然站起身,把怀里的书包放到桌上,冲到方巧宜跟前,大声质问:"你知道什么你就乱说,你敢为你说出的每一个字负责任吗?如果

175

你没有证据,你说的那些就是诽谤!还有,你能不能别像苍蝇一样总是围着我转,我自问没有得罪过你,你这样真的很恶心!"

所有人不约而同地看着那个方向。

视线里的女孩脊背笔直如一棵竹,同班三个月,大家第一次在她那张素来柔和的脸上见到凶狠冰冷的表情。

其他人眼里的陆竿,仿佛一只被惹怒的幼兽,亮出爪牙。可是在近距离的江淮宁眼里,她眼眶泛红,眼睫轻轻颤抖,坚韧隐忍的模样实在惹人心疼。

他踢开凳子,走到她身边,拉住了她的手,就像那天把她从讲台上拉下来一样,将她拉回座位,护在自己身后。

方巧宜从惊吓中缓过来,心跳过快导致脸色由白变红,扭过头来,正对上面容冷峻的江淮宁。

她错开目光,去看陆竿:"我有说错吗?千真万确的事情,我撒谎我天打雷劈!呵,你有本事就别躲在别人身后,好好跟大家解释一下你爸爸的事情。你敢说吗?"

"方巧宜!"江淮宁声音冷厉地打断她。

坐在后面的顾承一个箭步冲到前面去,挥开挡在过道里的江淮宁,拳头将要砸到方巧宜脸上的时候,江淮宁拦住了他。

方巧宜抬起胳膊护住脸,吓得惊叫一声,想象中的疼痛没有落下来,她跌坐到凳子上。

凳子一歪,她整个人摔倒在地,脑袋磕到了桌腿,痛得她眼冒金星。

江淮宁死死攥住顾承的手腕:"别动手!"

天大的事,一旦先动手,有理也成了没理,到时候一百张口都难以辩解。

"滚开,你怕事我不怕。"是可忍孰不可忍,顾承推开江淮宁,额角青筋暴起。

发怒的顾承力气极大,江淮宁拉不住他,情急之下朝沈欢使了个眼神,后者跳过几个座位,挡在前面帮着拽住顾承。

班长、体育委员纷纷上前拉架。

铃声响了,几个人跟没听到似的,在前面堵成一团,互相推搡拉扯,尖叫声、劝和声交织在一起。

进来上课的英语老师吓了一跳,怒道:"你们这是干什么?"

女老师尖厉的声音在班里炸响,扭作一团的男生迅速分开,每个人身上多多少少带着凌乱的痕迹。

江淮宁还没坐下就发现本该在他身后的陆竿不见了。

他问后桌的男生:"陆竽呢?"

"好像出去了。"

陈红梅走到讲台上,将手里的英语报纸掼到讲桌上:"打铃了没听见?这是要干什么,翻天了?刚才打闹的几个人给我站着听课!"

沈欢屁股刚挨到凳子,闻言,认命地站了起来。

其余几人也都没为自己辩解,老老实实地站着。

陈红梅扫了一圈,站起来的几人当中有好学生江淮宁、差学生顾承,再加上中不溜的那几个,简直让她头大。

"怎么回事,江淮宁你来说,是不是打架?"陈红梅脸色不好,"要是打架,我可就要叫你们班主任来管教了。"

江淮宁薄唇微微抿了一下,不知从何说起。

陈红梅蹙着眉,对他印象一直挺好,学习好是一方面,更多的是他懂礼貌识规矩,为人谦和虚心,不骄不躁,是个可造之材。眼下见他一副不肯开口的样子,她难免责怪上了:"奥赛班班主任请示了年级办主任,要将你要过去,你倒好,这当口闹出事情来,想没想过后果?"

江淮宁置若罔闻,视线瞥向右侧空着的座位,在想陆竽是去厕所了,还是去哪里了。

怎么还没回来?

陈红梅这时候才注意到空了个位子,问江淮宁:"你同桌呢?是叫……"她看了眼讲桌上贴的座次表,"陆竽?陆竽人呢,上课了还没来?"

"刚刚出去了。"江淮宁抬起头直视着她,平静答话。

"哟,不是哑巴啊。"陈红梅没好气地说。

她揉了揉额心,展开报纸打算开讲,没管这几个站着的男生。上课时间宝贵,就四十五分钟,已经浪费了好几分钟。

一个两个不愿意张口,她不是班主任,没那耐心跟他们周旋。

"我们跳过前面的语法题,先来看完形填空,这篇有难度……"

讲了十分钟,还没见陆竽回来,江淮宁渐渐有些待不住了,频繁看向教室门口。

"老师。"江淮宁抓住老师停顿的空当,叫了她一声。

陈红梅手肘搭在讲桌边沿,抬眼看着他:"怎么了?"

"我有点事,想出去一趟。"

江淮宁纠结几秒,说出了自己的请求。

陆竽这么久没回来,他实在没心情听课。

"什么事,上厕所?"陈红梅方才将人责备了一通,到现在气还没消,开口说话,语气自然算不上和善。

177

江淮宁不想撒谎欺骗老师，一板一眼地说："我同桌不见了。"

"说清楚点，什么叫不见了？"

江淮宁不知道该怎么描述整件事，只能拣重要的说："班里同学散播关于她家人的谣言，她不堪忍受跑出去了，我担心她会出事。"

"你怎么不早说？"陈红梅这下听明白了，随手指了个第一组靠过道的女生，"去看看厕所里有没有人。"

在学校里，学生的安全问题高于一切，学习成绩都得往后排。这要是在外面出了什么事，怎么跟人家家长交代？

"报告老师，陆竿不在厕所里。"女生很快从外面跑进来，气喘吁吁。

"老师，我出去找人！"

江淮宁心里着急，没给陈红梅继续询问的时间，一弯腰拿了桌屉里的手机，长腿一伸，踢开陆竿的凳子跑出去了。

"哎，你这……"陈红梅转过身看向门口，话刚起了个头，人就跑没影了。

她正压抑着火气，教室后面突然传来"刺啦"一声凳子挪开的声音。顾承一手拉开后门，一阵风似的消失在老师的视线里。

他走后，门板撞到门框上，来回震颤。

沈欢怔怔地站着，头皮简直发麻。

不知道以前听谁说过，学生时期不干点疯狂的事，以后回想起来是要遗憾的。他看择日不如撞日，今天就干点疯狂的事！

沈欢把羽绒服拉链拉到顶端，两手抄进口袋里，绕过讲台跑出教室，丢下一句："老师，我也出去找人……"

"那个，老师，我是班长，班里同学不见了我有责任，我也去帮忙。"

曾响一个大块头，又高又壮，行走间得好几个学生给他让道，班里霎时响起一片"哗啦啦"的动静。

陈红梅嘴里念叨着"反了天了"，课也不上了，赶紧拿手机给杜一刚打电话，说班里学生丢了，一个两个不顾课堂纪律跑到外面去找。

人能找回来当然是最好的，可万一连累其他学生出了什么问题，她一个英语老师可担不起责任。

陈红梅在走廊里打电话，一墙之隔的教室里，气氛躁动起来。

不知怎么回事，此情此景莫名的让人感动，大家都有些热血沸腾，恨不得一冲动跟着跑出去。

然而也只能想想，不多时，班主任匆匆赶来，找了几个学生出去，审问班里发生了什么事。

4

上午还能见着几缕刺破云层的阳光,下午就阴云密布,寒风呼啸,偶尔掉下来几滴冰凉的水珠,不知是下雨还是在下雪粒子。

商场里暖气充足,陆竽脱了外套抱在怀里,静静地坐在一家门店外的公共木椅上,盯着来往的人群发呆。

某一瞬,她余光里冒出一道突兀又有些熟悉的身影,定睛望去。

头顶是亮白到刺眼的灯光,江淮宁朝她奔跑而来,在距离她几步远的地方停下脚步,微躬着身喘气,双手撑在膝盖上,露出一个放松的笑。

他终于找到她了。

灯光笼着男生落拓分明的脸庞,汗珠顺着鬓角滑落,他的笑那样温柔,眼里好像有星星闪烁。

陆竽看了许久,不敢相信江淮宁会出现在这里。

江淮宁直起身走到她跟前,没说一个字,只是目光深深地凝视她。

陆竽鼻尖一酸,眼眶瞬间通红,止都止不住,大颗大颗的眼泪顺着眼角滚落。

她在来商场的路上已经大哭过一场,脸上的泪痕被冷风吹干,只留下紧绷绷的触感。本以为泪水流干了人就麻木了,可当她看到江淮宁,那股委屈就不可控制地卷土重来,成倍放大。

江淮宁一下子慌了手脚,全凭本能,一手按着她后脑勺将她圈进怀里。

两人一站一坐,陆竽的脸埋进他腰腹,隔着衣料感受到他的体温,那股温度仿佛将她整个包裹起来,密不透风。

他身上的羽绒服拉链敞开,里面没穿校服,只有一件白色卫衣,泪水渗透一层薄薄的布料,紧贴着他的皮肤。

分明是温热的,他却好似被烫伤了皮肤。

江淮宁眼眸低垂,一颗心绞紧了,手掌搭在她头顶,轻声安慰:"没事了,有我在。"

陆竽一开始咬着唇强忍哭腔,听到他的声音彻底压制不住,牙齿松开唇瓣,肿痛的喉咙里发出低低的呜咽声。

不知过去多久,陆竽哭够了,声音渐渐停息,跟小孩一样,肩膀时而耸动一下,鼻腔里发出抽噎声。

江淮宁一动不动地立在她面前,给她当人形抱枕,听着她的哭声,他比她还难受。

"不哭了好不好?"他平生第一次意识到自己嘴笨,不会安慰人。

意识渐渐回笼,陆竽开始觉得不好意思了,身体往后撤,被泪水打湿的睫毛黏在一起。

半晌,眼前的视线变得清晰。

江淮宁的卫衣被她的眼泪鼻涕洇湿了一片深色痕迹,她抬起袖子捂住眼睛:"对不起,弄脏了你的衣服……"

江淮宁坐在她旁边,拿下她的胳膊,抽出一张纸巾给她擦眼泪:"没关系。反正也不是第一次。"

陆竿哽了哽,从他手里接过纸巾,自己擦脸。

她的眼周又红又肿,像两只核桃,鼻尖和脸颊都是红的,即使擦干净泪痕,看上去也很狼狈。

江淮宁看一眼腕表,试探着问:"要回学校吗?"

陆竿手心捏着纸巾垂下眼帘,单薄的肩膀垮下去,迟缓地摇了摇头:"我不想回去。"

她是胆小鬼,没有勇气面对那些指责鄙夷的目光,想要跟他们解释、理论,可他们不会相信的。

相比较事实,人们总是愿意相信更戏剧化更出格的新闻。

"那就不回去。"江淮宁没有劝说她,陪她坐在长椅上,又扯了一张纸巾递过去。

陆竿自言自语:"我逃课了,第一次逃课。"

难过成这样了,还记得逃课的事,难为她了。江淮宁说:"逃就逃了,一两节课而已,不要紧。"

陆竿扭头看着他,睫毛湿漉漉的:"晚自习我也不想去上。"

江淮宁弯起唇角无声地笑了下,不在意道:"那就一次性逃个够,天塌下来有我顶着,我陪你逃。"

"你怎么那么好。"

一句有感而发的话自陆竿唇缝间溢出来,说完她自己先愣了一下,不知所措地盯着手里的纸巾团。

因为好奇江淮宁的反应,她飞快抬眸看了他一眼,见他在笑,她耳根有些热。

"顾承、沈欢,还有班长都出来找你了,我发个消息给他们说一声?"考虑到陆竿的情绪,江淮宁先征询她的意思。

"他们都出来了?"

"嗯。"

"那你让他们回去吧。"自己逃课就算了,耽误别人的时间,她很过意不去。

"不想让顾承过来?"

陆竿沉默。

准确来说,她谁都不想见。如果不是江淮宁找到这里,她可能会呆坐很久很久,一直到她想通了再回去。

江淮宁将她的沉默看在眼里,也懂了她的意思,拿出手机给那三人发消息,就说人找到了,让他们先回班里。

他没说在哪里找到的陆竿。

另外两人好说话,顾承恐怕没那么好打发。

这个念头刚闪过脑海,果不其然,顾承一个电话打了过来。

犹豫几秒,江淮宁看着陆竿的脸,没避开她,接听了电话:"喂。"

"你们在哪儿?"电话那头,是顾承粗重的喘息声,大概跑了好几个地方没停歇,声音很急促。

两相对比,江淮宁语调平静许多,淡淡地陈述:"她情绪不太稳定,暂时不想回学校,这里有我陪着,你先回去吧。"

"我问你人……"

江淮宁挂了电话。他将手机塞回羽绒服口袋,回过神去看陆竿,发现她目光怔怔地望着斜对角的方向。

那里是卫生间,旁边一道铁门后面是安全通道,雪白墙壁上挂着橘红色消防箱。

江淮宁问她:"怎么了?"

"我爸在这里当保安,对待这样一份简单的工作,他一直都很认真,前年还因为抓到一个行窃的小偷被民警表扬了,他不可能做出那种事。"陆竿断断续续说着,因为思绪混乱,有些语无伦次,"我也不知道别人为什么要污蔑他,他是那么好的人。江淮宁,我好难过,我什么都做不了……为什么摄像头偏偏在那一天坏掉了呢,为什么刚好就坏掉这一层,为什么老天不能让好人有好报……"

眼见她又要陷入悲伤的情绪里,封闭自己,然后自我折磨,江淮宁坐不住,握住她的手站起来。

陆竿被迫起身,跟着他向前走,不知道他要带自己去哪里。

"我们再去监控室找人问问看。"

江淮宁想帮她,哪怕可能并不管用,他也要做点什么。

陆竿不想泼他冷水,但是不得不告诉他:"没用的,上下几层的监控警察都调取了,没找到有用的画面。"

两人正走着,几个年轻男女站在拐角处摆弄两台摄像机。

扎马尾的矮个女生踮了踮脚,看看这台摄像机,又看看另外一台,开心道:"这下素材够了吧?"

"压箱底的宝贝我都拿出来了,连着拍了好几天,怎么着也够剪出来

181

一部视频。等着吧,我们小组铁定拿奖。"另一个穿深蓝色短款羽绒服的男生说话时眉飞色舞。

几人处在兴奋中,谈话音量都不低,被江淮宁听到,第一时间联想到陆竿爸爸的事。

他拉着陆竿向前:"你好,我想问一下,你们的摄像机是每天固定拍摄的吗?"

他看到两台摄像机下都支起了稳定的三脚架,对着不同的角度。

几个学生戒备地看着他,其中一个男生说:"我们提前跟商场经理打过招呼,人家同意了才拍的,没有拍到你,只拍一些生活化的片段。"

江淮宁失笑:"我不是那个意思。"

他简单解释了一遍自己的来意,几个大学生面面相觑,没想到自己拍的视频很有可能会成为证明他人清白的证据。

那个长发女生性格活泼,比较好说话:"我们也不确定有没有拍到你们想要的,况且,这几天拍的视频有几百条,筛选起来非常麻烦,你们能等吗?"

陆竿瞬间明白过来江淮宁要做什么,眼里重燃起希望:"可以,可以。"她太激动,差点又要哭出来。

江淮宁深知人家能答应帮忙就是万幸,不好得寸进尺,可他得为陆竿考虑。于她而言,等待的每一分每一秒都是煎熬,而他也不愿见她再难过。

思忖片刻,江淮宁的声音里带上了恳求和歉意:"不好意思,这份证据对我们真的很重要。如果方便的话,你们能把所有的视频发给我吗?我来筛选,并承诺不将视频里其他内容泄露出去。"

这个要求称得上无礼了,但江淮宁言辞恳切,很让人动容,勉强可以原谅。

原谅,不代表同意他的请求。

这四个年轻男女是市里一所师范学院的学生,即靳阳师范学院,主修视觉传达设计。所参与的摄影社团上个月展开了一项较为正式的比赛,要求大家四到五个人为一小组,拍摄主题为《人生百态》的微电影。

比赛最终胜出的三组将分别获得金奖、银奖、铜奖。

因为有校外一家文化传媒工作室的学长老板赞助,金奖获得组有一万块的奖金,还能获得不错的工作机会。

奖品太诱人,使得参与的人数暴增,自然而然地,获奖的可能性就降低了很多。

大家都铆足了劲儿冲着金奖来的。他们这个小组也不例外,经过多次开会商讨,将拍摄地点定在了靳阳市底下的晓山县,具体到商场、医院、学校、老居民街道等，能体现人们日常生活的场所。

比赛结束后，微电影会投放到各个平台，因此他们很轻易地获得了年轻的商场经理的许可。毕竟这是个不错的宣传渠道，还是免费的，最重要的是他们的设备看起来非常专业，不像小打小闹。

两台重量级摄像机被架在一个不算引人注意的位置，进行了为期一个星期的拍摄，到今天刚好收工，准备去下一个地点。

"视频我们是要拿去参赛的，这对我们也很重要，恐怕不能交给你，也希望你们能理解一下。"穿深蓝色羽绒服的男生自我介绍说叫宋明涛，婉言相拒。

他的拒绝在江淮宁的意料之中，江淮宁没就此放弃，沉吟片刻，继续与他们协商更合适的办法。

江淮宁只有一个目的，那就是尽快拿到视频。

双方交涉了很久，那个长发女生先心软了，拉着小组其他成员到旁边去说了几句话，转头对江淮宁说："视频还是不能交给你……"

江淮宁没有生气埋怨，点点头温和道："能理解。"

谁知女生突然俏皮一笑："不过，我们可以帮你们筛选，算是监督。现在就开工，几个人一块弄，速度快的话到明天早上能看完，说不定运气好很快就找到你们想要的。"她耸了耸肩，"反正我们也是要熬大夜剪片子的，就当是提前熟悉一遍视频内容。"

江淮宁一愣，朝陆竽展露出一个温柔至极的笑容，握着她手指的那只手紧了紧。

陆竽嘴唇动了动，感动得半天说不出话来，鼻尖抽了下，连忙站到那个女生面前："谢谢你们，真的太感谢了。"

"你的事比较要紧，我们找个地方快开始吧。"女生拍拍她的肩，转头跟其他人说，"收设备，看看附近有没有二十四小时营业的咖啡馆。"

几个人找了个咖啡馆开了一个单独的包厢。

大家互相对视一眼，都没说废话，开了电脑争分夺秒导入视频。

四人小组里唯一的女生叫林曼，手指抵着下唇，目光盯着电脑屏幕拉进度条，歪头问坐在她左手边的陆竽："特征描述得越详细越好，包括那个女的。"

他们这些人对案件中的两位当事人都很陌生，筛选起来相当困难，陆竽只给他们看了陆国铭的照片。

但这些视频片段里，陆国铭作为商场的保安，每天都穿着一身板正的制服在各个楼层巡逻，身影出现得太频繁，看得眼睛都花了，也没看出哪里不寻常。

陆竿冷静回想在派出所里看到的何晓鸥，印象太过深刻，她没回忆多久就描述出来。

林曼笑了下，给其他人说："都听到了吧？别打瞌睡，早完事早收工。"

陆竿看出来她是小组里的领导者，个子小小的，还不到一米六，小圆脸单眼皮，笑起来唇边有个酒窝。

"听到了，听到了。"

另外三个男生异口同声地回答。

5

几人没注意时间，一忙就忙到了凌晨。

陆竿跟江淮宁看同一台电脑，她不太会操作，只能干看着屏幕。

江淮宁看视频的速度跟做题一样快，进度条不断往前拉，有时候陆竿连画面都没看清，已经过渡到下一帧。

"你看看是不是这个人？"江淮宁点击鼠标暂停了视频，指着画面里一个女人的侧脸。

陆竿看了一眼，赫然就是何晓鸥，激动道："是她！"

另外几人围到江淮宁旁边看屏幕。

江淮宁拉回进度条，重新播放一遍，完整的片段长达八分钟，清楚地还原了事件现场。

陆竿看着看着，眼眶盈满热泪，是喜极而泣。她就知道事情不是何晓鸥说的那样。她就知道……

能提前收工，不用熬通宵，大家紧绷的情绪都放松了。林曼没忍住，甚至跟身边的宋明涛击了个掌。

"视频怎么传给你们？"林曼问。

江淮宁摸了摸口袋，听到钥匙碰撞的"丁零"响声："我带了U盘。"

他掏出一串钥匙，上面挂了一个太空人的钥匙扣，其实是个U盘，拔掉太空人的脑袋，插上电脑拷贝了整段视频。

陆竿站在江淮宁旁边，等他弄完，抬眸看向四个人，再次道谢："谢谢，麻烦你们了。"

"能帮到你就好了，我最担心的就是筛选到最后，发现没有想要的证据。幸好，幸好老天爷是向着好人的。"林曼真心替她高兴，"有了这证据，你们就可以反告那个女生污蔑诽谤！我记得捏造事实诽谤别人，情况严重的，可以定罪。"

后续的事情如何处理，陆竿还没考虑那么长远，目前最要紧的是手里这份证据能直接证明陆国铭的清白。

"谢谢你。"

"你也太客气了。"林曼性子潇洒,被陆笋多次含泪道谢,快不会说话了。

宋明涛和另外两个男生收拾好带过来的几包东西,碰了碰林曼的胳膊,问:"咱们还回学校吗?"

"几点了?"林曼扭头问了句。

宋明涛按亮手机,屏幕朝向她,上面显示凌晨一点多。

林曼打消了回学校的念头,捂嘴打了个哈欠,眼里漫上一层雾气,声音倦懒地说:"在附近找家酒店开房吧。明早有课,要早起,不能熬了。"

宋明涛点头,听从她的安排。

林曼看着旁边两人,微微一怔:"你们是走读生还是住校生,接下来怎么着?学校应该也关门了。"

陆笋老实回答:"他是走读生,我是住校生。"

林曼:"要不你跟我一块住酒店,明早再回学校。"

江淮宁关了电脑,坐在椅子上没起身,手指一下一下捏着鼻梁骨,长时间专注用力地盯屏幕,眼眶泛酸。

陆笋看了眼江淮宁,先问他:"你呢,回家吗?"

他忙里忙外,没吃晚饭也没休息好,脸上的疲惫感很重。

江淮宁没打算回家:"我跟我妈说晚上住在沈欢家里,肯定不能回去了。沈欢那里也不能去,大半夜的,他父母在家,叨扰人家不好。我在这里将就一晚就行了,你跟林学姐去酒店睡吧。"

陆笋抿抿唇,眼睛瞅着林曼,神色有点纠结。

正想着该怎么委婉拒绝,林曼就识趣地笑了:"得,不勉强你了。"

陆笋将几人送至门口,风裹挟着冰凉的雪扑到脸上,她打了个冷战,望着漆黑的夜空。

纷纷扬扬的雪花飘落,竟然真的下雪了。

心里想着过了今晚就是雨过天晴,没想到等来的是一场雪。

随即一想,下雪也挺好,银装素裹的世界,一片洁白,能洗刷世间一切丑恶,只剩下美好。

"半天不回来,还以为你走丢了。"

身后传来一道低沉的、略带笑意的声音。陆笋怔怔地回头,唇角挂了一缕被风吹过来的发丝。

她用手撩开头发,朝他露出今晚最轻松的笑:"看,下雪了。"

江淮宁站在高她一级的台阶上,仰头看了眼漫天风雪,在路灯下飞旋,像扇动翅膀的蝴蝶,又像飘起来的绒毛。

他两手插进羽绒服口袋里,轻不可闻地笑了笑,垂眸看着她的发顶:"看到了。"

"有北城的雪好看吗?"陆竽天真地问。

她小时候去过北城,大概是八岁时,陆国铭那个时候在北城工作,她被接去过暑假。印象深刻的就是跟父母去逛公园。这么多年过去,对于北城的风景,她已经忘得一干二净。

至于北城的雪,她自然是没见过。

江淮宁仍然看着她,回答:"没有。晓山的雪更好看。"

外边太冷,两人站了一会儿,江淮宁就拉着陆竽进了咖啡馆。

包间的门拉开又关上,密闭空间里只剩下两个人。

陆竽后知后觉地反应过来,一群人待在包间里和两个人待在包间里有着本质的区别。

已是后半夜,周遭过分安静,呼吸声略重一些都能被彼此听到,情绪被无限放大,逐渐演变成尴尬。

陆竽咬唇,她怎么想的?

为什么要留下来?

就该在林曼学姐提议住酒店的时候跟她一起走……

思绪还没转完,就被江淮宁出声打断了:"你要不要睡一会儿?别傻站着了。"他看起来没有任何不自在,扫了一圈室内,给陆竽指了指靠墙边的一个小沙发,"可能睡得不太舒服,也没办法了。"

陆竽表情木然,大脑都不会转了,慢吞吞走到沙发旁,脱了鞋躺下来,蜷缩成一团,视线却很难从江淮宁身上移开。

"你不睡吗?"

江淮宁摇摇头:"我玩会儿游戏。"

陆竽看了他几眼,目光在他利落分明的下颌线处流连了片刻。

担惊受怕加上体力透支,她很快就顶不住困意睡过去了。

尽管身处陌生的环境里,因为有江淮宁守在身边,她卸下了全部的防备和警惕,睡得十分踏实安心。

不知从何时起,江淮宁在她心里成了避风港,潜意识里觉得有他在就有足够的安全感。

江淮宁心不在焉地玩了一局游戏,缓缓回头,看着角落沙发上的女孩,她侧躺着陷入沉睡。

他轻轻滑动椅子,站起身将羽绒服脱了盖在她身上。

室内开了空调,温度适宜,与外面的天寒地冻截然不同,但睡觉就不一样了,身上不盖点保暖的东西很容易感冒。

陆竿上次生病的画面他还记得，自然不敢马虎。

给她盖好羽绒服后，江淮宁没起身，弯着腰一手撑在沙发靠背上，悄没声息地看了她半分钟，女孩的脸看着软软嫩嫩的，像一个面团儿。

江淮宁扬起唇角悄然笑了。

第八章
祝你生日快乐

1

　　早上五点多,陆笋从睡梦中醒来,一翻身差点滚到地上。
　　窸窸窣窣一阵响,身上的羽绒服先掉到地上,陆笋只来得及拽住一片衣角。她揉了揉脑袋,将掉落下去的羽绒服扯上来抱在怀里。
　　清醒过来的大脑告诉她,她昨晚在咖啡馆里过夜,和江淮宁一起。
　　想到江淮宁,陆笋腾地坐起来,目光去寻他的身影,一扭头就看到他弓着背趴在电脑桌上睡觉,键盘被推到一边,腾出一块不算宽的空间,堪堪够他两条手臂交叠着搭在上面。
　　他身上就穿一件白色卫衣,什么都没盖。
　　陆笋垂下眼帘,手指摸着身上的羽绒服,柔软温暖,还沾着她的体温。
　　一时间,她呆在那里,内心触动颇深。
　　她轻手轻脚穿上鞋,本不打算现在就叫醒江淮宁,谁知她刚系好鞋带,江淮宁就醒了,坐直身子,一手揉着额头问她:"几点了?"
　　"还不到五点半。"陆笋站起来,拿手机看了眼时间。
　　上面好些未接来电,顾承的占了一大半。
　　时间这么早,按着顾承平常的作息,铁定还在睡觉,陆笋没给他回电话,拎起羽绒服递给江淮宁。
　　陆笋:"谢谢你的衣服,你快穿上吧。小心跟我上次一样,一不留神就着凉了。"
　　江淮宁笑,展开羽绒服套在身上,整理了下折进去的衣领:"咱俩能一样?我是男生,身体素质好。"
　　"谁说身体素质好就不会感冒了?"陆笋说,"你最好一辈子别感冒,不然我就拿这话堵你。"
　　"一辈子那么长,你确定?"

江淮宁拿起桌上的手机，说话间眉眼含笑，带着点意味不明的暗示。

陆竽嘀咕道："我就那么随口一说，你还当真了……"

"走吧，回学校。"

陆竽跟着他出了咖啡馆，意外的是雪还没停，相比半夜里下得小了许多。细细碎碎的小雪花缓慢飘下，落在头顶、肩上，一层薄薄的白色。

陆竽站在台阶下，拿手去接雪花。

江淮宁走出去几步，没听到跟上来的脚步声，回过头就看见她去接那些细小的雪花，然后扬手拍掉。

又不是没见过雪，怎么这么兴奋，跟小孩子似的。

江淮宁无奈摇头，折返回去，脚踩在铺满积雪的地上发出"咯吱咯吱"的轻响。他一手拽住她袖子朝前走："别玩了，雪天路滑不好打车，今天周一，还得赶回学校上早读。难道你连早读也想逃掉？"

陆竽打了个激灵，收起玩闹的心思，跟上他的脚步。

恰好一辆空车路过，江淮宁伸手拦截，两人坐上车回学校，在校门口一家早餐店里吃了小笼包和八宝粥。

事情朝美好的方向发展，陆竽感到一身轻，忍不住蹦跶着跑进学校。

江淮宁笑着提醒她："你慢点，当心滑倒……"

陆竽脚下踩到一块碎冰，一个趔趄滑了出去。江淮宁想抓住她没来得及，眼睁睁地看着她摔得四脚朝天。

"你没事吧？哪里摔痛了？"

江淮宁弯腰将人从雪地里拉起来，紧张地四处打量。她浑身沾着碎雪，手肘和裤子后面弄脏了。

陆竽还有些惊魂未定，但仰起的脸上挂着晃眼的笑，摇摇头说："我没事啊，一点都不痛。"

江淮宁无语，手掌推了一下她的额头："我看你是摔傻了吧？"

"不管了，傻了就傻了，反正我脑子也不聪明。"陆竽笑眯眯地拍掉身上的雪，一甩头发，大步前进。

江淮宁快走几步跟上她的步伐。

起床铃刚打响不久，整座校园在冰天雪地里显得尤为寂静。

男生清润好听的声音不时在空荡荡的校园里响起："你走慢点，别又摔了。"

"你别乌鸦嘴了，我刚才可能就是被你诅咒了才摔倒的。"

"你摔倒还成我的错了？"

"谁让你乌鸦嘴。"陆竽嗔怪一句，一口气跑到教学楼下才稍微慢下来。

两人并肩上楼梯，她偏头问江淮宁："你带班里的钥匙了吗？"

"带了。"江淮宁拿出钥匙串，开了教室门。

两人进去，陆笋早已将昨天的流言蜚语忘却脑后，没有再想那些烦心事，坐下来就开始整理书包。

昨天晚自习发了套数学卷子，她和江淮宁不在，沈欢帮他们领了，放在桌上。

陆笋头都大了，发誓再也不逃课了。

逃课一时爽，补作业补到想哭。

江淮宁闭着眼靠在后桌沿，用手按捏肩颈。他昨晚趴着睡了几个小时，脑袋和脖颈酸痛得厉害。

没过多久，班里来人了。

陆笋没有多余的精力去关注其他人，直到那个声音在她头顶响起。

"给你打电话怎么不接？"顾承嗓音沙哑，眼里有红血丝。

陆笋抬头，耐心给他解释："我手机静音了，早上才看到，想着你可能在睡觉就没打扰你。"

顾承喉结轻滚，上上下下打量她，看到她全须全尾他就放心了，没计较她不回电话的事："你昨晚睡在哪里？"

陆笋没隐瞒，说："咖啡馆。"

顾承一言难尽地看着她，她居然在那里过夜。

脑中快速闪过什么，他微微一愣，视线轻瞥了眼坐在里面的江淮宁："跟他在一块？"

这问题就有点难回答了，陆笋面露犹豫。

"问你话呢。"顾承声音里裹着一股急切意味。

过了许久，陆笋"嗯"了一声，又欲盖弥彰地解释："昨晚忙完已经很晚了，所以就在那儿过夜了。"

顾承脸色难看，没说什么，抬步往后走。

陆笋找机会给妈妈打电话，要她把证据交给民警。

何晓鸥就住在县城里，半个多小时后，她开了辆破旧的大众赶过来，神色不耐烦。

见到民警和夏竹后，她脸上烦躁的表情才有所收敛，挤出一个尚算客气的笑容："警察叔叔，事情不都说清楚了吗？这次叫我过来是想确认什么？"

何晓鸥是一个人来的，她那个彪悍的母亲没跟来。

民警板起脸，将视频重放给她看。

何晓鸥还没看完表情就变了,一张脸青白交加。

"说吧,为什么污蔑人家猥亵你?"民警重重地叩了两下桌面,"视频上清清楚楚显示,是你瞅准机会故意撞到陆国铭怀里,也是你拉扯间拽掉自己的衣服。"

民警的大声质问,将毫无防备的何晓鸥吓得身子一抖。

她事先从别人那里听说商场的监控坏了,没来得及找人修,便想出这么一个主意,替自己那表妹出口恶气。

从事情发生到现在,她都觉得自己的计划非常完美。这种事有证据都说不清,更何况没证据。她怎么也没想到,那一幕竟然被拍到了,还这般清晰。

何晓鸥没想过被拆穿的后果,面对质问,脑子一下子空白。

夏竹上前一步,素来温柔的脸上怒意横生:"我家老陆怎么得罪你了,你要这么陷害他?你知不知道,你这样做会毁了别人!"

民警继续盘问何晓鸥:"你最好老实交代。"

何晓鸥脑子里一团乱麻,到最后实在没辙,破罐子破摔道:"没什么过节,我就是想讹钱而已。"

问话的两个民警对视一眼,眼里有疑惑。

想要讹钱私底下找陆国铭协商不是更有效,怎么会选择第一时间报警?

何晓鸥知道自己编的话漏洞百出,不管他们如何问,她都一口咬定是看准了陆国铭老实巴交,想诬陷他,借机讹他一笔。

"小姑娘,你可得想清楚了,你这行为属于敲诈!"其中一个民警威胁道。

何晓鸥没被吓住,厚着脸皮讪讪道:"我这不就是在心里想想,也没有实施。我找他要钱了吗?找他家里人要钱了吗?都没有。对不起,警察叔叔,我知道自己错了,陆国铭没有猥亵我,是我一时鬼迷心窍想岔了。"

证据就摆在眼前,任凭她说得天花乱坠也没用,还不如放低姿态虚心认错,争取从宽处理。

何晓鸥是这么想的。

2

陆国铭坐出租车到钟鼎国际商场,没到正式上班时间,他先去保安办公室外等着。

"老陆来了啊。"

陆国铭闻声回头,说话的是他们保安室的科长,穿一身板正的深蓝色制服,手里端着保温杯,拿钥匙打开了办公室的门。

"哎,您来得真早。"陆国铭搓了搓手,笑着打了个招呼。

"有事里面说。"科长一手推开门,错开身让他进去。

陆国铭摸不清他的态度,静静站立片刻,等人走到办公桌后落座,他才抬步进去,随手关上门。

科长拉开抽屉,从里面翻出两份文件,也没跟他东拉西扯,开门见山道:"今天是四号,前面几天你不在就不算在里面了。这里签个字,结了上个月的工资就行了。财务这会儿没上班,你稍后过去就能领到,不用等十号发工资。"

陆国铭的大脑"嗡嗡"响,脸色僵硬地看着他:"科长,您这是什么意思……"

科长竖起手掌,打断了他的话。

他知道陆国铭工作认真负责,还很细致,适合干这份工作,可这是上头的命令,他也是遵照指令办事,没办法帮陆国铭。

"老陆啊,这回的事情闹得不小。民警来抓人的那天,商场里好多顾客看见了。各种言论传得沸沸扬扬,说什么的都有,对商场的声誉造成了一定影响。"

科长双手十指交扣,搭在办公桌边沿,脸上显出几分为难。

"不不不,您听我解释,整件事就是个误会。"陆国铭急切地为自己辩解,"那姑娘一时鬼迷心窍策划了这么一个圈套,为的就是讹我一笔。科长,您要是怀疑我撒谎,总该相信人民警察吧?事情已经水落石出了,不是我的责任。"

"你别急,我能理解你的心情。"科长站起身来,劝他冷静一点,"我清楚你的为人,也愿意相信你是无辜的,可事情已经传扬开来,我总不能拉着商场的顾客挨个跟他们解释一遍你是清白的。活到这个岁数,人言可畏的道理你应该懂。你想想,如果你再到商场四处巡逻,顾客撞见了,难免联想到这次的事,大家心有余悸,远远躲开,久而久之商场也没办法正常运营。"

他态度如此坚决,陆国铭明白了,此事没有转圜的余地。

"你放心,你在这儿干了这么多年,不会亏待你的。"科长看出陆国铭神情略有松动,紧跟着给了句安慰,"经理跟财务那边打过招呼,有一笔额外的赔偿金给你。"

话说到这个份上,陆国铭不可能再纠缠,只能将委屈和不满吞进肚里,认命地接受了现实。

他接过文件,也没心思仔细看,在落款处签上自己的大名,颓然地离开了。

　　这一场雪断断续续地下,到下午天气放晴,地上的积雪开始融化,温度比下雪时低了一些。

　　路上行人裹得严严实实,步伐匆匆,奔向不同的方向。

　　陆国铭沿着曾走过无数遍的街道,漫无目的地行走。

　　上午结清了工资,他从钟鼎国际商场出来,呆呆地在广场上站立许久,望着远处近处高低错落的建筑,内心一片荒芜。

　　彻骨的寒意从脚底爬上来,全身都忍不住战栗。

　　工作说没就没了,偏偏他无处申冤。

　　陆国铭一边走,一边在想接下来该怎么办,到了他这个岁数,短期内想找到合适的工作太难。家里不能指望夏竹一个人挣钱,陆竽眨眼就要读高三,上大学得花钱,两个老人年纪大了,三不五时一场病都得要不少钱……

　　不能想,越想压力越大。

　　陆国铭抹了抹冻僵的脸,头一回生出逃避的心思,不想那么快回家,不知道怎么面对家里人。

　　他就这么一直走,走过大街小巷。

　　五脏庙饿得叫嚣,他才停下来看一眼手机,下午四点了。

　　陆国铭抬起头环顾四周,打算找一家餐馆,先解决完吃饭问题再回去。

　　身处在纵横交错的老旧步行街,最不缺的就是餐饮店,打眼看过去,一排各种各样的小炒店。玻璃门上用醒目的红色胶带贴着招牌菜品,每家的价格大差不差。

　　陆国铭随便挑了一家,挑开厚实的棉布门帘进去。

　　不到饭点,里面就一张餐桌坐了人,还是单独的一个人,其余的餐桌都空着。

　　"随便坐,几位?"老板娘从后厨出来。

　　"一位。"陆国铭在旁边的餐桌落座,仰头看墙上贴的菜单。

　　老板娘手里拿着小本子和圆珠笔,准备给他点餐:"想吃点什么?菜都是下午刚处理的,新鲜得很。"

　　"要一个爆炒肥肠、一个尖椒炒肉、一个红烧带鱼,再要一盘素菜,你给看着安排。"

　　"清炒西蓝花行吗?"

　　"行。"

　　"要喝点什么?"

　　"一瓶二锅头。"

老板娘写字的手顿了顿，迟疑问道："一瓶吗？"

陆国铭确定："对。"

"我们这边酒水可以论两卖的。"老板娘怕顾客不清楚，给他解释了一遍。

"我知道，就要一瓶。"陆国铭坚持。

老板娘不再言他，撕下一张纸去了后厨，吩咐厨师炒菜。

食材提前处理好了，只需下锅翻炒，几道菜出锅没花多少时间，一一端到陆国铭面前。

隔壁餐桌的中年男人端起酒杯，嘬了一口白酒。

许久不曾碰酒，辛辣的口感刺激得他眉头皱了起来。

身下坐着的凳子突然传来清脆的声响，"砰"一声，年份久远的塑料凳裂开，四条腿断了两条，直接散架。

江学文没防备，身体往后栽，即将摔个人仰马翻。陆国铭身手不错，反应快、力气大，一把架住了他。

人是拉住了，但陆国铭桌面上靠边放的两盘菜不小心被打翻，盘子掉在地上摔碎了，菜撒了一地。

"怎么了，怎么了？"

在后厨忙活的老板娘匆忙跑出来，只见满地狼藉，毁损的凳子、摔碎的盘子、撒了一地的菜，不禁让她怀疑两个顾客打起来了。

江学文擦了擦裤子上溅到的菜汤，奔波一天的疲惫加上此刻突发的意外，催发了一股无名火："你这店里的凳子是不是该换了？差点摔死我，幸亏旁边这位老哥拉我一把，不然我这老腰真经不起一摔。"

老板娘一愣，赶忙道歉："对不住，实在是对不住。您看要不这样，二位的消费我给你们打八折。"

江学文不是非要占便宜，事情已然这样，也没有别的办法了，他勉强接受："行吧，再炒几盘菜过来。"

"哎，您稍等。"

老板娘拿扫帚清扫了地面的垃圾，给他搬了一把木椅。

江学文刚坐下，想起来还没给人道谢，转身面朝陆国铭："刚才真是太感谢你了，多亏你及时扶我一把，不然我这一下得进医院。"

陆国铭摆了摆手："举手之劳。"

江学文刚才就注意到他了，知道人家一口菜没来得及吃，提出："不嫌弃的话，一块拼个桌吧，我也刚吃。"

陆国铭哪好意思因为一个随手之举占人家便宜："不了……"

江学文把自己桌上几盘菜端到他桌上，倒了杯酒一饮而尽："我先干为敬。"

陆国铭盛情难却："太客气了。"

"哪里哪里，应该的。"江学文给他也倒了杯酒。

两人碰了一杯，没再喝那么急，浅浅啜了一口。

老板娘添了几道下酒菜过来，两个年纪差不多的男人边吃边喝边聊，话题从子女教育聊到生活工作。

陆国铭憋了满肚子的话不知道跟谁倾吐，几杯酒下肚，话匣子打开，他一股脑将这几天发生的事全倒了出来。

江学文听得唏嘘感叹，良久，拍了拍他的肩膀以示安慰，一切尽在不言中。

"我看你不到饭点时间一个人跑出来喝闷酒，想必心里也不畅快。"陆国铭憨笑一声，夹了一筷子肥肠塞嘴里。

江学文苦笑："找一位认识了几十年的老朋友拉投资，没拉到。人家不想冒险，想要稳定，我能够理解，就是这心里头难受。"

他找的不是旁人，正是黎欢的丈夫沈辉明，也就是沈黎和沈欢的父亲。

江家和沈家的交情起源于孙婧芳和黎欢的闺蜜情，两家的孩子又是同一年出生，两位孕妈从交流孕期心得到养育经验，一直保持着友好亲密的关系，两家往来频繁。

早年，江家举家迁至北城，生意做大，在那边定居。沈家派黎欢过来借了笔钱，开了一家酒楼，名叫"逸香食府"，请的厨子手艺一绝，名声传出去后，酒楼越开越红火。时至今日，提到晓山县里排名前几的餐厅，必有"逸香食府"一席之地。

沈家这些年应该积攒了不少钱，拿出来一笔做投资不会对原有生活状态造成任何影响，反而还有可能更上一层楼。

他做了完整的企划案，拿给沈辉明看。

沈辉明没看完就直白地表示自己是个大老粗，只懂如何经营餐馆，涉及度假山庄，业务范围太广，没那个能力。

江学文说了，他会负责管理运营，现在正缺资金。

沈辉明委婉地拒绝了。

从沈家出来，江学文连日来的信心备受打击，心里不痛快，便走进这家小餐馆，想喝一杯再回去。在家里，孙婧芳看得严，为了他的身体考虑，是不允许他碰酒的。

陆国铭安慰："慢慢来吧。"

一顿寻常的晚饭，因为两个中年男人聊得投机，散场时天都黑了。

陆国铭酒量好，论斤喝都没事，出来吹了阵冷风，脑子就清醒了。江学文酒量不如他，下个台阶东倒西歪。

陆国铭问他："你怎么回去？"

"我住晓山高中附近的小区，打个车就回去了。"

晓山高中的位置陆国铭很清楚，陆竽在那里读书，他送过她几次，距离这条街不算远。

两人临走时留了联系方式，约着下回有空再喝一杯。

陆国铭目送人坐进出租车，转过身朝车站走去。

这个时间，县城直通卢店乡的最后一趟班车开走了，他得转车，先从县里坐车到镇上，再搭乘镇上的面包车回乡下。

3

初雪下了没多久，今年冬天的第二场雪来了。

没有初雪那般纷纷扬扬，只下了一上午，地上铺了薄薄一层，很快融化成水，堆积不起来。

下这种小雪最烦了，道路上泥泞不堪，无处落脚。

刚从派出所出来的何晓鸥就更烦了。

她眉头皱得紧紧的，整张脸都变形了，拨拉着好几天没洗快要打结的头发，嘴里不断飙脏话，能想到的骂人词汇都说了一遍。

她被拘留的几天里，出租屋没住人，充斥着一股子潮湿的霉味，想要开窗通风，可外面吹进来的风冷死人。

何晓鸥烦躁地抓了抓头发，找到充电线，给自动关机的手机插上电，去卫生间洗澡。

一个澡洗了将近四十分钟，她饿得差点晕倒在里面，强撑着吹干了头发。

吹风机的插头一拔掉，四周霎时安静下来，手机铃声格外清晰。

她踩着拖鞋过去，瞟了眼屏幕上显示的陌生号码，接起来放在耳边，语气不耐："喂，哪位？"

"鸥姐，你可真是贵人多忘事，这才多久没联系你就忘了？"

何晓鸥嗤笑："弄个陌生号码，谁知道你是哪只鸟？"

男生在电话那边放肆大笑："还说呢，不都为了给你办事。"

"你们回来了？"

"嗯，老地方，兄弟几个等着你呢。"

何晓鸥正好饥肠辘辘，没拒绝，丢了句"等着"，把手机扔床上，拉开衣柜翻出一套干净衣服。

半个多小时后，大众汽车摇摇晃晃地停在老街区入口旁的空地上。

这一片还是几十年前修的柏油路，经年累月被重型车辆辗轧，路上坑坑洼洼，旁边堆满了石子。坑洼里汇聚了半融化的雪水，自行车或电动车从上面过去，泥水溅起老高。

何晓鸥穿着过膝长筒靴，为了避免鞋面弄脏，小心注意脚下，避过几个水坑，停在一家羊肉火锅店前。

正好有个男生出来迎接，嘴角叼着烟，猩红的火星在风中忽明忽灭。见到何晓鸥，他拿下烟，眯着眼吐了口眼圈："鸥姐，好久不见啊。"

何晓鸥郁闷好几天了，被他打趣，一个笑脸都扯不出来："这段时间死哪儿去了？"

男生搂过她的肩膀，一手撩开门帘，笑说："躲去外省游玩了一圈。还不是因为你，你让兄弟几个去教训那个学生妹，谁知道半路突然跑出个帮手，一时失手把人给打伤了。"

"别跟我提这个，提起我就来气，让你办点事都办不好。"何晓鸥屈起手肘，顶了下他的胸膛，"要你何用。"

男生摸了摸被撞疼的胸口，低下头，在她耳边暧昧地低语一句。

何晓鸥没心情跟他调情，只关心一件事："你们现在回来是事情都解决了？"

"当心点就成了。"男生给她拉开椅子，"也就因为那女生报警，惊动了那一片的警察，再加上校方施压，警察那段时间才查得严。过去这么久了，他们查不到就该放弃了。不就打个架，多大点事。"

亏得他敏锐，意识到情况不对赶紧带着几个兄弟跑了，没留下任何线索，先前给那个女生打电话用的号码也处理了。

打架这种事于他们而言是家常便饭，久而久之就没有了清晰的界线感，还觉得没什么大不了。

何晓鸥经此一事，却没那么大胆了："别掉以轻心。"

火锅的汤底煮开了，几人各自拿起筷子涮菜。

他们不知道，此时此刻，这家羊肉火锅店的角落处坐着三个便衣。他们在附近办完事正值午饭时间，走进了这家店。

其中一个便衣经验丰富，抬起胳膊挡住半张脸，视线在何晓鸥和她边上的男生脸上停留了短暂的几秒钟，而后跟另外两个同伴低声交流。

下午第一节课刚过，有同学跑来传话，叫方巧宜去一趟年级办。

班里好些同学一脸错愕。

方巧宜自己也很蒙："有没有说是什么事？"

"不清楚。"男生挠挠头，砸来一个令人惊掉下巴的消息，"好像来了几个警察？"

方巧宜倏地咬紧了牙关，紧张感席卷了整个大脑："你看错了吧？"

"你自己去了就知道了。"

方巧宜在大家的注视下走出教室，一步一步下楼，前往年级办。

上课铃已经响了，学生们顺着楼梯往上跑，只有方巧宜一个人突兀地下行，显得格格不入。

她一颗心快要从嘴里跳出来，满腹忐忑不安，敲响了年级办的门。

杜一刚过来开门，表情是有史以来最严肃最黑沉，他一言不发地偏头，让她进来。

方巧宜看清办公室里的几张面孔后，恐惧感成倍放大。

传话的男生没看错，的确是警察，还有她的奶奶蔡万枝、叔叔方志军，以及年级办的各位领导。

方巧宜紧张到说不出话，就在此时，蔡万枝不知从谁的办公桌上抄起一把三角板冲过来抽在她身上。

"你爸妈在外面辛辛苦苦打工赚钱供你读书，你倒好，在学校里不好好学习，净知道给我惹事。真是了不得啊，找校外的小混混殴打同学，还将人手臂打骨折了！惹出这么大的事来！"

蔡万枝不到七十岁，干了大半辈子的农活，身体健朗，恐怕有些年轻人还比不过她。暴怒之下，她抽了方巧宜好几下，每一下能听到结结实实的声响。

几名警察一时没反应过来，动作慢了一拍才上前制止了她。

"这位家长，你冷静点，我们有话要问她。"

"妈！警察还在这里，你这是做什么？"方志军吼了一声，拉住她。

方巧宜脑中像是有飓风刮过，一瞬怔愣在那儿。

老太太的话将她的恐慌推至顶点，警察怎么会知道……

方志军看着方巧宜，眼里是浓浓的失望。

方才他从警察那里得知，眼前这看似柔弱乖巧的侄女，竟然联合许久没跟他们家来往的一个亲戚，找些不三不四的小混混，把同班的一个女同学骗到校外去欺负。另一个男同学因为出手帮忙被打到骨折进医院，绑了一个多月的石膏。

不止如此，方巧宜和她那个远房表姐何晓鸥，逛街时偶然遇到那位女同学的父亲在商场里当保安，合计了一出"猥亵事件"，害人家被关了两天。事情败露后，何晓鸥倒讲义气，一人承担了责任，没供出方巧宜，被拘留教育了几天，但放出来后还不安分，跟之前那几个逃到外省的混混见上了面，一顿饭没吃完，被几个便衣警察给逮住了。

198

一桩桩一件件，简直让人跌破眼镜。

"谁教你这么无法无天的，啊？眼里还有没有一点法律意识！"方志军恨铁不成钢，铁青着脸叱责了一句。

虽然不是这孩子的父亲，好歹算个长辈，事到如今，除了痛心和愤怒，说什么做什么都晚了。

面对满屋子人打量的目光，他觉得脸上无光，要无地自容了。

方巧宜脸上火辣辣的，老太太刚才拿三角板发了狠地往她身上抽，她完全没办法躲，只能任由老太太打。好在冬天衣服穿得厚，没那么疼，只是最后那一下，三角板的长尖角剐到了她的脸，力道极重。

身体上的疼痛远远比不过她内心的惊惶。

这时候，警察走上前，拿了本子和笔做记录，同时打开了录音笔。这仿佛审问犯人的模式，吓傻了方巧宜。

"我们现在要问你几个问题，请你如实回答。"

问题还没问，方巧宜就不住地摇头，颤抖着嘴唇喃喃："我不知道，我不知道……别问我。"

警察脸色一沉，声音立时冷了几分："请配合我们的工作。何晓鸥和她那几位朋友目前在派出所，已经接受过审问，有些事情需要进一步跟你确认。"

方巧宜眼泪"哗"一下砸落，终于意识到事情的严重性。

年级办的门突然被人大力推开。

孔慧慧跑得急，气息不稳，惨白着一张脸站在门口，被里面的景象吓得登时红了眼眶，眼泪在里面打转。

她在听说方巧宜被叫走后就坐不住了，老师还在上面讲课，她就跑了出来，怕事情牵连到自己。

"老师，对不起，我那次没有说实话。"孔慧慧向来胆小怯懦，眼泪随着话语一起出来，哭得一抽一抽的，向杜一刚坦白，"陆竿的床铺是方巧宜故意弄脏的，不关我的事，我就是在一边看着，我什么也没做。她威胁我不准说出去……我错了，我不该欺骗老师。"

…………

第二节课间，杜一刚站在教室门口："陆竿，江淮宁，你俩过来一下。"

陆竿和江淮宁对视一眼，很快起身出去。

班里同学一头雾水。

一节课过去，方巧宜没回来，中途孔慧慧还跑出去了一趟，回来时眼眶里蓄满了泪水。现在是陆竿和江淮宁被叫出去，怎么有种山雨欲来的预感？

杜一刚领着两人下楼,低声交代了一句:"警察问什么就答什么,不用紧张。"

两人同时"嗯"了一声。

年级办里,低气压持续蔓延,几位领导的脸色与杜一刚如出一辙的黑沉。

方巧宜已经接受完审问,再不敢抱有一丝侥幸心理,也不敢有一丝隐瞒,将自己做过的事和盘托出,此刻脸色苍白地呆站在那里,如同一具行尸走肉。

警察拿了几张照片给陆笋和江淮宁辨认:"10月7日下午,在腾飞游乐城附近的巷子里围堵你们的是这几个人吗?"

陆笋走近一步,目光从照片上的人一一滑过,十分确定地说道:"是他们。"

警察问:"一个不差?"

陆笋点头:"我没有记错,就是他们几个。"

警察看向江淮宁,江淮宁跟陆笋的答案一样,确定是他们。

警察收起照片:"我知道了。"

陆笋看了看方巧宜,隐约猜到点什么,却不敢下结论:"是……是方巧宜吗?"

作为受害人,陆笋对此事有知情权,警察没有瞒着她,将事情经过概括一遍。

足足有半分钟,办公室里陷入死寂。

"所以,我爸爸被陷害……"

陆笋动了动嘴唇,似乎在自言自语,没人听见她说了什么。

那个叫何晓鸥的女生竟然和方巧宜认识,还是方巧宜的远房表姐。

何晓鸥初二就辍学了,在外省跟一个亲戚学推拿手艺,吃不了那个苦又跑回来了,在老家干一些杂七杂八的零活,没个固定工作。年纪渐长,一无是处,家里人东拼西凑了些钱,在批发市场那一块给她租了个店面,倒卖二手手机。

何晓鸥赚了点钱,在店铺附近租了个小房子。

读高一的方巧宜跟同学在批发市场闲逛,意外遇见这位几年未见的远房表姐,两人加了联系方式,断断续续地来往。

方巧宜羡慕何晓鸥自由自在不受拘束的生活,这学期以来,两人联系得越发频繁。在学校里跟陆笋闹了矛盾后,她经常跑到何晓鸥那里诉苦、抱怨。由于愤怒,她夸大了那些事,很少提自己对陆笋使绊子,大多说的是陆笋如何欺辱她。

一来二去，何晓鸥这个脾气暴躁的人忍受不了，主导出一系列的事。

外边上课铃打响，陆竿一惊，陡然醒过神来。

她怔怔地看着方巧宜，任凭她想破脑袋，也不会想到她爸爸的事归结底是因为方巧宜和她之间的矛盾。

事情的真相颠覆了她的认知，以至于她不知道该摆出什么表情。

原来，人在真正震惊的时候是麻木的。

4

方巧宜被退学了，他的叔叔来班里收走了她桌位的全部东西。

大家谈论了一阵子，大脑很快被繁忙的课业占据。

江淮宁生日这天，在家吃早饭，孙婧芳端来一杯刚榨好的无糖豆浆："晚上在逸香食府聚餐，你别忘了，放学叫一下沈欢和沈黎。"

江淮宁点头："知道了。"

"需要开车过去接你们吗？"孙婧芳问。

"我过去接你们吧。"江学文吃了口包子，"下午几点放学？"

度假山庄的事情在一步步推进，他舒心不少，说话间笑容爬上眉梢，说是春风得意也不夸张。

江淮宁拒绝了："我们打个车过去就行了。"

江学文不再坚持："也行。"

孙婧芳说："想吃什么口味的蛋糕？我早上出门去给你订一个。"

她以为江淮宁会说"随便"，因为他并不怎么爱吃甜食，豆浆都要喝没味儿的。

他略沉思了下，回答："草莓味的吧。草莓要多一点。"

江淮宁没管妈妈有多惊讶，快速解决掉盘里的早餐，然后端起有点烫的豆浆一口一口地喝掉，背上书包出门："我走了。"

正好是周五，下午提前放学，最后一节课是物理，杜一刚担心他们玩野了，忘记下周一要期中考试，临走前特意叮嘱了一遍。

"期中考试在即，该怎么做，我废话不多说，你们自己掂量掂量，到时候成绩不理想就怪我没提醒你们。"

底下一众学生觉得他太扫兴，期中考试而已，又不是高考。

当着老师的面，大家肯定不敢放肆，嘴上乖巧地答应："知道啦，会好好复习的——"

杜一刚离开后，教室里一改死气沉沉，瞬间变得热闹非凡。

江淮宁叫上沈欢和沈黎，打车去逸香食府。

在黎欢的劝说下，沈辉明松口，借给江学文一笔钱，用于建造他的度假山庄。这笔钱只能算借的,不是投资。投资有失败的风险,失败意味着拿不回钱,借钱是要还的。

两家在一起聚餐,除了给江淮宁庆祝生日,还有答谢沈家慷慨解囊之意。

饭吃得很愉快,留下半块蛋糕,江淮宁提走,打算带到学校。

打车回去,江淮宁照旧坐在副驾驶座,沈欢坐在他后面,手扒着座椅靠背:"你这蛋糕给谁带的?不会是陆竿吧?"

江淮宁没有犹豫就承认:"嗯。"

"你怎么不叫陆竿一块过来,也没外人。"

"你不了解她,只有我们几个还好,有家长在,她不会来的。"

沈黎听着他俩的对话,目光望向车窗外。

到了校门口,出租车停下,三人先后下车。

沈黎快走两步,跟上前面的江淮宁,出声叫住他:"江淮宁。"

江淮宁放缓步子等她,只见她从书包里拿出一个裹了精美包装纸的盒子。

"生日快乐。"沈黎笑容甜美,"给你的生日礼物。"

沈欢表现得比寿星本人还激动:"哈!我说你怎么背着书包,原来准备了惊喜。你送老江的礼物是什么?包得这么漂亮。"

沈黎像没听见他的话,仰起脸凝视着江淮宁,目含期盼。

江淮宁略一犹豫,接了过来:"谢谢。"

沈黎笑起来,唇边漾出一丝只有自己知道的甜蜜。

沈欢勾住江淮宁的脖子,嚷嚷着要看沈黎给他送了什么礼物。

江淮宁被沈欢缠得不耐烦,转头问沈黎:"我现在打开?"

"嗯。"

沈黎没在意,反而很期待看到他拆礼物的表情。

江淮宁让沈欢帮自己提蛋糕,动手拆开盒子外面的丝带和包装纸,露出本来面目,是一只黑色带金色 logo 的鞋盒。

沈黎没在他脸上看到惊喜的表情,有些错愕地问:"我挑了很久,不喜欢吗?"

"不是吧,这双限量版的球鞋我之前在网上看到过,快三千,老姐你是纯纯大富婆啊!"沈欢嫉妒得眼红,"我过生日,你都没送我这么体面的礼物!你还是不是我亲姐了?"

沈黎没好气地说:"等你下次过生日,我给你买一双行了吧。"

沈欢见好就收:"行,太行了!"

江淮宁盖上鞋盒,递回给沈黎。

沈黎被他的举动惊到，脸色霎时变了："这是干什么？"

"谢谢你的礼物，我觉得，有点贵重。"江淮宁坦白说，"不合适。"

"不贵，我平时零花钱很多，还有奖学金。"沈黎心里有点难过，"真的不贵，反正是给你买的，你不要，我也没办法退掉，买很久了。"

沈欢在一旁帮腔："既然是生日礼物，老江你就拿着呗。"

再推三阻四有点伤人，江淮宁勉强接受了。

沈黎却不怎么高兴。结果和她预期的完全不一样，她怎么可能高兴得起来。

陆竽在教室写题，她和黄书涵去校外吃了自助火锅。

正思索一道题，鼻尖忽然窜入一阵草莓奶油的香气，下一秒，面前的桌上放了一个精美的蛋糕盒。

陆竽蒙蒙地抬眸，对上江淮宁的笑脸，听见他问："吃饭了吗？"

"吃了。"

"那正好，饭后甜点。"江淮宁打开了蛋糕盒。

陆竽有些疑惑，正要问出口，付尚泽刚好从过道里经过，瞥来一眼："陆竽你过生日啊？"

陆竽连忙摇头："不是。"

付尚泽看向江淮宁："校草你过生日？"

江淮宁应了一声："嗯。"

他好整以暇地观察陆竽的表情，果然，她瞪圆眼睛，仰头看着他："你今天过生日？"

江淮宁故作淡然："怎么了？"

陆竽懊恼地皱了皱眉心："你怎么不早说？"

江淮宁笑问："早说你会怎样？"

早说她就把织好的围巾带到班里来送给他，正好作为生日礼物，可是现在，围巾躺在宿舍里。

怪不得上午第二节课间，沈欢神神秘秘地塞给江淮宁一个盒子。当时被她看见，没往他过生日这方面想。

陆竽看看表，还有十五分钟打铃。

从教学楼到宿舍楼，一来一回，十五分钟是决计不够用的。

她犹豫几秒，心里想着再耽误下去时间更不够用了，于是把心一横，起身跑出了教室。

少女如一阵夏日的风，热烈又轻快，消失在夜色深浓的走廊上。

沈欢看呆了，问江淮宁："她干什么去了？"

江淮宁哪里知道，愣愣地看着陆竿消失的方向，低语道："上厕所去了吧。"

校园里，各条主干道亮起了路灯，藏在树梢间，好似结在枝头的果实。

陆竿用上了短跑的速度，耳边是"呼呼"作响的风声，她的长发被扬起，耳尖冻得又红又痛。

等她跑到宿舍楼下，歇口气，胸腔里充斥着轻微的刺痛感。是因为她跑得太快了，冷冽的风灌进口鼻，引起不适。

陆竿抬起泛酸的腿上楼，忍不住抱怨，宿舍怎么在五楼，太高了。

她拿钥匙打开宿舍门，取下床铺里侧墙壁上挂着的纸袋，根本没时间装饰它，拿上东西锁了门就开始跑。

七点零五分，第一节晚自习的预备铃打响了。

陆竿还没回来。

坐班的老师随时会过来，江淮宁不得不先收起桌上的蛋糕，频繁往教室门口看，心里起了疑惑。

又过五分钟，凌乱的脚步声从门前响起，江淮宁抬眼，陆竿紧张地往班里张望一眼，发现没有老师，松口气赶紧进来。

她"哐当"一声坐下，一手搁在桌面，趴在上面平复呼吸。

江淮宁看着她，白皙的额头满是汗珠，扎好的马尾全乱了，皮筋差一点就要从发尾滑下来。

她的喘息声回荡在耳边，一下比一下急促，不禁让他想到，运动会上跑完1500米她也没这样。

江淮宁从桌屉里摸出纸巾，递给她一张："你干什么去……"

一个"了"字没说出来，怀里就被塞了一个纸袋，江淮宁一怔。

这是生日礼物吗？

陆竿接过纸巾擦了擦额头上的汗，气息还有些不匀："我奶奶说过，生日礼物只能提前送，不能延后送。

"所以，江淮宁，祝你生日快乐。"

两人没说几句话，老师过来了，坐到讲台上维持纪律。

班里鸦雀无声，学生们忙着写作业和复习功课。

唯独江淮宁心不在焉，手时不时探进桌屉里触摸那个纸袋，隔着一层厚厚的纸能感觉到里面的柔软，不知道陆竿送给他的是什么。

手感像是衣服？

他实在猜不到，有些心痒难耐，想要偷看一眼。

纸袋的封口处贴了胶带，两边留了很小的缝隙，他脑袋探过去，透过小小的开口往里看，没看出是什么东西。

陆竽一手撑着腮，手里的笔抵在唇边思考问题，桌面上摊开一本数学错题集，旁边是写满了演算步骤的草稿纸。认真专注的模样，好似周围的一切被她排除在外。

江淮宁看她一眼，没来由地烦闷着，她搅乱了他的心思，怎么还怎么淡定？

第一节自习课就这么荒废了，铃声响了，讲台上的老师拎着书和水杯出去。

陆竽仿佛没听见铃声，按照计划复习完一部分数学错题，又翻出物理错题本，继续埋头琢磨。

江淮宁不是很想打扰她学习的热情，可他忍不住，拿起桌上的笔戳了下她。

"你要出去？"陆竽边说边挪动椅子往前靠，留出身后的空间。

江淮宁说："蛋糕，你还吃不吃了？"

"啊，差点忘了。"陆竽停笔。

江淮宁把蛋糕重新拿上来，揭开盖子给她切了一块草莓最多的："你快尝尝，特意给你留的。"

陆竽挖了一大勺，放进嘴里。

奶油入口绵密，草莓新鲜大颗，对半切开插进奶油里，清甜爽口，搭配在一起的口感很棒。

江淮宁问："味道怎么样？"

陆竽大点其头："好吃！"

江淮宁于是满足了，默默看着她吃。

在陆竽快吃完的时候，江淮宁凑近了些，轻声问："还要吗？"

陆竽用小叉子刮着盘子里剩余的一点奶油，摇摇头说："不要了，我吃好了。"她好奇地问了一句，"你是哪一年生的？"

江淮宁："95年。"

陆竽笑了，大而明亮的眼睛里溢出点点光芒："你比我小啊，真看不出来。"

他身上的气质比一般男孩子成熟，让她误以为他年龄比他们大。

她唇珠沾了奶油，自己没察觉，江淮宁盯着那里多看了两秒，趁机问道："你什么时候生日？"

"比你早太多了。"

江淮宁锲而不舍地问："哪天？"

陆竽说："三月十七号。我也是95年的。"老家都按照农历过生日。

江淮宁默念一遍，记住了她的生日："也不是很早啊，就相差大半年而已。"

他自言自语,声音极低,陆竿没听清,偏着头笑问:"你说什么?"

江淮宁不肯再重复一遍,低低地回:"没什么。"

5

翌日,星期六,陆竿起得早,到教室里,坐在位子上专心读书。班里没人,她声音很小,如同蚊蚋一般。

江淮宁进来,手里拎了一杯甜豆浆,放到她桌上。

陆竿的视线从单词本上抬起来:"我吃过了。"

"我知道。"江淮宁动手解脖子上的围巾,"一杯豆浆而已,又不怎么占肚子。"

陆竿说了声谢谢,两手捧着豆浆,咬住吸管喝了口。是她喜欢的那家早餐店的甜豆浆,她能尝出来。

嘴里喝着豆浆,陆竿的目光不自觉瞥向江淮宁,他手里拿的围巾,正是她昨晚送给他的那条。

江淮宁把书包塞进桌屉,围巾铺到桌面,侧着脸趴上去。因为正看着陆竿,他那双乌黑瞳仁里倒映出她的脸。

"围巾是你亲手织的?"江淮宁突然问。

哪怕早就知道答案,他还是想亲口问她。

陆竿被他直白的眼神、直白的话语弄得很想逃,她猛吸了一口豆浆,呛了一嗓子,反问道:"不好看吗?"

她手艺并不好,至少跟张颖不能比,中间还织错了,拆掉了几排重新织,花费不少时间和精力。

可能以后再也不会织了。

江淮宁眨了眨眼,说:"怎么会?我昨晚戴着回家,我妈以为是我买的围巾。"

期中考试比平时的月考正式一些。

成绩在平安夜这天出来。

耿旭拿来了成绩单,高声吆喝:"前方线报!期中考试成绩出来了,还有一个惊天大新闻!"

没人关心他口中的"大新闻"是什么,班里响起一片哀号。

"大好的节日,能不能不要破坏气氛!"

"是啊,晚两天再出成绩不行吗?"

"来吧,我做好受死的准备了,让暴风雨来得更猛烈些吧!"

耿旭不顾他们怨声载道，贴上成绩单，然后跑到陆竿座位旁，对坐在里面的江淮宁竖起大拇指。

"第一名，恭喜。"

沈欢一手撑着脑袋，边抖腿边笑道："老江前几次考试不都是第一名吗？"

耿旭大声说："校草这次年级第一！"

沈欢惊得跳起来："这么牛，那我得去看看。"

"我还能骗你不成？"

"奥赛班那帮眼高于顶的学神不得气疯了。"沈欢嘴里碎碎念，趴在墙上看成绩单。

耿旭没有骗他，江淮宁，班级第一，年级第一，总分七百多。

沈欢回到座位，喊了声陆竿的名字，她闻声看过来。他竖起三根手指，低声说："第三名。"

陆竿指了指自己的鼻尖，不确定地问："我吗？第三名？"

"不是你难道还是我啊，你这次考得挺好的。"沈欢笑着指了指江淮宁，"要说厉害还是这位。"

成绩出来前，陆竿看过江淮宁各科的答题卡，能推算出他这次考得很好，却也没想到竟然是年级第一。

她看着他，眼里是不加掩饰的崇拜，比黄书涵看到偶像时的表现有过之而无不及。

江淮宁正好扭头，与她四目相对，唇角勾了下："看什么？"

陆竿由衷地赞叹："你好厉害。"

这么一个耀眼到灼目的人给她当同桌，她太荣幸了。

江淮宁笑了，手伸到桌屉里拿出一个大苹果："给，平安夜快乐。我没买包装盒，将就一下。"

他给的红苹果太大，陆竿两只手快捧不住了，上面还印了字，写着"平安喜乐"，用一颗爱心圈了起来。

本来她也准备了苹果送给朋友们，跟他送的相比，太小了，拿不出手。她在书包里翻了翻，找出来一根超大的棒棒糖。

比脸还大的棒棒糖，是一片柠檬的样式。

陆竿递给江淮宁，突然想到他不爱吃甜的，正要把棒棒糖收回来，江淮宁动作迅速地拿了过去。

"给我的？"他手指捏着棒棒糖的木棍儿转了一圈。

陆竿想抢回来："你不吃甜的，要不然，我还是给你换成……"她想说换成别的零食。

207

江淮宁笑说："没见过这么大的棒棒糖，归我了。"

陆笋顿了顿，点头："你要是要的话，那就拿去吧。"

下了晚自习，顾承提了一袋吃的，全是按照陆笋的喜好买的，放在她桌上。

"快点收拾，去食堂吃串串，当作庆祝平安夜。"

顾承坐到陆笋前面的课桌上，长腿懒散地搭着。大冬天，他就穿一件黑色薄卫衣，外套被他脱下来夹在腋下。

"就我们俩？"

陆笋刚问出一句，听见外面有人叫她："陆笋。"

黄书涵、周鑫、邓洋杰、李德凯他们在走廊上等着，喊她的正是黄书涵。黄书涵穿了件奶黄色的面包服，扎了丸子头，见班里没多少人了，就从外面蹦进来。

顾承下巴颏微抬："叫了他们一起。"

"哦。"陆笋加快收拾东西的速度，"稍等，马上就好。"

她拉上拉链，想到桌屉里的大苹果，弯腰拿出来抱在怀里，跟江淮宁说了再见，跑到那群小伙伴当中。

黄书涵看到陆笋手里的苹果惊呆了："谁给的，这么大？"

"我也觉得好大，一个人肯定吃不完，回头分你一半。"陆笋转了半圈给她展示，"还印有字呢。"

顾承长臂往前一探，抢走了陆笋手里的苹果。

"一个人怎么吃不完？"他恶劣地挑眉，"我就能吃完。"

"嘎嘣"一声，顾承咬了一大口，撑得半边腮帮子鼓起来："哇，这苹果好脆好甜。"

陆笋蒙了几秒，气得跳起来追打他："你要死啊，又抢我东西！你给我还回来！"

顾承跑了几步停下来，任由陆笋捶了他两拳，把手里咬了一口的苹果还回去："给给给，还给你。"

陆笋咬牙："你幼稚不幼稚？还玩小学那一招。"

顾承哈哈一笑。

陆笋没解气，瞪着他，还是生气，跳起来拍了一把他的脑袋："再有下次，给你脑袋打个包。"

顾承捂着头呼痛："你还真舍得下狠手啊。"

几步开外，江淮宁一行三人出了教学楼，目睹这一幕，江淮宁停了步子，定定地看着他们打闹着走远的背影。

第二天是圣诞节，班里洋溢着过节的气氛，老师们没受影响，上课照样讲得激情澎湃。

上午最后一节是物理，杜一刚的课，勉强压住了热闹的节日气息。

课上到后半段，杜一刚出去接了个电话，丢下一句"上自习"，匆忙离开了教室。

临近放学还有十分钟，教室前门突然被人推开，一个女生手扒着门框，琥珀色的瞳仁润泽明亮，扫过一排排学生。

"同学，你找谁？"坐在门边的男生轻声询问了句。

门口的女生实在漂亮，乌黑的长发用亮蓝色的小丝巾绾了个丸子头，在一侧系了个蝴蝶结，灵动翩然，好像有一只蓝色燕尾蝶落在她头顶。她穿了件黑色斗篷式大衣，领口和袖口绲了细密厚实的茸毛，如此深沉的颜色，却掩不住她明艳大气的五官，反倒更衬得她面容精致，无可挑剔。

尤其是那一双眼尾上扬的桃花眼，美得动人心魄。

"我找江淮宁。"女生说。

男生会心一笑，给江淮宁送圣诞礼物的女生不少，敢在上课时间找过来的，她是第一个。

男生转过头去，正想叫江淮宁的名字，门口的女生已经注意到他了，开心地唤了一声："江淮宁！"

清亮动听的嗓音，不带丁点矫饰，热情得好似一簇火苗，引得全班同学竖起了脑袋。

江淮宁听到一道熟悉的声音，怔然抬眸，脸上闪过意外。

"江淮宁！"女生又唤了一声，"你出来！"

班里同学也不写作业了，露出看好戏的眼神，更有好事者怂恿："校草，漂亮妹子叫你出去呢，你不出去人家多没面子。"

其他人附和着笑起来。

陆竿被搅扰得没办法静心写作业，在众人的调侃声中，随意朝门口瞥去一眼，愣住了。

跟男生们一样，她见到那个女生的第一眼就觉得对方好亮眼。

迎上各种打量的眼神，女生没露怯，锲而不舍地喊着那个名字："江淮宁！我大老远跑过来找你，你不出来见我一面吗？"

一句话包含了巨大的信息量，原来她不是他们学校的学生。

难怪看着陌生，学校里要是有这种级别的女生早就出名了。

按着江淮宁的性子，陆竿以为他不会搭理，也就没让开位子。

那个女生竟直接跑进教室，站在她的座位旁。

"江淮宁，我叫你你没听见吗？"女生有点生气，"你电话号码换了，以前的QQ号也不用了,我找到这里来多不容易!"

江淮宁无可奈何地扔下笔,站起了身。

陆筝抿唇,挪开凳子让他出去。

"出来。"江淮宁丢下一句,率先出了教室。

漂亮女生立刻收敛了所有嚣张气焰,亦步亦趋跟着他,两只手绞在一起摆在身前,一副乖巧模样。

前后判若两人,谁看了不大跌眼镜?

门关上,隔绝了大家窥探的视线。

陆筝望着关闭的门,不受控制地想象他们会做什么、说什么。

冬日里,出了太阳也并没有多么暖和,阳光照在脸上,只有些微的温度。

楼下空旷的花坛里草木凋零,唯有四季青树常绿,被修剪成一个个圆球状,彰显出蓬勃生机。

江淮宁走到栏杆前,转个身看向身后跟出来的女生,表情淡淡:"谢柠,你来干什么?"

"当然是来找你,不然我还能来这个破地方度假吗?"谢柠皱起眉毛,大声抱怨,"你知道从北城到这里有多遥远吗?学校只放一天半的假,坐火车到靳阳市都要十个小时,再从市里打车到这个落后小县城要花一个多小时。你真狠心,一走了之连句话也没留!"

她在发火、控诉、讨伐。

江淮宁自始至终脸色没变。

谢柠只觉面前站了个木偶,发出去的火像一拳捶在棉花上,一点反应没有。

良久,江淮宁就只问了一句:"你怎么知道我在这里?"

"我逼问了胡胜东,你别怪他。"谢柠想想还是气不过,"你为什么突然转学?"

江淮宁没有回答。

"好,你不想说,我也不逼你。"谢柠好脾气地替他考虑。

江淮宁撇开视线:"还有什么想说的?"

他这态度,明显是在赶人。

刚熄灭的怒火重新点燃,谢柠质问他:"你为什么要断掉跟以前同学的联系?你知道吗?我以为你人间蒸发了,找了你几个月!胡胜东那个人嘴巴死紧,要不是我天天纠缠他,他也不会告诉我。就只有胡胜东是你朋友,我们这些同学就不算你朋友吗?"

她嗓门大,隔着道墙能依稀听见几个字眼,班里的同学快好奇死了。

江淮宁被吵得头疼，也清楚她吃软不吃硬的性格，态度稍微软和了点："我的学籍在这里不在北城，迟早会转回来参加高考。"

谢柠哼了一声："你还是没有回答我的问题。"

"我没有不联系你们，只是不知道要说什么。"

最终，他给了个不痛不痒的解释。

放学铃响了，打断两人的谈话。

班里躁动起来，翘首观望的同学们跑出来，有人问江淮宁："这是你朋友？"

江淮宁坦荡地"嗯"了一声。

谢柠弯唇一笑，抬起手挥了挥，很自然地打了个招呼："嗨。"

沈欢出来，目光不自觉地瞟向谢柠，对江淮宁说："你不给介绍一下？"

"你好，我叫谢柠。"

没劳烦江淮宁，谢柠伸出一只手，自我介绍。

沈欢捏着人家姑娘的手指轻轻握了一下就松开："你好你好，我叫沈欢，从小跟江淮宁穿一条裤子长大的铁哥们儿。"

谢柠被逗得咯咯笑，眼尾上扬的弧度扩开，明媚极了。

"你新学校里的同学蛮有意思的。"她碰了碰江淮宁的胳膊。

沈欢催促："走吧，去吃饭。"

江淮宁一脸无奈地看着谢柠："既然只放一天半的假，坐车回去还得十几个小时，就别在这里浪费时间了。"

谢柠一口气憋闷在心里，差点要窒息了："江淮宁，这就是你的待客之道？我千辛万苦从北城过来一趟，你作为东道主，请我吃顿饭这要求不过分吧。"

江淮宁婉拒："我中午一般吃食堂。"

谢柠一手拽住他的袖子，拉着他往楼下走："吃食堂就吃食堂，本小姐不挑食！"

沈欢暗暗咋舌，心说，你们北城的姑娘都这么豪放吗？

江淮宁抬高手臂，将自己的袖子从她手里解救出来。

文科三十班门口就剩沈黎一个人，其他人去吃饭了。

隔着半条走廊，沈黎看见一个女生蹦蹦跳跳地走在江淮宁身旁，偏着头跟他讲话，身上黑色斗篷大衣的毛绒边在风中轻轻浮动，精致又显气质。

八班有这么一个女生吗？沈黎陷入沉思。

他们走到跟前，沈黎换了副脸色，好奇地问："这谁呀？"

沈欢从两人的交流中弄清楚女生的身份，给她介绍："谢柠，老江在北城的同学，趁着放假过来找他。"

211

谢柠打量了沈黎几眼，收回视线。

一行四人走进嘈杂混乱的食堂，画面非常惹眼。

江淮宁到窗口前排队，打了两份套餐，递给谢柠一份。沈欢和沈黎各自安排好自己，找了张餐桌坐下来。

沈黎郁闷地拿起筷子，一下一下戳着餐盘里的米饭。

一个陆竽还不够，现在又来了一个谢柠……

谢柠刚好坐她对面，仿佛当他们姐弟俩不存在，撑着腮跟江淮宁讲话，一字一句直白又随性，还带着一股子天真烂漫："你都不知道我有多想念跟你一起吃饭的感觉，明明才几个月，好像过了好几年。"

江淮宁没接她的戏："吃你的饭。"

谢柠吃了块红烧带鱼，味道还不错，手指不小心蹭到红烧酱汁："江淮宁，有纸巾吗？"

江淮宁摸了摸口袋，他有随身携带手帕纸的习惯，掏出来一包递过去。

谢柠没接，怪他不够体贴："帮我抽一张出来。"

江淮宁没听见似的，手一扬，把一包纸扔到她面前的餐桌上。

谢柠气得鼓了鼓腮帮子，无奈，只能自己动手，扯了张纸巾。

隔着几排餐桌，坐着陆竽、张颖两人。叶珍珍回宿舍洗头发了，没跟她们一块吃饭。

张颖偷瞄许久，向陆竽打听："那个女生是谁啊？太佩服她了，简直震惊全班。"

陆竽循着她的视线看过去，正巧看见那个张扬明艳的女生在笑，弯弯的眼睛像艳丽的桃花瓣。

她的角度看不到江淮宁的表情，也无法想象。

陆竽声音低淡地说："不知道。"

吃完饭，江淮宁一路送她到校门口，帮她拦下一辆出租车，总算能松口气。

他两手抄进外套口袋，快步往教学楼走。

还没打铃，走廊上三三两两的学生靠着栏杆晒太阳，还有男生扣着篮球在地上拍，"嘭嘭嘭"的沉闷声响回荡在耳边。

铃声一响，各回各班。

杜一刚掐着时间出现在班门口，神不知鬼不觉。

"平时打了铃班里的状态就这样？那个同学你干吗呢，打铃了没听见，不回座位，跟游魂一样到处乱窜！说的就是你，万兴磊！"

万兴磊连蹦带跳地回了座位，缩着脑袋当乌龟。

谁能想到刚打铃，老班就来巡视，以前他可没这样！

杜一刚在班里绕着各条过道转了一圈,从教室后门出去了。

低气压下,全班同学大气不敢出,人走了,再齐齐呼出一口气,间或响起几道抱怨声。

就在大家放松警惕的时候,教室门再次被人推开,众人一惊,心想老班莫不是杀了个回马枪。

这确实是他干得出来的事。

等了两秒,没听见杜一刚训诫的声音,悄悄从书堆后面翘起脑袋,门口的人赫然是中午放学找江淮宁的那个美女。

谢柠气喘吁吁地站在那里,一手扶着门框,躬着身平复呼吸,跑得太快了,一时张不开口说话。

同样的场景上演第二次,大家仍然被震惊到,一个个睁大眼睛,表情夸张得能当喜剧里的群演。

江淮宁看着去而复返的谢柠,拧了下眉。

谢柠坐上出租车后,想起来给江淮宁带的圣诞礼物忘了送出去,只能要求司机原路返回。

下了车,她从校门口跑着过来的。

缓了好久,嗓子没那么难受,谢柠进教室,隔着陆竿,把一个深蓝色的礼物盒放到江淮宁桌上:"圣诞礼物忘了给你。"

午自习时间,老师随时会来,谢柠不想闹得江淮宁下不来台,说完这一句,不等他给出回应,掉头就走。

走到门边,她狠狠地咬了下唇,不甘心就此离开,回了头,喊道:"江淮宁,我在北城等你!"

分别是暂时的,她相信以江淮宁的实力,一定会考去清大,而她会在那里等他。

他们终有一天会再次见面,那将是在顶峰。

女孩来去匆匆,像一缕风,在每个八班学生的心里留下浓墨重彩的一笔。

陆竿手握着笔,好几分钟过去,大脑一片空白,写不出字。

第九章
祝我们永远开心没烦恼

1

元旦放假三天，31号下午离校，各科老师布置了一堆作业。

陆竽回到家中，距离晚饭还有一点时间，她坐在书桌前，从桌屉里拿出一个线圈本，翻到其中一页。

黑色线条清晰地勾勒出江淮宁的脸庞。

陆竽凝视着眼前这幅画，心中悸动不已，闭上眼。

这几天以来，胸腔里躁动着、拧巴着，怎么压也压不下去的一股情绪，太过陌生。她想了很久，或许是因为在意，所以才会这样。

整个元旦假期，陆竽的情绪都很低落，总是忍不住胡思乱想。

其实，江淮宁在放假当天给她发了一条短信，问她有什么安排，要不要出来跨年，他打车过去接她。

陆竽拒绝了。

零点，2013年到了，江淮宁准点给她发了一条彩信，是他拍的照片。升腾到空中的烟花，五彩缤纷的火光点亮了漆黑的夜幕，比天上寥落的星子还耀眼。

他配上文字：陆竽，元旦快乐。

陆竽回：元旦快乐。

3号下午返校，临出发前，陆竽对着镜子进行了一番自我调整，告诉自己要摆正心态，还有一年半就要高考了，别想那些不切实际的事情。

当下这个阶段最重要的是学习，除此以外的任何事都微不足道。

那点小心思，藏好就行了，千万不能让人知道，无法想象被他知晓以后他们的关系会有多尴尬，可能连朋友都没得做。

那是她最不想要的结果。

下午飘了点小雨，下车时，陆竽一手推着行李箱，一手拎着一个行李袋，里面装着她妈妈新买的一床褥子，垫着更暖和。

腾不出手来打伞，她淋着雨往学校里走，还好雨下得不大。

身后停下一辆公交车，江淮宁下车，撑起一把深蓝色雨伞，隔着蒙蒙雨幕，看到了一道熟悉的背影。

陆竽一边走一边想些乱七八糟的事，头顶的雨突然停了。

她微微一怔，下意识停步抬眼，天空变成了一片深蓝色。

清冽的气息随着冰凉潮湿的雨水味道一同袭来，她扭过头，对上江淮宁英俊逼人的脸。他勾了勾唇，朝她一笑："这么巧，刚下车就看见你了。"

伞遮在她头顶，倾斜了一大半，他一边肩膀露在了外面，被雨水淋到。

心猛烈地躁动了起来，陆竽直直地看着他。

三天没见，好像过了一个世纪，那样漫长。

念头刚起就被她生生掐断。

陆竽暗怪自己没出息，出门前说服了自己，怎么一见到他，那些竖起来的壁垒就轰然倒塌。

江淮宁疑惑地盯着她微妙变化的脸色，拿冰凉的手指去触碰她的额头："你哑巴了？走吧，送你回宿舍。"

江淮宁换右手撑伞，左手探过去握住她手里的行李箱拉杆，站在她左侧。

"雨不是很大，我自己过去就行了。"

"废话那么多，快点。"江淮宁只当她太客气，没拿她的拒绝当回事，偏了偏头，叫她带路。

陆竽在心底默叹一声，由着他将她送到女生宿舍楼下。

"行李箱给我吧。"陆竽站在卷闸门前，朝江淮宁伸出一只手。

江淮宁将伞柄抵在腹部，单手收了伞："很重，我送你上去。"

陆竽被逗笑了："你在开什么玩笑，这里是女生宿舍楼，你要是进来，还不得被宿管阿姨乱棍赶走。"

"是哦，我忘了。"江淮宁把行李箱推给她，"我在楼下等你。"

陆竽赶忙摇头："你先走吧，我要在宿舍里整理东西。放心，我带了伞。"

江淮宁点了点头，目送她进了宿舍楼，这才撑开伞转身离去。

走了没几步，他回过头，已经看不见陆竽的身影。

经历过兵荒马乱的三天会考，马上进入复习阶段。

26号考完期末试,正式放寒假,各科老师布置的作业堆成了一座山。

陆竿素来先写作业后休息,到除夕这天,作业完成得差不多了。

早上醒来,陆竿趿拉着棉拖下楼,先去卫生间洗漱,然后去厨房看看早饭吃什么。

小煤炉上炭火"噼啪"作响,用双耳砂锅炖了猪头肉,白茫茫的热气缭绕。灶台上煮了一锅清水挂面,以猪头肉作浇头,十分美味。

陆国铭往锅里添了两次凉水,再等片刻,挂面熟了:"先给你爷爷奶奶盛一碗。"

"我自己来吧,别总让孩子动手,学习够辛苦的了。"

刘春秀抽了只碗出来,在水龙头下冲洗一遍,盛出一碗挂面,端到小煤炉旁,连汤带肉舀起两勺浇在上面,递给身后的老伴儿,再给自己盛一碗。

一家人围着火盆,吃着热气腾腾的汤面。

上午,陆家父子俩搭配着贴各间房门的春联,婆媳俩在厨房里边聊天边择菜,为年饭做准备。

老家总是中午吃年饭,晚饭相对随意一些。

开饭前,各家会在门前放爆竹,光是听着噼里啪啦的爆竹声,便晓得谁家准备吃饭了。

那时候,乡下还没正式推行禁止燃放烟花爆竹的政策,家家户户提前备了好些,等着除夕、元宵的时节燃放,讲究一个辞旧迎新。

还有一句广为流传的话,叫作"三十的火十五的灯",意思是大年三十的炭火要烧得旺,正月十五的灯要彻夜长明,未来的一年才能红红火火。

是以,一大早,夏竹就烧了一大盆炭火,整间屋子暖烘烘的。

陆竿自告奋勇地掌勺,烧了一道可乐鸡翅。

陆延尝了一个,舔了舔嘴巴,大力夸赞:"我第一次吃可乐鸡翅,甜甜的,好好吃!"

得了他的肯定,陆竿眉开眼笑:"看来我在做饭方面很有天赋。"

家里人知道陆竿学习刻苦,平日里家务活基本没让她动手,是她懂事,总是主动帮着妈妈打理,耳濡目染,厨艺自然差不到哪里去。

最后一道红烧鱼上桌,陆国铭出去把爆竹点了。

热热闹闹的声响里,陆竿捂着耳朵回身避开,嘴角上扬着。

见陆延在地上捡那些弹开的没燃放的小鞭炮,陆竿走过去拍他脑门:"扔掉,这种鞭炮倒计时很短,不是你能玩的。隔壁小孩昨天就把手炸伤了,鼓了一个大水泡。"

姐姐的威严陆延不敢挑衅，扔掉鞭炮，转而从口袋里摸出一颗摔炮，趁陆竿不注意，丢在她脚边。

"啪"一声炸响，陆竿吓得如兔子一般跳开。

陆延哈哈大笑，怕挨打，连忙跑开了，躲在夏竹身后，捂着脑门扮鬼脸。

鞭炮声停息，一家人围坐在深红色的圆桌旁，其乐融融地吃起了年饭。

桌上菜肴丰盛，鸡鸭鱼虾全都有，还有各式各样的卤菜，唯一的一盘蔬菜反倒成了最抢手的。

饭后，陆竿收拾碗筷，拿去厨房刷洗。听见手机铃声在响，她甩了甩手上的水珠，跑到客厅接电话。

顾承的声音传来，笑意明显："下午出来玩，街上等你。"

陆竿这一下午没别的安排，略想了想就答应了。

电话还没挂，陆延就兴冲冲地跑到跟前来："是顾承哥吗？你们下午要去哪儿玩，带上我。"

"你听话就带你。"

陆延立正站直，肉嘟嘟的小脸绷紧："我保证听你的话，不乱跑也不乱买东西，你就带我去嘛！"

陆竿回房换了件羽绒服，跟妈妈打了一声招呼："我出去玩会儿，带上陆延，晚饭前回来。"

"注意安全，别让陆延玩鞭炮，他顽皮得很。"夏竹关了水龙头，声音清晰了些。

"我知道，会注意的。"

陆竿牵出自行车，陆延已经在门口等着了，两只小手揣进兜里，兴奋地在原地蹦蹦跳跳，嘴巴里含着一根棒棒糖。

"上来。"陆竿偏了下头。

陆延两手抓住车座，爬到后座坐着，屁股往前挪了挪："坐好了。"

陆竿一条腿跨过自行车，脚踩着踏板一蹬，坐上车座。她不太会载人，车头扭了几下才稳住，缓慢地前进。

"注意点，脚别靠近车轮子，小心卷进去了。"

陆延好动，是个不省心的，陆竿带他出门要多操些心。

"知道了，知道了。"陆延听话地岔开腿，脚没挨着车轱辘。

陆竿骑得慢，到街上的时候，其他人都到了。

"陆竿，就等你了。"

许久没见，董秋婉第一个冲上来抱住她。

陆竿跟她抱了抱，扫了一圈，一行七八个人，全是平时关系好的。

顾承从超市里出来，手里提着一个超大号塑料袋，装满了零食饮料，

217

沉甸甸的。

他身后跟了个小尾巴,个头还没有他腿高,扎着双马尾,穿一件亮眼的橘色小棉服,下面搭配百褶裙,深灰色裤袜,黑色的小靴子一侧缀了流苏,走起路来"丁零丁零"作响。

"哥哥,我打不开。"

小姑娘拽了拽顾承的衣摆,待他垂下眼,她便举起手里的一袋旺仔小馒头,央求他帮忙。

包装袋上沾了口水,她试过用牙齿咬,没能咬开。

顾承蹲到她面前,接过包装袋撕开一个小口递给她。小姑娘鼓鼓掌,两只黑葡萄似的眼珠亮晶晶:"哥哥好厉害!"

顾承笑了,撕个包装袋就叫厉害?

他没打算带这个小丫头出来,她年纪小不懂事,照看得仔细,想想都麻烦。这丫头是他后妈冯意芸的眼珠子、心头肉,在他跟前有任何闪失,他后妈不得将他撕了。

是这个丫头非要跟来,他出门时,她两只胖乎乎的小手抱住他的腿不肯松开,扁着小嘴撒娇:"哥哥,哥哥,你就带馨彤去好不好,我保证乖乖的。"

顾承无奈,将她从家里带了出来。

冯意芸不在家,她嫌老家闷得慌,没有大型商场供她逛,吃过午饭就找人打麻将去了。要是她在,不会答应让顾馨彤跟着他出来。

在她眼里,顾承是洪水猛兽,会谋害她们母女,她一直提防着他。

走到几人面前,顾馨彤嘴里含着一颗小馒头,看着陆笋。

陆笋弯下腰,软声问:"还记得我吗?去年过年咱们见过,你当时只有这么小。"

陆笋比了个高度。

顾馨彤随父母居住在外地,极少回老家,左邻右舍她都记不住,更何况其他人。但顾馨彤盯了陆笋一会儿,点头:"是鲈鱼姐姐吗?哥哥的朋友。"

"记性真好。"陆笋摸摸她软嫩的脸蛋。

顾承把一袋子零食扔给周鑫,问其他人:"想去哪儿玩?"

"老地方,去碧水潭,顺路买点烧烤工具和食材,去上面野炊怎么样?"

几人分工协作,买齐了烧烤用的食材和工具。

下午出了大太阳,冬日的气息没那么浓厚,多了几分春日的暖意。

来碧水潭游玩的人络绎不绝,大多以家庭为单位,也有年轻朋友三两结伴，不走正路，沿着山路蜿蜒而上。

上星期下过一场雪，纷纷扬扬大半天，其他地方的积雪早已融化，唯有碧水潭，大大小小的山峰背阴处，仍能见到大片大片的雪，点缀在苍翠碧绿的松柏间，随便拍一张照片，即是最雅致的画卷。

"爸？"

一道疑惑的声音自身后响起。

陆国铭闻声回头，一愣，看见一群少年迎面走来，有的肩扛烧烤架，有的拎着食材，他女儿提了一袋子木炭。

"爸，真是你啊！"陆延眨了眨眼，从姐姐身边跑开，冲过去抱住陆国铭，"你怎么在这里？"

陆国铭被撞进怀里的儿子惊到。

江学文先反应过来："这就是你的一双儿女啊？"

陆国铭揉了揉陆延的脑袋，笑了笑："对。"他低头对儿子说，"叫叔叔。"

陆延扭头乖乖叫人："叔叔好。"

"哎，真乖。"

江学文笑着点头应了一声，看到后面的陆筝，觉得这女孩有点眼熟，好像在哪里见过。

年纪大了，记性不好，江学文想了半天没记起来。直到陆筝看着他，迟疑地唤了一声："江叔叔？"

江学文下意识答："啊，是……"

这下轮到陆国铭目瞪口呆了，问她："你叫他江叔叔，你怎么认识他？"他刚才没提这位叔叔姓"江"。

"我同学的爸爸，我们在医院见过。"陆筝笑了下。

经过她的"提示"，江学文终于想起来了，上次江淮宁因为这个女生受伤，被送到医院救治，两人在走廊上短暂地碰过一面。他那时候一副心思挂在江淮宁身上，跟她没说上几句话。

缘分真是奇妙，她竟然是陆国铭的女儿。

"这不就巧了嘛！"江学文惊喜道，"刚还说两个孩子在一个学校，没想到是同班同学，好像还是同桌吧。"

"那还真是巧。"陆国铭讶异道。

他实在难以相信，兜兜转转还有这样一层关系在，说起来江学文算是他女儿的救命恩人的父亲。

江学文看着陆筝身后那群青春活力的年轻男女，联想到家里的儿子："早知道就叫江淮宁一块来了，他在家很无聊。"

219

江学文四十岁出头,深蓝色格子衬衫外套了一件黑色针织马甲,外面裹着厚实的黑色呢大衣,身高腿长,相貌英俊,一举一动十足有风度,像极了韩剧里被一群精英众星拱月的"财阀掌权人"。

称呼他一声"帅大叔"不违和。

两拨人分别,黄书涵频繁扭头打量,问:"那个帅大叔真的是江淮宁的爸爸?"

陆笋点头:"嗯。"

"你爸怎么会和江淮宁的爸爸在一块?太令人惊讶了!他们看起来交情不错,以前就认识吗?"

"我也不知道。"陆笋内心的惊讶不比她少。

蓦地,身后传来小姑娘"啊"的一声。

陆笋急忙扭头,见顾馨彤摔趴到地上,一张脸皱成了包子,扁着嘴要哭,不知想到什么,把眼泪忍回去了。

"怎么回事?"顾承拎小鸡似的,单手抓住小姑娘后背的衣服,将她提了起来,放地上站好。

陆延说:"走着走着她就滑倒了。"

他们走在一段有坡度的山路上,脚下奇形怪状的碎石遍布,融化的雪水在日照稀薄的林间很难蒸干,路面湿湿滑滑的,踩到石头很容易摔倒。

"有没有摔疼?"顾承拉过顾馨彤的两只手检查。

小姑娘两只手上沾满了污泥,身上的棉服也弄得脏兮兮,裤袜的膝盖处惨不忍睹,两团黑乎乎的泥水印子,看得顾承头都大了。

顾馨彤怯生生地说:"哥哥,我不疼。"

陆笋从口袋里掏出两片纸巾递给顾承:"给她擦擦手,先看看有没有伤口,破皮了就得回去擦药,小孩子皮肤嫩,沾了水容易发炎。"

顾承耐心地给小姑娘擦拭掌心的泥沙,动作轻轻的,生怕弄疼了她。

所幸她手掌没破皮,只是有点泛红。

"膝盖呢,有没有磕到?"他看着她惨白的小脸,语气严肃地问。

她小声说:"没有,我穿的衣服厚。"

2

日落西山,林间的温度下降,山风拂来,凉意阵阵。

一群人玩到意兴阑珊才归家。

下山的路不好走,顾承将妹妹背了回去。

冯意芸的牌局正好散场,一边数着钱一边往家里走,在门口跟兄妹俩碰上,眉头顿时皱了起来。

"你把人带哪儿去了？"

冯意芸穿着高跟短靴，"咔哒咔哒"地跑到跟前，将女儿从顾承的背上扯下来，再看她身上衣服脏乱，不仅有干涸的泥水，还有油污，直接气炸了。

顾承装起聋子，大步流星地进了家门。

"我问你话呢？"冯意芸气急败坏的声音从背后传来，"你给我站住！"

顾承两手抄进兜里，置若罔闻。

听到动静，一家之主顾振翔从屋里出来，不悦道："做什么吵吵嚷嚷的，大老远就听见你的声音了。"

"你看你儿子干的好事！"冯意芸一把将女儿拉扯过来。

顾馨彤没来得及迈步，身子一歪，没站稳，差点摔倒，冯意芸连忙拽住她胳膊，一手握住她肩膀，拎到顾振翔跟前。

"怎么了？"

"我出门时孩子还好好的，回来就成这样了！"冯意芸恶狠狠地瞪了顾承一样。

顾振翔没看出哪里不对："不就衣服弄脏了点，小孩子出去玩哪有不弄脏衣服的。这点小事也值得你生气？不是我说，你气量也太小了。"

"我气量小？你说我气量小？哈！"见他这般袒护顾承，冯意芸一口气怄在胸口，险些背过气去。

她算是看清了，说到底他们父子俩是亲的，她们母女俩是外人。

还说没有重男轻女，这不是偏心是什么？

冯意芸胸脯剧烈起伏几下，拉着女儿问："你说，怎么回事？"

顾馨彤早就吓傻了，小嘴瘪着，一汪泪兜在眼眶里："我就是不小心摔了一跤，没……"

她想说没事，冯意芸不听她的，弯腰抱起来回房间。

片刻后，冯意芸气冲冲从房里出来，见顾承拿着杯子倒水，二话没说冲过去甩了他一巴掌。

暖水瓶的瓶口碰倒了玻璃杯，掉在地上四分五裂。

顾承舌尖顶了顶腮帮子，冯意芸甩过来的力道极大，他半天脸麻了，没来得及做其他反应。

顾振翔一把拉开发疯的女人："你又是发的什么病，大过年的打孩子干什么？"

老太太从厨房里出来，手里还拎着锅铲，见顾承的脸上印着五个清晰的指痕，一旁的冯意芸歇斯底里地喊叫。

老太太年轻时也是暴脾气，对早年丧母的孙儿疼惜深重，当下就忍不住冲着冯意芸发火:"你这是干什么! 反了天了, 一年回来不了几次, 一回来就搅得家宅不宁。孩子这么大了, 是你说打就能打的? 啊? 他犯了什么错你要甩他巴掌。"

冯意芸说不过他们母子俩, 心里憋屈, 眼睛眨巴几下, 泪水"哗哗"淌过擦了粉的脸, 跑回房间把女儿抱出来。

"都说我欺负他, 可你看看他把孩子弄的, 有他这么当哥哥的吗?"

顾馨彤身上穿的裤袜脱掉了, 两条光溜溜的小胖腿挂在冯意芸臂弯, 露出来的膝盖擦破了一大块皮, 泡了泥水感染了, 又红又肿。

顾承怔了一下, 没想到会这么严重。

"她一个姑娘家, 处理不好要留疤的, 将来还怎么穿裙子。"冯意芸哭得更凶, "我冤枉他了吗? 人是他带出去的, 出了事不晓得照顾, 任由伤口感染成这样。"

一句比一句声音大, 顾馨彤吓得"哇"一声大哭起来:"不关哥哥的事, 是我非要去的, 是我没告诉他……"

她摔下去那一下确实很疼, 但她更害怕哥哥得知以后, 不带她玩, 所以撒谎说自己穿得厚没磕到。

顾馨彤搂着冯意芸的脖子, 哭得鼻子一抽一抽:"妈妈不要生哥哥的气, 是馨彤不乖。"

顾振翔说:"赶紧拿条裤子给孩子穿上, 去医院里处理一下。"

冯意芸泪眼婆娑地起身, 去房里找了条宽松的棉裤过来, 小心翼翼给女儿套上, 抱起她就往外走。

顾馨彤趴在妈妈的肩上, 朝顾承伸出一只小手:"哥哥……"

"别喊了!"冯意芸猛地颠了她一下, 吓得小朋友不敢言声。

顾振翔深深叹了一口气, 拿了外套赶紧跟上, 回头对顾承说:"别往心里去, 你阿姨就是太着急了, 我过去看看。"

一家三口离开, 老太太扶了扶额角, 颇有些头疼。

顾承一言不发地转身出了大门。

望着他大步离去的背影, 老太太唤了一声, 没能叫住他。

陆家正在吃晚饭, 餐桌底下放了一盆炭火, 暖意融融。菜肴是中午吃剩的, 热一下端上来, 另外炒了两盘新鲜蔬菜。

陆延下午吃了很多烧烤, 一口饭都吃不下, 喝了点可乐, 溜下餐桌, 坐在沙发上玩陆竿的手机。

陆竿用的老年机里自带的小游戏只有贪吃蛇, 陆延玩的就是这个。他手指按键, 操控着屏幕上的"小蛇"去吃小方格。

小蛇慢慢吃成长长的蛇，屏幕忽然一变，进来一通电话。

陆笋气得蹬了一下腿："姐，顾承哥打来的电话。"

陆笋放下筷子，没避开家里人接电话："喂，顾承。"

"在干什么？"顾承的嗓音沙哑，情绪不太好。

陆笋问他出什么事了。

"跟家里人吵架了。"顾承按了按嘴角。冯意芸那一巴掌，除了给他脸上增添了几个指印，还把他嘴角打破了。

陆笋说："你吃饭了吗？没有的话，来我家吃吧。"

顾承过来的时候有些狼狈，晚间起了大风，他一头短发被吹得凌乱，脸颊已经肿起来了，嘴角一点血迹结了痂。身上外套敞着，很是单薄落寞。

夏竹知道顾承家里的情况，母亲早逝，父亲在瓯城做生意，当上了大老板，娶了公司里一个年轻貌美的姑娘，几年前生了个女儿，一家三口定居在外地，很少回来。顾承不愿意跟过去，留在老家，边读书边照看年迈的奶奶，是个有孝心的孩子。

夏竹没打听什么，找了一条新毛巾，裹住一罐冰镇的啤酒，让他拿着敷脸。

"谢谢阿姨。"顾承落座。

"谢什么。"夏竹笑笑，给他拿了只空碗，"先喝点汤吧，暖暖胃。"

中午炖的鸡汤，晚上加热一遍味道也不差，夏竹盛了一碗放在他手边。

听着夏竹轻柔的关切声，顾承眼眶温热起来，低不可闻地"嗯"了一声，端起碗喝汤。

电视机声音调大，一家人坐着看春晚。

不一会儿，陆延拿着手机跑过来，大声说："姐姐，又有人给你打电话！"他玩游戏总是被打断，生气了。

陆笋眼睛盯着电视，随口问："谁？"

"江……江，这个字是念淮吗？江淮宁。"

才上小学二年级的陆延识字有限。

这个名字引得客厅里的人注意，陆笋脸一热，低下头拿着手机跑出去接电话。

陆笋走到院子里，站在一株山茶树旁，轻轻地"喂"了声。

"吃过年夜饭了吗？"江淮宁清润的声音传来，带着舒朗笑意。

陆笋一时恍然，十几天没见而已，他的声音对她来说竟有些陌生，仿佛隔了很久很久没见。

也可能是她太想念了。

"刚吃完。"陆笋听见自己细声细气地回，又问他，"你呢？"

"晚上在饭店里吃的,除了我们一家三口,还有好些我爸工作上的伙伴,包间里吵吵闹闹的,我吃完就一个人出来了。"

饭局还未散场,江淮宁身处在饭店寂静的走廊上,脚踩着松软的地毯。

陆笋不知道说什么,低低地"哦"了一声。

"我听我爸说了。"江淮宁换了个语调,笑意更深。

听着那边的笑音,陆笋不自觉心跳加速,疑惑地问:"说什么了。"

"你们今天在碧水潭碰见了?"

"嗯。"

"我爸回来就跟我说了,还说我待在家里不如跟你们一块出去走走。"江淮宁有点委屈地说,"你怎么没叫我?"

陆笋直愣愣地道:"你之前不是去过一次吗?"

"那次没有登上二峰。"江淮宁语气里不无遗憾,"听说上面有积雪未融化,景致跟秋季不一样,值得一看。"

陆笋想起来,那次是因为沈黎走累了,不想往上攀爬,江淮宁在一峰陪着她。

没等她回答,江淮宁兀自说道:"不过,以后有的是机会看,等度假山庄建成,在那里住上十天半个月也说不定。"

"什么度假山庄?"陆笋没听懂。

"你不知道?"

江淮宁给她解释了一遍。

陆笋这才知道她爸爸打算投资度假山庄,创办人正是江淮宁的爸爸。他们计划将度假山庄建在碧水潭山脚,那一道瀑布侧边,日后山庄落成,凭栏赏月、赏瀑布、赏林间景色。

江淮宁说这些的时候,声线随性散漫,陆笋不由自主地跟着他的话语,在脑海里描绘出那样一幅闲情惬意的画面。

一道突兀的声音从身后响起,打散了她脑中的构图:"在外面待那么久,冷不冷?"

顾承双手抱臂,挺拔的身姿侧靠着墙,脸庞笼在阴影里,眼神看不真切。

电话那边,江淮宁愣神,不太确定地问道:"是顾承吗?他怎么在你那里?"

事关顾承的隐私,对外说不太好,陆笋沉吟了下,含糊道:"他来我家吃饭。"

江淮宁声音低了下去:"哦,那挂了吧。"

按照习俗，除夕是要守岁的。

陆竽困了，提前回房睡觉，躺进被子里，手机响了一声。

拿来手机，一条来自江淮宁的消息映入眼帘：睡了吗？

顷刻间，陆竽眼中的睡意消散一大半，两手握着手机按键：没有。

江淮宁问她：要守岁吗？

陆竽心虚地回：要的。

阿弥陀佛，原谅她撒谎，她原本是想睡觉，没打算守岁。

江淮宁便不再有打扰她休息的罪恶感，跟她有一搭没一搭地聊起来，聊假期生活、聊学习、聊作业。

很快，短信箱里塞满了两人来往的信息。

不知不觉，聊到近零点，陆竽的困意彻底没了。

发完一句结束语，她放下手机，平躺在床上对着天花板发呆，闭上眼，脑海里一遍遍播放着两人的聊天内容，莫名亢奋。

陆竽抱住被子卷起来翻个身，把脸埋进去，忍不住偷笑。

外面响起了"嘭嘭嘭"的声音，似乎从遥远的天际传来，陆竽兴奋地爬起来，在睡衣外套了件羽绒服，下床。

楼下，陆国铭搬出几箱烟花，放到大门外，回身找打火机，看见从楼上下来的陆竽："你怎么下来了？"

陆竽轻轻地说："看烟花啊。"

陆国铭笑了笑，找出一个红色的塑料打火机，递给她："要不你来点？"

"我不敢。"陆竽后退一步。

陆国铭哈哈大笑，叮咛一句："羽绒服裹紧点，别着凉了。"

陆竽缩着脖子跟在爸爸身后，出了大门，发现妈妈站在门口，两只手来回搓着，跟邻居家的大婶说话。

"不是睡了吗？怎么出来了？"夏竹问。

陆竽一蹦一跳到她跟前，还没说话，一旁的爸爸替她开口："被放烟花的声音吵醒了，想要出来凑热闹。"

夏竹笑了，拉着她站到避风的地方观看。

陆国铭依次点燃了一字排开的几箱烟花。邻居家的大伯也点燃了自家准备的烟花，还有远处的几户人家，几乎在同一时间点燃烟花。

转瞬间，无数烟火升腾至高空，"咻咻咻"的声音不绝于耳，在低垂的天幕下轰然炸响，姹紫嫣红，耀眼璀璨。

陆竽举着屏幕小小的按键手机，仰头对着天空，脖子都酸了，总算拍到一张好看的烟花照片。

她低头欣赏照片，通过彩信发给江淮宁，附赠一条：新年快乐。

江淮宁的电话突然打过来。

清脆的铃音响起，湮没在烟花燃放的声音里，但夏竹和陆国铭离得近，还是听见了。两人同时看过来，陆筝捂着手机转身回去，边走边接通电话。

心跳随着慌乱的脚步声变得急促，她听见江淮宁笑着对她说："新年快乐。新的一年，祝陆筝同学学业进步，永远开心没烦恼。"

陆筝顿住脚步，站在楼梯上，一手搭着扶手，指腹摸着上面的雕花纹路，嘴角翘起漂亮的弧度。

"也祝江淮宁同学学业进步，永远开心没烦恼。"

江淮宁笑出声来："你学我？说好的语文课代表呢？"

陆筝弯了弯唇，从善如流地重新说了一句祝福："那就……愿江淮宁同学往事不回头，余生不将就，人生永远不留遗憾。"

江淮宁心绪涌动，默然许久，声音有些悠远："陆同学，你这个祝愿太大了，没有人的人生能够不留遗憾吧。"

"所以说啊，是美好愿望。"陆筝声音软软的，"江同学，你就收下吧。"

"好，我收下了。"

顾承刚睡醒，眼神蒙眬看着杵在楼梯口的陆筝："你这是还没睡？"

"要睡了，要睡了。"陆筝忙不迭应一声，踩着拖鞋右转回房，关上门。

陆筝发现手机上的通话还未挂断，附到耳边："你还在吗？"

"顾承还在你家？"江淮宁克制着语调，平缓地问出来。

"我妈留他住一晚。"

江淮宁追问："他和你家关系很好？"

"大家从小认识，关系还不错。"陆筝坐到床边，品味着他说这句话的语气，似乎哪里不对劲，"怎么了？"

"没什么，很晚了，睡吧。"江淮宁无声地叹了一口气。

"嗯，晚安。"

"晚安。"

结束通话，陆筝脱掉身上的羽绒服，钻进被子里，手探出来关掉台灯。

室内被一团漆黑笼罩，她的大脑还兴奋着，有点睡不着。

3

正月初六，夏竹四十二岁生日。

傍晚时分，陆国铭做好一桌菜，骑着自行车出去了一趟。回来时，车把上挂着蛋糕，车前的篮子里放了一束鲜花。

"还买花干什么？"夏竹没忍住责怪了一声。

"一年就过一次生日，当然要隆重一些。"陆国铭拎着蛋糕进屋，放进冰箱里，洗了个手去端菜。

一家人围着餐桌吃饭，气氛甚是热闹。

桌上的菜大半是夏竹爱吃的，陆国铭不停给她夹菜，弄得她有些哭笑不得，却也了解这人的性子："你是不是有什么事跟我说？"

陆国铭抿了一口白酒，咂了咂嘴，把筷子架在碗口，酝酿了许久，开口说："有件事想征求你的同意。"

夏竹点了下头："你说。"

"是这样的，我想挪用家里的存款做一笔投资。"

饭桌上的气氛安静下来。

陆竽已从江淮宁那里得知此事，表现得很平静，夏竹和两位老人比较惊讶。

夏竹没有第一时间拒绝，询问他："什么投资，靠谱吗？"

陆国铭说："碧水潭要开发旅游项目，有人买下了山脚那块地，打算修建成度假山庄，将来发展得好，还能带动卢店乡乃至晓山县的旅游经济。目前已经获得了政府的审批，各项手续都办齐了，等着择日动工。我认识的一个朋友正好拉合伙人，我寻思着事情可行，便想跟你商量，先挪用家里那笔钱。"

他口中的那笔钱，夏竹心里清楚，是他们几十年来打工攒的钱，除了日常开支，其余的钱都存了起来。

夏竹神色犹豫，不敢冒险应允他："先前说好了，那钱是留着将来买房子用的。咱们那些亲戚，要么在县里买了房子，要么在市里买了房子，只有我们家，就这么一套老房子。我不是羡慕人家的大房子，我是想着两个孩子转眼就大了，不能一直这样。"

"你说的这些我都知道，我是觉得这个机会摆在眼前，不抓住太可惜了。碧水潭那地方以前也有好几拨人考察，说明是有发展前景的，那些人一缺资金、二嫌手续麻烦，久而久之就搁置了。现在有这么一个人，把前期的困难都给解决了，我等于是捡现成的。"

"要是赔了呢？"夏竹不得不做最坏的假设，"赔的可是我们全部的家当，竽竽大学四年的学费和生活费也在里面。"

两位老人不懂投资，听夏竹这么说，刘春秀就有点怕了，对陆国铭说："你媳妇说得对，那什么度假山庄，万一赔了，钱都打水漂了，以后怎么办？依我看，一把年纪就别想着发财了，务实才是要紧的，安安稳稳过日子不好吗？"

"话也不是这么说的，妈，国铭有追求是好事，我是在考虑这项目到底能不能行。"夏竹不想把气氛弄得那么严肃，"投资多多少少有风险，但这个风险对我们家来说有点大，要是有闲钱那还好说。"

夏竹问坐在身边的女儿："竿竿，你是怎么想的？"

她也是家里的一员，年纪不小了，能明白事理。

陆竿缓慢说道："难得见爸爸这么执着一件事，我觉得……要不让他试试？"她说得没那么坚定，主要还是看父母的意思。

夏竹看着鬓边已生出白发的丈夫，他跟她同岁，今年也是四十二，生日在十一月中旬，还没到。

她想起他丢掉工作后，数月来郁郁寡欢的样子，想起他方才谈及度假山庄，眼里有光的样子，再看此刻的他，嘴里抿着酒对女儿笑，掺杂着中年男人的苦闷和心酸。

不知不觉，一颗心就软了。

夏竹松口："我考虑考虑，回头你再详细跟我说说。"

"行，先不聊了。"陆国铭拿起碗口的筷子，给她夹菜，"吃菜吃菜，过生日要开心。"

饭后切了蛋糕，夏竹戴着金黄色纸皇冠，听两个孩子给她唱《生日快乐歌》，忘掉了那些烦恼，只顾享受这一刻的温情。

几天后，夏竹同意了丈夫的提议，陆国铭趁机说出对方要请他们一家人吃饭。

夏竹打扮一番，开始拾掇一对儿女："你爸一个朋友要过来，开车载我们去吃饭。你就穿年前我给你买的新大衣，红色的那件，里面穿厚点，晚上很冷。"

陆竿脑中有个强烈的直觉："我爸哪个朋友？"

"我也没见过。"夏竹想了想，"应该是创办度假山庄的那个。"

一瞬间，陆竿心头仿佛有一只蝴蝶振翅而飞，连带着她整个人都有些雀跃。

转念想到什么，她收敛了欣喜的情绪："他家里人都来吗？"

"那就不知道了。"夏竹拍拍她胳膊，语含催促，"赶紧去换衣服，一会儿车来了，让人等着就不好了。"

夏竹踩着高跟鞋下楼，去给陆延找衣服。

陆竿从衣柜里取出新大衣铺到床上，不知道里面搭配哪件毛衣比较好看。于是，她把所有的毛衣翻出来，一件一件拿到大衣旁边比画。

她选了一套浅咖色的套装，上身是毛衣，下身是同色的毛线裙，裙子下摆织了一圈米白色荷叶边。

陆竿换好衣服，站在镜子前转了一圈，裙摆随之在空中荡开涟漪。

停下来时,她盯住镜子里脸蛋红扑扑的女孩,突然"啊"一声,扑倒在床上,感觉自己好做作!

"竽竽,你好了没?"

夏竹没见人下来,站在楼下唤了一声。

陆延是男孩子,换衣服比较快,穿上一件深蓝色的小棉服,兴奋地叫唤:"姐姐快点!"

陆竽从床上翻身下来,又回到镜子前,深深地吸了一口气,逼迫自己冷静下来,却还是显得手忙脚乱。

她用手拨拉几下凌乱的长发,调整大衣腰间的带子,最后穿上黑色短靴,扮作淑女下楼。

夏竹见到她,不由得眼前一亮。

陆竽脸颊还有点热,拿手背贴着脸降温。

夏竹笑眼弯弯,从包里找出一管口红,走到陆竽跟前:"要不要涂一点妈妈的口红?"

"啊?不要吧,我还在上学呢,太奇怪了。"陆竽摇头抗拒。

"涂一点点不会太明显啦,试试。"夏竹一手捏着口红,一手按住她下巴不让她乱动,给她嘴唇上抹了薄薄一层,"嘴唇抿抿。"

香香的味道窜入鼻尖,陆竽是第一次涂口红,体验新奇,轻轻抿一抿唇,将唇上的颜色蹭均匀。

夏竹退开一步欣赏陆竽,点头夸赞:"真的很好看。"见女儿脸红了,她笑道,"别害羞,我像你这么大的时候穿衣打扮可时髦了。"

门外,陆国铭在喊母女俩:"怎么还没出来,车来了。"

夏竹盖上口红塞进包里,拉着陆竽出门。

一辆七座的SUV停在家门口,第二排的车窗降下来半扇,露出来的女人侧脸熟悉。

女人转过头,朝车外的人笑笑:"陆竽妈妈,好久不见。"

夏竹认出坐在车里的女人是孙婧芳,感到意外:"怎么会是你?"

话音刚落,车内第三排坐着的一个男生探身上前,车座挡住了,他不方便下来,只好躬着身,俊逸非凡的脸展露出礼貌合宜的微笑:"夏阿姨好。"看向一边的陆国铭,"叔叔好。"而后,目光不动声色地偏移,看向站在夏竹身后的陆竽。

她倒好,见了他一点不觉惊喜,淡定得像一根木头,甚至没抬头看他。

江淮宁自然不知道,陆竽是觉得自己涂口红的样子好奇怪,不好意思见人。

夏竹忙不迭应一声,扭头看向身边的丈夫,用眼神询问,这到底是怎么回事？"

陆国铭朝江淮宁点头，算作回应，轻轻推了推老婆的后腰，低声说："上车再说。"

孙婧芳帮着推开车门，自觉往里挪了一个座位，靠近另一边车窗坐下，热情邀请夏竹："坐我这里吧。"

夏竹一手撑着门边的座椅扶手上去，坐在她旁边。

陆国铭坐副驾驶，跟开车的江学文寒暄了一句。剩下陆竿和陆延姐弟俩，没有别的选择，坐在了第三排。

陆竿晕车，靠窗而坐，中间隔着陆延，江淮宁在另一边。

车门关上，车里的空调发挥作用，有些闷热。陆竿两只手规矩地搭在膝盖上，手指无意识地摩挲针织裙的纹路，想起来还没向长辈问好，补上一句"叔叔阿姨好"。

孙婧芳笑着夸她漂亮。

车子向前行驶，孙婧芳问身旁的人："咱俩谁年龄大？"

夏竹说："我71年的，我老公也是。"

"我和我家那位也是同岁，你俩比我们大一岁。"孙婧芳说，"以后就让淮宁叫你们伯父伯母。陆竿呢，就还叫我们叔叔阿姨。"

如此，两家显得更亲近些。

夏竹自然没异议，与她说笑："老陆也真是的，出发前都没跟我提过，要见的人是江同学的父母，还跟我说是一朋友，问他是哪个朋友，他含含糊糊地说创办度假山庄那位。他要直接说是你们，我不就知道了。"

陆竿看着车窗外，听着两位妈妈欢笑不断地交谈。

聊得火热的两位女士忽然止住话茬，孙婧芳回头，问出了心中的困惑："你俩不是同桌吗？怎么都不说话，该不会闹矛盾了吧？"

"没有。"

"没有。"

两人没打商量，异口同声。

彼此对视了一眼，江淮宁这才看见她的脸，嘴唇涂上一点朱红，与她今日的大衣格外相配。

她皮肤偏白，浓郁的红色映衬着，亮眼得让人挪不开视线。

半小时后到达一家名叫"五家园饭店"的农家乐，他家的招牌鹅汤火锅最为出名，泡椒鸭胗、熏肚、姜汁热味鸡、葱扒羊肉也不错，全都点了一遍。

陆竿拿筷子去夹锅里的鹌鹑蛋，滑溜溜的，几次从她的筷子间溜走。

她有点懊恼，不想吃了，转而夹起一块鹅肉。

江淮宁叫来服务生："麻烦拿一只漏勺过来，谢谢。"

"好的，请稍等。"

服务生出去了，拿了两只勺子过来，一个漏勺一个汤勺，搭在锅边："请慢用，有需要再叫我。"

江淮宁道谢，把漏勺拨到陆笋那边："用这个吧。"

陆笋在啃一块带骨头的鹅肉，没来得及回应，他便自顾自挽起袖子，握住不锈钢漏勺，舀起几颗鹌鹑蛋，放进她的小碗里。

进入包厢后，他脱掉了羽绒服，穿着里面那件燕麦色的羊毛衫，温暖的色调，让穿着它的人也变得温暖，宜室宜家。

陆笋一句"我自己来吧"吞了回去，变成了一句"谢谢"。

饭桌上的话题换了几个，过渡到碧水潭度假山庄上面，两个男人交谈起未来规划，夏竹想要了解清楚，听得尤为认真。

陆笋吃饱了，没打扰他们，自行出了包间，先去了一趟洗手间，站在木制栏杆前，观赏后院风景。

江淮宁走过去，在陆笋旁边驻足，一手攥住她的手臂，将她往回拉。

他事先没打声招呼，陆笋没心理防备，被他拽得脚尖踮起，猛地上前一步，扑进他怀里。

"你……你干什么？"

陆笋开口说话，竟有些无法控制地磕巴。

江淮宁松开手，没去看她紧张到僵硬的脸，指着她身后那一排歪七扭八的木栏杆："不太稳当，怕你掉下去。"

陆笋一颗心稍稍平静，忍不住腹诽，直接提醒她就好了，突然动手动脚，害得她心慌意乱，差点尖叫起来。

借着月色与走廊昏黄的灯光，江淮宁凝视着她："冷吗？"

陆笋身上的呢大衣不算厚，在室内没问题，待在室外确实有点冷，但她偶尔也想要风度不要温度，果断摇头："不冷啊。你很冷？"

江淮宁轻笑，他穿着羽绒服，怎么会冷？

"在车上怎么不跟我说话？"江淮宁一双清润的眼含笑盯人，蛊惑力十足。

陆笋是个胆小鬼，不敢跟他对视太久，唯恐自己那点心思藏不住。她视线低垂，小声解释："家长在，不知道说什么。"

"是这样？"江淮宁眉峰微微上抬，露出恍然大悟的表情，"还以为我做了什么惹你生气了。"

"我没有总是生气吧？"

江淮宁笑："确实。"

陆延"噔噔噔"的脚步声在木质楼梯上响起，伴随着他的大嗓门："姐，我们该回家了。"

江淮宁看着她，手从羽绒服口袋里拿出来，像个顽皮的小朋友，扯了下陆竿的头发："开学见。"

4

开学那天，陆竿早起去学校，带着一股蓬勃的期盼。

到宿舍里安顿好，直奔教学楼。

下学期不比上学期，新同学变成了老同学，彼此间没那么多新鲜感，在班主任那里登记签到、交完学费，各自坐在位子上，等着接下来的安排。

旁边的座位空着，陆竿看了几眼，有些失神。

江淮宁一贯来得早，班里同学已到了大半，他还没出现，这就不得不让人怀疑了。

沈欢走进教室，到讲台上登记完，一如既往的活力四射，两腿腾空跳下讲台。

江淮宁和他形影不离，按道理说，他俩会一块过来报名才对。怎么只有沈欢来了，迟迟不见江淮宁。

终究是没忍住，陆竿拿笔隔着中间的空位，戳了下沈欢的胳膊肘，等他扭头看过来，她伏趴在课桌上，轻声问："江淮宁呢？没跟你一起来？"

"你不知道？"沈欢讶异地睁大眼。

陆竿表情茫然，她该知道什么？

沈欢偷瞄了一眼坐在讲桌后面的杜一刚，趴在课桌上，下巴枕着臂弯："他被调去奥赛班了。"

陆竿怔忪地看着沈欢，沈欢以为她没听清，重复一遍："我说，老江被调去奥赛班了。"

"我听见了。"陆竿嘴唇翕动。

她听见了，只是一时难以接受，江淮宁没跟她说过。

初十那天，他们还一起吃过饭，在走廊上聊了很久，他从始至终没提过这件事。

她像个傻子，满心期盼地来到学校，快速整理完宿舍，赶来教学楼，坐在教室里一分一秒地等待，却等来一场空。

陆竿垂下眼，深吸一口气，从书包里拿出笔袋和一本《五三》，随便翻开一页，开始做题。做题能让她很快沉浸到另一个世界去，不再胡思乱想。

班里同学陆陆续续到齐，也都发现了江淮宁没来。

讲台上，杜一刚站起来，合上花名册，两手撑着讲桌边沿："江淮宁同学为什么没来，你们知道原因吗？"

"校草又转学了？"

"不会吧？"

"转学不可能，转班还差不多！"

杜一刚不再卖关子："没错，人家期末考试又是年级第一，七百多分，年级办主任不让他在普通班待了，直接把人送去了奥赛班，他以后就是奥赛班的一分子，不是八班的成员了。"

他趁机教育："特意说起这件事，一是想让你们有所了解，二来，为了鼓励你们这个学期好好学习。不用说你们都清楚，高二升高三重新分班，想要进小班的，一刻不能放松。高三是至关重要的一年，待在一个好的班级里，学习氛围不一样，效果自然不一样。当然，也不排除是金子在哪里都能发光的可能性，但绝大一部分同学，缺乏自我控制能力……

"说来说去就一个宗旨，要想高三能有一个好的开始，这个学期就是奠基石。"杜一刚绕回主题，"大家互相认识半载了，有些问题不需要我一再强调，既然坐在这里，就给我收起玩闹的心思，加把劲冲上去，为自己博一个光明的未来！"

他说到最后慷慨激昂，堪比大型演讲。

班长带头鼓掌，其他同学愣了愣，也跟着鼓起掌。

陆笋木然地拍着手掌，陷入思考。

杜一刚老生常谈的那些话，其他人左耳朵进右耳朵出，不当一回事，以前怎么做现在还怎么做，总觉得高考距离自己还远。陆笋素来拿老师的话当圣旨听，何况杜一刚说的那些给了她醍醐灌顶的感觉。

要想高三进到一个好的班级，从现在开始，她不能松懈。

没给大家太多适应的时间，下午就要正式上课。

中午放学，因为是开学第一天，管制不严，校门对所有学生开放。大家担心食堂刚开伙，锅具不干净，大多选择外出觅食。

"我们吃什么？"张颖主动问。

"要不去吃砂锅米线？我们常去的那家，味道不错。"黄书涵搭腔。

有一人没给出反应，黄书涵屈起膝盖，在陆笋腿弯碰了一下："你呢？发什么呆啊，走路都不看的。"

陆笋恍惚地点了下头："我都可以。"

"开学第一天就垂头丧气、没精打采，你这学习状态不行啊，陆笋同学。"黄书涵在她后背拍了一把，"有没有听说过，吃饭不积极，脑子有问题。"

陆笋没被黄书涵逗笑,她甚至连眼神都不曾有过波动。

张颖和叶珍珍对视一眼,意味深长地摇了摇头。

"唉,岂止是陆笋,八班全体女生就没有不伤心的。"

"说得对!痛失所爱!"

"呃……倒也没有那么夸张。"

两人一唱一和,像是在说相声,黄书涵一个外班的,听得云里雾里。

"不是,你俩说的是什么意思?"黄书涵第一次觉得自己的脑子不够用。

张颖给她解惑:"放心,很快整个年级都会知道江校草去了奥赛班。校草不属于我们八班了,呜呜呜,舍不得他。"

"江淮宁去奥赛班了!"黄书涵震惊得五官乱飞,看向陆笋,"所以,你是因为同桌走了不开心?"

"没有!"陆笋心是软的,嘴是硬的,反驳得非常迅速。

黄书涵不相信。

陆笋不想解释,没有人比她更清楚,她难过的不是江淮宁去奥赛班,她难过的是,他没有告诉她。

放学时间,砂锅米线店里人满为患,过道里都挤满了。

等了几分钟,有一桌学生起身离开,黄书涵眼明手快地冲过去抢占了座位,朝她的好朋友们招手:"快过来。"

这是一桌靠墙的四人位,几人点好餐,等了许久才端上来。

陆笋握着筷子搅拌砂锅里的粉,听到了熟悉的声音从门口传来。

"老板,还有没有空位?"

老板在收拾桌子上的砂锅和餐盘,麻利地拿抹布擦一遍,招呼道:"这不刚好空出来一桌吗?快坐快坐。"

沈欢扭头笑说:"这叫什么?来得早不如来得巧!幸亏陪老江去打印店一趟,不然还得排队等。"

沈黎推了推他:"别说了,赶紧坐吧,再磨磨蹭蹭位子被人占了。"

沈欢"哦"了声,快步走过去,稳稳当当坐在凳子上,一回头,江淮宁还傻站在那里,出神的样子,不知在看什么。

他相貌出挑,放人群里本就是耀眼的存在,此刻身处在这么一家十几平米的乱糟糟的小店里,所有人的视线不由自主被他吸引。

他却毫无所觉,目光笔直地盯住一处。

沈黎正觉疑惑,顺着他目光指向的方向看去,是陆笋的侧脸。女孩安安静静,低头吃粉。

"陆笋,校草好像在看你。"张颖提醒。

陆笋感觉到了，没有抬头，自顾自拿起醋瓶往砂锅里倒。

醋瓶的玻璃盖没盖严实，随着倾斜的角度，"咕咚"一声掉进砂锅里，"哗啦啦"倒了半瓶醋进去。

陆笋顿住。

空气里一股浓郁的醋酸味弥漫开来，陆笋所在的小小一隅霎时安静下来，与四周的嘈杂形成鲜明对比。

陆笋手里握着只剩下半瓶的醋，放在餐桌上，闭了闭眼，内心升起一阵绝望。

假装淡定不成，反倒弄巧成拙，她快郁闷死了，恨不得当场挖个坑把自己埋进去，也好过面对一群人投来的惊诧眼神。

"陆笋，你这……还能吃吗？"黄书涵举着筷子目瞪口呆。

张颖建议她："再去点一份吧？我闻着都酸死了，没法吃了。"

"谁说没法吃，醋而已，又不是别的调料。"陆笋不听劝，倔强地用筷子搅拌搅拌，挑起一撮米粉塞进嘴里。

其余几人见状，均是露出了一言难尽的表情，坐等她的反应。

冲天的酸味充斥着口腔、挑战着味蕾，陆笋整个人僵住，咀嚼的动作慢慢停了下来，表情逐渐趋向痛苦状，吐出来也不是吞下去也不是。

她想收回上一秒说过的话。

太酸了，这正宗的老陈醋，快要把她的牙齿酸掉了。

陆笋果断认输，放弃折磨自己，想要起身去窗口重新点一份，几步开外，江淮宁对老板说："要两碗砂锅米粉，另一碗端到那里。"

他指向陆笋的方向，与她的视线恰好对上。

陆笋走到窗口前，忙不迭拒绝："我自己点就好了，不麻……"

"不麻烦你了"几个字还没说完，江淮宁已经付了钱。

他单手抱着厚厚一沓打印资料，微垂着头，浓密的睫毛敛下，一双乌亮的眼眸注视着她："我请你。"

"不用。"陆笋把手里攥着的零钱塞给他，站在一边等着，两手抄进口袋，扭头去看墙上贴的菜单，一副拒绝交流的样子。

江淮宁看着放在打印资料上的七块钱："你生气了？是谁说的，自己没有总是生气。"

他借用那一晚她在五家园饭店亲口说的话来堵她。

陆笋瞪眼，原本故作严肃的一张脸因为这个表情变得生动鲜活，像一只气鼓了的河豚。

生气怎么了？她难道不能生他的气吗？他为什么能这么理直气壮？

一连串的质问从脑中飘过，陆笋的视线快要将他身上洞穿两个窟窿。

235

江淮宁沉吟片刻,声音越发温软:"让我猜猜你为什么生气,因为我去了奥赛班没跟你说?"

"没有!"陆竽在他话音还未落地的那一刻就矢口否认,语速比反驳黄书涵时快得多。

她反应这么强烈,江淮宁更加确定了自己的猜测。

陆竽后知后觉,也意识到自己的否认更像是欲盖弥彰,也像是被戳穿后的恼羞成怒。她放缓了语气,徒劳地掩饰:"我没有。"

再去看江淮宁的脸,他眉眼舒展,眼里的光芒盖过了一切,好似她这一句"没有"是世上最动听的话。

陆竽想翻白眼,笑什么笑,有那么好笑吗?

江淮宁轻咳一声,面容正经起来:"你冤枉我了。我事先也不知道换班了,刚进教学楼就被年级办主任拦住,一路送到了奥赛班,跟奥赛班的班主任交接。这一上午,被各科老师拉着问话,塞给我一堆资料让我去打印。"

奥赛班的学习进度跟小班和普通班都不一样,快进入一轮复习了,他缺的那些课以及一些同步训练要利用课下时间补上。

跑了几个教研组,拿到了几份学习资料。光是打印这些资料,就花了他大几百块钱,这还不是全部的。

他想要抽空去找陆竽,压根没找到机会。

一晃眼就到了午饭时间,他去八班时,陆竽已经不在班里,只好先跟沈欢和沈黎出来吃饭,碰巧在这家小吃店里跟她碰上。

他们又不是第一天认识,她方才看都不看他一眼,江淮宁稍微一想就知道她肯定埋怨上他了。

5

开学第二天,学校管制恢复到正常状态,不再松懈。

中午放学,住校生老老实实去食堂吃饭,别妄想溜出校门。

陆竽和黄书涵在其中一个窗口前排队,踮脚朝前看,想看看有没有爱吃的菜,却发现前面排队的人当中有江淮宁。

黄书涵显然也看见了江淮宁的身影,指着他笑道:"这什么缘分啊,昨天中午在校外餐馆碰见,今天中午在同一个窗口打饭。"

她说话一向直接,没遮没掩的。江淮宁听见,看了过来,与陆竽四目相对,顿时笑逐颜开:"要我帮你打饭吗?"

陆竽还没吭声,黄书涵立马拉着她从队伍里出来,抽走她手里的饭卡,连同自己的饭卡,一起递给江淮宁。

黄书涵往窗口里瞥了一眼，随后报上自己想吃的菜。

"谢谢校草大好人！"黄书涵道谢。

"不客气。"江淮宁笑了笑，转头看着陆竽，"要酸辣土豆丝、青椒火腿、杏鲍菇炒肉片？"

陆竽透过窗口往里看，除了他点的这三道，其他的菜都是她不怎么爱吃的，点头"嗯"了一声。

黄书涵频频朝江淮宁看着，连陆竽喜欢吃的菜都一清二楚，很难不让她想歪。

江淮宁端着餐盘从排队的人群中出来，邀请她们："要不一块坐，我朋友占了位子。"

他朋友不就是沈欢？陆竽疑惑地想。

然而，他所指的人并不是沈欢。

李元超坐在餐桌旁，拿纸巾擦拭上面残留的油污。

江淮宁开口介绍："我同桌，李元超。"

"李元超"这个名字理科班的同学都有所耳闻，数次霸榜年级第一的学神，被各科老师交口称赞，清大的预备役选手。

他和江淮宁被调到一起，做了同桌。

班里学生大为震惊，所谓王不见王，曾经的年级第一和新上任的年级第一坐一起，不得相看两相厌？搞不好会打起来！

他们多虑了，李元超没那么小心眼。

由于和江淮宁不熟，李元超一开始没有主动跟江淮宁讲话。晚自习第二节数学，老师发了一套卷子让大家做。

卷子是老师自己出的题，难度超高，不是一般考试的水准。

江淮宁很快刷完了一套题，而他还在运算最后一道大题，从这里开始，他就有点佩服江淮宁了。

他课下找江淮宁请教，人家特别谦虚地给他讲解了一遍，随口说，还有一种解法，你要不要听，听的话我就顺便说一下，不听就算了。

李元超彻底被江淮宁折服，说是化身为迷弟也不为过。

吃过午饭，几个人从食堂出去，走在校园的林荫道上。

渐渐地，江淮宁和陆竽落在了后面。是江淮宁故意的，看陆竽走得慢，便自觉地放慢了脚步，与她并肩而行。

陆竽开口问他："你在新班级还习惯吗？听沈欢说，奥赛班学习压力很大。"

江淮宁如实回答："是有点不适应。"

陆竽笑了，说："你又不是那种抗压能力差的人，肯定很快就能游刃有余啦。"

她很羡慕他，也想去奥赛班里感受一下那种学习氛围，可惜她还远远不够格。

"你呢，调座位没有？"他问。

"老班说先上一个星期的课，之后再找时间调。"

她目前还坐原来的座位，与沈欢中间隔着一个空位，有时写着作业，遇到不懂的地方，下意识想要问江淮宁，一扭头，恍然醒神，他已经走了，桌面一张纸片也没留下。

当然，这些事情她是不会跟江淮宁说的。

不会做的题目，她会列出来，利用课余时间问班里其他同学。

学校里的日子平静且枯燥，一个星期过去，八班调换了座位。

陆笋坐在第二组第三排，同桌是个女生，英语课代表王璐，人很好相处，学习成绩也不错。

正值早春时节，天气一天比一天晴朗。阳光有了舒适宜人的温度，每天的课间操几乎成了陆笋最期待的活动。

自从江淮宁去了奥赛班，一个星期里，能见到他的次数屈指可数，偶尔在食堂里遥遥瞥见一眼，没能说得上话。

课间操，意味着能见到他。

广播激昂的音乐节奏回荡在小操场的上空，那人走在人群里，被李元超勾着背，脑后的发丝翘起几缕，被阳光染成浅金色。挺的肩背清瘦却不单薄，身形高挑，扬起唇角笑，显露出几分少年的桀骜气。

陆笋和同班的女生走在后面，目光有意无意从他的背影掠过。

黄书涵跑来八班的场地，从后面拍了下陆笋的肩："中午出去聚餐，你别忘了借一张出入证。"

今天是农历二月十七，董秋婉的生日，要帮她庆祝。

陆笋当然没有忘记。

董秋婉在旎高老校区，与新校区相隔一段不近的距离。

学校有规定，没有出入证不得随意进出校门。出入证只有走读生能办理，住校生偶尔想要出去，不想找老师请假的话，老实一点的会找走读生借用出入证，不老实的就直接翻墙。

陆笋属于老实人那一类，翻墙是万万不敢的，哪怕是借用出入证，她也有点怵，生怕被发现。

她暗自琢磨找谁借出入证比较好。

最先想到沈欢。

他是走读生，午饭一般在食堂解决，不出校门，中午用不上出入证。他那人性子大方爽朗，应当不会拒绝。

踏上楼梯，后背忽然被人用手指点了点，陆筝猛地回头，对上江淮宁的脸。他旁边是一脸兴味的李元超。

"干什么？"陆筝故作镇定，没表现出一丝一毫的惊喜，语气也很平静。

江淮宁挑眉："口袋里的东西快掉了，提醒你一下。"

陆筝连忙低头看向自己右侧的口袋，江淮宁在她身后笑："左边。"

她又看左侧口袋，深蓝色的饭卡从口袋里探出来一半，再走两步就要掉下来了。

她手伸进兜里把饭卡往里塞了塞，有点不好意思地抿唇笑了一下。

楼道里挤满了人，全都是做完操回班的学生，脚步声震得楼梯抖三抖。

陆筝看了看江淮宁，比起沈欢，她跟江淮宁这个同桌的关系更亲近一些，找他借是不是更容易？

江淮宁在她抬眼看过来的那一瞬就有所领会，问她："怎么了，有事跟我说？"

略一沉吟，她低声说道："能不能把你的出入证借给我，中午用完就还你。"

四周纵然嘈杂，江淮宁还是听清了她的话，他愣了一下，假装没听见，侧了侧头，疑惑道："你说什么？"

两人走到二楼的拐角处，陆筝干脆站定，没再往上走，重复了一遍刚才的话。

张颖见他俩神神秘秘有话要说，跟陆筝打了一声招呼就拉着叶珍珍先走一步。

江淮宁笑了笑，没有立刻答应，只问她："你要出入证干什么？偷偷溜出校门可不是好学生该干的事。"

陆筝脸颊微热，赧然道："我出校门是去帮一个朋友过生日，不是出去瞎混，吃个饭就回来了。"

"朋友？"江淮宁顿了一下，歪头问，"男生女生？"

"女生，董秋婉，你见过的。"

"哦。"

陆筝仰起脸瞅着他，微不可察地蹙了下眉心。本以为凭着他们的关系，他二话不说就借给她了，没想到他这么多问题，犹犹豫豫的，她就有些摸不准他的意思了。

想说他要是不借，她就去找别人了。下一秒，江淮宁舒朗的声音从头顶传来:"等着,我上去给你拿。"

没多久,江淮宁拿着自己的出入证下来,递到她面前:"给。"

"谢谢。"陆筝抬起头,开心地笑了一下,"那我先进班了,拜拜。"

她蹦跳着进了教室。

江淮宁站在原地,看着她离开的方向笑了笑,转身上楼。

陆筝在位子上坐下,翻来覆去摩挲着手里的出入证。

透明的硬质塑料壳里放着一张卡片,蓝色挂绳缠在上面。她绕开挂绳,左上角贴了一张江淮宁的半身寸照,浅蓝色背景图,他穿着洁白衬衫,扣子系到最上面一颗,五官清晰俊朗,黑发浓密,十分亮眼。

连证件照都这么帅气,太让人嫉妒了。

陆筝从书包里摸出一个小纸袋,里面有她以前照的寸照,从中取出一张,覆盖在江淮宁那张寸照上。

出校门时,门卫应该不会挨个检查走读生的证件信息,基本上扫一眼学生手里拿着出入证就放他们出去。

她怕眼尖的门卫看到上面的寸照是男生,便覆上自己的照片,这样就万无一失了。

第十章
放学后在教室里等我

1

聚餐结束，返回学校，还有十分钟打铃，陆竽上了四楼。

奥赛班的前门敞着，里面没人讲话，大家都在安安静静做自己的事，每个人都很自觉、自律，不需要老师三令五申地督促。

这样的氛围，普通班里课堂上都难以呈现。

陆竽在中间第四排看到江淮宁，他也在写题，没了以往那种闲散的状态。他以前做题，喜欢一手撑着脑袋，一手握笔在卷子上勾画，思考的时候随意转笔。

现在的他，神情分外认真，可能连他自己都没意识到眉心是微微蹙拢的状态。

陆竽不想打扰他。

她捏着出入证的手指紧了紧，"江淮宁"三个字就在唇齿间碾磨，迟迟喊不出口。

"同学，你找谁？"

许是她站在那里的时间过长，靠门边的一个女生有点被打扰到了，抬起头，声音轻轻地问。

陆竽露出歉意的笑："我找江淮宁。"

"江淮宁，有人找。"女生扭头喊了一声，将桌上的卷子翻过一面，继续做题。

若是在八班，哪个女生来找江淮宁，班里的同学早就沸腾了，尤其是后排看热闹不嫌事大的男生，拍桌子吹口哨起哄是常态。

奥赛班就是不一样。没多少人好奇来找江淮宁的人是谁，大部分同学一副事不关己的状态，有看八卦的工夫不如多做道题。少部分活泼好动的学生看一眼，趁机喝口水，接着在题海里奋战。

他们已经进入一轮复习，各科作业和专项训练不要钱似的砸过来，快要被卷子埋了好吗？哪有工夫八卦？

　　也就李元超，在江淮宁起身出去后，兴致勃勃地托腮看着外面两人。

　　可惜没看到什么有趣的画面，那女生把东西给江淮宁后就离开了，像是生怕多耽误他一秒钟的时间。

　　江淮宁也没看手里的东西，直接塞口袋里，回来了。

　　李元超身体前倾，两条凳子后腿跷起，给他让出空间。

　　等人坐进去，他换了个手撑腮，偏头打量他这位同桌，似笑非笑的。

　　江淮宁诧异地看着他："干吗？"

　　"你们关系真好。"李元超道。

　　方才他看得清楚，江淮宁抬头见到那个女孩，眼睛都亮了。

　　江淮宁默了片刻，横他一眼，不轻不重地回道："做你的卷子。"

　　下了晚自习，江淮宁又被班主任李东扬单独留下来，给了他一沓新的学习资料，是各科老师整理的，帮助他查漏补缺前面的内容。

　　江淮宁现在是奥赛班的重点关注对象，虽然他目前成绩第一，可相对于其他基础扎实的种子选手，他毕竟落下一大截学习进度，需要抓紧时间追上来，不然后续进阶训练会很吃亏。

　　江淮宁回到家已经很晚了。

　　书房里，江学文还在同人打电话，房间隔音效果没那么好，声音透过门板传了出来。

　　孙婧芳在厨房煮饺子，听到开门的声音，拿着漏勺出来："回来了？正好饺子煮熟了，吃点再写作业。"

　　以往江淮宁是不吃夜宵的，此刻闻到味道，才发觉肚子确实有点饿。

　　"行。"

　　他先回房间放下书包，脱了外套扔在椅背上，"啪嗒"一声，出入证从口袋掉出来，他弯腰拾起。

　　缠在证件上的挂绳散开，他看见上面的照片，神色微微一怔，旋即想明白是怎么回事，翘起唇角，露出个分外愉悦的笑容。

　　连着三节晚自习做题的疲惫感被驱散，取而代之的是放松。

　　他坐在椅子上，静静地欣赏照片上的人。

　　不知道陆筝是什么时候照的，脸蛋跟现在的她相比稍显稚嫩，刘海用两枚黑色的小抓夹分别夹在两边，露出完整的五官，穿了件牛仔衬衫，微微抿唇，有点苦巴巴的感觉，不知道的还以为她拍照的时候受了什么委屈。

江淮宁看着看着，又笑了起来。

他从中取出陆竽的寸照，底下是他自己的照片。

陆竽那个"马大哈"，也不知道什么时候能想起来照片没有取走。

江淮宁把照片收进掌心，霸道地想，放在他这里就归他了，就算她回头再来要，他也不会给她了。

他拉开书桌一侧的抽屉，从里面找出一个没用过的牛皮封面的本子，将陆竽的寸照夹了进去。

"淮宁。"孙婧芳站在门口没进去，敲了敲敞开的门板，"饺子盛出来了，你再不过来吃就要凉了。"

"来了。"江淮宁合上抽屉，起身出去。

当他的目光扫过桌上的日历本，今天是3月28日，农历二月十七，陆竽农历三月份生日，算算也就还剩一个月。

他要送她一份什么样的生日礼物呢？

清明节放假前，高二组织了这学期的第一次月考。

陆竽有预感自己考得不怎么样，对完各科的答案，能估算出大致的分数，这种预感就更强烈了，导致她假期里也没心情放松。

6号下午返校，月考成绩出来，果然被她算准了，她从班里前十跌出去，考了第十四名，年级上的排名就更不用说了，可以用"惨不忍睹"四个字来形容。

下午只上两节课，放学后，江淮宁从四楼下来，找沈欢吃饭，见陆竽坐在位子上一动不动，轻车熟路地进了八班，径直坐在她同桌的位子上。

"怎么了？"江淮宁扫了一眼黑板旁边贴的成绩单，打算起身去看一眼，"没考好？"

被陆竽的眼神逼停了动作，他重新坐了下来。

比起看成绩，她的情绪排在第一位。

"我没事，你去吃饭吧。"陆竽趴在桌上，有点抗拒跟他交流学习上的事，也不想听到任何安慰性的话语。

江淮宁从她眼里看出了强烈的拒绝，而他从来不爱强迫她，起身离开了座位，跟沈欢出去。

"陆竽考了多少分？"江淮宁问他。

沈欢说："多少分我没细看，好像排到十多名。"

两人到了食堂，吃过饭，江淮宁去窗口买了两个红豆饼、一瓶加热的奶，递给沈欢。

"带给陆竽的？"

243

江淮宁"嗯"了声。

"你怎么不自己拿给她？"

"她心情不好，想一个人静一静，暂时还是不打扰了。"江淮宁语气里有心疼，也有莫可奈何。

沈欢粗神经，没听出来，只觉得他操心太过。

考试无常，有好有坏很正常，考差了心情糟糕也就一阵子，过去了就好了，又不是什么过不去的坎。

当晚回到家，江淮宁没像往常那样争分夺秒地做题，他从抽屉里翻出几张信纸，垫在本子上，提笔写信。

很多心里话，写出来比说出来容易。

他没有特别注重行文逻辑，想到哪里写哪里，大多分享的是学习上的方法，夹杂几句鼓励的话。

不知不觉，写完了满满当当两页纸，没数具体多少个字，想对陆筝说的话，基本包含在这封信里。

江淮宁盖上笔帽，打了个哈欠，一看时间已经过了十二点，也不准备再写卷子了，将两张信纸折叠成小方块。家里没有信封，他自己拿空白的纸做了一个，边缘用胶带封上，上面写着"陆筝收"三个飘逸的大字。

翌日清晨，江淮宁破天荒起得很晚，为了等沈欢那只懒猪。

两人约好在距离眺高不远的一家早餐店吃早饭。

沈欢进去后点了一碗豆腐脑、一屉小笼包，坐下来大口开吃。江淮宁要了一碗热干面，快速吃完。

沈欢犹疑着问江淮宁："你是不是有事？"

江淮宁没跟他绕弯子，从书包里拿出一封信，递到沈欢的面前："给陆筝。"

沈欢捏着信封一角，举起来对着清晨的朝阳瞅了瞅，没看出里面是什么名堂。

突然，他露出恍然大悟的神情，挑眉："这难道就是传说中的情书？你好歹买点好看的信封啊！"

江淮宁踹了他一脚："滚。"

"不是情书是什么？"

"一些学习上的技巧。"江淮宁表情坦荡。

"哦。"沈欢耷下眉毛，顿时没兴趣了。

快迟到了，沈欢一路狂奔，踩进教室，铃声在他背后响起，他勾了勾唇角，露出一个放松的笑容。

路过陆筝的座位，他随手把信封放在她桌上。

陆筝不解地回头去看沈欢。

"自己看。"沈欢仰起脖子，对着她挤眉弄眼。

陆筝拿起信封，翻到另一面，才看到"陆筝收"三个竖着写的大字，她一眼认出这是江淮宁的字迹。

心头微微一颤，她没有即刻拆开信封，而是把它放进书包里，重新捧起桌面的书，却没什么心思背。

早读结束，班里的同学四处走动。

陆筝趴在桌上，一只手摸进书包里，将那封信拿出来，埋着头拆开上面的胶带，从里面取出一个小方块，一层一层展开，是两张叠在一起的纸，上面的字密密麻麻，跃入视线。

  陆筝，这学期以来，一直想找机会跟你聊聊，无奈事情堆积如山，课余时间大多如同碎片，没找到合适的机会。

  那么，就借这封信跟你随便聊聊。我知你因这次考试成绩心情不佳，也不知如何安慰才能让你好受一些。

  你是我见过在学习上最能吃苦的女生，连我都自愧不如。不止我，放眼整个奥赛班，能做到你那样的也没几个人。但是，学习理科不仅仅要刻苦，还要掌握做题技巧。上学期给你整理的一些物理资料可能有所成效，可终究是我考虑不够周全，没能跟你说明白。接下来会一一展开细说。

  首先还是来说你最怕的物理，我认为学习物理要"敢闯"，这两个字对你最有用，有时候你心理的恐惧会放大问题的难度。其次是总结做题经验……

  再来说说化学和生物，这两科偏文科一点，所以你要充分发挥你刻苦勤劳的优势，多背多思，把基础知识记牢，最大化的将这两科发展成优势学科……

  数学一科，死记硬背就行不通了，要多做题，但做题不能只是为了"做题"，而是要融会贯通，每做一道题，要弄清楚解这类题型的基本思路，掌握住方法。如果能吃透，做一道题，顶得上盲目地做十道百道题，那么你就可以把刷十道百道题的时间用在攻克其他难题上，随着时间推移，这将是质的变化……

  …………

  最后，成绩只是一块试验石，不管怎样，跨过去就不要再回头过久地凝视它。不要将自己困在虚无的数字里，掌握的知识才是最重要的。不怕害怕困难，大家所面临的困境是一样的，正是所谓的"人难我难我不畏难"。我比任何人都希望你能拥有面对困难的勇气，你可以做到的，也可以做好的。陆筝，比起相信我自己，我更相信你。

写了太多，没头没尾，也没时间回头检查，可能有错别字，不要见怪。还有一些话，想当面跟你说，下午放学后在教室里等我，把你的月考卷子整理好。

JHN
2013.4.6

一个字一个字看下来，十分钟休息时间一晃而过，第一节课的预备铃响了。

陆筝抬起头，睫毛轻轻颤动，一滴泪毫无预兆地流下来，砸落到纸上，洇出一团痕迹。

信上的字迹很潦草，但是，每个字都倾注了江淮宁的心意，他先是给她分析了几个学科的学习技巧，后面又不着痕迹地安慰鼓励她。

怕她难受，他甚至没怎么提起这次月考。

没让任何人发现自己的异样，陆筝抬起袖子飞快擦掉滑过脸颊的泪，深深吸了一口气，叠好信件放回书包。

2

下午放学后，班里的同学都去吃饭了。

陆筝坐在座位上未动，把月考的卷子和答题卡找出来，放到桌面上。

她看着一张张布满折痕的卷子，从昨天到今天，她几乎不敢直视它们，每当看到那些错题，她都觉得那是在提醒她在考场上有多么愚蠢。

为什么总是在考完试后后悔呢？

陆筝双手抱住脑袋，额头磕在桌上。

椅子挪动的声音惊动了她，她"唰"地抬起头，睁着一双迷蒙的眼睛看向江淮宁。

脑子里一团糨糊搅拌来搅拌去，她见到他的第一句话竟然是"我们不先去吃饭吗"。

江淮宁扬唇一笑："还记得吃饭，看来心情好多了。"

陆筝被他一句寻常的话戳中笑点，即使心里仍然憋着一股疏解不开的烦闷愁绪，还是忍不住笑了。

"放心，饿不着你，我让沈欢帮忙带饭了。"

江淮宁没忘记来找她的目的，说笑一句，拿起桌上的一沓卷子和答题卡,大致地扫了一遍。

陆竽看着他,突然紧张起来,控制不住地抠手指。

"先讲哪一科?"江淮宁让她自己选择。

陆竽抿了抿唇,底气不足:"数学吧。我这次数学考得很差,还没到及格线。"这话说出来,她自己都感到深重的羞愧。

江淮宁听她的,先抽出数学卷子,配上她的答题卡,先看她做错的题,越看眉心拧得越紧。

陆竽时刻观察他的表情,紧张得心脏高悬。

"你这……"江淮宁顿了顿,尽量用词委婉,"考试的时候在想什么?"

陆竽眉眼垂敛,不敢与他的眼神碰撞,他像是变了个人,好严肃的样子,她声音越发低了:"我也不知道。我是不是没救了?"

"还不至于。"江淮宁从她桌上随便拿了一支笔,开始有针对性地给她讲题。

虽然老师会评讲试卷,但绝对不会针对每个人的具体情况进行分析,跟江淮宁这种一对一辅导当然不能比。

他挑出她薄弱的知识点进行细致讲解,列出类似题型让她当场再做一遍,然后打个星号标记,提醒她回头列入错题集,加强训练。

整个过程里,陆竽浑身的神经绷得紧紧的,全神贯注听他讲解,不敢有一丝一毫的懈怠。

中途,江淮宁停顿了一下,撑着额头看她。

陆竽被看得一愣:"怎、怎么了?"

说话都磕巴了,江淮宁好笑地拿手里的笔敲她脑袋:"你这么紧张干什么?我又不是老师。"

陆竽在心里咆哮,你比老师厉害多了好吗!

不过,他这么一提醒,陆竽身体稍稍放松了一些,不再僵硬得像根木头:"我们继续吧。"

讲完数学卷子,江淮宁没给她休息时间,紧接着翻出物理卷子,正待讲解,沈欢提两份饭优哉游哉地进来了,放在两人中间。

"少爷小姐,奴才给你们送饭了。"沈欢怪腔怪调。

江淮宁抬起手瞄了眼腕表,把物理卷子丢到一边:"先吃饭吧。"

全程没看沈欢一眼。

沈欢自讨没趣,不打扰他们,回自己的座位。

"你要喝水吗?"陆竽从桌屉里拿了一罐可乐,放到课桌上,用手指推到江淮宁那边。

江淮宁望着红色可乐罐,短促地笑了一下:"特意给我买的?"

247

他强调了前两个字，陆笋不会没听出来，筷子夹菜的动作顿住，表情一闪而过的局促，很快被她调整过来，仰起脸大方承认："是啊，你在信里说让我整理出月考的卷子，我就知道你要给我讲题，所以提前准备好了犒劳你的饮料，总不能白白让江老师付出劳动力吧。"

江淮宁勉强接受了她的说法："我讲题加分析题型加梳理知识点加整理错题，这些就值一罐可乐？"

陆笋哑巴了，说不出话来。

这么一算，确实是她占便宜比较多。

"嗯？"江淮宁目含质疑地看着她。

"那……那我回头请你吃饭，两顿饭，三顿饭，都可以。"原谅她脑力有限，只能想到这个报答方式。

江淮宁被她正经的模样逗笑，单手扣开拉环，握住那罐可乐抵在唇边，仰起脖子喝了两口，喉结随着吞咽的动作上下滚了滚。

不自知的撩人最是致命。

陆笋随意瞥一眼就收回了视线，两眼盯着饭盒里的鸡腿肉，不知怎的，脑海里突然浮现"秀色可餐"四个字。

等她回过神来，忍不住唾弃自己，人家辛辛苦苦过来给你讲题，你倒好，胡思乱想。

程静媛跟同桌吃完饭回来，傍晚气温合宜，夕阳正好，两人在走廊南边的露台看了会儿校园风景，一起回到班里。程静媛一手推开教室后门，恰好看到这一幕：陆笋瞥了江淮宁一眼后视线闪躲，脸上一闪即逝的表情，分明是羞赧。

指甲不自觉掐进掌心里，直到丝丝缕缕的疼意泛上来，程静媛才找回思绪，抿着唇回了座位，视线却没从那两人身上移开。

江淮宁竟然来八班找陆笋一起吃饭？

江淮宁和陆笋对周遭的注视没有太大的反应，解决完晚饭，陆笋收拾好垃圾丢进教室前面的垃圾桶。

回到座位，她扯过被丢在一边的物理卷子，展开放在两人中间，撸起袖子，一副开干的架势。

江淮宁看了眼表，剩下的时间不够讲完一张卷子："不讲卷子了，时间来不及，聊聊别的吧。"

陆笋视线正盯着卷面上做错的一道多选题，闻言，愣住了："聊什么？"

"聊你关于考试的心态。"

江淮宁今天说话总是很直接，直接到让陆笋应接不暇。

"这样下去不行,现在才高二下学期,到了高三,考试就跟吃饭一样寻常,考差了,不等你难过崩溃,下次考试就接着来了,岂不是会受更大的影响?"江淮宁手指轻叩桌面,先说她的优点,"好胜心强是好事,太急于出成绩就会适得其反,先前不是跟你说过,学习这种事得慢慢来,文火慢炖的道理懂吗?急不得。"

陆竽被说得面色尴尬,却没有为自己辩驳。

因为他说的每句话都深深地戳到了她的心窝。

"陆竽,我想跟你说,我也会自卑的,没你想象的那么厉害。"江淮宁叹息了一声,第一次在他人面前说起这些心里话,"别看我月考成绩第一,那是因为全年级的考试要考虑综合水平,但我在奥赛班内部的每周小测,基本是垫底的状态,要说不受挫是假的。"

陆竽满眼诧异地看着他,完全不敢相信。

怎么可能,他在她心里永远第一,是无所不能的。

"怎么,不相信?不然我把李元超叫过来你问问,他是怎么碾压我的。"江淮宁轻笑着说,"我在班里排倒数啊,你都不知道我每天压力有多大,动不动被老李叫去办公室谈话,一谈就是半个小时往上,回来还得稳住心态继续刷题,简直比魔鬼还恐怖。所以,以后难过的时候想想我,有人比你更惨,稍微心理平衡一点。"

陆竽其实已经被他说服了,却嘴硬地小声说:"我们不在同一个赛道,不能作比较。"

他那个是高端局,而她,还在起跑线上挣扎。

"可是,高考的时候,我们在同一个战场。"江淮宁说。

跟他聊过以后,陆竽的心情好转不少,原本是沉甸甸的,像浸满了水的棉花,现在水被挤了出去,变得轻飘飘。

临走时,江淮宁跟她约定,以后每周五、周六、周日这三天放学时间,他来八班给她补习功课,让她把不会的题提前准备好,到时候一并讲解。

陆竽不得不为他考虑,担心这样太耽误他时间,万一影响到他的学习就不好了。

可江淮宁说,给她讲题的过程中,自己也等同于在巩固知识点,只有好处没坏处。

陆竽于是不再推辞。

为了鼓励她,江淮宁说:"下次月考,你考好了,我送你一个礼物吧。"

陆竽没能控制住眼里溢出的点点惊喜:"什么礼物?"

"还没想好,等你考好了再说。"江淮宁抛一句话,潇洒地离开了八班。

周三轮到陆笋这一组值日,下了晚自习,江淮宁来八班门口等沈欢。

他倚着门框,目光落在讲台上。陆笋拿着一块抹布,放水盆里浸湿了,拧干后叠成方块状擦洗黑板。

上面那一部分总是擦不够,陆笋搬来讲桌旁的凳子,垫了张报纸在上面,跟以前一样,打算踩在上面去擦。

胳膊被人架住了,陆笋扭头一看,江淮宁从她手里拿过抹布:"我来吧,边儿上去。"

他一手扯下肩上的书包,丢到她怀里。

陆笋下意识地抱住,退到了一边,给他让出位置。

江淮宁用脚勾走碍事的凳子,抬高手臂,三下五除二地擦干了黑板。

顾承扫完一组,直起身时看着讲台上的两人,揶揄道:"江校草准备回八班了?可能没你的位子了。"

江淮宁把抹布还给陆笋:"没这个打算。"

"呵呵。"顾承把垃圾装进大垃圾桶里,头也没抬地怪笑一声。

打扫完毕,下楼,沈欢撞了一下江淮宁的胳膊:"你和顾承怎么回事儿?一开始关系不挺好的吗?怎么到现在动不动就掐起来了。"

到了车棚,江淮宁牵出自行车,睨了他一眼:"你的错觉。"

沈欢嗤一声:"你当我眼瞎?"

"要说阴阳怪气,也是他先挑起的。"江淮宁长腿跨过自行车,弓着背骑出去。

沈欢紧跟其后,手握车把拨了两下铃铛:"总得有个原因吧?"

江淮宁说:"那你得问他,问我干什么?"

"嘶,我说你能不能好好说话,我没欠你钱吧?"沈欢想把他从车上端下去,"你俩铁定有事瞒着我,老早我就发现不对劲了。"

沈欢自说自话,江淮宁并未回应。

沈黎今晚没和他们一块走。沈父在附近跟人吃饭,结束后,恰巧听到眈高下晚自习的铃声,顺路把沈黎接回去了。至于正在扫地的沈欢,没等他,反正有江淮宁给他做伴。

两个男生迎着春日的晚风,在霓虹铺满的道路上前行。

风吹着树叶"沙沙"作响,江淮宁不搭腔,沈欢索性不说了,沉默无限蔓延。

过了会儿,江淮宁突然开口,问:"你说送女生什么礼物比较好?"

他想了很久,没想出一个令人满意的礼物。

眼看着陆笋的生日一天比一天近,他还没想好送她什么,做题之余难免有些焦躁。

"这还不简单,手链、项链、发夹、玩偶之类的,哪个女生不喜欢。"沈欢没动脑子就列出几个备选。

恕江淮宁无法信任他,因为他说话的语调就很不靠谱。

晚上十点半不到,沈欢骑着自行车进了小区,乘电梯上楼。

"我回来了!"进门后,鞋也没换,先吆喝了一声。

厨房里留有夜宵,是蒸烧卖,沈欢拿了一双筷子,端着盘子坐在客厅沙发上吃。他脚伸直了搭在茶几上,一手拿遥控器开了电视,调了个频道边吃边看。

沈黎房间的门打开,她握着水杯出来倒水喝,见沈欢一副大少爷做派:"你的脚怎么不再跷高点,最好跷到头顶上。"

闻言,沈欢收回搭在茶几上的腿,改为跷二郎腿。

沈黎去饮水机前接了杯热水,端回房间,刚要关上门,沈欢忽然叫住了她:"姐,过来跟你说个事。"

沈欢冲她勾了勾手指,挤眉弄眼的样子搞怪得很。

沈黎觉得他没什么好事,倚在门边没过去。

沈欢急了:"你过来啊!跟你有关,你到底要不要听?"

沈黎走过去,坐在侧边的单人沙发上,手支着下巴:"说吧,什么事。"

沈欢拿遥控器调小了电视音量:"放学回来的路上,老江问我送女生什么礼物比较好,我当时没反应过来,现在想起来,你生日是不是快到了?他估计在琢磨送什么礼物给你。"

沈黎是农历三月十四号生日。

"真的吗?"沈黎心间漫上来巨大的欢悦,藏都藏不住,眼里泛起细碎的柔暖的亮光。

"我给他建议送手链、项链、发夹、玩偶之类的,不知道他最后会怎么选。"沈欢吃掉最后一个烧卖,鼓着腮帮子含糊不清地说,"你不如直接说你想要什么,我回头透露给他。"

沈黎脸颊耳根发热,微低着头,用长发挡住了,低声细语地说:"随便啊,我没什么想要的。"

不管他送什么,她都会喜欢。

"啧,你们女生就爱说随便,'随便'最难了。"沈欢关了电视,打了个哈欠,"我不跟你说了,回房看书去了。"

沈黎瞪了他一眼,起身回卧室,关上门,后背抵在门板上,低头盯着自己的鞋尖,痴痴地笑起来。

3

4月22日、23日两天时间月考。

陆竽惦记着江淮宁的话，拿出了十二万分的认真态度，正好她也想检验一下这段时间的复习效果。

23日正好是农历三月十四号，沈黎的生日。

最后一场考试结束，能直接去吃晚饭，沈黎提议去校外吃，还叫了三个女生，都是平日里与她交好的同学。

"江校草会不会来啊？"下巴枕着沈黎胳膊的女生叫李雨晴，留着齐耳短发，笑起来苹果肌饱满，脸蛋圆圆的。

"好啊你，当着沈黎的面就敢肖想校草。"另一个高个女生薛艺打趣道。

李雨晴抬起头，嗔怒："哪有，我就是好奇问一句。再说，欣赏一下也不行哦，人家沈黎才没有那么小气呢。是吧？"说着，李雨晴俏皮地挤了挤眼。

沈黎被她们众星捧月般围在中间："别乱说啊，我们就是好朋友。"

"好朋友嘛，我们懂。"

三个女生互相交换眼神，沈黎摇摇头，拿她们没办法的样子。

聊了几句，走廊转角处，沈欢和江淮宁的身影出现了。

傍晚的霞光由浓郁的赤金和灿橘过渡而成，洒落在男生清隽的面庞上，清风拂来，头顶的短发被吹得竖起，柔软得像刚冒出嫩尖儿的青草。他就穿着最简单朴素的一身黑白校服，一手抄进长裤口袋里，行走间，漫不经心地抬起手腕看表。

身边三个女生激动又小声地交流起来。

"我妈的闺蜜怎么就没有这么帅气的儿子，我也想要这样的竹马！"

"沈黎，好羡慕你！"

耳边一声接一声艳羡的话语，沈黎一颗心被哄得飘飘忽忽，好像身处云端。她捂了捂脸，实在不知该接什么话，只能故作淡定，端的是优雅从容的姿态。

两人走到近前，沈欢自来熟地挥了挥手："嗨，美女们好。"

他知道跟沈黎关系好的这三个女生，分别是李雨晴、薛艺、罗杰霖。能进文科重点班，三个女生跟他姐一样，是光荣榜上的学霸。

她们自然也认得沈欢，沈黎的双胞胎弟弟，性格开朗，活泼好动，说话特别幽默。

相比他，江淮宁就内敛多了，微笑着朝她们点了点头。

"我们快走吧，晚上还得上自习。"沈黎作为寿星，自发主导起来。

他们就近找了一家味道不错的餐馆。大厅里没座位，几人不想等，要了一个小包间，点了一桌菜。

　　沈欢中途出去了一趟，拎着一个慕斯蛋糕进来，放在餐桌上，手在背后绕了绕，变出一个礼物盒递给沈黎。

　　"不是说没有零花钱吗？哪儿来的钱买礼物？"沈黎笑了笑。

　　沈欢仰着头，拽拽道："老姐十八岁生日，没钱不也得送份像样的礼物？"

　　他和沈黎是龙凤胎不假，但他俩并不是同一天生日，因为他们的母亲是在半夜里生产。沈黎被抱出来时，是23点55分。待到第二个孩子出生，已经过了零点，算第二天。

　　"你可别因为买个礼物把自己弄得负债累累，回头还得找我借生活费。"沈黎一手拿起礼物盒晃了晃。

　　"你别摇坏了。"沈欢赶忙阻止。

　　"什么啊？"

　　"MP3，你那个不是坏了吗？重新给你买了一个，最新款。"沈欢拿起筷子夹了颗鸡丁放嘴里，"放心，没负债，省吃俭用给你买的。"

　　沈黎开心地说："谢了。"

　　"嗯。"沈欢故作矜持地抬了抬下巴，装出一副淡然的样子。

　　几人吃得差不多了，放下筷子开始切蛋糕。

　　女生比较注重仪式感，蛋糕上插满十八根蜡烛，沈黎戴上尖顶的彩色小帽子，另外三个女生戴了漂亮的毛茸发箍，凑到沈黎身边，一脸兴奋地看着她。

　　沈欢叫来服务生，要了一个打火机，帮忙点燃蜡烛。

　　"行了，许愿吧。我给你们拍照。"

　　他拿出手机，等沈黎双手合十闭上眼睛许愿，他找准角度抓拍了几张。她睁开眼睛，倾身吹灭蜡烛，冲着镜头露出微笑。

　　沈黎切了一块蛋糕，首先递给江淮宁。

　　江淮宁推拒道："给沈欢吧，我不怎么吃甜的。"

　　沈黎举到半空的手顿了顿："我给你重新切一块小的吧？"

　　犹豫了两秒，江淮宁没再推辞："行。"

　　沈黎脸上的笑容轻松了些，先把那块大的端给沈欢，低头切了块半个手掌大小的，放到江淮宁面前。

　　几个女生边吃蛋糕边共享刚拍的照片，发到QQ空间里。

　　李雨晴和薛艺凑一起小声说话。

　　"校草没送礼物给沈黎吗？"

"没看到……"

"可能私底下给吧。"

沈黎听到了只言片语,却没说什么。

返回学校,距离打铃也就剩十来分钟。

在文科三十班门口分别,江淮宁像是突然想起来,看向沈黎:"给你的生日礼物直接填了你家的地址,应该寄到了,可能有点重,晚上回去让沈欢帮你拿。"

沈黎吃饭时因为好友议论而产生的一点郁闷荡然无存,欣喜道:"嗯,谢谢。"

江淮宁上楼后,李雨晴、薛艺、罗杰霖互相推挤,同时问沈黎:"江校草送你什么呀?"

沈黎笑了笑:"我也不知道。"

"你回去看了别忘了告诉我们,他说有点重,我好好奇哦。"李雨晴说。

不止她们,沈黎自己也很好奇,迫不及待想要知道。

晚上回到家,快递果然已经寄到了。沈欢停好自行车,从门卫那里取到快递,是一只超大的纸箱。

沈欢试着掂量一下,重得要命,抬脚踢了踢:"里面什么玩意儿啊。"

沈黎不满:"你别给我踢坏了。"

电梯到达指定的楼层,沈欢弓着背将纸箱推进家门,累得直不起腰。

沈黎迫不及待地从玄关柜里找到一把美工刀,蹲下来划开封箱的胶带,映入眼帘的是满满一箱书籍。

精装版的四大名著;精装版的《鲁迅全集》,硬壳封面,一共十八本;各种各样典藏版的古今中外文学名著。

这么一箱书籍,价值大几千块。

沈欢一手叉腰,一手摸着头顶,属实没想到里面装的是书。

"要我帮你搬到房间吗?"他问边上正发呆的沈黎,"还是放书房里?"

"放我房间吧。"

沈欢撸起袖子,猛提一口气,把一箱书挪到沈黎房间,靠着书架放,方便她日后整理。

沈黎抿住唇,呆呆地望着那箱书。

换成其他人送她,她一定会非常开心,因为她确实很喜欢收藏精装版的各类书籍,摆满书架,赏心悦目。

可送她书的人是江淮宁,不知为何,心里却高兴不起来,隐隐地,还有一丝失望。

沈黎坐到床边,望着窗外的夜景,某一瞬间她想明白了,大抵是因为她事先从沈欢那里得知,江淮宁向他打听过女孩子会喜欢的礼物。沈欢给出的建议是手链、项链、发夹、玩偶之类的,而她收到的与这些并无关联。

内心的落差自然而然就形成了。

沈欢没想到,陆竿的生日跟他隔得这么近。

她是农历三月十七号生日,跟他就差了两天。

中午在食堂吃饭,沈欢提道:"今天是陆竿生日,你知道吗?"

他问话的对象是江淮宁。

餐桌上还有沈黎和李元超,他们当然不知道,下意识看了眼江淮宁。

江淮宁一脸平静:"知道。我很好奇你是怎么知道的?"

"顾承下课找陆竿讨论放学后聚餐的事,被我听到了。"沈欢啃了口鸡腿,"原来你知道啊。"

"嗯,怎么了?"

"那你要不要去聚餐?"

江淮宁夹菜的动作一顿,低下头,声音听不出什么起伏:"她又没有叫我。"顿了下,状若随意地问,"叫你了吗?"

"叫了。"沈欢说。

一股说不出的郁闷充塞着胸腔,江淮宁没说话,往嘴里塞了一大口米饭。

沈欢稍微一想就明白了:"她可能还没来得及告诉你……"

话音未落,江淮宁就重新抬起了头,说:"去。"

吃过午饭,江淮宁回班里写作业,刚解完两道数学题,听见门口有人喊他名字。他抬起头,门边的女生用笔指了指外面:"有人找。"

江淮宁起身出了教室,往左一看,女孩两只手背在身后靠着墙,腿并拢,微低着头,露出一截莹白的后颈,发尾扫在肌肤上。

"咳咳!"

陆竿正在心里酝酿措辞,没注意到江淮宁出来了,听见一声咳嗽,她猛地抬头,撞进一双含笑的眼。

一瞬间,想好的话全都忘了。

江淮宁假装不知道她来找自己的目的:"找我干什么?"

"嗯……"陆竿沉吟了下,小声说,"下午放学后,我们去聚餐,你来不来?"

"聚餐?"江淮宁佯装思考,"为什么聚餐?"

陆竿眸光一黯,他果然忘记了。

255

不过没关系,她本来就没指望他能记得:"今天我生日,刚好又是周五,所以准备放学后去校外聚餐,你有空的话就来吧。我的朋友你基本都认识,不会尴尬的。"

一口气说完,她停下来平缓了下呼吸。说了这么多主要是担心他有顾虑,不肯来。

江淮宁再也憋不住,"扑哧"一声笑了,拿手指敲她额头:"我知道是你生日,没忘。"

"那你……"陆竽捂了捂额头,不解地望住他,嘴唇微微噘着,显出一点不满。

江淮宁说:"逗你的。"

陆竽眼睛瞪大,她早该想到的,江淮宁才不是规矩老实的书呆子,他就是很爱开玩笑!而且,他那张脸太具有欺骗性,让人轻易就相信他的"鬼话"。

"我会去的。"在把她彻底惹怒前,江淮宁语气肯定道。

陆竽怔忡了下,暗道自己的出息遇上他就变得只有指甲盖那么小,不然怎么他一开口哄她,她就没了脾气。

"你去写作业吧,我就不打扰你了。"她朝他挥了挥手,转过身飞快下楼,留给他一个背影。

江淮宁笑了笑,回到班里,收获了李元超戏谑的眼神。

4

天气彻底暖了起来,中午的气温能升到二十八九摄氏度,已经有男生穿短袖在班里乱晃。

傍晚,湛蓝的天空被橘粉色晚霞涂抹得宛如巨幅水彩画。微风轻轻吹拂,送来一阵阵花香。门口的大马路上车流稀少,两旁高大的树木被夕阳照出浓郁的墨绿色,蓊蓊郁郁,如伞盖一般遮出一片接一片的绿荫。

一群少男少女站在树荫下说笑。

等人到齐了,顾承安排了几辆出租车,跟司机说了地址,先到达吃饭的地方——钟鼎国际商场附近的一家餐厅。

他们人多,要了一个中等大小的包间。包间里一张红漆木大圆桌,男生坐了大半圈,女生坐了小半圈。

一圈人点完菜,接着聊刚才没聊完的话题。

今天放学比平时早了一节课,时间很充裕,大家不着急回学校,吃得慢条斯理,大半时间在讲话。

趁着切蛋糕的环节,大家的注意力被转移,江淮宁悄无声息地起身出了包间,乘电梯到一楼的柜台前结账:"您好,305包间买单。"

"好的,请稍等。"坐在柜台后的女收银员微微一笑,在电脑上查询包间的消费。

顾承从电梯里出来,手里捏着黑色钱夹,倚在柜台边缘,像是没看见旁边的江淮宁,抬手从玻璃盘里拿了一枚薄荷糖片,撕开包装丢进嘴里,言简意赅:"305包间。"

显然,他和江淮宁想到了一处,打算偷偷把钱付了,免得陆竿出来买单。

江淮宁盯着顾承,顾承有所察觉,这才用正眼瞧他,昂起下巴,语气里不容置喙的意味很浓:"我来吧,让你付钱算怎么回事儿?"

他的潜台词江淮宁不可能听不出来,意思就是他和陆竿是一起的,别人都是不相干的外人。

江淮宁说:"我先来的,总得讲究个先来后到吧?"

"嘎嘣"一声,顾承咬碎了薄荷糖,满嘴都是凉飕飕的味道,被他气笑了:"先来后到,说得好。到底谁先来谁后到啊,你要搞清楚。"

江淮宁要笑不笑的:"我说的是结账的事,确实是我先来的。"

收银员听得一头雾水,搞不懂这两个男生在打什么哑谜,从电脑屏幕后抬起头,看看这个,又看看那个,不禁在心里感叹一句,现在的男高中生长得都这么好看吗?

"抱歉,我忘了,305包间已经买过单了。"收银员露出标准微笑。

两个男生露出相同的诧异神色。

收银员跟他们解释:"半个小时前,一个女生过来付的钱。"

周五晚上餐厅客流量大,忙得晕头转向,收银员一时没想起来,查完电脑记录发现上面显示已经结过账,随后才记起,有个穿校服的女生来买过单。

聚餐结束,跟来时一样,一群人分几辆车回去,到校门口停下。

陆竿从车上下来,怀里抱了一堆朋友们送的生日礼物,手指还勾着两个礼品袋,快要拿不住了。

张颖、叶珍珍、王璐帮她分担了一些。

黄书涵勾着陆竿的脖颈,只好奇一件事:"江校草送了你什么?"

"没有啊。"

"没有?"黄书涵不太相信。

"送不送礼物其实无所谓,大家能聚在一起帮我庆祝生日,我就很满足了。"陆竿一本正经地说,"我提前说过让你们别准备礼物,你看我都拿不下了。"

她说的是真心话,江淮宁能答应她前来聚餐,已经胜过了一切,其他的于她而言都是其次。

她今天真的很开心。

她的十八岁生日,在她看来是最最美好的。

江淮宁站在三楼的楼道口,见陆竽慢吞吞地上来,他轻叹一声,似是无奈,又似好笑:"怎么走这么慢。喏,生日礼物。"

他手里端着一个香槟色的纸盒,上面用粉色丝带系了枚漂亮繁复的蝴蝶结,丝带上绣着浅金色的logo,看起来很贵重的样子。

周围来往的学生很多,江淮宁这么一个人人皆知的校园风云人物杵在这里,想要不引人注目太难了。

陆竽是最不愿意被人围观的,抱着礼物的手微微发麻。

江淮宁意识到她腾不出手来拿东西,看向她身后近在咫尺的八班:"你要不先把礼物送进去,我等你。"

陆竽重重地点了下头,跑进教室,一股脑把礼物堆在课桌上,一口气都没歇,很快折回去。

江淮宁递上自己准备的生日礼物,漆黑的眼眸隐隐闪过期待:"要打开吗?看看喜不喜欢。"

陆竽指尖那股酥麻感蔓延至四肢百骸,她紧紧地握着那个精致的礼盒,扯开蝴蝶结,不由得屏了屏呼吸。

一块玫瑰金色的腕表套在绸布海绵上,玻璃镜面剔透,在微暗的天色下也能折射出细碎耀眼的光。表盘上一片镶钻的四叶草,细长的秒针一点一点转动。

陆竽看这块表做工精细,猜想价格一定不便宜,当下面露为难。

江淮宁一直注视着她的脸,自然能察觉到她细微的表情变化,心里"咯噔"了一下:"不喜欢这个礼物?"

"不是的。"陆竽忙不迭否认,委婉地说,"其实不用送礼物,你能来聚餐就可以了,我觉得有点破费了……"

她一只手托着四四方方的礼盒,没有将腕表取出来,合上盖子递回给他。

得知她并非是因为不喜欢这份礼物而拒绝,江淮宁松了口气:"先前说过,你月考考好了我就送你一个礼物,你答应了的。"

陆竽没有忘记这件事。

江淮宁说:"这个就是月考奖励。"

"可是,月考成绩还没出来,你怎么知道我考得好还是不好?"陆竽找出他话里的漏洞来反驳。

江淮宁对她有信心:"我觉得你能考好,礼物就当提前送了。陆竽,说话要算话,你答应了的。"

他一口一个"你答应了的",堵住了陆竽所有的话。

"不说了,还得回去刷题。"

江淮宁没给她再开口拒绝的机会,转过身去,背对着她高举手臂挥了两下,提步上了四楼。

陆竽仰头,凝望着他颀长的身影。

少年停驻在楼梯上,回头看了她一眼,声音不大不小,刚好够她听见:"陆竽,生日快乐。"

陆竽心中疯狂悸动,嘴唇却紧紧抿着,想说的话都在一双动人的眼睛里。

这一晚,回到宿舍,陆竽一颗心仍然像被泡在蜜罐里,甜到不能自己。

她洗漱完,坐在自己的小床铺上,拉上帘子,开了台灯,从盒子里取出那块表试着戴上手腕。

整个过程都小心翼翼,生怕磕碰到。

表带扣到最后一个孔刚刚好,表盘上的四叶草图案在灯光下璀璨光华,好像一粒一粒星辰组成。

她听说过,四叶草代表幸运。

江淮宁送她这块表,是希望她以后能拥有更多的幸运吗?

陆竽被一股冲动情绪驱使,编辑了一条短信发出去:你睡了吗?

等了几秒,江淮宁回:没,在打游戏。

陆竽无语。

她的预想中,江淮宁进了奥赛班后,会变成刷题到后半夜的学习机器,可能梦里都在推导公式。事实上,他大晚上在玩游戏。

陆竽没按捺住好奇,问他:你玩的什么游戏?

江淮宁:枪战类的。

陆竽:好玩吗?

江淮宁:好玩。

陆竽:你不学习吗?"

这才是她真正想问的问题。

之前听他说,在奥赛班里压力很大,做不完的试卷、刷不完的题,还有每周一次的全科小测,无时无刻不在磨炼一个人的意志力。以前有学生好不容易考进奥赛班,却因为扛不住强压而选择退出。

江淮宁:学累了,脑子里全是糨糊,放松放松。

陆竽抱着手机翻了个身,手指慢慢按着键盘:不打扰你玩游戏了,我

259

睡了。

江淮宁：已经"死"了。

陆笋：嗯？

江淮宁：刚刚挂机被人一枪崩了。

陆笋无言以对，唯有道歉：对不起。

江淮宁：好了，现在可以专心聊天了。你给我发短信，该不会就为了问一句我睡了没有吧？

陆笋终于想起自己给他发短信的目睹，手指摩挲着手表：你老实回答我，你送我的表是不是很贵？

她虽然接受了，想想心里还是会有点不安。

江淮宁几乎能想到，如果他说很贵，她一定会想尽一切办法退还给他，他才不会傻到说实话。

江淮宁：别看做工精致，没花多少钱，网上买的。

江淮宁：骗你是小狗，真不贵。

他的确没那么在意价值几何，送给她的礼物，只讲究心意。

在备忘录里列了好几个备选的生日礼物，某一瞬间，他想到她平时总是用一块塑料的电子表看时间。她那块电子表是在学校小卖部买的，三块五毛钱，动不动就失灵黑屏，需要拍打几下才会显示。

他决定送她一块表。

在网上浏览了一堆女士手表，对比许久，选定了这块秀气精致的四叶草。确定以后，他打电话托北城的朋友胡胜东去专柜买的，几天前寄到了家里。

月考成绩出来了。

陆笋班级第一，耿旭班级第二，王璐班级第三。

陆笋比耿旭高了将近二十分，进了年级前两百名。如果期末考试能保持住，分班的时候很有可能被分进小班。

"陆笋，你太厉害了，把耿旭踹下去了，哈哈！"沈欢从旁边冒出来，笑得嘴巴都歪了。

刚好过来看成绩的耿旭耸了耸肩，客观分析："陆笋这次语文和生物单科第一，物理进步好大，比我这课代表考得还高。"

陆笋这次物理考了九十一分。目前理综没合并，物理满分不是一百一十分，是一百分，她只扣了九分。相比之前总在及格线上挣扎，确实进步巨大。

她的语文和生物一直很稳，尤其语文这一科，不管题目难易程度如何，基本上是一骑绝尘的第一。加上这次数学和化学发挥不错,自然就考出了高分。

陆竿捂着胸口,感觉一颗揪紧的心脏终于能放松下来。

她没辜负江淮宁的礼物,考了第一名。

今天周六,下午放学后江淮宁会如约来给她辅导功课,可她等不及,想让他快点知晓这个好消息,也很期待他的表情。

他会惊讶吗?

或许会很淡定地告诉她:继续保持。

然而,喜悦的心情并没有维持多久,课间操结束,陆竿去上厕所,听到她们谈到江淮宁的名字。

"你们知道吗?被称为'不败神话'的江淮宁这次被打下来了!"

"什么意思啊,年级第一不是他吗?"

"不是,他这次第二。"

"第一是谁?"

"只能说李元超不愧是李元超,连着几次被碾压,这次铆足了劲儿,一举夺魁,狠狠地打了江淮宁的脸。"

"瞧你说的,什么打脸不打脸。他俩是同桌,关系好得很,经常一起吃饭。"

"同桌怎么了,进了奥赛班,人人都是竞争对手。"

她们嬉笑的话语,针尖般刺进陆竿的耳朵里。

江淮宁这次没有考第一吗?

中午放学,安静的教学楼苏醒过来,各个楼道里充斥着脚步踩踏的橐橐声。

李元超嘴角快要咧到耳根了。

"不就比我高了两分,你至于跟个傻子似的,乐一上午吗?"江淮宁的嫌弃之意溢于言表。

"两分怎么了?这要是高考,一分压倒一操场的考生,两分就是两操场,省内排名看不到你的影子了。"

江淮宁不跟他争论。

食堂里,沈欢和沈黎先过来了,已经打好饭,给江淮宁和李元超占了位子。

江淮宁端着餐盘,坐在沈欢对面的空位。

沈黎看着他欲言又止,她从其他同学的议论中得知他这次考试排名年级第二,第一是李元超。同时,从沈欢那里听说了陆竿考得不错,班里第一。

沈黎拼命忍耐着酝酿了许久的话,直到吃完饭,李元超和沈欢去买水,只剩她和江淮宁两个人,她才终于抑制不住问他。

"你是不是帮陆竽补课,耽误了学习,所以这次没考好?"

沈黎尽量让声音听起来平和,只是在关心他,没有其他的情绪。

两人站在食堂侧门的台阶下等人,进进出出的学生络绎不绝,一拨又一拨视线投注到他们身上。

男生清俊女生漂亮,站在一起实在赏心悦目,谁不想多看几眼。

沈黎说完那句话,气氛沉默了数秒,江淮宁很诧异,不明白她怎么会将两者联系在一起。

"我考第二名跟陆竽没关系。"他说。

"没有吗?"沈黎审视着他,不想显得过分在意,可她心底的情绪真的很难压制住,一层一层漫上来的,除了嫉妒,还有数不尽的酸涩,"我听沈欢说,你每周都会抽时间给她补课。你分心了,所以没考好,陆竽却考得很好。"

江淮宁选择性地听到了一条有用的信息:"陆竽考得很好?"

沈黎很想假装没看到他脸上一闪而过的愉悦,平静道:"她考了班里第一名,沈欢告诉我的。"

江淮宁眉梢挑起,感到与有荣焉,不枉费他花那么多心思给她补习,结果没让他失望。

"大家都在议论你这次的考试成绩,我刚好听到了,有点担心,所以问问你,没有别的意思。"沈黎挤出一个略显僵硬的笑容。

江淮宁平静地说:"学习是我一个人的事,别人议论不过是闲着无聊凑个热闹,于我没什么影响。"

"那就好。"沈黎连笑容都挤不出来了。

沈欢和李元超买完水回来,手里还拿着雪糕,提前进入了夏天。

两个男生身后,是陆竽和王璐。

她们吃完饭去小超市买点日用品,正巧碰上了沈欢和李元超。李元超重夺第一名心情好,请两个女生吃雪糕。

气温没到三十摄氏度,陆竽咬一口雪糕,冰得五官皱到了一起,眯着眼睛看向远处,视线不期然地落在食堂台阶下的一对男女身上。

江淮宁扭头看见她,扬起唇角:"听说你这次考得很好?"

陆竽嘴里的雪糕融化,两片唇是冰凉的,微微抿了一下,温度有所回暖:"你已经知道了?"

"嗯。"

陆竽暗道一声可惜,本来想等下午放学他来八班找她,亲自跟他说。

她在想东想西,江淮宁却只注意到她手腕上那块表,眉眼间的笑意霎时更浓了。

她戴的是他送的手表。

漂亮低调的玫瑰金色，表带由很多细小的金属零件编织而成，泛着柔和的光泽，圈着她细白的手腕，更像是装饰品。

陆筝觉察到江淮宁目光所落之处，微微羞窘，故作随意地拉下了挽到小臂的校服袖口。

可江淮宁已经看到了。

因而，目睹她掩饰性的小动作，只会觉得好笑。

其他人边走边聊天，没人留意两个人眼神碰撞出来的火花。唯有沈黎，自打陆筝出现，她就无法控制自己不去打量陆筝，自然捕捉到了陆筝的动作。

那个牌子的手表，基础大众款也不便宜，陆筝戴的那一款表盘上的四叶草边嵌了碎钻，如果确定是正版，价格只会更贵。

在此之前，她从未见陆筝戴过，今天是第一次见。

以她对陆筝的了解，陆筝不可能买这么贵的表，只能是别人送的。

至于是谁，答案似乎只有一个。

陆筝昨天生日，江淮宁去参加了她的生日聚会。

一系列的联想串起来，沈黎不难想到，许多天前，江淮宁向沈欢打听送女孩子什么礼物比较好，是为了谁。

正午的阳光太烈，晒得人头脑发昏，沈黎被自己的猜测刺激到，脸色几乎在瞬间变得苍白。

心里有什么东西，正在摇摇欲坠。

下午放学后，等了不到五分钟，江淮宁从四楼下来，熟门熟路地进了八班。

他这次过来，给陆筝带了新的学习资料，先放到一边，一如既往地问她过去几天积累的不懂的题有哪些。

陆筝今天没心思听他讲题："我听他们说，你这次考了第二名？"

江淮宁微愣。

自从月考成绩出来，已经数不清有多少人问他这个问题，包括中午吃饭，沈黎也问过，他都表现得无所谓。可是陆筝问起，他的心境就不一样了，他很在乎她的想法。

"嗯，你想说什么？"他耐心地问。

陆筝想到那些不好听的话，为他感到气愤不平，同时也为自己感到羞愧。她艰难地开口："要不我们不补习了吧？以后我有不懂的问题请教

263

班里其他同学，或者去问老师，感觉太麻烦你了。"

"你该不会也认为我没考第一名是给你补习造成的吧？"

"也？"陆筝很会抓重点，"还有谁这么认为？"

"这不重要。"江淮宁很严肃地告诉她，"听着，陆筝，我比第一名就差了两分，我是人不是机器，有失误很正常，下次会考回来。你不用感到自责，因为这件事跟你没有关系。"

陆筝张了张嘴，没说话。

江淮宁借着这个机会跟她说："陆筝，努力一把，争取高三冲进奥赛班吧。"

他一个人战斗太寂寞了。

恍惚间，陆筝以为自己幻听了。

奥赛班的门槛是年级前四十名，可她最好的成绩也不过是年级第一百八十七名，也就是这次月考。一百多名的差距，太难跨越了，每一分都如鸿沟天堑一般。

她不知道是谁借给江淮宁的信心，让他认为她可以进奥赛班。

"距离期末考试还有两个多月，一切皆有可能。"江淮宁看着她的眼睛，字字句句有着鼓舞人心的魔力。

陆筝大概被蛊惑了，答应他试一试。

"浪费了这么久，赶紧讲题吧。"江淮宁一秒切换到辅导老师模式，"我回头重新列个计划表，加长补习时间。"

"还要加长时间？"陆筝咽了口唾沫，还没开始就心生退怯，"江淮宁，我觉得我不太行……"

"你说你行你就行。打起精神，别给我打退堂鼓，你刚还说想要试一试。"

"我能收回吗？"

"不能。"

下了晚自习，张颖、叶珍珍她们去书店看书，陆筝背着书包独自一人回宿舍。

路过操场，透过铁栅围栏看里面成群结队的学生。

晚风吹得很舒服，如轻柔的羽毛拂面，陆筝突然不想那么早回宿舍，从侧门慢悠悠走进了操场。

塑胶跑道上三三两两的女孩子在散步，也有男生在夜跑，中间的绿茵草坪上有坐着聊天的一群人，不知说到什么，轰然笑起来，倒了一大片。

大家都在尽情地享受校园生活。

陆笋深深地吸了一口新鲜空气,把书包解下来,挂在看台边的栏杆上,绕着跑道匀速跑步。

她一边跑一边想江淮宁说的话。

奥赛班啊,她真的能考进去吗?

只剩下两个多月的时间,进步一百多名,这是她这么一个资质平庸的人能办到的吗?

虽然已经答应了他,其实她心里不相信自己能做到……

肩膀被人轻拍了一下,脑海里正想着某人,耳边就传来他清润若风的声音:"还真的是你。"

陆笋猛地停下步子,有些刹不住,身体按照惯性往前栽了一截,一条手臂横过来,及时揽住了她的腰。

温热呼吸撩过脖颈的肌肤,喘气声在耳畔轻一下重一下地起伏,陆笋脑子蒙了。

江淮宁也愣住了神,他本想伸手抓住她的胳膊,却不想搂住了她的腰。这一刻,手臂圈握住的腰肢,柔软、细瘦,仿若一枝蒲柳。

他很快松开了,耳根红了一片,耳侧那一块的头皮又热又麻。

陆笋眼神飘忽,胡乱地抹了一把额头上一层细汗,磕磕巴巴地问:"你、你怎么会在学校里?"

下晚自习他这个走读生难道不该回家了吗?

江淮宁揉了下发烫的那只耳朵:"被班主任叫去谈话,耽误了好久,懒得回去了,跟李元超说了声,晚上借住他们宿舍。路过操场看到一个背影,感觉是你,过来一看真是你。"

陆笋点点头,"哦"了声,又听见他问:"你呢,不回宿舍来这里跑步,是心情不好吗?"

"没有。"陆笋望着深沉夜色,前后摆了摆手,缓步向前走,"我也是路过操场,看到这边好多人,进来转转。"

江淮宁刻意放慢了步子,跟随她的步伐。

陆笋从栏杆上取下自己的书包,出了操场:"你吃夜宵吗?我请你。"

"食堂晚上也营业?"

江淮宁没住过校,在他的印象里,晚上食堂窗口都关闭了。

陆笋拉了下他的袖子:"走吧,窗口虽然关了,但旁边有关东煮的锅子,可以吃串串,很好吃的。"

两人绕道去食堂,竟有不少学生嗷嗷待哺地围着关东煮。陆笋挤到前面拿了两个纸碗,递给他一个:"不用跟我客气,随便拿。"

付钱的时候,江淮宁还没来得及掏出钱夹,陆笋就将提前准备好的一张百元钞票递给了老板。

没给江淮宁买单的机会。

两人边吃边往宿舍楼走,偶尔聊几句。

女生宿舍楼先到了,陆竿挥了挥手,揶揄道:"江老师,再见。"

她捏瘪了纸碗,扔进垃圾桶,一蹦一跳地进了宿舍楼,马尾在空中一晃一晃,晃进了江淮宁的眼底。

他驻足许久,直到看不见那道身影才转过身,唇角的笑还没消失,正对上提着暖水瓶从热水房回来的程静媛。

江淮宁像是没看到,没跟她打招呼,绕过她往男生宿舍楼走去。

第十一章
我更喜欢女主角

1

五一放三天假，收假这天是周三。

天气好像被人按了加速键，一秒进入了夏天，气温飙升到三十几摄氏度。

陆笋穿了夏季的校服短袖，早晚会有点凉，她怀里抱着外套，随身带的水杯里泡了用来醒神的绿茶。

公交车停在校门口，一群人有序从后门下车。

迎面遇到一些正往外走的学生，其中有几个女生的视线在陆笋脸上打转，凑在一起低声交流。

"那个是不是陆笋啊？"

"没错，照片里的女生就是她。"

"长得还挺漂亮的。"

陆笋感觉怪怪的，好像有人盯着自己，她目光四扫，看向那几个窃窃私语的女生。

几个女生察觉到了，慌忙噤声，移开了视线，互相推搡着往前走。

陆笋眉心轻蹙，不知道是不是自己过于敏感了，向黄书涵求证："那几个女生是在看我吗？"

黄书涵也注意到了："确实是在偷看你。"

陆笋摸自己的脸："我脸花了吗？"

"没有啊。"黄书涵捏着她的下巴，左右各看了一眼，两边脸颊白白嫩嫩，没有一点瑕疵，唯独黑眼圈有点重，是没睡好觉的象征。

黄书涵提着行李箱上了六楼，用脚踢开门，宿舍里已经有几个室友来了，全都躺在床上玩手机。

听到有人推门，几个室友翘起脑袋看了一眼，齐刷刷地坐起来，眼睛里的八卦之火熊熊燃烧。

黄书涵被她们的反应吓得愣住,话都说不清楚了:"怎、怎么了,一个两个搞得跟诈尸一样。"

"黄书涵,八班的陆竿是你闺蜜吧?我记得她上学期在我们宿舍住过。"

黄书涵张着嘴,"啊"了一声。

她们立刻来了精神,七嘴八舌地问起来。

"你闺蜜和江校草什么情况?"

"照片里两个人好亲密!"

"我听有的同学说,校草每周去八班给陆竿辅导功课,一对一讲解?"

黄书涵傻站着,一句也没听懂:"你们到底在说什么啊,什么照片?"

"不是吧,你作为女主角的好闺蜜,难道不比我们知道得更多?"

黄书涵大声道:"你们不要再打岔了,快给我说清楚!"

再不说她的好奇心就要爆炸了。

室友花了几分钟时间,终于将事情的前因后果讲明白了。

起因是几张挂在年级光荣榜上的照片,其中一张是在操场上,江淮宁搂着陆竿,两人挨得很近。还有一张是在教室里,两人坐在一起吃饭,江淮宁给陆竿夹菜,陆竿对着他笑得很开心。剩下几张也都是一些看着很亲密的画面。

有来得早的学生看到了光荣榜上的照片,用手机拍了下来,发给好友看,好友传给另外的好友,一传十,十传百。

由于江淮宁在校园里的关注度太高,这事很快在各个年级传开。

黄书涵听得一愣一愣的,咂摸出一股不寻常的味道:"谁这么缺德?干这种事,造这种谣,万一被老师知道了……"

她打了个哆嗦,不敢往下想。

"你们谁有照片,发给我。"

黄书涵收到她们传过来的照片,转身出了宿舍,下楼去找陆竿。

这事就算不是真的,传进老师耳朵里的后果也很严重。江淮宁是清大的苗子,年级领导乃至校领导对他都十分重视,这件事闹大了吃亏的只会是陆竿。

黄书涵越想越担心,脸色变得凝重。

504宿舍的门虚掩着,黄书涵用力推开,门板"砰"的一声撞到墙壁,把陆竿吓得差点跳起来。

宿舍里除了陆竿没有别人,黄书涵开门见山道:"你先看看这个。"她把自己的手机给陆竿。

陆笋手指滑动相册往后翻,表情几经变换,最后归于一片空白。
"照片现在还在光荣榜上贴着吗?"她喉咙干涩。
黄书涵说:"我也不知道。"
陆笋再也无法维持冷静,背上书包大步往外走,走着走着,拔腿跑了起来。
两人顶着热辣的太阳,迎着风,从宿舍楼跑到教学楼。
光荣榜就在一楼,前面围了一群学生,文理科班的都有,甚至有高一和高三的学生闻讯过来围观。
陆笋见到这一幕,脑子都要炸了,不知怎么办才好。
"滚开!"她身后,一道暴怒的男声响起。
前面围观的学生心中一凛,让开了道。
只见一个高大帅气的男生阔步上前,冷着脸一张一张撕下照片,看都没看一眼,将几张照片叠在一起撕个粉碎。
看热闹的学生心底生寒,没再多停留,跟同伴互看一眼,作鸟兽散。
顾承将撕成碎片的照片攥在手里,骨节捏得"咯咯"作响,恨不得撕碎的是那些胡说八道的人的嘴。
他怒意未消,偏偏有不长眼的人撞到枪口上。两个来晚了的女生什么也没看到,撇着嘴角酸溜溜地说:"是谁说光荣榜上有照片?根本就没有。要我看,铁定是哪个不要脸的女生想借此跟人家江校草攀关系吧?"
"不是啊,之前光荣榜上真的贴有照片,有人拍到了。"一同过来的另一个女生拿出手机给她看,"你看,拍得很清楚。"
先前说话的那个女生一把拿过手机:"长得也没有多好看啊……"
女生突然意识到哪里不对,缓慢抬起头,看向两步开外一脸麻木的陆笋,而后低头看了看手机屏幕。
眼前的人赫然是照片里的女主角,而她刚刚说了人家的坏话。
尴尬到窒息的气氛在四周蔓延。
一道冷飕飕的视线扫过来,让人脊背窜上一股凉意。
"说够了没有?"顾承说话毫不留情,"她长得不好看,也不拿镜子照照你自己,哪儿来的脸说这种话。"
那女生的脸青白交加,偏生不敢出言驳斥。还好她朋友反应快,急急道了声歉,拉着她跑了。
耳根子终于清静了,顾承的面色缓和了两分,转头去看提线木偶般的陆笋:"哪个浑蛋拍的照片?"
"不知道。"陆笋声音低哑。
她不知道是谁拍的照片,不知道拍照片的人有什么意图,不知道目前有多少人看过这些照片,不知道会造成怎样的后果。她统统不知道。
顾承看着她六神无主的样子,抬手轻拍了下她的肩:"没事的,有我,看谁敢乱说,我撕了他的嘴。"
"没事啊,你别担心了,假的成不了真的。"黄书涵也出声安慰她。
陆笋心里像是有千丝万缕的愁绪搅在一起:"算了,就这样吧。"
不知道江淮宁听说以后会怎么想,大概率会感到困扰吧?
他本来是出于好心,帮曾经的同桌辅导功课,却被传成这样。她要是江淮宁,可能以后都不想理她了。

下午两点多的太阳是一天当中最炽烈的,晒得皮肤发烫,跟火舌舔上来似的。
江淮宁将自行车骑得飞快,脊背弯成一张弓,站起来蹬踏板,纯白衣摆上下飘飞,像是被风吹着翻过一页一页的纸张。
汗水顺着少年硬朗的脸庞滑落,在下颌处堪堪停留几秒,没入衣领当中。
昳高的校门口逐渐显出清晰的轮廓,江淮宁车头一转,骑进了学校。
光荣榜上的照片不知被谁揭下来了,总归,他去的时候没有看到。
江淮宁双手撑着膝盖,努力平复呼吸,再不缓缓他感觉肺部要爆炸了。
有路过的学生投来好奇的视线,他恍若未觉,穿过走廊上了三楼,到八班门口。
"陆笋,出来一下。"
一道清晰的男声在教室前门响起。八班一众学生兴味盎然地翘首观望,站在门口的少年额发微湿,高挺鼻梁上挂着的汗珠闪闪发光,嘴唇红艳得像点了朱砂,只一眼就让人无比惊艳。
随后,事件女主角起身走了出去。
两人站在走廊栏杆处,背对着教室,说着什么。
校园生活日复一日单调无趣,这则绯闻就像是往平静无波的湖面投掷了一块巨石,激起层层水花。
"对不起。"
耳边传来江淮宁饱含歉意的声音,陆笋错愕地抬眸,望进他深黑的眼底。
她以为他得知此事后,至少会恼怒,生气发火都有可能,唯独没想到他第一句话竟是向她道歉。
完全没必要啊。
陆笋手指抠着栏杆上翘起来的一块漆,声音细若蚊蚋:"你为什么要跟我道歉，又不是你做的。"

江淮宁想不明白贴照片的人出于怎样的心理，是恶作剧，还是别有用心地挑事，无从判断。

比起自己被人议论，他更在意陆竽的感受。

他不想她遭受任何非议，不想她因此受到委屈伤害，不想她因为害怕流言蜚语从而选择远离他。

他有些茫然无措，只能先向她致歉。

陆竽见他神色怔忡，故作轻松地推了他一把，安慰他也是安慰自己："我们解释清楚就好了。"

江淮宁看着她："所以，你不打算跟我保持距离？"

"为什么要保持距离？我们就是普通的同学、朋友，为什么要因为这种无中生有的传言疏远关系？"陆竽反问，"难道你不打算跟我继续做朋友了？"

如果说之前她还担心江淮宁会因此感到困扰，在见到他以后，她打消了所有的顾虑。他不是那样的人，她不会看错的。

听她一口一个"普通朋友"，江淮宁一时不知该哭还是该笑。

陆竽深吸口气："我是不在意流言，但我也不想就此罢休。我想知道捏造出这种谣言的人到底是谁，真是够无聊的，吃饱了撑的吗？"

"你有怀疑的人？"江淮宁问。

"没有。"

事情远没有陆竽想的那么简单。

她认为只要澄清就万事大吉，谣言总会随着时间的流逝而消散。可事实上，这件事传着传着就传到了老师耳朵里。

星期六傍晚，杜一刚在教职工餐厅吃过晚饭，走在去教学楼的路上，被人叫住了："杜老师，你停一下，有个事问你。"

杜一刚停步回头，只见奥赛班的李东扬大步流星走来，气势汹汹的样子仿佛一头发威的老虎。不像找人问件事，倒像是要跟人打一架。

他心里隐隐有了些预感，果然，李东扬冷着脸发问："江淮宁和你们班那个陆竽的事，你听说了吗？"

李东扬一心扑在奥赛班上，专注于培养好苗子，两耳不闻窗外事。因而这则绯闻传扬了四五天，他一点风声没听见。

若不是在餐厅吃饭，意外听几个老师谈及，他恐怕到现在还全然不知。

杜一刚清了清嗓子，含着笑答话："听说过了。谣言嘛，有几个是真的？那两人之前被我安排做同桌，互帮互助，共同进步，没什么问题。"

"谣言?"李东扬吹胡子瞪眼,"你知道现在学校里传成什么样了吗?学习风气都被影响了!你既然早就知道,找那个陆筝谈过话了吗?"

杜一刚讪笑:"这倒没有。"

李东扬见杜一刚不当回事,险些气晕过去:"依我看,必须找两人问清楚,越快越好。"

他脚步加快,现在就要把那两个学生抓过来审问。

杜一刚眉心狂跳:"李老师,这么做是不是太武断了?"

"宁可错杀一百不能放过一个。"李东扬表明自己的态度,"江淮宁绝不能掉链子。"

杜一刚气笑了:"李老师你这意思是江淮宁不能掉链子,我们班陆筝就能掉?"

"你怎么能这么理解,我是说趁早劝阻两人,免得出现不必要的意外。"

两位老师从食堂门口喋喋不休地争论到教学楼。

李东扬没往教研组的方向走,径直上了理科班这栋楼,按着他的说法,女生性子软比较好说话,先找陆筝谈话。

杜一刚哪敢放任不管,连忙跟上他。

2

放学后,江淮宁依约来给陆筝补习功课。

他坐在陆筝同桌的位子上,侧过身面朝她,拿手指点了点她的脑门,语气温柔无奈:"这道题是用这个公式吗?你解题方向都弄错了,这里,摩擦力的……"

"江淮宁!"李东扬风风火火赶来八班,见两人举止亲密,顿时血压升高。

陆筝正按照江淮宁的提示思考问题,被这一声中气十足的呵斥吓得手抖,笔掉在桌上。

几个待在教室里的学生也被吓得够呛,其中一个手机差点摔了。

"你们两个,给我到办公室来!"李东扬指着他们,脸部肌肉抖动,在暴怒的边缘努力绷着。

陆筝脸都白了,一时之间忘了所有的反应。

课桌下,江淮宁的手轻轻拉了下她的袖子,她木讷地抬眸,他没有说话,用眼神告诉她:别害怕,一切有我。

李东扬走出去两步,没听见人跟上来,转头看见两人对视的画面,脸色铁青地吼道:"还愣着干什么?"

李东扬一顿发飙,杜一刚愣是插不上嘴,眼睁睁看着两个学生被李东扬叫去了办公室。

他重重吐出一口气,只得跟过去。

李东扬的个人办公室里只有一组办公桌椅,黑色玻璃茶几,隔着半米远,放置了一套深灰色皮沙发。

五月初的天气,傍晚相较白天气温略有下降,室内开着冷空调,陆竿穿着短袖一进去胳膊上就起了鸡皮疙瘩,后背和掌心却渗出一层黏腻的汗。

李东扬脸色难看,目光直视垂着脑袋的女生:"是叫陆竿吧?说说,你和江淮宁怎么回事?"

江淮宁在她开口前,迎上李东扬喷火的眼神:"我们在讨论问题。"

"你给我闭嘴,我问你了吗?"李东扬指了指,"站到后面去。"

江淮宁没有忤逆老师,犹豫了两秒,退后一步。

"让你靠墙站。"李东扬补上一句。

江淮宁只好继续往后退,后脚跟挨着墙根站立。一米八五左右的高个子,身姿笔直宛若一棵松柏。

李东扬暂时不想理他,如炬目光盯着陆竿:"你来说。"

说什么?

陆竿脑袋空白一秒,重复江淮宁的话:"我们……就是在讨论问题,没有做别的。"

"没做别的?他摸你脑袋那还叫没做别的?"李东扬言语冷厉,"我警告你,给我摆正态度,不要耍小心思!"

陆竿心头一沉。

江淮宁完全忘了李东扬让他闭嘴的警告,"您是听谁说了什么才产生这样的误解。我们就是互帮互助的同学关系,不是您想的那样。"

他似是感到无比冤枉,叹了一口气,不屑解释,却又不得不解释:"您方才看到的那一幕,不过是陆竿同学做错了题,我一时气恼敲了下她的脑袋,不是什么抚摸。您试想一下,平时给人讲题,对方半天听不明白,是不是想敲敲对方的脑袋,问人家脑子里在想什么。"

江淮宁一番话说得滴水不漏,寻不到一丝错处,李东扬差点被他糊弄过去。

静静地打量他半晌,李东扬皮笑肉不笑道:"你少给我扯东扯西。好,我可以相信你们刚才是在讨论学习上的事,那些照片你要怎么解释?"

江淮宁装傻:"什么照片?"

李东扬掏出手机,招手叫江淮宁到近前来,翻转屏幕朝向他。

倒要看看他如何解释。

江淮宁早有预感，对方会拿这张照片做文章，表现得非常平静。

说实话，照片所呈现的画面的确暧昧。漆黑的夜空下，星星寥落，他搂住陆筝的腰，两人挨得极近。

哪怕他清楚当时是怎么回事，看到照片的那一刻也不免恍惚了下，更何况是其他不了解情况的人。

江淮宁叹气。

"好好解释，叹什么气？"李东扬板着脸低叱。

"我解释了您就会相信吗？"江淮宁低下脖颈，微垂的眼皮显得无辜，"事实就是陆筝在操场上跑步，差点摔倒，我正好路过扶了她一把，仅此而已。"

李东扬一脸"你当我好骗"的表情看着他："哦，扶一把就恰好被人拍到了？"

江淮宁有口难辩。

杜一刚听出不对劲，怎么感觉李东扬非要逼着两个孩子承认才肯罢休？他正要帮两人说情，沉默许久的陆筝突然开口说："那就要问偷拍的人了。"

她抬起头来，第一次正视李东扬，这个令人闻风丧胆的奥赛班班主任。

坦言道，陆筝很怕他，但有些话不得不说。

"不管您怎么问，我和江淮宁之间都只是同学间的正常往来，因为这是事实。我们也从未有过任何逾矩的行为，如果在学校里，连探讨学问都要被贴上不正当的标签，那么我也不知道还有什么事是能够被允许的。"

李东扬没想到看着老实文静的姑娘，不鸣则已一鸣惊人。

可惜李东扬向来软硬不吃，不可能因为她空口说几句话就扭转想法。

他看了眼江淮宁："我听人说，你每周五、周六、周日下午放学后准时准点到八班找陆筝，跟她有说有笑的，也都是在探讨学问？你当我没经历过学生时代？哪有人讨论问题是这种形式。江淮宁，是不是我平日里对你太过放纵了？"

连番质问，让人无从辩驳。

陆筝心里升起一股浓浓的无力感。

江淮宁说："一个星期里，只有这三天放学后的时间比较宽裕，固定时间答疑解惑我不觉得有什么问题。我也不单单是给陆筝辅导功课，还有沈欢。照片上没拍到他而已。"

"沈欢？"李东扬蹙眉。

一旁听得头大的杜一刚出言说明："沈欢也是我们班的学生，江淮宁还在八班的时候，他们三个是同桌，江淮宁经常带动他俩学习。"

"去把沈欢叫过来。"李东扬说。

江淮宁转身欲走,却被李东扬叫住:"没让你去。"

李东扬拉开办公室的门,观望一阵,终于碰到一个路过的学生,抬手唤了一声:"那位同学,就是你,到八班去叫一下沈欢。"

江淮宁瞬间明了,李东扬这是防止他和沈欢串供。

须臾,沈欢推开门,里面的凉气涌出来,扑到他身上,他禁不住打了个哆嗦。

李东扬没给他反应的时间,劈头盖脸地问了一堆话。

沈欢愣愣地说:"没错啊,老江也帮我辅导功课,是我妈私下要求他的。那辅导一个人是辅导,多一个人不也一样?我们三个是学习小组,铁哥们儿好吗!老师您是不是听信了那些谣言?我敢发誓,那些根本就是在瞎说……"

李东扬没有要问的了,摆了摆手,让他离开。

江淮宁面无表情道:"现在事情都说清楚了,我们可以走了吗?晚饭还没吃呢。"

"事情还没完,急什么?"李东扬身上那股威压总算散去一些,语调缓和了两分,"你俩以后注意影响,别树立坏榜样。还有,陆竿同学,最好叫你家长来学校一趟,我跟你家长聊聊。"

请家长?

陆竿脸色骤变,江淮宁也不淡定了。

李东扬看着两人变换的脸色,心说,以为我不懂?

现在没有,不代表没有那个苗头,他得防患于未然!

江淮宁看了一眼脸色苍白的陆竿,拧起眉毛:"李老师,这不都说清楚了吗?怎么还要请家长?退一步讲,请女生的家长也太不公平了,我家住在学校附近,父母随时有空,您要是想聊聊不如叫他们过来。陆竿的家长就不必请了吧?"

李东扬一张脸古井无波,内心却在冷笑。

还说没什么,这就开始护上了,真当他傻?

亏他以为江淮宁是个多么规矩的学生,现在都敢教他做事了,真是好样的。

从李东扬的办公室出来,陆竿感觉脱了一层皮,一想到还要打电话给妈妈,让她明天上午来一趟学校,她就头痛欲裂。

江淮宁再次跟她道歉:"对不起,连累你了。"

"谁连累谁啊……"

她咧了咧嘴角,想要表示不在意,可心里实在沮丧,以至于她的笑容看起来像戴了小丑面具。

　　清晨的气温没那么炎热,夏竹在清凉的白底蓝碎花的连衣裙外套了件针织开衫,乘坐早班车赶去学校。
　　头一次因为孩子出问题被请家长,夏竹心里没有责怪的意味,更多的是新奇,以及思索待会儿见到老师该怎么说。
　　陆竽什么性子她清楚得很,早恋是不可能的。
　　好巧不巧,她在校门口下车时,遇到了同样被请来学校的江学文夫妇。
　　外来车辆进出校门审查比较严格,驾驶座上的江学文下了车,前去同门卫交涉,登记访客记录。
　　副驾驶的车窗降到底,孙婧芳笑着招手:"陆竽妈妈,上来坐吧,我们一起进去。"
　　江学文填完登记册上的各项信息,折叠式栅栏门向一旁移开,他开车载着两位女士前往高二教学楼。
　　车子缓缓停在楼前花坛边,三人先后下车。
　　李东扬面对学生家长,全然没有昨日的威严低气压,一张不怒自威的脸挂着和气笑容,请他们到沙发上落座。
　　他一边泡茶,一边娓娓道来请他们过来的目的。
　　事情的原委家长们已经从各自的孩子口中听说了,只不过李东扬说得更为详细,他们便认真听着,没有插话。
　　李东扬原本打算只让陆竽的家长过来,根据从教多年的经验,一般这种事情,女生的思想工作比男生好做。他想跟家长聊一聊,让家长多留意孩子的状况,现阶段最重要的是学习,有些事能避免最好避免。他们眼下正读高二,属于最适合拼搏的时期。如果是高三阶段发生这样的事,他绝对不会采用这般强势的处理方式。
　　江淮宁那小子看着温和,脾气也是犟,坚持要请家长就请他的,不必请陆竽的。
　　他权衡了下,索性把两位学生的家长都请过来,敞开了聊。
　　等了几分钟,杜一刚也过来了。
　　李东扬正好泡了一壶茶,顺便给他也倒了一杯。
　　杜一刚受宠若惊地双手接过,只听李东扬态度坦诚:"事情我已经问清楚了,或许还没到需要强行干预的地步,但目前是关键时期,容不得行差踏错。我希望家长能够重视起来,跟学校老师一起监督。将来学生高考能考出好成绩,上一个好大学,那要再想怎么样,我这做老师的就管不着了。"

他说得句句在理，夏竹听进了心里，等他说完，免不了要替陆竽解释几句："我女儿的性格我了解，她知道什么事该做什么事不该做。学习方面她从小到大没让家里人操过心，我想当中肯定有误会。两个孩子关系好，经常一起学习，但他们绝对没有早恋。"

顿了一下，她斟酌着开口："我觉得矫枉过正也不太好。本来没什么，若是像看犯人一样监视着，反而有可能不利于学生的心理健康和学习状态。"

"你说得对。"孙婧芳跟她想法一致。

杜一刚听出两位女士话语间的熟稔，心有疑惑："二位认识？"

孙婧芳笑了笑："我丈夫和她家的先生目前算是合伙人，一起做生意。我们两家也比较熟，两个孩子的关系自然亲近。"

李东扬和杜一刚都有些意外。

昨天怎么没听江淮宁和陆竽提起过？

两家既然相熟，有些问题就另当别论了，总不能拦着不让人私下里往来。

孙婧芳见两位老师在沉思，憋不住心里话，说："两个孩子走得近，但不影响学习我觉得也没什么。咱们老师家长正确引导，还能互相激励着共同前进呢。"

两位老师齐齐失语。

原意是想家长配合老师对孩子进行管理教育，没想到两边家长都不怎么当回事，还企图说服老师不要管得太严。

江学文推了推妻子，给她递了个眼神，示意她到此为止。

3
校园贴吧里这件事，最终被删得一干二净。

504宿舍里，孔慧慧挪步到程静媛床边，犹犹豫豫地问："能不能借你手机用一下？我这个月没带手机，想给我妈打个电话。"

其他人忙着洗漱，再等下去要熄灯了，无奈之下，她只能找程静媛。

程静媛从书包里拿出手机，开了机后给她："你别乱翻别的。"

"我知道。谢谢你。"

孔慧慧感激地看着程静媛，拿到手机后到阳台上打电话。

陆竽洗漱完，顺手搓洗了两件衣服，到阳台晾晒，刚好瞧见孔慧慧打完电话，而她手里拿着的手机是程静媛的。

程静媛的手机很好认，挂了一串绿色的小铃铛挂件。

陆竽脑海里浮现江淮宁透露给她的信息，他说他突然想起来，在操场散步那天晚上,他送她回宿舍后碰见了程静媛。

那些照片当中,有一两张是教室里的场景,虽然不排除有别班的同学躲在教室后门偷拍,也有一定的可能是本班同学。

有可能是她吗?

孔慧慧刚要拉开阳台门,一只手被陆笋攥住了,她从孔慧慧手里拿走了手机。

孔慧慧惊愕地看着她:"陆笋,你要干什么?"

孔慧慧看到陆笋在翻程静媛的手机,心头不由得一紧:"陆笋!"

不知陆笋看到了什么,脸色突然变了,"啪"的一声推开阳台门,大步冲到程静媛面前:"光荣榜上的照片是你贴的。"

她不是在质问,是证据确凿后的指责。

程静媛一霎白了脸,眼珠子瞪得大大的,不可置信地看着孔慧慧。她好心把手机借给孔慧慧用,孔慧慧居然没有好好保管,让手机落到了陆笋手里。

孔慧慧不敢直视她,咬着唇一脸为难。

"听不懂你在说什么。"程静媛装傻,起身去抢手机。

陆笋后退两步,没有让她拿到:"你知道我说的是什么。"

程静媛嗓音尖锐道:"陆笋,你在干什么?你凭什么拿我的手机?"

"凭什么?我想问你,你手机上为什么会有我和江淮宁那么多照片,全都是偷拍的角度。你是变态吗?跟踪我们?"

程静媛摇了摇头,到了这一步她还在狡辩:"不是我。"

陆笋抿紧唇瓣,指着手机屏幕上的照片问她:"你要怎么解释这个?"

程静媛脸上没了血色,脑中纷乱如麻,磕磕巴巴地解释:"学校的贴吧和QQ空间到处都在传你们的照片,很多人的手机里都有这几张照片,凭什么说是我做的?照片是别人发给我的!"

陆笋忽然笑了。

程静媛一脸怔然:"你笑什么?"

"你是不是以为我很好骗?"陆笋脸上的笑一点一点收起,肉眼可见地变得冷漠,像结了层冰,"我不是没有看过那些流传出去的照片,所有的照片,记住,是所有的,背景都有光荣榜的红纸,因为是对着光荣榜上贴的照片拍的。而你手机里的是原版,除了贴照片的人,谁会有原版的照片?"

程静媛喉咙紧涩,吞咽了一下,脸上的平静瞬间撕开裂缝,被慌张取代。

"你还有什么要说的?"陆笋露出假笑,"如果有,我不介意联系学校调取那天晚上的监控。你知道是哪天。"

程静媛心里的恐慌随着陆竿说出来的话逐渐放大。

然而，这还不算完，陆竿接下来的话才真正击碎了她的心理防线："顺便告诉你，教室里的摄像头一般不会打开，我的确没证据证明教室里那几张照片是你拍的。但操场那边的监控是一直开着的，你应该知道。"

操场的外围墙不高，翻过去就是校外。学校为了防止学生翻墙，在那附近安装了不少摄像头，全天监控。

程静媛身体猛颤了一下，眼眶登时红了一圈，说："不要！不要去找老师……"

她如此反应，还有什么好说的。

张颖失望地摇了摇头："程静媛，你怎么能这样？因为你造谣，陆竿被老师叫去谈话，还请了家长。她怎么惹你了？"

叶珍珍拉了下张颖的袖子，让她少说两句。

程静媛鼻子抽了抽，眼泪大颗大颗滚落，看向陆竿的眼神有害怕和哀求："能不能别告诉老师，我知道我这样做不对，我跟你道歉，别告诉老师，求你。"

她一遍遍乞求，希望陆竿能心软放过她。

想到方巧宜的下场，她真真切切地感到了后悔和害怕。如果重来一次，她再也不要抱有侥幸心理。

任何事，只要做过就会留下痕迹。

她不该因为一时气愤难平就妄图伤害别人。

"陆竿，对不起，我真的知道错了……"

没得到陆竿的回应，程静媛的心犹如坠进了无尽的深海，泪眼婆娑地看着陆竿，下唇快要被自己咬破。

静静地凝视她片刻，陆竿松开手指，将紧攥着的手机还给她："希望你是真的认识到了自己的错误。下不为例。"

新的一周来临，杜一刚在早自习时来到班里。

"后面几个男生去科技楼领取第一轮复习资料，搞快点，别的班已经去了。"杜一刚一手托着手肘，指着后排几个张着嘴打哈欠的男生，露出嫌弃的表情。

"什么第一轮复习资料？"底下有同学不解地问。

被杜一刚听见了，他恨铁不成钢道："你连什么是第一轮复习资料都不知道？快高三了，还这么迷迷糊糊，怎么参加高考？"

众人恍然醒过神，这么快就开始一轮复习了吗？他们课本上的内容还

279

没学完呢!

杜一刚给他们解答:"这学期先把资料领了,高三开始正式复习,到时候就不是我来带你们了。咱们携手过好剩下的两个月,以后就各自珍重。"

时间流逝得悄无声息,几乎是一晃眼,这学期就余额不足了,高三在前面向他们招手,高考也没想象中那么遥远。

几个男生从科技楼回来,每人抱着一大摞资料,每本资料有砖头那么厚,分发到同学们手里。

陆筝给每本书的扉页写上名字,"筝"字最后一笔竖钩被她写得锋利无比,好似一把出鞘的剑。

她心中充满了力量,暗暗发誓期末考试一定要好好发挥。

带着这样一种强烈的心理暗示,迎来了高二最后一场考试。

暑假生活开始,陆筝用了两年的按键手机坏掉了,夏竹给她买了一部智能机。

陆筝抱着新拆封的手机,趴在床上摆弄,下载了QQ,登录上去,这是很久以前顾承帮她申请的号,联系人列表里只有几个人。

江淮宁曾找她要过QQ号,因为她当时不怎么玩,没给他,他们就只交换了手机号码。

她要不要发条短信找江淮宁要QQ号?

刚想到这里,手机屏幕亮了起来,来电显示江淮宁。

真是心有灵犀!陆筝一骨碌坐起来,接通电话后,把手机附在耳边:"喂?江淮宁,你找我有什么事?"

"没事就不能找你了?"

陆筝听到他在那边笑。

"暑假两个多月呢,有什么安排?"江淮宁问她。

以往准高三生会提前开学,暑假顶多放二十几天假,从今年开始教育局查得严,不允许学校利用假期给学生补课。所以,他们的开学时间和高一高二保持一致。

陆筝看着堆放在书桌上的几大本复习资料:"没什么特别的安排,打算在家里一边写暑假作业一边复习。"

江淮宁说:"用不用我带着你复习?"

"跟在学校里那样吗?"陆筝眼睛闪过光亮,跟着他复习当然会比她自习的效率高、效果好。

"嗯。"

陆筝心头刚涌起一阵欣喜,联想到现实后,那股情绪就熄灭了:"不行啊,我家到县城坐车得一个多小时,不太方便。"

电话那边一阵沉默,江淮宁在思索解决的办法。

陆筝趁机说:"我换了新手机,下载了QQ,我加你,以后有不懂的问题可以在QQ上问你。"说完,手指抠着床单,静静地等待。

一秒、两秒、三秒过去,她终于听见他的回应:"多少?"

"什么?"

"你的QQ号啊,你说我记。"

陆筝弯了弯唇角,给他念了一遍,挂断电话后,她就收到了江淮宁加好友的申请。

她点了通过。

江淮宁的头像是一个丑丑的小机器人,脑袋像电视机,头上还有一根天线。她忍不住笑起来。

陆筝的头像则是在网上随便找的,一捧清新的小雏菊裹在做旧的报纸里,一束落日般昏黄的灯光照在上面,温暖宁静的氛围扑面而来。

江淮宁发了一条消息过来,像是为了确认身份:我是江淮宁,收到请回答。

陆筝唇边的笑漾开:我是陆筝。

江淮宁:你有问过你的期末成绩吗?

眬高没有领通知书这个环节,考完期末试直接回家,除非打电话问班主任,要么就只能等开学的时候才能知晓期末考试成绩。

提到成绩,陆筝愁眉苦脸:没有,我不敢打电话给杜老师。我自己估算过分数,应该……可能……也许……进不了奥赛班。

年级前四十名,对她来说还是太难了。

江淮宁安慰她:进不了奥赛班也没关系,至少跟以前相比,现在的你进步巨大。

4

时间拨到8月31日,在紧张和期待中,高三就这么来了。

陆筝昨夜久违地失眠了,到后半夜才睡着,早上醒来眼眶痛得受不了,滴了眼药水,没得到多少缓解。

先去宿舍楼放行李,碰见以前的同桌王璐。

王璐眨了眨眼,压抑着激动问她:"你知道你被分到哪个班了吗?"

陆筝摇了摇头。

王璐把自己拍的分班表的照片给她看。

陆筝深吸口气,凑上前去看了一眼。

她期末考试发挥得不错，排名八班第一，年级名次第125，最后一栏写着"高三（3）班"几个字。

陆竽心下一沉，所有的幻想成为泡影，一切已成定局，她终究无缘奥赛班。

与她所表现的平静相反，王璐拍着她的肩膀兴奋尖叫："陆竽，你太厉害了！你就是我的偶像！三班啊，好牛的，相当于重点班了。"

一班是奥赛班，地位一骑绝尘。二班到六班被划分为小班，因为二班、三班距离奥赛班很近，同在第四层，不屑于跟其他小班比，每次考试都对标奥赛班来竞争，被称为"重点班"也没错。虽然四班也在第四层，却在走廊尽头，与奥赛班相隔甚远，不在一个竞争圈里。

王璐转头，却见陆竽闷闷不乐："不是吧，你高兴傻了？"

陆竽唇角带笑："没有。"

她在心里安慰自己，虽然没有进奥赛班，好歹距离江淮宁更近了，三班与奥赛班之间，只隔着一个二班。

陆竽整理完行李，去教室报到。

"陆竽！"

听到有人叫自己，陆竽应声回头，在四楼楼梯口看见沈欢那张表情夸张的脸。

"你在哪个班？"陆竽笑着问。

沈欢耸了耸眉毛："咱俩一个班！惊不惊喜？"

他期末考了年级第187名，擦着三班的分数线飘进来了。

进入高三后，紧张又忙碌，可以用"兵荒马乱"来形容。

陆竽入学时语文和生物单科第一，班主任刘海志听说她高二就是语文课代表，让她继续担任。

跟奥赛班一样，二班和三班每周一小测，成绩出得快，老师讲题也快，而且只讲有难度的题。不像普通班，不管难题还是简单的题都拿出来讲一遍，讲完了还要问一句大家听懂没有，没有就再讲一遍。

这在三班几乎是不存在的。

所以，要想跟上各科老师的节奏，只能课下花更多的时间。

国庆假期结束后会进行第一次月考，对于勤奋的学生来说，假期必不能真正放松。

放假第一天，陆竽在家写作业，外面在下雨，淅淅沥沥大半天，天气突然就转凉了，从夏季一秒进入了冬季，跳过了秋天。

手机提示音响起的时候，陆竽翻过一页，顺手拿起来瞄一眼，一条

QQ消息出现在屏幕上。

江淮宁：明天要不要来我家复习？

陆笋定睛一看，忍不住咳嗽了一声。

江淮宁接连发了好几条消息过来。

江淮宁：沈欢也来，不是你一个人。

江淮宁：10号就要考试，复习时间很短，面对面辅导比在网上有效率。

江淮宁：你要是不想来我家，我们也可以去咖啡厅或图书馆。

如此尽职尽责的"辅导老师"，怕是在专业的教育机构花钱也请不来。

翌日清晨，六点多，陆笋在家吃过早饭，背着满满一书包的资料书、卷子，踏上开往县城的班车。

近来阴雨绵绵，天空像蒙了一层灰色幕布，入眼皆是一片昏暗的色调。

空气湿冷，陆笋穿了一件浅杏色羊毛衫，同色系的灯芯绒宽松长裤，外面套了件灰蓝色的双排扣大衣。

从班车上下来，再乘坐公交车，到达景和苑小区。陆笋用手臂压着伞柄，边走边给江淮宁发消息：我到了。

江淮宁：看到你了。

陆笋一愣，缓缓抬起伞沿。江淮宁撑着一把透明的雨伞站在小区的栅栏门前，身姿笔挺颀长，在烟雨蒙蒙里，显出几分清冷的气质。他单穿着灰白相间的毛衣，黑色休闲长裤，握着伞柄的手指修长骨感。

陆笋握紧了手机，三两步跑到他跟前，微蹙的眉心透着关切："你怎么穿这么少，今天最高温度才13℃。"

"刚从屋里出来，也还好。"

江淮宁轻咳一声，从兜里掏出门禁卡，刷开了小区大门，侧着身让陆笋先进。

两人进到电梯里，陆笋有点紧张，嘴唇轻抿，在脑海里模拟进屋后见到江淮宁的父母该怎么打招呼。

许是看出她的局促，江淮宁笑了一声："别这么紧张，我父母不在家，去度假山庄那边了。新来了一个施工团队，他们要对接工程。"

陆笋提起的一口气缓缓舒出，身体也跟着放松下来。

被江淮宁看在眼里，弯唇失笑。

客厅里电视机的声音开得很大，在播放一部外国电影，沈欢拍着大腿激动点评："这特效太酷炫了，看得我眼花缭乱。"

听到玄关处传来的脚步声，沈黎手撑着沙发扶手扭过头去，看见江淮宁取下架子上的白毛巾给陆笋擦拭肩头、发丝上的雨水。

窗外的雨下得不大，因为在刮风，打伞的作用微乎其微，身上不可避免地沾了些雨珠。

"我自己来吧。"

陆笋抬起的一只手被江淮宁挡住,他给她擦了擦后背:"你够不到。"

陆笋只好呆站在那里,像根木头桩子,任由他帮她擦去身上的水珠。

江淮宁随手擦了擦自己的袖子,把毛巾挂回原位:"先坐,我去洗点水果。"

陆笋看着干净得一尘不染的地板,没挪动脚步,低声询问:"不用换鞋吗?"

"不用,你随意一点,别拘束。"

江淮宁丢下一句,挽起毛衣袖子,从冰箱里拿出几样水果,洗干净后削皮切块,装进玻璃碗里,拿了几个牙签扔进去。

陆笋坐在单人沙发上,双腿并拢,手搭在膝头,无所事事地打量四周。

沈欢正看得投入,冷不丁瞥见个人影,眼睛都睁大了:"陆笋你来了啊。"

陆笋看了眼电视里各种狂轰滥炸的场面,确实眼花缭乱:"嗯。"

"你打算什么时候开始复习?"江淮宁斜倚在书房门口,视线在陆笋脸上流连,话却是对着沈欢说的。

"等等,这一段看完再说。"沈欢抻着脖子,脑袋都快钻进电视机里。

江淮宁偏了偏头,对陆笋说:"别管他,我们开始吧。"

"没人性啊,等等我怎么了?"沈欢大呼。

"你慢慢看,我先去学习了。"陆笋对这种题材的电影不感兴趣,跟沈欢打声招呼就起身去了书房。

江淮宁的书房空间大,靠墙的一面摆了高高的书架,上面的课外书籍不多,大部分是与学习有关的资料。

书架对面放了一张三米宽的大书桌,桌面被清理得干干净净,只放了几本书和一沓卷子,其中一把椅子的靠背搭着江淮宁的外套。

陆笋选了江淮宁对面的椅子,放下书包,拉开拉链从里面拿出复习资料摆在桌上:"我们今天是要……"

她想问从哪里开始复习,结果江淮宁把装水果的玻璃碗推到她面前:"先吃点水果,现在还不到八点。"

陆笋抬腕看表,果真,才七点四十五分。

"八点开始,先写一张数学卷子,根据错漏总结知识点。下午我带着你们复习前一个月的重点内容。一科一科慢慢来。"江淮宁提前做好了安排。

陆笋也就不操心了,捏起一根牙签戳进苹果块里,送到嘴边咬了一口。

是她喜欢的脆苹果，又脆又甜。

江淮宁单手撑腮，不加任何掩饰地凝视她。

可惜陆竿没注意到，边吃水果边扭头看书架上为数不多的几本课外书，眼眸流转间灵气动人。

八点整，江淮宁拿出打印好的卷子给另外两人。

沈黎是文科生，有自己的复习任务，之所以会过来，用她的话来说："感受学习氛围，利于督促自己。"

他们三个理科生做同样的卷子，沈黎则安安静静写自己的作业，互不打扰。

按照正常考试时间，两个小时一过，不管写没写完，江淮宁立刻收卷："你俩随意安排，我先批阅。"

陆竿趴着看江淮宁批改卷子。他的手很好看，手指细长，骨节凸起的弧度漂亮，清瘦又匀称，仿佛用世上最精细的工笔一笔一画勾勒而成。

"江淮宁，能不能帮我看一下这道题？"

沈黎的声音飘进耳朵里，陆竿托起下巴坐直。

江淮宁停了笔，看向她："我看看。"

沈黎坐在他左手边，拉动椅子靠近他，笔尖轻点卷面："这道题，你看一下，这个函数的图像该怎么画，我画得好像不太对，解出来的答案有点奇怪。"

江淮宁看了一眼题目，拿过草稿纸不假思索地画图："是这样的。"

沈黎对照自己画的图，恍然大悟："啊，我果然画错了。"

江淮宁干脆给她讲解了一遍，算出了正确答案。

陆竿撤回了视线，拿起笔翻开资料书，强迫自己写作业，耳朵却能自动捕捉他们低声交谈的声音。

慢慢地，心里控制不住地泛起淡淡的苦涩。

张颖和叶珍珍曾说过，江淮宁对你特别好，你没发现吗？

有时她也觉得自己是特殊的，现实却是江淮宁那样温暖的人，对待自己认定的朋友，会竭尽所能地帮助。

总结完一张卷子的知识点，一看时间已经十二点多了。

中午家里没人做饭，江淮宁的手艺只够煮泡面，打电话叫小区附近的餐馆送了一桌菜上门。

一点左右，四个人才吃上饭。

江淮宁把塑料盒里的菜装进白瓷盘里，摆到餐桌上，拿了四副碗筷，看着倒像是自家做的饭。

吃饱喝足之后，沈黎帮着江淮宁收拾杯盘碗碟，轻车熟路地拿到厨房。

"你去坐着,我来洗吧。"她对江淮宁笑了笑,取下门后挂钩上的围裙套在脖子上,手绕到身后打了个结。

毕竟是客人,江淮宁哪好意思劳烦她:"还是我来洗……"

"跟我客气什么,我在家经常帮我妈妈洗碗,很快就完事。"沈黎打断他,按了两泵洗洁精,接了半盆热水,泡沫经过水流冲刷后浮上来。她拿起碗筷用洗碗布熟练地擦洗,看着确实不像生手。

沈欢经常来串门,拿这里当自己的家,半躺在沙发上,双手交叠枕在脑后,接着看上午那部没看完的外国科幻电影。

陆竽坚持看了一会儿,实在看不懂剧情,便悄没声息地去了书房,拿起上午写的那张数学卷子,着重看做错的那些题。

江淮宁批改过,她考了123分。

这个成绩在重点班里算不上出彩,每次考试都有几个数学满分的。

可能是吃饱了犯困,也有可能是早上起得太早,没看多久上下眼皮不停打架。坚持了几分钟,陆竽决定放过自己,两条手臂环住脑袋,趴在书桌上呼呼大睡。

江淮宁从冰箱里找出一罐茉莉花茶,走到书房门口,想问陆竽喝不喝茶,意外撞见她软软地伏趴在桌上的画面,觉得好笑。

他转身从卧室里拿了条毛毯过来盖在她身上。

陆竽的脸颊压在卷子上,水润的嘴唇被挤得微微嘟起,脸上一层薄薄的红晕,像粉嫩的水蜜桃。

沈黎清洗完碗筷,将料理台擦得干干净净,解下围裙挂到门后的挂钩上,在客厅里没见到江淮宁和陆竽,只有沈欢躺在沙发上老神在在地看电影。

沈黎踢了踢沈欢垂在沙发边的脚:"他们呢?"

电影正播到最精彩的地方,沈欢看得入迷,视线不曾撇开,随手一指书房的方向。

沈黎走去书房,江淮宁给陆竽盖毛毯的一幕毫无预兆地闯入她的眼帘,逼得她不得不停下脚步。

沈黎不可置信地捂住了嘴唇,没让自己发出惊呼声。

下午,按照江淮宁制订的计划复习重点。

陆竽午睡了半个多小时,醒来后精神很好,听得专注认真,笔记本上记了密密麻麻一堆公式。

与她相反,沈黎始终无法集中精力,卷子上的地理图形变得一片混乱,脑中不断重放那一幕。

纵然她很久以前就察觉到江淮宁待陆竿不同，可那些仅仅是她的猜测，从没有哪一次如此直观地感受到。

"逮住你了，发呆的时间够久的啊。"沈欢嘴角叼着一支笔，手在沈黎眼前晃了一下，"不会睁着眼睛睡着了吧？"

他在说笑，沈黎却笑不出来，她趴在桌上，脸朝下深深地埋进臂弯里，喉咙哽咽了一下："有点困了，别吵我。"

她闭上眼，鼻子堵得厉害。

5

陆竿写完一道物理大题，眼睛发酸，指节蹭了蹭眼角。

桌上的手机忽然振动，她停下揉眼的动作，拿起来看一眼。

移动公司发来的短信，她看了个开头就放下了。

等等！陆竿睁大眼，重新拿起手机，屏幕上显示的时间是16:05，"轰"一声，她头皮都炸了。

县城回乡下最后一趟班车是四点左右。

陆竿慌里慌张地站起来，嘴里念叨着"完了"，抓起桌上的卷子往书包里塞。

江淮宁抬眼看墙上的挂钟，才发现时间竟这么晚了："你别着急，实在不行我打车送你回去。"

"我先赶去车站看看，兴许最后一班车没发车。"陆竿急匆匆地说完，背上书包就跑。

江淮宁没来得及穿外套，追了上去。

陆竿拉开门跑到电梯前，运气好，电梯刚好停在这一层，门朝两边打开。

电梯里是孙婧芳，瞧着神色焦急的小姑娘，笑着问："这是怎么了？"

"阿姨，我、我赶着回去，晚了就没车了。"陆竿差点撞到她，堪堪站稳，语速极快地解释。

孙婧芳两手提着从超市买来的菜，腾不出手来拉陆竿，急忙出声拦阻："我下午见过你妈妈，已经跟她说过了，晚上就住在阿姨家里，不用赶回去。你们明天还得复习，每天坐车来来回回多麻烦。"

从家里追出来的江淮宁正好听见这句话，垂眸去观察陆竿的反应。

走廊的灯光亮白，陆竿清澈的眼睛里装满犹豫。

陆竿暗自酝酿婉拒的措辞，孙婧芳看穿了她的心思，把手里满满两大袋食材塞给江淮宁，握住她的手往回走："外面雨还在下，天快黑了，你一个女孩子搭车多不安全。听话，就在阿姨家住一晚，一会儿尝尝阿

287

姨的手艺。你妈妈都同意了，你就别推辞了。"

陆竽被孙婧芳一路拉进屋里，拒绝的话没机会说出口。

江淮宁微垂着头轻不可闻地低笑一声，关上了大门。

沈黎和沈欢从书房里出来，孙婧芳见到他们，正好多了个挽留的理由："你俩也别走了，晚上留下来吃顿饭，我这就去准备。淮宁说我手艺有进步，你们可得帮我好好尝尝。"

沈欢向来不客气，嘴甜又会卖乖："那我就等着吃好吃的了。"

沈黎笑容柔和："太麻烦阿姨了。"

"不麻烦，不麻烦。"孙婧芳拍拍陆竽的手，笑起来眼角多了几条细纹，却不影响她的美貌和风韵，"都别杵着了，你们玩你们的，开饭我再叫你们。"

江淮宁帮忙把食材送到厨房，放在料理台上，回身问他妈妈："爸呢，怎么没跟你一起回来？"

"度假山庄的事多着呢，他抽不开身，晚上就住在那边了。"孙婧芳说，"有几间临时搭建的房屋，设施也齐全，冻不着他。"

江淮宁点了点头："你看有什么需要我帮忙的。"

"你能帮什么忙，别给我添乱就行了。"孙婧芳拿刀剁鸡块，朝客厅方向别了下头，"你去陪他们玩，这里交给我就行了。"

江淮宁出去，听沈欢在问："陆竽吃完饭怎么回去啊，没车了吧。"

"她晚上住我家。"江淮宁替她回答。

沈黎垂放在身侧的一只手忽地捏紧了，呼吸停掉一拍，眼睫轻颤，被纤长睫毛覆盖的眼眸蒙上了一层灰暗。

她没有看错，江淮宁说那句话时，眉梢眼角的愉悦几乎要扩散到周围的空气里。

孙婧芳在厨房里忙碌了快两个小时，做了一桌菜。

沈欢惊呆了，夸张地张大嘴巴："这么丰盛！是我家年夜饭的标准了。"

逗得孙婧芳哈哈大笑："你们几个小孩学习辛苦，所以阿姨多做点好吃的给你们补充营养。"

沈欢搓了搓手，准备开动，撒娇道："阿姨您还缺儿子吗？您看我怎么样？"

"你要给我做儿子啊，那得先问问你妈同不同意。"孙婧芳说笑，摘掉身上的围裙，随手搭在椅背上，招呼他们，"别愣着了，赶紧吃吧，尝尝味道怎么样。"

沈黎和沈欢经常过来，孙婧芳是不担心的，她额外关照陆竽："陆竽，千万别拘谨,就当这里是自己家,想吃什么随便吃,阿姨就不给你夹菜了。"

陆芋受宠若惊,忙不迭应道:"阿姨太客气了。"

一顿饭吃得热热闹闹,欢声笑语不断。

饭后,沈黎和沈欢回家。

陆芋和江淮宁收拾餐桌上的残羹冷炙,孙婧芳见状,急忙阻止陆芋:"怎么能让你做这些,赶快坐着,我来我来。"

"阿姨你忙着做菜都没歇息,我和江淮宁来收拾就行了。"陆芋将几只碗摞在一起,端到厨房。

江淮宁则端着几个盘子跟在她身后进了厨房。

孙婧芳实在拗不过他们:"行吧,你俩收拾就你俩收拾。不过洗碗让淮宁来,陆芋你别动手。"

"知道了,你休息去吧。"江淮宁哼笑一声。

他拿洗洁精兑了一盆温水,翻起的白色泡沫快要漫出盆口,将碗盘丢进去洗干净,递到陆芋手里。陆芋再拿到水龙头下冲洗,倒扣在沥水架上。

无需语言交流,两人合作得非常默契。

"手套戴上。"江淮宁指了指水管上搭着的一双浅绿色塑胶手套。

陆芋没那么娇气:"用不着,我的手又没浸到泡沫里,该你来用才是。"

"我就更用不上了,我皮糙肉厚。"

陆芋伸出一只手跟他的比了比,不无艳羡道:"哪有,你的手比我的还白嫩,跟'皮糙肉厚'四个字不沾边吗?"

江淮宁也伸出一只手,沾满了泡沫的手在厨房冷色调的灯光下白得泛光。

陆芋看着并在一起的两只手,情不自禁说出心里话:"我每次看到你的手都觉得你比别人多了一个骨节。"

"咱俩比比。"

江淮宁竖起手掌,跟她掌心相贴,他的手指确实比她长了一大截。

"我说得没错……"陆芋话说一半,突然意识到什么,触电般缩回了手,浸过凉水的手无端灼烫。

按照学校里正常的晚自习时间,七点半,两人准时到书房里写作业。

孙婧芳收拾完客房,给陆芋找了一套自己没穿过的睡衣,还给她贴心准备了新的内裤用来换洗。

其他的日用品家里备有,不用出去购买。

她敲了敲书房的门,温柔叮咛:"学习重要身体也重要,假期就不要绷得那么紧了,适当放松一下,早点洗澡休息。"

两人乖乖答应，等孙婧芳走开，继续讨论一道化学分子结构题。

江淮宁给她讲完眼前这道题，也没了挑灯夜战的心思，身体往后一靠，跟她商量："要不我们不写了，找部电影看看？"

陆笭在配平化学方程式，微蹙着眉琢磨，头也没抬地敷衍道："你想看什么？"

江淮宁反过来问她："你喜欢看什么题材？"

"悬疑片，爱情片。"陆笭随口答了一句，有点烦躁地说，"你先别出声打扰我，我配不平了。我想想，这个稀有元素的化合价是……"

江淮宁顿时无语。

没见过比她更爱学习的人，眼里除了学习什么也没有。

江淮宁拿起搁在一旁的手机，打开视频APP，按照题材分类搜索电影。大晚上看什么悬疑片，还是看爱情片吧。

外面下着瓢泼大雨，晚间气温降至个位数，出门不方便，电影院是去不成了。

江淮宁开了电脑，托着下颌偏头问陆笭："你想看哪部？"

屏幕上一堆爱情题材的电影海报，大多是男女主角姿态亲昵的同框照，一眼看去眼花缭乱。

"随便吧。"

陆笭靠在椅背上，身上裹着毛毯，手里捧住一杯孙婧芳给他们泡的蜂蜜柠檬茶。桌上堆满薯片、鱿鱼丝、花生豆等零食，很有观影仪式感。

江淮宁就知道问不出个结果，自己挑选了半天，点开去年年初上映的一部很火的青春片。

江淮宁没有看过，但听班里的男生讨论过。

有一段时间，男生们谈论起自己喜欢的女孩都用电影里女主角的名字代指。

电影的封面洋溢着浓厚的青春味道，是一群少男少女坐在水泥高台上，没有那些爱情片里的暧昧气息，只有溢出屏幕的蓬勃朝气。

为了营造看电影的氛围，江淮宁特地关掉了书房的大灯，只开了桌上一盏节能台灯，照亮桌前一隅。

陆笭喝了口热热的茶，眼睛一瞬不瞬地盯着屏幕。

江淮宁悄悄瞥了眼她的侧脸，见她认真的神情中透着期待，没有表现出不喜欢，他便放心了。

电影比预期的好看，呈现的校园生活不是枯燥乏味的，痞气的学渣男主为了追求喜欢的学霸女孩认真读书，过程轰轰烈烈，作为看客都觉得怦然心动，更何况是被追求的女主角。

陆筝看得投入,江淮宁身子一歪,靠近她,以尽量不打扰到她观影的低沉嗓音问道:"你也喜欢里面的男主角?"

"还好吧,我更喜欢女主角。"陆筝说。

学霸女主,自信温柔又漂亮,是她期望自己能成为的模样。

江淮宁追问:"为什么不喜欢男主角?很多女生迷恋他。尤其是放孔明灯那一幕。"

陆筝的视线不舍得从电脑上移开,直言道:"呃,他有点幼稚,我不喜欢,我更喜欢学霸。"

"哦——"

江淮宁拖长尾音,他发誓自己没想笑,不知怎么没有忍住,极为愉悦的一道笑声从他唇边漏出来。

陆筝意识到自己说了什么,懊恼地撇开脑袋。

她看的是左边,刚好与江淮宁看过来的视线碰撞到一起。

陆筝的脸一瞬被烧得滚烫,慌忙转移视线盯住屏幕。

电影里的男主角正好双手捏着孔明灯表白:"我很喜欢你,非常喜欢你,总有一天,我一定要追到你,百分之一千万,一定会追到你……"

两人在孔明灯上写下各自的愿望,明明女主角写的是如果男主角跟她告白,她就答应跟他在一起,可当她问男主角是否要听自己的答案时,男主角误以为她要拒绝,不肯听她说,那样他就能继续喜欢她。

之后的剧情急转直下,两人本就在两所不同的大学就读,日常全靠电话联系,男主角因为打架,让女主角感到失望,直到电影结束他们也没有在一起。

结局是女主角嫁给了别人。

江淮宁略感唏嘘。学生时代的感情就像刚冒出土壤的嫩芽,经不起一丁点风吹雨打,轻易就能折断,徒留一段遗憾。

听见身边传来细微的声音,江淮宁转头看过去,才发现陆筝不知何时淌了两行泪,泪珠挂在下颌。

屏幕上在滚动演职人员表,光线暗了下去,只余台灯的灯光笼罩着陆筝的脸。

江淮宁没出声打扰,盯了她好久。她像是沉浸在电影里缓不过来,眼泪不要钱似的一直往下流,越流越凶。

江淮宁终于不再袖手旁观,抽了两张纸巾叠在一起给她接眼泪:"陆筝,你泪点怎么这么低?说好的行侠仗义的侠女人设呢。"

陆筝捏着纸巾擦眼泪,然后擤鼻涕,扭头瞪了他一眼。

她眼眶湿漉漉的,瞪人毫无杀伤力不说,反倒透着股别样的娇俏灵动,惹人怜爱。

江淮宁手撑在脑袋一侧，看着她笑："不是不喜欢男主角吗？他俩没在一起你难道不该感到高兴，怎么还哭了呢？"

陆筝哭过一场，开口说话瓮声瓮气的："我就是觉得遗憾，好遗憾，他们明明有机会在一起。我是不喜欢男主角，但女主角喜欢啊！有情人不能成为眷属，就这么错过了，男主角一直惦记着她，太难过了。"

虽然整部电影跟"悲剧"沾不上边，前面大部分是欢乐的，可留下这么一个遗憾的结局，着实让人心梗。

不能深想，越想越意难平。

电脑屏幕右下角显示的时间已经十点了，江淮宁关掉电脑："睡觉吧，明天上午做套物理卷子。"

他的话瞬间将陆筝从电影的遗憾结局拉回到现实世界，她拍了拍额头，让自己赶紧清醒过来。现实里只有写不完的卷子，以及在前面等着他们的高考，没有那么多轰轰烈烈、伤筋动骨的故事。

江淮宁拍了下台灯，唯一的光亮消失，书房里陷入一片昏暗。

"能看到吗？"江淮宁手指摸索几下，抓住了陆筝的胳膊，带着她往外走。

走到门边，他没打声招呼就忽地停下脚步转过身来，陆筝没防备，一头撞进他宽阔的胸膛，怔住了。

"陆筝。"她听见江淮宁声线低低地叫她的名字。

那道声音就在她头顶上方，距离她很近很近，近到让她产生一种错觉，她好像听见了他心跳的声音。

"怎、怎么了？"沉默许久，她颤着声问。

江淮宁说："如果有学霸追你，你会考虑吗？"

他为什么会突然问这个？是意有所指？还是单纯好奇？

陆筝脑中的疑惑在短时间里堆积如山，认真思考后，回答他："不会……吧？"

今晚的江淮宁完全不懂得何为适可而止，他急迫地追问："为什么？你不是说喜欢学霸吗？"

"还能为什么，我的成绩这么不稳定，哪有时间和精力想别的。"陆筝的眼睛已经适应了黑暗环境，她轻度近视，看他的脸仍然有些模糊，"我哪天考年级第一，我就万事不愁了。"

江淮宁无言以对，轻舒口气，将一腔心事压回去，一手拉开书房的门，客厅明亮的光线争先恐后涌进来。

陆筝眯了眯眼，方才的一切仿佛是她的幻觉。

孙婧芳在客厅沙发上坐着看连续剧,瞧见两人从书房出来,而陆竿眼睛和鼻头红红的,愕然道:"江淮宁,你欺负陆竿了?"

太过吃惊,她甚至叫了江淮宁的全名。

江淮宁语气带着不自知的幽怨:"没有。"

陆竿欺负他还差不多,他一颗完整的心被她三言两语揉碎了。

第十二章
和江同学的高三生活

1

国庆假期一晃而过，7号下午高中生就要返校。

陆竿早上坐车来县城，在江淮宁家复习了大半个上午。一回生二回熟，她觉得自己的脸皮都变厚了。

书房里除了她和江淮宁，还有沈黎和沈欢姐弟，他们四人组这几天基本上一起复习、写作业。

放假都不得闲，沈欢一个爱玩的人受不了了。眼看到了十点，他撂挑子不干了，扭了扭酸痛的脖子，僵硬的骨节"咔咔"作响。

"你们继续努力，我休息会儿，七天假期全用来学习了，清大不录取我天理不容！"沈欢嘴巴发苦，"同志们，假期最后一天了，咱能不能考虑一下劳逸结合？"

陆竿在看前几天总结的笔记，抿了口热水，没理他。

以往江淮宁会借机嘲笑沈欢几句，这回倒认同他的说法："你想怎么劳逸结合？"

沈欢来了兴致，一拍桌子难掩激动："县里新建了一个游乐场你们还不知道吧？国庆节前才开放的，超级受欢迎！我们去游乐场吧。"

前几天下雨，温度极低，今日放晴，是个惠风和畅的好天气。中午的气温能有二十多摄氏度，适合出门游玩。

江淮宁征询两个女生的意见："你们想去吗？"

沈黎笑着说："我都可以。"

江淮宁看向陆竿，陆竿没听见似的，嘴唇轻抿，一手按着笔记本，边看边在草稿纸上演算。

江淮宁无奈，喊她名字："陆竿？"

陆竿抬起头，表情有一瞬的空白，而后才想起来他们似乎在讨论去游乐场的事情:"你们都去吗?"

江淮宁还没开口,沈欢抢先道:"是的!三缺一,你要不要去?"

既然他们三个都去,陆竽当然不想落单,点了点头,说:"好吧,我也去。"

现在出发的话,下午上课前返校完全来得及。几个人说走就走,收拾桌上的书本,装进各自的书包里,穿上外套出门。

游乐场的路线沈欢清楚,他提议骑自行车过去。

小区里的桂花开了,出了楼道门能闻到阵阵清淡的花香。白灿灿的阳光照在脸上,恰到好处的温暖舒适,不比夏季灼人,也不似冬季那般聊胜于无。

沈欢和沈黎早上从家里来景和苑就是骑的自行车,一人一辆,就停在居民楼门口的空地上。

只有陆竽没自行车,傻站在那里。

沈欢解开车锁,两手扶着车把跨坐上去:"陆竽,我载你吧。"

江淮宁拨了两下车铃,吸引了沈欢的注意,待沈欢看过来,他语气自然地说:"我载她吧,你骑车技术也不怎么样。"

沈欢气呼呼地翻白眼:"我骑车技术很好的!"

江淮宁不理他,拉住陆竽的袖子,拍了拍后座:"上来。"

陆竽侧坐在后座,脚尖点着地面,手抓住车座下面。江淮宁脚一蹬,自行车逆着风滑出去。

四人到了新建的游乐场,人比想象的多。虽然已是国庆假期最后一天,但大家的兴致未减,多的是家长带着小孩过来游玩。

江淮宁支使沈欢去买吃的喝的,自己排队买门票。

中午的日头正当空,温度逐渐攀升,晒得脸颊发烫。陆竽跟在江淮宁身后排队,一只手遮在额前挡太阳。

江淮宁扭头去寻找陆竽,才发现她一声不吭地站在他后面,他笑了一声,给她指了一个方向:"那边有一片阴凉地,你去等着,我来买票就行了。"

陆竽犹豫了两秒,从队伍里离开,到阴凉处蹲着等人。

毕竟是小县城,纵然游客众多,也不如大城市里那些游乐场拥挤,没过多久就排到了江淮宁,他买了四张门票。

检票进到游乐场内,站在人来人往的空地上,环视了一圈。他们是第一次来,一个项目也没尝试过,不知道体验感如何。

江淮宁问:"想先玩什么?"

"过山车!过山车!"沈欢跟只猴子似的喊叫。

295

陆竽面色一顿,目光闪烁了下,瞟向不远处飞速滑过的过山车,上下起伏时,上面游客的尖叫声隔着一段距离都能刺破耳膜。中间连着两个环形轨道,能绕两个360度。

她光是看着就心惊胆战,遑论上去玩。

江淮宁观察到她微变的脸色,声音低而温和地问:"害怕?"

陆竽挤出一个不好意思的笑容:"嗯。"

沈欢果断换了一个:"那我们去玩大摆锤!"

既然出来游玩,当然是四个人一起行动更热闹有趣,抛下陆竽就太不讲义气了。

陆竽唇角僵住,过山车她都不敢上去,大摆锤就更不用说了。

她记得小时候有一次爸妈带她到游乐场玩,别的小朋友玩海盗船、碰碰车,她只能干看着,连靠近都不敢。最后逛了一圈,只玩了旋转木马,吃了游乐场里的小吃。夏竹笑话她,平时看着张牙舞爪,实际上是个纸老虎,胆子小得很。

江淮宁看出来她的纠结,及时出声解救她:"换一个,大摆锤晃得人头晕。"

沈欢没什么意见,挠了挠头,在想哪些项目既温和又好玩,想来想去没得到答案。在他看来,好玩的项目都很刺激。

沈黎指着前方排着队的入口,提议道:"我们去鬼屋吧。"

"你想玩鬼屋?"沈欢惊讶地张了张嘴巴,"你们女生不是最怕这个了吗?"

沈黎说:"我看我们班同学在空间里发过,这个游乐场的鬼屋设计得别出心裁,里面主题丰富多样,去了一次还想去第二次。"

陆竽对于鬼屋一类的项目也是敬谢不敏,但她不想再扫大家的兴,只踌躇一秒就点头答应了。

进去前,沈黎先打了一剂预防针,免得他们没有心理准备:"我同学说这个应该算是鬼屋和迷宫的结合版,进去以后,里面四通八达,不止一个主题,有恐怖学校、血腥森林、灵异医院、幽灵监狱等等,但是入口和出口只有一个,从北面进入,到南面出去。"

陆竽默默咽了口唾沫,还没进屋手心就开始冒汗了。

江淮宁刻意落后两步,在她耳边低声问:"害不害怕?"

他记得她说过,喜欢看悬疑类的电影。两者应该差不多吧?

他哪里知道,陆竽看悬疑片经常被里面营造的惊悚氛围吓到,所谓喜欢,不过是又怕又爱,属于"人菜瘾又大"系列。

陆竽勉强镇定,没让他听出话音里的颤意:"还好。"

几人跟随前面排队的游客进去，长长的通道黑布隆冬，一眼望不到尽头，继续往里走，视野变得开阔，摆在眼前的道路纵横交错，不管走哪条路都会遇到意想不到的恐怖情景。

还没怎么样，陆笋已经瑟瑟发抖，一双眼睛神经质地来回睒动，生怕冷不丁从哪里冒出来一只"鬼"。

她紧跟江淮宁的步伐，不敢擅自行动。

沈欢胆子奇大，大步走在前面，甚至一脚踢飞了一个挡路的骷髅头。

陆笋瞥了一眼，那只骷髅头的眼孔里爬出来一条蜈蚣道具，吓得她打了个寒战。

"嘁，都是小儿科，还以为多恐怖呢。"沈欢轻松地摇了摇头，双手背在身后，跟大爷遛弯似的大摇大摆，"我们要走哪条路？"

沈黎就在他后面："最左边那条吧。右边那条路我听到有流水声，有点吓人。"

她也并非全然不怕，只是表面上比较冷静。

陆笋精神高度集中，奈何怕什么来什么，刚走到一个岔路口，身后忽然有人拉住了她的衣摆，她毫无防备地回头，被冲到面前的一张鬼脸吓得失声尖叫。

陆笋边叫边慌不择路地乱窜。

那只"鬼"看准了她比较害怕，紧追着她不放，跟猫逗老鼠一般。

前方好几个岔路口，陆笋也没看清自己走的是哪一条，只知道躲避追击。

好不容易甩掉那只"鬼"，她累得气都喘不上来了。

实在太可怕了，那只"鬼"披着黑色长斗篷，脸色惨白如一张纸，不知从哪儿打下来的灯光，照得他的脸泛着森森冷意，眼睑下方挂着斑驳血迹，舌头吊得老长，多看一眼晚上就要做噩梦。

陆笋抚着胸口平复呼吸，左右一看，整个人呆住了，她好像在仓皇逃窜中与其他人走散了。

里面的道路错综复杂，她也没记，不知道怎么回到原路。

在她慌乱无措之际，有人轻拍了一下她的后脑勺。鉴于方才的教训，陆笋不敢再贸然回头，害怕撞上另外一只"鬼"。

她牙齿战栗，浑身汗毛倒竖，从头到脚都是冷的，不停在心里默念：鬼屋里的东西全都是假的，那些恐怖的"鬼"是工作人员扮演的，那些血迹只是红色果浆而已，不可怕，一点都不可怕……

可陆笋还是不敢去看，闭上眼睛头皮发麻地向前走，想尽快找到出口，她一刻也不想在这里待了。

然而，令人毛骨悚然的是，那道不缓不慢的脚步声始终跟在她身后。她走，那只"鬼"也走，她停下来，那只"鬼"跟着停下。

陆筝欲哭无泪，想要大喊一声"救命"。

难道就因为她胆子小就逮着她一个人戏弄吗？

就在陆筝处于崩溃的边缘，那道脚步声忽然加快，越过她绕到正前方，抓住了她的手腕。

"啊啊啊啊！"

陆筝紧闭双眼拳打脚踢，混乱中一拳挥到了"鬼"脸上，听见一声低哑的"嘶"声，她才意识到不对，缓慢撩起眼皮。

站在她眼前的哪是什么"鬼"，是江淮宁。

江淮宁仰起脖子，一手捂住下巴，一脸痛苦状："陆筝你谋杀啊！"

陆筝脸上惊恐的表情未及收起，眼睛一眨不眨地盯住江淮宁，仿佛是为了确认他到底是真的，还是自己出现幻觉了。

"你被吓傻了？"江淮宁放下捂住下巴的手，在她眼前晃了两个来回。

陆筝这下确定了，他是真的，不是她幻想出来的。

"对不起，我以为是'鬼'，所以就……"陆筝踮起脚尖凑近，借着幽微的灯光，看清他的下颌处，被她打红了。

江淮宁无语。

陆筝手指隔空点了点他的下颌："你这儿疼不疼啊？"她在极度惊惧之下，下手的力道没收住。

江淮宁偏了偏头，神色自若："不疼。"

陆筝怨怪道："谁让你跟在我身后半天不出声，吓死人了，不打你打谁？"

江淮宁气笑："这位同学，合着我跟在后面保护你还是我的错咯。"

"我不是那个意思，我是说……啊！"陆筝正说着话，声音突然变了调，颤抖着喊江淮宁的名字，"江、江淮宁，我的脚……有东西抓住了我的脚，呜呜呜，黏糊糊的，你快帮我弄掉。"

一句话断断续续说完，她已经溃不成军，压根不敢低头去看。

眼前忽然一黑，一件带着洗衣液清香味道的外套罩在陆筝头顶，挡住了她全部的视线。随后，江淮宁的声音抚平了她的恐惧："别怕，有我在。"

江淮宁垂下眼帘，看见套住陆筝脚踝的东西，是一只做得非常逼真的硅胶断臂，上面血淋淋的。可能是陆筝行走间不小心踩到，触发了手臂上的机关，五根手指收拢，刚好握住她细瘦的脚踝。

江淮宁蹲下来掰开几根假手指，牵住陆筝的手往前走。

危机解除，陆竿急促的心跳并未回归到正常频率，深吸口气，一点一点拽下外套抱在怀里，入眼是一片森然的白色。她小声问："这是哪里，沈欢和沈黎呢？"

江淮宁看她瞪得圆溜溜的眼珠，好笑又心疼，明明害怕得要死，进来时问她怕不怕，她却说还好。

环顾四周，江淮宁将自己的猜测说给她听："看这里的布置应该是医院之类的场所。"联想到沈黎先前给的信息，他几乎可以确定，"是灵异医院主题。沈黎和沈欢走了最左边那条路，我也不知道他们现在到哪儿了。"

这里面的路有的相通，有的不通，跟迷宫一样。

"灵异……医院？"

陆竿反手牢牢抓住江淮宁的手，暗暗下定决心，这回说什么也不乱跑了。万一再跑丢，她可就没那么好的运气再被江淮宁找到。

江淮宁垂眸看着他和陆竿的手，嘴角浅浅勾起，不厚道地想，希望这条路能长一点，再长一点。

不知不觉，他们走进了医院的停尸房，森冷的气息格外浓烈。

陆竿视线飘忽，落在角落里那张蒙了一层白布的移动担架床上，白布下面隐约透出一个人的身形。

江淮宁暗叫一声不好，正想带陆竿离开，担架床上的白布突然动了一下，一个穿着病号服的"尸体"直挺挺地坐了起来。

陆竿呼吸一滞，脑中的弦"啪"地断了，惊吓到极点的情况下，喉咙似被堵住，连一声尖叫都喊不出来，转过身往江淮宁怀里钻，只想把自己整个埋起来。

江淮宁忍不住笑："都是假的，别害怕，我们现在就走。"

坐在移动担架床上扮鬼的工作人员，本以为自己能像前几次那样，将无意间闯进停尸房的游客吓得吱哇乱叫、四处奔跑，没想到掀开白布后，看到的却是这样的画面。

工作人员愣住，忘了接下来的剧情是什么。

江淮宁揽住陆竿，一边注意脚下崎岖不平的路，一边轻拍她后背，低声安抚："好了好了，那个'尸体'已经走了。"

"尸体"都会行走了，更可怕好吗！陆竿无声咆哮。

两人走出停尸房，扮演尸体的工作人员才想起来，自己手腕上缠着长长的锁链，按照剧本，他要用锁链将闯进来的游客捆住恐吓一番。

人都跑没影了，他懒得追上去，重新躺到担架床上，拉上白布盖住身体和脸，等待下一个闯进来的小可怜。

沈黎和沈欢早就顺利找到出口出去了，在外面等了许久，不见另外两人的踪影。

"他们不会迷路了吧？"沈欢嘴角上扬，有些飘飘然，"老江什么头脑啊，连这种级别的迷宫都搞不定。"

沈黎没搭腔，垂眸踢了踢鞋尖，只觉等待的每一秒在无限拉长。

"出来了！"沈欢看到从出口走来的两个身影，不由得惊呼了声。

沈黎抬眸望向前方，表情瞬间凝住，心脏犹如绑了一块石头，拖拽着沉沉下坠。

不远处，陆竽抱住江淮宁一只手臂，脸色发白，贝齿紧咬下唇，像是魂都吓没了。

沈欢看出是怎么一回事，直接笑喷了："我说你们怎么磨磨蹭蹭出不来，原来问题不在老江，是陆竽你害怕啊？真看不出来你居然怕鬼屋。那些都是假的啦！我们走的是血腥森林主题，我差点跟一个变异的怪物打起来。"

陆竽还没缓过来，可怜兮兮的，被嘲笑了也不反驳。

江淮宁从沈欢那里拿了一瓶柠檬水，拧开盖子递到陆竽手里："还逞不逞强了？早说你害怕我们就不进去了。"

陆竽喝了几口水后，脸色依然很差，没有嘴硬跟他抬杠，老老实实接受"批评"。

江淮宁见状，态度一秒变软："想吃棉花糖吗？我看到那边有卖的。"

陆竽还没回答，他就兀自走去卖棉花糖的摊位，要了一个粉色花朵造型的。

"吃点甜的，补充一下体力。"江淮宁说。

陆竽吃完一整个甜甜的棉花糖，大脑总算从紧张刺激的情绪中缓过来。但她不敢保证，今晚睡着后会不会做噩梦。

2

第一次月考过后，三班调换了座位，陆竽的同桌是个女生，叫袁冬梅，也是她的室友。两人在宿舍里关系比较好，相处起来没什么需要适应的。

周四下午第二节，是一个星期里唯一一节体育课。

陆竽和袁冬梅上完厕所，结伴前往操场集合。

体育老师念在他们是高三生，学习辛苦，点过名字就宣布原地解散，自由活动。有些勤奋的同学连这唯一的体育课也不稀罕，解散后回教室争分夺秒地学习。

以往陆竽也是他们当中的一员，如今她跟着江淮宁的节奏，懂得了适当娱乐才能以更好的状态投入接下来的学习，所以她没有回教室。

值得一提的是，这节体育课和奥赛班是重叠的。

奥赛班刚解散，沈欢马不停蹄冲过去找江淮宁打篮球。

"我们在这里看男生们打球，还是在校园里走走？"袁冬梅挽住陆笋的手臂，歪着头问她。

陆笋抿唇，假装思索："太晒了，我们坐着吧。"

袁冬梅笑笑："行。"

两个女生坐在距离篮球场不远的一棵柳树下，身后三米远是一片人工湖，太长时间没打理，水质不好，散发着淤泥的腥气。

陆笋两手托腮，凝望那个高高大大的身影。

江淮宁解开了校服外套，里面是一件黑色连帽卫衣，他连卫衣也脱掉了。脱衣的动作很随意，两手拽住领口躬着身往上一拉一拽，后背露出一大片肌肤，欺霜赛雪的白，一条脊柱微微凸起，腰身窄瘦紧实，每一寸线条都恰到好处，引得周围一群女生压抑不住惊呼。

他只穿一件纯白T恤，纵身一跃，站在三分线外投了个球，高举双手跟队友击掌，整个人耀眼到极致。

围观的女生们欢呼不断，手里拿着矿泉水和补充能量的饮料，踮起脚尖跃跃欲试。

袁冬梅看着球场上奔跑的少年，怂恿她："你看看，那些女生都等着给江校草送水，你不去吗？我赌他会接你的水。"

陆笋推了袁冬梅一把，佯怒。

她才不会那么高调地引人注目，默默注视就够了。

月考成绩三天后出来，江淮宁的年级第一没有悬念。

他从同学那里得知后，表现得很平静，翻开资料继续做题，考过的试就算揭过了，完全不拿名次当回事。

"江淮宁，老李找你！"数学课代表抱着一沓卷子从外面进来，对着江淮宁的座位喊了一声。

江淮宁停笔起身，在李元超困惑的眼神中走了出去。

不止李元超，江淮宁自己也不明白李东扬找他的原因。他最近既没有违反校规校纪，也没有传出什么乌龙绯闻，按说不该找他谈话。

要说是因为他考了第一名，那就更不可能了。他考了那么多次年级第一，也没见李东扬表扬一句，顶多跟他说，继续保持。

江淮宁怀揣着满腹的不解，敲响了李东扬办公室的门。

得到允许，他推门进入，被眼前的场面唬得怔了一下。

301

李东扬招手:"赶紧进来。这是年级办主任,你应该不陌生,那两位一个是咱们学校的田校长,一个是林副校长。"

田校长穿着笔挺的深灰色夹克,坐姿端正,一张国字脸不显威严,反倒给人亲切温和的感觉。他面前的茶几上摆着茶碗,袅袅茶香四溢开来。

江淮宁颔首,一一问候几位老师。

"这位就是江淮宁?"林副校长将江淮宁上下打量一番,满口称赞,"早就有所耳闻了,至今还未见过面,哪能想到不仅学习好,长得还一表人才。听说从北城转过来的,真是给我们晓高争光了。"

"说正事,别耽误孩子的学习时间。"田校长手撑在膝盖上,露出个十分亲和的微笑,"你可知道你这次考试的市排名?"

江淮宁愣了愣,如实回答:"不清楚。"

听说过这次月考是整个靳阳市的高中统一参加,其余的他没有过多关注。成绩单上只会显示班级名次、年级名次、县排名,没有市级排名。

田校长直言道:"你的分数在整个靳阳市排第三,超过了临川一中所有的学霸。"

临川也是靳阳市底下一个县,跟晓山县一样。临川一中的名声比晓山高中响亮多了,每年输出的清大、北城大学的人才远远多于晓高,过重本线的学生也比晓高多出一倍不止。

江淮宁静静听着,没有插话。

不愧是能接连考出高分的人才,如此沉得住气。田校长欣慰又赞叹:"我们的意思是想你接下来大半年时间,再加把劲冲一冲,争取来年高考拿个市理科状元。要是能拿省状元,那就再好不过了。"

不管是理科状元还是文科状元,晓高已经连续多年没有出过,好不容易逮到一个有希望夺魁的学生,他们当然对他寄予厚望。

江淮宁了然,还是一副平静的姿态:"我试试。"

李东扬不满他的回答:"怎么就说试试,你应该说保证不辜负校长的期许。"

江淮宁看了他一眼,说:"成绩这种事说不准的,万一我没做到,不就成了说大话的人?"

两位校长和年级办主任不约而同地笑了。

李东扬也笑了声:"我就当你小子是在谦虚。"

冲理科状元的任务就这么传递给江淮宁了,剩下的就是各科老师全力配合辅导,加上他本人加倍努力。

田校长也说了,江淮宁在校期间有任何需求尽管提,学校会尽力满足。

几位老师从李东扬的办公室离开,外面的铃声恰好响起,下节是李东扬的课,他和江淮宁一起往四楼走。

上楼梯的过程中,李东扬扫了江淮宁几眼,想起一件要紧事,提醒道:"你和三班那个女生……"他看到江淮宁脸色微微一变,倒也没说太苛责的话,应田校长的要求,要照顾学生的身心健康,"你现在唯一的任务就是冲状元,别的事靠边站。要是因为她影响了你的分数,到时候就不是我出面教育了。你心里清楚,现在年级领导、校领导全都关注着你的一举一动。"

江淮宁脚步微顿,不咸不淡地说:"我的分数足够我去想去的大学,状元对我来说是其次,其实我对自己没有太高的追求。"

李东扬一噎。

江淮宁这油盐不进的态度,能气得他高血压飙升到峰值。

又到体育课,江淮宁背负重任,照样潇洒跟人在篮球赛追逐。

冬季来临,陆竽坐在那棵挂满枯树叶的柳树下,只有她一个人,袁冬梅不在。

袁冬梅感冒了,在学校医务室开了三次药,反反复复不起作用,于是找班主任请假,趁着体育课到外面的医院做检查。陆竽原想陪她去,被她拒绝了。

陆竽从羽绒服宽大的口袋里拿出一个线圈本,这是她在家里闲暇时用来画画的本子,被她无意间装进书包,带到了学校里。

翻过前面几页,停在空白的那一页,她从另一边口袋拿出一支黑色中性笔,望了望远处那个奔跑跳跃的身影,提笔勾勒线条。

没注意到打完一场球的江淮宁径直走到她身边,他手腕撑着膝盖,躬身俯下脖颈。

略重的喘息声落在耳畔,随后是一道笑意盎然的嗓音:"在画什么?"

陆竽被吓得魂不附体,大脑中仅存的一丝理智支配她合上了腿上摊开的线圈本,一只手紧紧按住。

心跳处在濒临失衡的状态,仿佛溺水之人刚被捞上来,拼命汲取氧气。

她把本子抱在怀里,唯恐被江淮宁夺走,从而窥见里面的秘密。

江淮宁被她巨大的反应吓到,怔忪了几秒,抚着鼻尖轻笑:"我怎么看你好像做贼心虚呢,画的是什么?"

陆竽想了想,他过来时,她恰好勾勒完脸部轮廓,并未填上五官。要说她在画皮球,估计也不会惹人怀疑。

如此想来,陆竽一颗心落了回去,梗着脖子理直气壮道:"你才做贼呢,走路没声音,跟只地鼠一样突然蹿过来,吓死我了。"

江淮宁直起身，俊朗眉眼被阳光点缀，耀眼夺目到周边的一切景物都黯然失色。

"你胆子这么小啊，我随便说句话都能吓到你，还是说你在干坏事？"

"我就写写画画，能干什么坏事？"陆笋翻个白眼，转过身背对他，把线圈本藏到羽绒服口袋里。

幸好她这件羽绒服的口袋是方形的，容量足够大，能捂得严严实实。

陆笋转移话题："你怎么不去打球了？"

"累了，休息一会儿。"江淮宁语调平常。

篮球场上，李元超撩起衣摆擦擦脸上的汗，另一只手扣着篮球，扬声问江淮宁："还打不打了？"

"你们打吧。"江淮宁走到篮球架前，取下架子上的外套穿在身上，看样子是不打算再打了。

陆笋怔怔地看着他再次朝自己走来。

江淮宁停在她跟前，身高优越的他像一座小山笼罩过来。陆笋不得不高高仰起脖子，用眼神询问。

江淮宁偏了偏头，话里是邀请的意思："体育课就打算坐在这里，不走走？"

陆笋站起来，拍了拍裤子上的灰尘，鬼使神差地跟着他逛起了校园。

这座熟悉得不能再熟悉的校园，到处栽种了果树，种得最多的便是枇杷树。每年没到枇杷成熟的季节，小果子就被手欠的学生摘走。好不容易熬到成熟，却是长在让人够不着的高处。有身手矫健的男生爬上树，摘一捧金灿灿的熟透的枇杷，分给同学。

陆笋回忆着，唇角不自觉弯起。

他们走到一处草坪，冬季草木枯黄稀疏，满目萧索，没了春日的生机勃勃。

草坪上几个水泥浇筑的乒乓球台，有着十几年的历史，风吹雨淋，缝隙里生了青苔。学生们如今大多使用的是小操场上新买的金属乒乓球桌，这里无人问津。

旁边是一些单杠、双杠、攀爬梯等老旧的娱乐设施，一直没有被拆掉。

江淮宁两手握住往上一跃，坐在其中一条杠上，动作轻松自如，给陆笋一种错觉，好像自己也能办到。

陆笋原地起跳了好几下，像只蠢笨的兔子，折腾半天没能成功坐上去，她有些懊恼地皱了皱眉。

江淮宁忍住笑，朝她伸出一只手："我拉你上来。"

"不用。"陆笋果断拒绝。

她不服输，连爬带跳地坐到了杠上，把自己累出一身汗，还要倔强地朝江淮宁瞥一眼，脖颈仰起的样子活脱脱一只骄傲的孔雀。

江淮宁终是没能忍住，低低的笑声从唇畔溢出。

两人坐在杠上，双腿悬空晃荡，两只手撑在身体两侧。冬日里的暖阳和冷风交织，说不清是冷还是热。

沉默在蔓延，却不觉得尴尬。

江淮宁第一次问起陆竽关于未来的打算："你想好要考哪所大学了吗？"

这个学期快过完了，高考倒计时也开始了，提起这个话题正合时宜。

陆竽眼睫覆下，盖住了眼底淡淡的惆怅。她轻叹一口气，没办法像他那样轻松，选学校跟选大白菜一样简单。

"以我的成绩，要想进一所好的学校，其实没有太多的选择。看到时候的分数，哪所学校肯要我，我就去哪所。"

江淮宁紧盯着她，许久没说话。

好吧，陆竽知道自己这个回答很敷衍，重新作答："非要让我选的话，那肯定是关州大学。"

本省的一所"211"大学，坐落在省会城市，离家不远，坐火车从靳阳到关州只需三个小时左右。去年九月底，靳阳市高铁正式开通，乘高铁到关州更方便，一个多小时就能到达。

关州大学是陆竽目前最心仪的学校。

她的答案和江淮宁的预想偏差太大，他突然不知要说什么，一再斟酌，他带着一丝试探问她："没考虑过去外地吗？比如……北城？"

陆竽愣了一下，扭头，看进他深邃的眼里。

江淮宁及时撇开眼，没给她窥探的机会。

3

期末考试前，各科老师发了很多卷子。为了避免学生粗心大意漏掉其中某一张，每张卷子写了编号，要求下学期开学交上去。

以往高三学生只放八天假或者十天假就要返校补课，宿舍里的床褥和教室里的书本不必带回家。还是那个原因，今年上面管得严，不让学生补课，放假时间全校一致，元宵节过后开学。

班主任担心他们玩心大，不记得近在眼前的高考，逮住机会就耳提面命地教诲。

——"寒假不要荒废，玩的时候多想一想，你在玩别的同学在复习，你还玩得下去吗？你要知道，真正勤奋的人会利用一切时间学习！"

——"寒假虽然照常放,但你们绝对不能懈怠,一眨眼就要高考了,一口气都松不得。以后上大学有你们玩的时候,绝不是这个寒假!"

——"下学期过来三轮复习就开始了,到时候找不着状态,别怪我没提醒你们。"

在老师们三令五申地强调中,期末考试结束,开始放寒假。

高三上学期就这样数完了,时间快得让人抓不住痕迹。

过年期间,陆筝只去外公外婆家拜年,其余时间安心待在家里写作业、复习功课,每天的学习计划安排得满满当当。

亲戚们到陆家来拜年,几乎都要问起陆筝,是不是今年就要高考了,以她的成绩,上个一本应该没问题吧?

夏竹边沏茶边笑说:"孩子的学习我和她爸基本不过问,上一本还是二本她只要努力了,我们都能接受,没有特别的要求。我和老陆文化程度不高,家里能出一个大学生就满足了。"

"瞧你说的,太谦虚了。"陆筝的舅舅端起茶杯呷了一口茶,雨前茶微苦回甘的滋味在舌尖流转,"我有个朋友就在晓高教书,托他留意过,陆筝的分数在年级排前一百五十名,上一本肯定稳了。最后一学期再冲一把,重本也是有可能的。"

夏竹笑笑,给其他人端茶。

陆筝她舅妈双手接过,问道:"你打算陪读吗?"

"陪读?"

"是啊,我隔壁那户人家的儿子也是今年高考,他妈就辞职从外地回来了,在学校附近租房子陪读。你别小看陪读,学校宿舍楼熄灯后还有好些学生挑灯夜战,住在租的房子里,好歹不限电,想学几个小时就学几个小时。有家人陪伴左右,心情也会不一样。再一个就是吃食方面,学校的食堂再好那也比不上自家做的饭。高三生经常用脑过度,应当营养搭配,身体养好了才有更多的精力学习。"

陆筝的舅妈是个能说会道的人,一开口就停不下来,列出了诸多家长陪读的优点。夏竹以前没往这方面想过,渐渐被她说动了。

暗自琢磨了几天,她越发动摇,跟陆筝提了这件事。

陆筝当即摇头拒绝,她不想妈妈辞掉工作,围着她一个人转。

陪读一事暂时搁置,没想到过了两天,有了新的进展。

夏竹打电话给孙婧芳拜年,无意间提及此事,孙婧芳热情洋溢的声音从另一端传来:"这还不好办?让陆筝住到我家来啊,我家就在景和苑,距离晓高也就十分钟左右的路程,跟住校一样方便,家里也有空余的房间。我反正是闲人一个,在家里没事做,照顾两个小孩没问题,最重要的是你也不用为了孩子辞掉工作。一举多得。"

"会不会太打扰了？"

"哪里打扰？两个孩子同样上高三，作息时间一致，我平时也是等江淮宁下了晚自习，给他煮点夜宵再去睡。"孙婧芳说，"对高三生来说，走读确实比住校划算，每天能多两个小时的学习时间。一个学期下来，比别的孩子多了多少个日夜。"

多出来的时间就是多出来的分数，高考上怎么着也能占到几分先机。这比什么都重要。

夏竹有些迟疑，住在别人家里太麻烦了，她怕陆竿会不自在。

她去问陆竿的意思，陆竿先是不可置信，思考过后摇了摇头，跟夏竹的想法一致："太麻烦人家了，我不想去，找个理由拒绝孙阿姨吧。"

夏竹没有拖太久，组织好语言就给孙婧芳回拨过去，委婉地拒绝了她的好意。

孙婧芳叹口气："你啊，就是太见外。我家那口子常在碧水潭监工，哪次吃的饭不是你带过去的，怎么着也得给我们一个报答的机会。"

"几顿饭而已，哪里用得上'报答'二字，你快别说了。"夏竹笑笑，"你再说我就要不好意思了。"

两人闲聊几句，挂了电话。

陆竿在房间里写卷子，桌面正在充电的手机"嗡嗡"振动，看了眼来电显示，犹豫着接通了。

电话里，江淮宁直白地问："为什么不想来我家住？"

"没有为什么。"陆竿声音很低。

"陆竿，你还想不想考一个好大学了？"江淮宁一句话捏住了她的命门，他忽略她的沉默，自顾自说，"高三上学期我们班里就有很多同学租房子走读，就为了晚自习结束后还能再学一两个小时。到了下学期，转走读的同学就更多了。"

这些道理陆竿都懂，但她就是心里别扭。

"你怕学校里的那些同学知道后说闲话？"江淮宁多多少少了解她的性格，就这一点给她做思想工作，"夏阿姨打算在学校附近租房子陪读，我家刚好有空房间，当是租给你用的。你不要想那么多。"

陆竿脸上的表情是为难和纠结："我只是……觉得没有必要，住校挺好的。"

江淮宁沉默了一下，耐心地说与她听："你说住校也很方便，到点熄灯、不得不亮着台灯缩在床上的小桌板上写作业也叫方便？宿管阿姨还会突击查寝，写作业都写不安生。住在我家就不一样了，遇到不懂的问题随时可以问我，比你一个人闷头琢磨效率高。放假也不用再坐一个多小时班车回去，很快就能到家学习。你想想这些时间利用起来，够你攻克多少难题？不信的话你去问问，你们班这学期估计也有不少同学搬出去住。"

陆竿被他说得满目怔然，竟是一句话都插不上。

一番分析过后，江淮宁没听到她的回应，干脆拍板道："那就这么说定了。"

怎么就说定了？我还没答应呢！陆竿无声地反驳。

江淮宁打定主意不让她反悔，挂电话的动作非常利落。

等陆竿反应过来，愣愣地把附在耳边的手机拿到眼前，屏幕上只剩下"通话结束"四个字。

住到江淮宁家里的事就这么稀里糊涂地定了下来。

开学前一天，夏竹和陆国铭一起送陆竿去江家。

陆国铭提了不少礼品，夏竹则帮陆竿拎行李箱，里面装着她这个季节要穿的衣服。至于床褥和日常用品，孙婧芳在电话里说已经准备了，不用再买。

去江家的路上，夏竹叮嘱陆竿寄住别人家的注意事项。

陆竿听得昏昏欲睡，张着嘴一一应下。

到了江家，孙婧芳先带陆竿去看给她准备的房间。

一个星期前就收拾好了，拆掉了先前颜色略暗的窗帘，装了暖黄色碎花的，里面有两层轻软薄纱，清新宜人。床上用品也换了，根据女孩子的喜好来布置的，还贴心地在床头放了几个毛绒玩具。

夏竹不了解情况，陆竿曾在江家留宿过，心里很清楚，讷讷地出声："这不是江淮宁的卧室吗？"

她睡在这间房，江淮宁睡哪儿？

夏竹听完愣了一下，扭头去看孙婧芳。

"客房里没卫生间，陆竿一个女孩住着多有不便，我就让淮宁把他的卧室腾出来了。"孙婧芳笑着指了指旁边的房间，"他住隔壁的客房，我给……"

"这怎么能行？"不等她说完，夏竹就出声打断，"你能给孩子安排住处我就心满意足了，怎么能把淮宁的房间给占用了。不行，这绝对不行，让陆竿住客房就行了。"

孙婧芳摇头失笑："你看我这都整理好了，再换回去多麻烦。一个学期而已，就这么住着吧。"

"这真是……"夏竹词穷了。

孙婧芳拍拍她肩膀,让她放宽心,不用太在意。

夏竹打从心底里感激,从口袋里掏出事先准备好的一沓现金塞给孙婧芳:"这是租金和竿竿的餐费,还请你收下。"

孙婧芳赶忙挡开她的手,脸上挂着怨怪的情绪:"你这是干什么?好端端的,提什么租金。"

夏竹说:"你要是不收,我就不让陆竿在你家住了。我打听过了,晓高附近的房子租金不低,更何况你给安排这么宽敞漂亮的卧室,别嫌钱少才是。"

"瞧你说的。"

两位女士推来让去,谦虚客套的话说了一箩筐,陆竿夹在中间说不上话,见她们拉扯几个来回,以孙婧芳收下那笔钱作为结尾。

4

当晚,陆竿就在江家住下了,将要睡着之际,手机"嘀嘀嘀"响起来,是消息的提示音。

陆竿伸手在床边摸索,拿到手机后侧躺着按亮屏幕。

黄书涵发了一堆表情过来,然后才说正事:鲈鱼鱼,我们明天几点出发?

陆竿瞬间睡意全无,手掌撑着床坐起来,咬紧了下唇。

她有罪,忘了跟小伙伴说,明天不用给她占座。

正思考该怎么说,黄书涵一通电话打了过来:"你是不是在学习,没看到我发的消息?"

陆竿挠了挠额头,支支吾吾道:"我……我这学期开始走读,我妈在学校附近给我租了房子,今天已经搬过来了,明天直接去学校报到。"

黄书涵惊呆了:"你妈要陪读啊?"

"不是。"

"那你是一个人住?"黄书涵话音都变了,"太恐怖了,一个人住陌生的小区陌生的房子,下了晚自习也没人陪同。陆竿你是怎么想的?我还以为你妈陪着你呢。"

陆竿扶额,遮遮掩掩道:"也不是。"

"跟人合租?室友靠不靠谱啊?"黄书涵很担心她。

陆竿轻轻叹息,只得从头开始解释:"你知道的,我爸和江淮宁他爸合伙开发碧水潭度假山庄,我妈跟他妈妈关系也处得不错,聊天时提到想陪读的事,江淮宁的妈妈就说家里刚好有空房间,于是……事情就是这样。"

黄书涵耐心听完她的话,没有出声打断,下巴已经惊掉到地上了。

"所以,你和江淮宁,你俩,住一起?"黄书涵说话卡顿,几个字几个字往外蹦,足可证明她的吃惊程度。

陆笋倒吸一口气,她说什么来着?

让黄书涵知道她住在江淮宁家里,一定会对他俩的关系产生误会!

陆笋无语:"我说得很清楚了,是因为……"

"Stop!不必再强调,我明白。"短短几秒钟,黄书涵脑中联想到了诸多小说里男女主角的同在一个屋檐下的场面,忍不住揶揄,"啧啧,你岂不是能看到美男出浴图?"

陆笋顿时无语。

清晨的闹铃响了一遍又一遍,昨晚失眠的陆笋慢腾腾爬起来,到房间自带的卫生间里洗漱,房门被敲了两下。

她叼住牙刷含着满嘴泡沫跑去开门,江淮宁站在门外,松散的绒线衫罩住宽肩窄腰,黑色长裤衬得腿修长笔直。他看着她笑:"好了吗?吃早饭。"

"唔……"陆笋口齿不清,"马上。"

她赶忙回到卫生间,弯腰吐掉嘴里的牙膏沫,漱口时,抬头看着浴室镜中的自己,头发乱蓬蓬没有梳顺,脸也没洗,嘴唇四周沾着泡沫,身上是粉色的珊瑚绒睡衣。

想到黄书涵昨天的戏言,陆笋窘了。

没有美男出浴图可看,只有邋遢少女晨起鸡飞狗跳图。

陆笋快速洗漱完,换了衣服出去吃早饭。

孙婧芳把一碗热气腾腾的鸡汤米线端到陆笋面前,笑问:"昨晚睡得好吗?没有哪里不适应吧?"

"嗯,很好。"陆笋乖乖巧巧点头,声音温软,"谢谢阿姨。"

一阵手机铃声响起,从客房的方向传出来,陆笋抬头看向江淮宁。

他搁下筷子回房拿手机,边走边接电话:"你们到了?还在吃早饭。那你们上来吧。"

"沈欢打来的。"江淮宁坐下,手机放在手边,拿起筷子接着吃,"他们已经过来了。不着急,时间还早,咱们慢慢吃。"

"哦。"陆笋加快吃饭速度。

门铃响起,孙婧芳前去开门,迎两人进来。

转过玄关,姐弟俩被坐在餐桌旁的陆笋惊到了。

在他们开口询问前，陆竿吸溜完最后一口米线，一口气喝完汤底，嘴巴都没来得及擦，逃进了房间。

沈黎的视线紧紧跟着她，见她进了江淮宁的卧室，瞳孔微缩，许久没回过神。

沈欢眨了几下眼，率先问道："老江，鲈鱼怎么在你这儿？你们昨天又补习功课了？怎么没有叫上我啊？"

江淮宁似笑非笑看了眼那道落荒而逃的身影，抽了张纸巾慢慢擦嘴，懒得解释太多。

孙婧芳替他回答："陆竿以后就住在这里，一直到高考结束。"

四个人乘电梯下去，出了居民楼门，跟上次一样，只有三辆自行车。江淮宁伸手拽住陆竿的书包带，把人拉到自己身边来："上车。"

到学校后，陆竿趁着报到跟班主任提起："老师，我这学期不住校，改为走读，请问要办理什么手续？"

刘海志看她一眼，班里的前十名，成绩优秀。

到了高三，家长为了孩子的未来考虑，有不少在学校附近租房陪读，外加送餐，给孩子全方位的照顾陪伴。

刘海志说："晚点你找我拿一张走读意向单，填清楚各项信息，包括家长的电话、住址等等，填完带回去给家长签字。"

有些学生会阳奉阴违，欺骗老师有家长陪读，其实是自己想般出去住，或者是找人合租，这些是不被学校允许的。所以必须要有家长签字，留下联系方式，班主任会打电话问清楚情况，确认无误再批准，发放出入证。

下午，陆竿拿到了一张走读意向单，她填完上面的信息后，只差家长签字。

她目前没有出入证，只能找班主任批一张临时的出入凭条。

下了晚自习，四个人跟来时一样，一起回去。

陆竿站在车棚外，等江淮宁解锁，坐他的自行车。

江淮宁牵出自行车，朝陆竿伸手："书包给我。"

"我背着吧。"陆竿握紧书包带后退一步，担心他会动手抢。

江淮宁打量一眼，薄唇扬起一丝弧度，棱角分明的侧脸在昏暗光影中忽明忽暗，像舞台剧里的男主角。他轻轻地笑，声音清晰跃入耳中："你书包里是有金砖吗？我又不要你的。算了，上车吧。"

陆竿坐上后座。

晚风凛冽刺骨，她看到江淮宁脖子上裹了围巾，是她织的那条，又长又厚实,缠绕了三圈还有富余的,尾端被他甩到身后,不时被风吹起,拂过陆笭的脸颊,触感轻柔,带着淡淡的清香。

陆笭手指戳了戳他的后背,被风吹眯了眼:"要不我也买一辆自行车吧。"

江淮宁不解:"为什么?"

"总让你载怪累人的,也不方便。"

江淮宁笑出声,仿佛为了证明什么,脚下踏板踩得飞快,车子一下子蹿出去一大截,陆笭没防备,吓得"啊"一声叫出来。

江淮宁听见她尖叫,乐得不行:"再来一个你我也载得动。"

陆笭一只手按住被吹得扬起的头发,坚持要买自行车。

江淮宁实在劝不动她,索性由她:"回头让我妈问问,小区里有没有人出售二手自行车,反正你只用一个学期,买一辆新的不划算。"

陆笭同意了,开心地笑起来。

两天后,孙婧芳淘到一辆二手自行车,七成新,深绿色的,很多地方掉了漆。零部件完好无损,刹车也很灵。

车就停在居民楼前的空地上,江淮宁叉腰,绕着自行车观察了一圈,扭头问陆笭:"能接受吗?"

陆笭不嫌弃:"挺好的,能骑就行。"

江淮宁看不过去,又问她:"你喜欢什么颜色?"他提议道,"我们可以买一罐漆,给它改个头换个面。"

陆笭没想到还能有这种操作,愣在那儿,看着他摇头:"就这样吧,刷漆太麻烦了。"

"我都不嫌麻烦,你嫌什么麻烦?走吧,别浪费时间了。"江淮宁阔步往小区外面走,"超市里有油漆卖吗?"

陆笭侧头,盯着与她并肩而立的江淮宁:"不……不知道。"

江淮宁没看到她眼睫轻颤的样子,轻哼:"你怎么什么都不知道。"

一转眼的工夫,江淮宁变成"油漆工",蹲在自行车前,用刷子沾满油漆,覆盖那些斑驳的深绿色。

买的是纯白色油漆,干净简约。

江淮宁按照老板教的方法,先薄薄刷一层,等油漆干掉,再刷第二层,依次累加,直到看不到原色。

他做事细致,除了要刷漆的部位,其他部位用报纸裹住,免得沾上油漆不好看。地面也铺了一层报纸,以防弄脏地砖不好清理。他戴着手套的手握住刷子,一遍一遍缓慢地涂抹均匀。

简单重复的动作,被他做得赏心悦目。

夜里寒气重,虽是初春时节,比起凛冬也毫不逊色。

灯光突然照到眼睛,江淮宁微眯了下眼,转头看向给他打下手的人:"陆竿,让你照着自行车,你照我干什么?"

陆竿窘然,连忙拿好手电筒。

怪她胡思乱想,怪她只顾欣赏他的脸,手电筒拿歪了都没察觉到。

江淮宁说笑:"你知道吗?刚刚那束光突然照上我的脸,跟做贼被人当场逮住一样。"

电视剧里晚上抓坏人就是这样的场景,陆竿脑补了一下,被逗笑,眼睛弯成一道漂亮的弧。

最后一遍漆刷完,江淮宁摘掉手套,扶着腰慢慢直起来:"完工。晾一晚,明天早上就能骑上路了。"

陆竿端详改头换面的自行车,跟新买的没有区别,干净的纯白,在路灯下泛着油亮的色泽。

"谢谢。"陆竿说。

"客气什么。"

江淮宁把废料包裹起来扔掉,拍了拍手。

陆竿跟在他身后,亦步亦趋,偶尔抬头看一眼他宽阔的背。少年挺拔高大的身形,平时看着是一棵坚韧清瘦的松,关键时刻却犹如一堵墙,能遮风挡雨,能给人安全感,还能稳住她那颗总是动荡不安的心。

她真的,真的很难坚守住自己的心。

进到电梯里,江淮宁拿湿纸巾擦手指。

"脸上也有。"陆竿仰头,看着他说。

江淮宁愣了愣,指尖揩过脸庞:"在哪儿?"

陆竿点了点自己的下颌,给他示意:"在这里,你拿纸巾擦一下。"

可能是刷漆时不小心蹭到,一点白色印在那里。他皮肤白,陆竿之前没注意到。

江淮宁把湿纸巾塞进她手里,俯身拉近彼此间的距离,微抬下颌,意思很明显,他看不到,让她帮忙擦一下。

优越的下颌线条随着仰脖的动作拉长,流畅又清晰,让人手痒痒的,想要拿笔照着勾勒出来。

陆竿敛了敛思绪,手指捏紧了纸巾,在他下颌处一下一下蹭着,终于擦掉了。她舒口气:"还以为油漆会擦不掉。"

江淮宁扬眉轻笑:"擦不掉就给你脸上也来一点,叫礼尚往来。"

陆竿一再敛眸,不敢与他对视,唯恐闪烁的眼神泄露她的心事。

5

连日来气温持续下降,下午放学后的天色沉得跟晚上八九点钟一样,像是要下雪。

四个人在食堂里吃晚饭,人很多,陆筝和沈黎负责占位子,江淮宁和沈欢两个男生去窗口打饭。

自从陆筝搬到江淮宁家里住,上学放学不可避免地跟他一起走,吃饭也在一起,形成了固定的四人组。

江淮宁一手端着一个餐盘过来,陆筝远远看见,起身帮忙端走其中一份。

江淮宁提醒她:"拿错了,你不吃秋葵炒鸡蛋。"

陆筝低头看见餐盘里有一格装了秋葵炒鸡蛋,她最讨厌秋葵的味道和口感,于是跟他手里的那份换过来。

沈黎搁在腿上的一只手捏紧,他连陆筝不喜欢吃什么都一清二楚……

江淮宁刚吃一口饭,口袋里的手机振动了下,他拿出来看,他妈妈发来了一条信息:你爸在工地上病了,我去照顾他,晚上可能不回来。冰箱里有包好的饺子和馄饨,你和筝筝下了晚自习肚子饿了自己煮着吃,晚上记得锁好门。

江淮宁给她拨了个电话,响了没几声,接通了。

那边传来汽车鸣笛声,孙婧芳已在路上。

食堂嘈杂,江淮宁捂住一边耳朵,低声问:"爸病得严重吗?"

"他发烧了,在卫生院输液,应该没什么问题,你别担心。"孙婧芳说,"我正开车,挂了吧。"

陆筝停下筷子,见江淮宁结束通话,想问一句江叔叔怎么了,被沈黎抢先:"江叔叔生病了吗?"

江淮宁装回手机,情绪不高:"降温感冒了,不算严重。"

陆筝把话咽回去,吃了几口饭,可能是今天的辣子鸡丁辣椒放多了,她吃完肚子隐隐作痛。

她回班里喝了一杯热水,没得到丝毫缓解。

晚自习到家后,陆筝先去卫生间上厕所,终于找到了肚子痛的原因,她推迟了五天的例假造访。

开学以来忙这忙那,唯独忘了买卫生巾。

陆筝坐在马桶上发呆,江淮宁还在书房等着她学习,她只好先用一沓卫生纸垫上,扭扭捏捏地出了房间。

路过书房,江淮宁已经把要用的资料和卷子摆在书桌上,抬头看见她:

"肚子饿不饿？先吃夜宵再学习，还是先学习再煮夜宵，你选一个。"

陆竽揣进兜里的手指捏了捏，语调迟缓地道："你先看看书，我出去一趟。"

江淮宁闻言，从书桌后面绕出来："出去干什么？"

晚上十点多了，外面黑漆漆的，且天气不正常，不知要下雪还是下雨，她这个时候出门，他怎么可能不闻不问。

陆竽垂下脑袋，露出一截瓷白后颈，支支吾吾道："我、我出去买点东西。"

"要买什么？"江淮宁边说边走去玄关，取下衣架上的外套，不容置喙道，"我去帮你买。"

"我知道超市在哪里，我自己去。"陆竽闭了闭眼，小声补充一句，"用的东西，你不懂。"

江淮宁怔愣了三秒，接触到陆竽羞窘的视线，突然就懂了。

他手掌握成空心拳，抵在嘴唇上掩饰性地咳了一声，语无伦次道："那个，你、你坐着休息，我去就行了。"

陆竽反倒成了懵懂的那一个，脸色爆红地问他："你知道我说的是什么吗？"

"大概知道。"江淮宁避开她探究的视线，展开外套穿在身上，仰起脖子将拉链一拉到顶。

两人跟打哑谜一样，没有将话说明白，陆竽也不清楚他是真知道还是假知道。

见她呆呆地站着，像个雕塑一样，江淮宁推着她的肩膀，将人安置在沙发上。沙发扶手上搭着孙婧芳常用的深褐色老花披肩，江淮宁拿过来裹住陆竽："我去去就回，你注意保暖。"

陆竽整个人缩在毛毯似的披肩里，只露出脑袋，虽然肚子很痛，但身体是暖的。

她听见江淮宁走出去，而后门锁"啪嗒啪嗒"转动了两圈。

江淮宁怕她一个人待在家里不安全，从外面把门锁上了。

出了楼道门，簌簌冷风吹得人睁不开眼，风里裹挟着冰凉的雨丝浇在脸上。这个季节的雨跟冰碴子似的刺人。

江淮宁懒得折回去拿伞，他里面那件卫衣带有兜帽，扯上来罩住脑袋，大步走进冷冰冰的雨里。

好在超市离得不远，他撩开门帘，在门口的地垫上蹭了蹭鞋底，走进去。

超市不大，江淮宁在几排货架间穿梭，花了点时间找到摆放卫生巾的位置。

江淮宁掏出手机发消息问陆笋：网面还是绵柔。

陆笋：别管那个，买一包日用和一包夜用就够了。

江淮宁又发来一条：哪个牌子？

陆笋给他说了个自己常用的牌子，江淮宁拿了几包抱在怀里，转过一排货架，去找红糖，拿到收银台结账。

听到门锁转动的声音，陆笋惊了一下，手肘撑着沙发扶手扭头，门从外面被推开，江淮宁一贯润朗的嗓音先飘进来："我回来了。"

陆笋放下戒备，懒懒地靠进沙发里。

江淮宁在玄关换上拖鞋，脱掉外套挂起来，见陆笋缩成一团："肚子很疼吗？"

陆笋摇头，目光直直落在他头顶的帽子上，眼里的关心藏不住："外面下雨了？"

"雨很小，不碍事。"江淮宁知道她在强撑，从塑料袋里拿出一包红糖，剩下的东西丢给她，"我去煮点夜宵。"

陆笋"嗯"了声，抱住塑料袋飞快跑回房间，洗了个热水澡，换上舒适的睡衣，从房间里出来。

江淮宁看她一眼，她穿了一套印着小熊图案的毛茸茸的睡衣，头发绑成圆鼓鼓的丸子，正好在头顶。整个人好像一只大型毛绒玩具，乖巧可爱，暖暖的，唯独脸色有些白。

"愣在那儿干吗？"江淮宁拉开椅子坐下，"快过来吃。"

餐桌上摆了三只碗，一人一碗水饺，另外一碗是给陆笋煮的红糖荷包蛋。

陆笋小声问："你怎么知道红糖煮荷包蛋？"她在家里来例假肚子痛的时候，她妈妈会煮这个给她吃。

江淮宁低咳一声："从前听我妈说的。"

陆笋用筷子夹起荷包蛋咬了一口，浸满了红糖水，又甜又烫，暖到了胃里。她扬起笑脸："谢谢。"

陆笋慢条斯理吃完一碗红糖荷包蛋，肚子饱了，只吃了两个水饺就吃不下了，碗里还剩下一些，被江淮宁一口一个解决掉。

陆笋神色怔然。

没等她说什么，江淮宁起身收拾了桌上的碗筷拿去厨房刷洗，手机在这时候响起。

"江淮宁，是阿姨打来的电话。"陆笋看了眼屏幕上的来电显示，朝厨房的方向喊了一声。

水流"哗哗"作响,江淮宁袖子挽起,两手沾满泡沫,实在腾不出手:"我在洗碗,你帮我接。"

陆竿边走边接听:"阿姨,是我。"

"淮宁呢?"

"他在厨房洗碗。"陆竿说,"我们刚吃完夜宵。"

孙婧芳没什么要紧事,主要是怕江淮宁担心他爸:"你跟淮宁说一声,他爸没事了,输过两瓶液,目前已经退烧。"

"嗯,知道。"

"你们还要写作业,阿姨就不打扰你们了。"孙婧芳柔声叮嘱,"学习的时候穿厚点,别着凉了,晚上盖好被子。"

陆竿一声声应着,挂了电话,一抬眼就看见洗完碗出来的江淮宁,正倚着门框好整以暇地看着她。

她重复了一遍孙阿姨在电话里说的话。

江淮宁点点头,轻笑:"知道了。"

陆竿问:"我们今晚学什么?"

"学什么学,今晚放假。"江淮宁走过去,接过自己的手机在她脑袋上轻敲了下,"早点睡吧。"

陆竿稍微一想就猜到他是考虑到她的身体状况,内心触动,酥酥麻麻的。她抿唇,故作平静地问:"你也不学吗?"

"我也不学。"江淮宁说。

陆竿小腹坠痛,确实不想在寒夜里久坐,回房躺进被窝里,蜷缩成一团。

几分钟后,房门被人敲响,江淮宁的声音随后传来:"给你送个东西。你要不方便起床,我就直接进来了?"

房间里台灯亮着,陆竿屈起手肘撑着床面半坐起来,看了眼房门的方向:"进来吧。"

房门没反锁,江淮宁拧动门把,进来后没有四处乱看,把手里的东西放到床上,垂眸看着她神色恹恹的小脸:"痛得受不了就给我发消息。"

印象里,她有一次在学校里肚子痛得特别厉害,满头冷汗,脸色惨白,几乎直不起腰。

江淮宁说完就离开了房间,帮她关上房门。

陆竿从头到尾没机会说一个字,躺回被窝里,臂弯里抱着江淮宁送过来的暖手宝。

她把暖手宝贴在腹部,隔着一层衣料,滚烫的温度传来,稍微缓解了

317

疼痛感。

陆笋关掉台灯,闭上眼,脑海里全都是江淮宁的模样,不知不觉睡着了。

第十三章
约好了一起考北城的大学

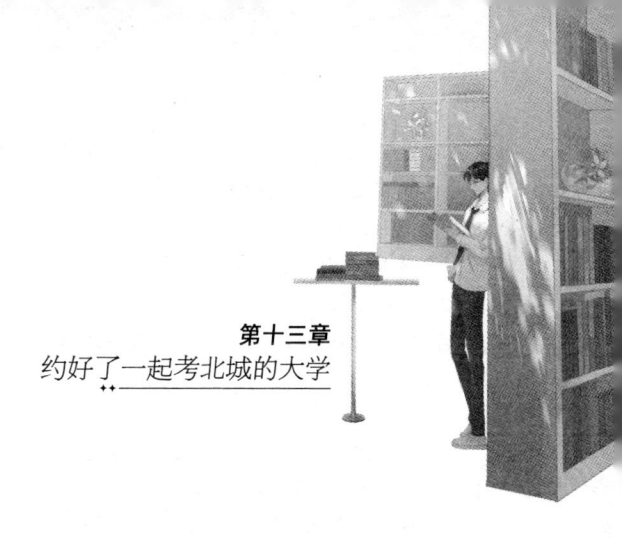

1

高三的课程安排紧密,作业多不胜数,半天发下来的卷子能堆起一座小山,日复一日的做题、讲题。

誓师大会在即,江淮宁被要求作为优秀学生代表上台发言,利用课余时间写了一篇发言稿,拿给陆笋,让她帮忙修改润色。这是她的强项。

陆笋修改完,下晚自习后交给江淮宁。

江淮宁暂时没看,拉开拉链塞进书包里。

陆笋问:"誓师大会没几天了,你要背稿子吗?"

"背个毛线,老李说不用脱稿,我到时候照着稿子念。"江淮宁给自行车开了锁,踢了下脚撑,推出车棚,"平时背古诗词都费劲,更何况三千字的稿子。"

沈欢哈哈大笑。

江淮宁脚步一顿,感觉自行车推动的过程有点滞涩。他一手按住车座,弯腰查看前后两个轮胎,很快发现了问题所在,后轮胎瘪了。

他推着车辘辘转了一圈,找到一枚扎进去的大头钉。

"轮胎破了吗?"陆笋停下来等他。

沈欢跨坐到自行车上,骑出去好几米。沈黎在后面扬声叫住他:"江淮宁的车好像出问题了。"

沈欢捏住手刹从车上跳下来,倒回去,见江淮宁拧眉,问道:"出什么问题了?"

"轮胎被大头钉扎破了。"江淮宁回答。

沈欢幸灾乐祸:"不会是你得罪人了吧?"

江淮宁白了沈欢一眼，沈欢立马投降："我开玩笑的。"他拍了拍后座，爽快道，"上来吧，哥们儿载你。"

"不用。"

"难不成你还指望两个女生载你？"沈欢看了眼校门，"再耽误下去人走光了，学校要关门了。"

江淮宁推着自行车前行："学校对面有家修车铺，我把车弄过去换胎，你和你姐先回去吧。"

"那你……"

江淮宁抬了抬下颌，指着跟他并排走的陆竽，漫不经心地笑了下："这不还有一辆车，陆竽跟我一起。"

沈欢一拍额头，他怎么忘了，这两人住在一起，江淮宁可以骑着陆竽的自行车载她回去。

是他多此一举了。

"那行吧，我们先走了，你俩注意安全。"沈欢重新坐到车上，侧头看向沈黎，"姐，走吧。"

两人的身影消失在黑夜里。绿灯亮起，江淮宁垂下眼睑，对陆竽说："我们也走吧。"

学校对面的修车铺还亮着灯，一个系着皮质围裙的中年男人坐在小板凳上，手里拿着工具。面前一辆自行车倒过来，他在摆弄链条，两手沾满黑乎乎的油污。

江淮宁说明情况后，中年男人拿螺丝刀撬开轮胎检查一番："你这内胎都扎穿了，得换掉，一时半会儿弄不好。你要不着急用，明天过来拿，我前面还有几辆车要修，人家下午就送过来了。"

"不着急。"江淮宁掏出钱夹。

中年男人摆手："修好再给。"

出了修车铺，陆竽一手握住车把，准备与江淮宁交接。谁知他不打算骑，长腿一跨，稳稳当当坐在后座，两只脚轻易踩到地面："你载我。"

陆竽回头，顶着一张满是疑惑的脸看着他，想问一句你是认真的吗？

"我骑车技术不行。"陆竽老实坦白，"我只载过我弟。"

江淮宁厚着脸皮说："你把我想象成你弟不就好了。"

陆竽从没这么无语过，刷新了她对江淮宁的认知："你的重量和我弟的重量能一样吗？"

"不试试怎么知道自己不行？"江淮宁歪着脑袋，一米八几的大高个子，耍起赖皮跟小朋友一样，"你考试前总说自己不行，这次不是考得挺好？"

"成绩还没出来呢,你别一口一个考得很好,我心虚。"

陆竽没辙,先跨一条腿过去,两手握紧车把,抬起一只脚踏板,脚放上去重重一踩,顺着那股力道坐到车座上,艰难地将自行车骑出去。

车头不稳,呈蛇形摇晃。

江淮宁仰起脖子无声地笑,两条大长腿没处放,稍不注意就能触到地面。

陆竽载着他摇摇晃晃地前行,渐入佳境。

"你真是想起一出是一出。"她说话喘着粗气,堪比八十岁老太太蹬三轮。

江淮宁实在憋不住了,笑出声来:"你这不是表现挺好?"

陆竽怒道:"你别说话,掉下来可别赖我头上!"

路边小吃店里,沈欢点了一碗羊杂汤,配上二两粉丝,充当夜宵。

沈黎没胃口,到隔壁店里买了一份桂花酒酿圆子,装在打包盒里端过来,坐在沈欢对面用小勺子慢慢舀着吃。

耳边是沈欢嗦粉的声音,呼哧呼哧,活像刚从饿牢里放出来。

要不是沈欢嚷嚷着肚子饿了,要在外面吃完夜宵再回去,他们早就到家了。

沈欢喝了一口滚烫的羊汤,浑身都暖了,掀起眼睫,不期然撞见两个眼熟的身影,定睛一看,真的是陆竽和江淮宁。

"噗……咳咳咳……"嘴里的汤喷出来一半,剩下一半呛进嗓子里,沈欢偏过头咳得满脸通红。

沈黎皱眉,给他递了两张纸巾:"不能吃慢点吗?喝口汤还能呛到了。"

沈欢接了纸巾,在嘴巴上胡乱擦了一圈,指着一个方向:"这是什么新鲜的姿势?老江真不是人,怎么能让鲈鱼骑车载他。"

沈黎背对马路而坐,没有第一时间看见那两人,被他提醒才回过头,神情猛地一滞。

陆竽载着江淮宁骑得很慢,跟蜗牛爬行一样。坐在后座的江淮宁仰起头,即便隔着一段距离,也能看到他明媚的眸光和脸上晃眼的笑。

他的腿无处安放,时而撑在地面往后蹬一脚,给陆竽增加前行的助力。陆竽鼓着腮帮子,似生气又似乐此不疲。

路边绿化带里突然蹿出一只流浪猫,陆竽被吓一跳,车头猛烈晃动两下,江淮宁连忙搂住她的腰稳定平衡。

小猫"喵"一声跑没影了,陆竽呼了口气:"吓死我了。"

江淮宁扬了下眉梢,笑着问:"用不用换我载你?"

"你闭嘴吧。"陆竽化怨气为力量,蹬得飞快,"快到小区了你才说

321

这种话，我有理由怀疑你是故意的。"

江淮宁抿唇不说话，只是笑，笑得春风拂面，笑得缱绻柔情，笑得眼里都闪动着星辰。他望着她纤瘦的背影，好似眼里只装得下她一个人。

沈欢一直注视他们，直到那两道身影彻底消失，融入夜色里。

他眨了眨眼，像被人敲了一棍，突然就开窍了，喃喃自语一般问身旁的人："姐，你说，老江对陆竽是不是不太一样？"

沈黎的心重重地跳了下，脑中空白。

她该怎么办？她到底该怎么办？

周一举行百日誓师大会，说是百日，事实上距离高考只剩下八十八天，不到三个月的时间。

教学楼前的大黑板上写着醒目的高考倒计时，每次进出教学楼看到那个数字，心里就不由得"咯噔"一下，提升了紧迫感。

江淮宁一早被定下要在誓师大会上演讲，穿着规整的校服，拉链拉到脖子下方，露出里面白色T恤的翻领。胸前别了枚金属校徽，在阳光下闪闪发亮。

广播里响起激昂的音乐，没多久，誓师大会开始，操场内渐渐安静下来。

午后的阳光照着一张张朝气蓬勃的脸庞，第一项永远是升国旗奏国歌行注目礼，之后便是校领导讲话。

整套流程预计的时间不是太长，没让学生们搬凳子，全都站在草坪上听。

陆竽始终注视主席台的方向，一分一秒地等待，终于，到了高三优秀学生代表江淮宁上台演讲。

死寂的操场爆发出空前热烈的掌声，气氛躁动起来，一呼百应。

陆竽跟他们一样，用力鼓掌，拍得手心都红了。

明明跟以往的他没有任何不同，可陆竽看着他，却觉得他浑身散发着光芒，好像自带追光灯效果。

一身黑白校服的江淮宁站在高台之上，扶正麦克风，一开口就是字正腔圆的清润声线："尊敬的老师，亲爱的同学们，大家下午好，我是高三（1）班的江淮宁……"

他开口说话的刹那，所有的掌声消失，全场恢复寂静。

这不是江淮宁第一次上台演讲，开学典礼上他也是作为优秀学生代表发言。每一次都能给人耳目一新的感觉，好像重新认识了这个人。

微风吹动鲜红的旗帜，江淮宁如松柏一般笔直挺立。他偶尔垂眸看一眼手里的稿子,大部分时间,他面朝台下的学生,嗓音磁性好听、咬字清晰。

所有人的感觉跟陆竿一样,这个少年浑身发光,他站在哪里,哪里就是耀眼的存在。

江淮宁自己写的稿子,陆竿改动不多,那些学习方法都是他一个字一个字总结出来的,陆竿看到有人偷偷拿手机录音。

她轻轻地笑了,望着台上的人,犹如仰望一个缥缈的梦。

誓师大会最后一个环节,由田校长呼喊口号,带领大家给高三学子加油打气,预祝他们在三个月后蟾宫折桂、金榜题名。

结束后,各个班级有序从操场离开,陆竿仰头看了眼刺眼到模糊的太阳,耳边是大家对江淮宁的称赞。

"能跟校草同一届我三生有幸!他站在台上的样子太帅了!"

"谁说不是呢!要不是班主任站我后面,我一定多偷拍几张照片!"

"去贴吧翻翻,肯定超多人发照片。"

"声音也太好听了,我直接当场晕厥好吗?这么完美的男生,不知道以后便宜了谁,我好嫉妒!"

几个女生走远了,袁冬梅搂住陆竿的脖子,学那个女生的语气,拖着调子说:"是啊,这么完美的男生,不知道以后便宜了谁。"

陆竿哪里听不出袁冬梅是故意打趣她,当即推开袁冬梅的手,头也不回地大步向前走,假装不认识这个人。

袁冬梅笑起来,追上去搂住她,拍拍她脑袋:"别生气啦,我就开个玩笑。"

陆竿没有生气,她只是……只是听这话听多了,会不知不觉奢望更多,然而现实总会在她不经意间给她当头一棒。

2

誓师大会过后,大型考试从以前的一月一次,改为半个月一次,中间穿插数不清的小考,有时候三节晚自习连着就能考完一科。

有的同学反应慢,可能上次考试的题还没吃透,下次考试就接踵而来。

用老师们的话来说,就是要把你们考到疲软、考到麻木、考到不再把考试当回事,这样面临高考就不会有任何紧张的情绪,只会当作寻常考试来对待。

陆竿被江淮宁影响,面对考试逐渐放平心态,考差了也不在意,下次努力考好就是。

晚上带回家一套英语卷子,陆竿没去书房,在自己房间里写。

她在自习课上已经完成了一大半,回来写完两篇阅读和一个作文就收工了。

最近大脑被各种考题充塞，几乎没给自己放松的时间，陆竿两手托腮对着白花花的卷子发呆，心血来潮从桌屉里拿出线圈本。

画画是她给自己设定的苦中作乐。

从高二一时兴起画下第一幅画，到现在不知不觉画了半个本子，偶尔翻看前面那些画作，陆竿都会油然而生一股成就感。

江淮宁前来敲门，手里拎着一张数学卷子，等了两秒没人应声。

底下的门缝透出光亮，显示陆竿还没睡，他用上征询的口吻："陆竿，我进来了？"

可能是她做题太投入没注意听敲门声，江淮宁这么想着，转动门把推开，目光四扫，陆竿不在房间，卫生间里传出动静，是"哗哗"流水的声音。

江淮宁顿了顿，把卷子放到桌上就离开。

手不小心带掉了一个本子，他弯腰捡起，以为是错题本，随手放到桌上，却看到掀开的那一页是一幅画。

穿着校服的少年站在高台上，手里拿着稿子，手指细长，骨节凸起锋利的弧度，几道阴影勾勒出手背的筋络。少年面前是麦克风，背景用寥寥几笔绘出主席台的轮廓，重点还是在人身上。发丝被风吹起，眉目清晰，唇角的弧度都画得一模一样，赫然是他在誓师大会上演讲的画面。

"咚"一声，有什么东西猛烈地、重重地、毫无预兆地砸中了江淮宁的心脏。

他完全忘了未经他人允许，私自动别人的物品是不礼貌的行为。只因画里的人是他，他就肆无忌惮地往前翻。

前一张是他打篮球的画面，穿着卫衣，纵身跃起的一幕。

江淮宁脑海里浮现那天的篮球课上，陆竿独自一人坐在柳树下，膝上摊开一个本子，手握着笔写写画画。他悄然走近，她太过投入没察觉，被吓了一跳，慌忙藏起本子，没让他看。

江淮宁心跳如撞钟，每一下都好似能听到回响。

他一张张翻看，躁动的心慢慢平静下来，不止有他，还有陆竿的好朋友袁冬梅、黄书涵、董秋婉的画像，也有顾承、张颖、叶珍珍。

还有一张群像画，是高二（8）班的同学们。一群男生女生趴在课桌上午休，陆竿画了他们的背影，线条勾勒细致，惟妙惟肖，江淮宁不需要太仔细地看，就能对应上曾经那些同学的名字。

翻到最开始的那一页，还是他……

卫生间里忽然响起"啪嗒"一声，什么东西掉在了地上，惊到了正出神的江淮宁。他把本子翻到最初看到的那一页，反过来盖在桌面，恢复成原来的样子,悄无声息地离开了陆竿的房间。

江淮宁前脚离开,陆竿顶着滴水的头发从卫生间出来。

她隐隐约约听见了江淮宁的声音,刚好眼睛里进了洗发水泡沫,她忙着冲洗,没来得及应答。

陆竿扫了一眼,发现书桌上多了一张卷子,走近一看,是数学卷子。

老师下午发的,让大家课下写完,明天找时间评讲。最后两道大题她写得磕磕绊绊,回来的路上,她跟江淮宁说过。

江淮宁过来,应该就是为了给她送卷子。

一墙之隔的客房里,江淮宁再也无心做题,仰倒在床上,眼睛直直地盯着天花板,那些画在他脑海里盘桓,挥之不去。

虽然陆竿也画了别人,但大部分是他。

江淮宁闭上眼,手臂搭在眼皮上,他似乎、好像窥见了陆竿的秘密,过去怎么没发现呢?难道是因为她藏得太好了?

一方面他又忍不住自我怀疑,会不会是自己不小心脑补过头了?

念及此,江淮宁猛地坐起来,手掌狠狠捋了把头发,苦闷的情绪里沁出一丝丝难以察觉的喜悦。

要不要试探一下?

怎么试探?

万一是自己想多了,到时该怎么收场?

江淮宁胸中有一股力量在横冲直撞,促使他大脑血液沸腾,一瞬间,想出了各种各样试探的方法,却又被他一一否定,不敢冒险。

"陆竿,江淮宁在你后面。"

耳边黄书涵的声音蓦地响起,陆竿快速回头,熙熙攘攘的学生当中哪里有江淮宁的影子。

意识到自己被骗了,陆竿瞪向黄书涵,后者笑嘻嘻:"你是不是忘了今天是什么日子?"

"4月1日。"陆竿回答得一本正经,"教学楼前的日历牌上写着那么大的数字,我又不瞎,怎么可能没看到。"

"笨蛋,今天是愚人节,撒谎骗人的日子。"黄书涵叉腰,"今天骗人可以被原谅!"

陆竿恍然大悟,撇撇嘴:"小学生才过愚人节。我记得上小学的时候,有人撒谎骗同学说'老师叫你去办公室',那人就傻乎乎地真去了。"

两个女生一路说笑,去食堂二楼吃饭。

食堂一楼的餐桌上只有几个男生,江淮宁没什么胃口,草草扒了几口饭就搁下了筷子。

李元超趁机调侃:"某人不在,吃饭都不香了啊。"

陆笋中午被她朋友拉走了,没跟他们一起吃。

江淮宁听出他话里的深意,冷着脸飞给他一记眼刀。

李元超耸耸肩,没看到预期中的反应,索性闭嘴不提。

餐桌上一时安静下来,旁边一桌几个女生的说笑声变得清晰。

"今天不是愚人节吗?早读的时候有人骗劳动委员,老班要去检查清洁区的卫生,劳动委员扛着大扫帚,一个人扫完了整片清洁区,回来发现被骗了,差点掀桌。"

"怎么这么好笑。"

"我跟你们讲,我昨晚看的电视剧里,男主角就是愚人节给女主角表白了。"

"愚人节表白?被表白的人会相信就有鬼了。男主角怎么想的?"

"你懂不懂啊,愚人节这一天表白才是真心话!如果被拒绝,还可以说成是愚人节的玩笑,不至于让双方下不来台。"

"哦……懂了懂了。"

几个男生吃完饭,从食堂离开,往教学楼走。

李元超和沈欢在前面打打闹闹,江淮宁一个人落在后面,阳光照在脸上暖洋洋的,那几个女生的对话,一直在他脑中徘徊……

上到四楼,李元超先一步进班,沈欢吊儿郎当地踢着腿往前走,被江淮宁拉住:"等一下。"

沈欢驻足,眉毛上挑:"什么事啊?"

江淮宁目光深邃,沉默了下,似乎是下定了决心,转身进教室,丢下一句话:"帮我一个小忙。"

正是午饭时间,大部分人还没回来,江淮宁撕下两张空白的纸,笔尖"唰唰"摩擦纸张,几个潦草的字印在上面,带着浓烈的独属于他的特色。

两张纸被叠成小方块,他担心沈欢会偷看,拿胶带贴上了封口,提笔在上面分别写下数字"1"和"2",作为标记。

沈欢靠墙等待,心里琢磨江淮宁能有什么事需要他帮忙。

江淮宁出来,指尖捏着两封叠成小方块的信,交到沈欢手里:"帮我拿给陆笋。记得提醒她,按照标号的顺序看信。"

沈欢瞥了一眼,指不定又是写给陆笋的学习方法,他比了个"OK"的手势。

想起沈欢一贯粗心大意的性子,江淮宁不放心地嘱咐:"亲手交给她。"

江淮宁从未这么紧张过,坐在座位上,手上的笔转得飞快,有过一刻的后悔，想去把信拿回来。

快高考了，其实他不该这么冲动。

可心底的声音告诉他，不找陆筝要一个答案，他可能无法继续接下来两个月的复习。

沈欢哼着歌回三班，还未进去，看到从走廊另一边走来的沈黎。

沈黎中午和同学在校外吃饭，买了奶茶和奥尔良烤鸡腿、烤翅，沈欢喜欢吃，她给他带了一份。

"嚯，都是我爱吃的。"

沈欢打开塑料袋，闻到香味就垂涎三尺，哪怕已经吃饱饭，他也忍不住拈起一块鸡翅当场啃起来。

"你慢慢吃，我先走了。"沈黎转身欲走，看见他手指夹着两个小方块，上面的字有些眼熟，"你拿的什么？"

"你说这个啊，老江写给陆筝的信。"

一个男生从后面拍了下沈欢的肩头："你还在这磨蹭，老班叫你呢，你语文作业是不是没交？"

沈欢一愣，瞪直了眼睛："我给忘了，怎么没人提醒我交啊！你们什么时候交的？"

男生说："上午第二节课间。"

语文老师是班主任，谁敢不交语文作业！沈欢顿时紧张得手心冒汗，顾不得吃了，匆匆忙忙回班里拿作业。

陆筝没回来，他把信放到她桌上就准备去办公室，脑海里冷不丁冒出江淮宁那句提醒，要亲手交给陆筝。

沈欢挠了挠头皮，交作业刻不容缓，不知道陆筝什么时候回来。

他瞥见走廊上还未离开的沈黎，眸光一亮，把信塞给她："你现在没事吧？等陆筝回来，你交给她，我去找老师了！"

沈欢说完就如离弦之箭冲出去，没给沈黎多余的反应时间。

她怔怔地垂下眼，盯住手里两封薄薄的信，连信封都没有，两封信上均写着"陆筝收"的字样，右下角标注了数字。

沈黎不懂这数字是什么意思。

她也不知道自己是出于怎样一种心理，屏着呼吸小心撕开了胶带，没留下任何痕迹。

当信上的字清晰地映入沈黎的眼帘，她呼吸猛然滞住，钝痛感从心头蔓延，传到四肢百骸。

她抖着手拆开第二封信，仍旧是寥寥几个字。

沈黎背靠栏杆，喉咙里像卡住一颗粗粝的石头，磨得她生疼，几欲落泪。她仰起头，拼命压抑上涌的泪意。

她手指收紧，抓皱了纸而不自知。

等她缓过神来，手里的两封信已经烂得不能看了。

沈黎惶然，手忙脚乱想要将信抚平，恢复原样。她太过心慌，手抖得越来越厉害，反而弄巧成拙，彻底毁了信。

沈欢从对面楼绕回来，气得腮帮子都疼了。

"罗一展，你给老子滚过来！看我不打爆你的头！居然敢骗我！"

整个教室充斥着沈欢愤怒的咆哮声。

他被骗了，班主任根本就没叫他。他到办公室后没见到刘海志，以为刘海志上厕所去了，傻傻地等了几分钟，始终没等到人。

办公室里空荡荡，只有一个老师坐在窗边批改作业。

沈欢这才反应过来，今天是愚人节，他中招了。

陆竽眨了眨圆溜溜的眼睛，看着两个男生在班里追逐打闹，明白过来是怎么回事，跟其他同学一起笑了。

沈欢的话倒提醒了她一件事，语文作业忘了收。

陆竽走到讲台上，捡了一根粉笔，在黑板上写下一行清秀端正的字：

下午自习交语文卷子（作文可以不写）。

沈欢揍了罗一展一顿，抬头看到黑板上的字，气喘吁吁："陆竽啊陆竽，你害得我好苦！你怎么就不能早点回来，不然我也不至于被骗。"

陆竽放下粉笔弯唇一笑，揽下所有责任："我的错。"

江淮宁等了一下午，没等来只言片语，连老师都看出他心思跑偏，点了他的名字，叫他到讲台上写题。

江淮宁脑子转得快，即便没有在下面打过草稿，站上去看一遍题就能写出来。

李东扬没说苛责的话，挥手示意他下去。

放学铃响了，江淮宁如释重负，来不及收拾桌面，他急忙走出教室，到走廊上等。他下颌绷紧，注视着三班敞开的前门。

陆竽终于从班里出来，江淮宁视线微顿。四目相对，她脸上没有一丝不自然，坦然得仿佛无事发生。

陆竽走近了，发现他脸色不太好，嘴唇没血色，眼底雾蒙蒙的，被一股失落笼罩。她问："你怎么了？"

江淮宁摇头，没看她："我没事。"声音听不出情绪，连表情都是木的。

江淮宁的颓丧持续到下了晚自习,仍未缓解。
　　四个人如过去很多个晚上那样,一起骑自行车回家,气氛却没有以前那般欢乐。
　　江淮宁一句话没说,沈黎也是一样,沉默得不正常。虽然她平时就很安静文气,但她并不是内向的性格,聊天时也会说一些有趣的话。
　　唯独沈欢没心没肺,叽叽喳喳说了一堆话。
　　景和苑到了,门卫抬起杆子,两人骑进去。
　　坐电梯上楼,进门前,江淮宁停了步子,他还是不甘心,即使陆笋的态度已经说明了一切,他仍然不肯接受,逼迫自己问出来:"你……你就没有什么话想对我说?"
　　陆笋不懂,他想让她说什么?
　　"真的没有吗?"江淮宁自己都没察觉到声音里的卑微。
　　陆笋就站在他面前,上高三后个子蹿了蹿,有一米六五左右,脸颊莹白如玉,右眼睑有颗很淡的小痣。
　　她微抬眼帘,眼里带着一丝茫然。
　　想到今天是什么日子,陆笋想逗他开心:"说什么呀?愚人节快乐?"
　　江淮宁心里最后一点希望被"愚人节快乐"五个字浇灭。他点了点头,没让自己泄露一丝一毫的脆弱,轻轻地笑了一下,对她说:"我明白了。"
　　转身的刹那,江淮宁脸上伪装出来的淡然全部消失,一点点被落寞失意取代。
　　陆笋跟在他身后进屋,没看到他的表情。她低头换鞋,忽然听见江淮宁问了个很奇怪的问题:"我们能一直是最好的朋友吗?"
　　陆笋一僵,保持着弯腰的姿势没动。
　　最好的朋友,只是最好的朋友吗?她在心里默默问出这句话。
　　陆笋直起身时,脸上挂着温柔的笑,语气坚定:"当然能。"
　　江淮宁扯唇,笑了笑:"那就好。"
　　他暗暗决定,不会就此放弃。一切未成定数,未来的路还么长,或许某一天,故事会有不一样的转折。

3
　　翌日早晨,下了一场小雨,绵绵不绝。
　　第二节大课间的跑操活动取消,多了半小时的休息时间。
　　陆笋和袁冬梅下楼打水,两人从拥挤的水房出来,陆笋转头对袁冬梅说:"你在外面等我,我去小卖部帮晓晨买面包。"
　　赵晓晨是她同桌,早上没吃饭,听说她要下来打水,让她帮忙带一点吃的。小卖部就在热水房隔壁。

"水杯给我吧,我帮你拿。"袁冬梅在台阶下等她。

小卖部比水房还拥挤,下雨天不用跑步,大家都跑过来买吃的了。陆竿艰难地挤进去,碰见了沈黎和她的同学。

沈黎背对着陆竿挑选东西,没有看到她。

陆竿拿了一袋奶香面包和一个南瓜饼,去前面结账:"老板,五块对吧?给。"

听到熟悉的声音,沈黎诧异地回头,果然是陆竿。她眼神微闪,划过一丝不自然,转瞬被她藏匿起来。

她一整晚没睡,脑中不断回放撕毁信件的事。

后来,她又不断安慰自己——

江淮宁的性格她了解,他既然选择用这种迂回的方式试探陆竿,可见并不想闹得尽人皆知,如果陆竿没给出任何回应,他应当会适可而止,不会一味纠缠追问。那不是他的风格,他有自己的骄傲和尊严。

而陆竿从始至终没看到那两封信,不可能在江淮宁面前主动提及。

沈欢以为陆竿收到信了,必然不会再问。

这件事除了她没人会知晓。

沈黎站在熙攘的人群中,在脑海里将昨晚安慰自己的思路重新捋了一遍,提起的心慢慢回落。

"沈黎,你买好了吗?"同学推她手臂。

沈黎回神,弯唇笑了下:"好了。"

两人一起去门口处结账,同学突然感慨:"时间过得真快啊,还有两个月就要高考了。"她想到什么,看着沈黎漂亮的侧颜,揶揄道,"你和江淮宁是要报北城的大学吗?清大还是北城大学啊?"

沈黎清楚地看到,走出小卖部的陆竿脚步一顿,显然听到了她同学的问话。

"嗯,我们约好了一起考北城的大学。他的目标是清大,我的目标是北城大学。"沈黎听见自己这么回答。

同学"哇"一声,露出艳羡的神情:"真羡慕你们。"

——"我们约好了一起考北城的大学。他的目标是清大,我的目标是北城大学。"

这句话隔着嘈杂的人声,一字不落地传进陆竿耳中,她自己都觉得神奇,怎么能听得那么清楚。

她恍惚中身形滞了滞,踏下台阶时没注意脚下,一脚踩进了水洼里,溅起的水珠打湿了裤腿。

袁冬梅诧异地叫了她一声："陆筝，你都不看路吗？"

陆筝只能听见她的声音，却听不清她具体说了什么，大脑停止运转，心脏越收越紧，周遭的一切都化为虚无。

袁冬梅抬起一只手遮在头顶挡雨，拉着陆筝快步跑向教学楼。

微凉的雨丝浇在脸上，陆筝无意识地被她拽着跑，整个人像浸泡在雨水里，从头凉到脚。

浑浑噩噩回到班里，陆筝把面包和南瓜饼给同桌，脸埋进臂弯里趴在了桌上，眼泪无声地顺着眼角滑落。

她蹭了蹭，用袖子擦掉，却越擦越多，怎么也擦不完。

原来，江淮宁早就和沈黎约好了一起去北城上大学，是她没有看清现实，总忍不住生出不切实际的幻想。

陆筝闭上眼，睫毛被泪水打湿。她哽咽了一声，拼命忍住，不想让人看到自己这副狼狈的样子。

快上课了，陆筝用力蹭掉眼泪，抬起头时，眼眶还是红的。

同桌赵晓晨看她一眼，吓得愣住："陆筝，你眼睛怎么红了？你是……哭了吗？"

"没有没有。"陆筝忙不迭否认，声音里带着点儿鼻音，不是很明显，她轻扯唇角用笑容掩饰，"眼睛有点干涩，揉了几下就成这样了。"

"用眼时间长了确实会不舒服。"赵晓晨嘴里叼着面包，拉开文具袋，拿了瓶眼药水给她，"滴点眼药水能有所缓解。"

"谢谢。"

谎话已经说出口，陆筝只好接了，撑开眼皮往眼里滴了一滴，眨了眨眼，清清凉凉的感觉。

　

陆筝生日当天，正好撞上模拟考第一天。这次是全市大联考，难度据说与高考一致，没人敢不当回事。

考了一整天的试，晚上紧跟着复习了三节晚自习，陆筝骑车回家的路上，脑子里一团糨糊。

电梯缓缓上行，江淮宁偏头看她："考得怎么样？"

"不知道，没感觉。"陆筝肩膀快塌到地上，木然地说。

"没感觉就对了，只要不紧张怎么样都行。"江淮宁指尖蜷了蜷，想把她的嘴角往上提一提，"别丧着脸了，今天过生日，开心一点。"

电梯门打开，陆筝怔忪了下，他记得今天是她的生日？

学习这么紧张，她以为他忘了。

江淮宁迈出电梯，察觉身后的人杵着没动，他无奈地退回去，提起她背后的书包,像是把她整个人拎起来:"走吧,回家过生日。"

陆筝像只小鸡,被他一路拎进家门。

孙婧芳在客厅等着他们,听到动静立马跑去玄关,笑意盈盈:"可算是回来了,考试累了吧。"

陆筝抿唇,温柔地笑笑:"还好,不是很累。"

"来来来,书包都给我,先去吃东西。"孙婧芳接过两个孩子的书包,催他们去餐厅。

餐桌上铺着新买的白色钩花桌布,摆上了丰盛的菜肴,玻璃瓶里插了一束鲜切花。陆筝看一眼就惊得愣在原地,这哪里是夜宵,分明是满汉全席。

中间还放着一个两层的草莓蛋糕,最上面一层铺了满满的草莓,鲜红漂亮。一块白巧克力做的牌子插在上面,写着"陆筝19岁生日快乐"。

"阿姨……"陆筝转头去看孙婧芳,莹润的眼眸闪过感动。

孙婧芳放好书包过来,笑着拍拍她的肩:"还愣着干什么,快坐下来吃吧。"

江淮宁绅士地帮忙拉开椅子,看着陆筝坐下,关了顶灯。餐厅陡然暗下来,窗外星星点点的霓虹照进来,小县城不比大都市,夜里没有璀璨到刺眼的光带,只有幽微的灯火。

蛋糕上插了两支粉色蜡烛,写着数字"1"和"9",江淮宁拿打火机点燃,弯起唇角说:"快许愿。"

陆筝被他们注视着,有点腼腆,双手合十,微低着头轻轻合上眼眸,认认真真地许下三个愿望。

一愿家人身体健康,二愿高考能金榜题名,三愿……三愿江淮宁平安喜乐。

陆筝缓缓睁开眼,摇曳的烛光里,她眼睫轻颤,吹灭了蜡烛,在一片黑暗里弯了弯眼睛,笑意清浅。

江淮宁重新打开灯,听见身后孙婧芳柔声问:"筝筝许了什么愿望?"

江淮宁回头:"妈,愿望说出来就不灵了。"

陆筝愣了下,没有说出愿望。

明早还要考试,两人吃完一顿丰盛的夜宵各自回房睡觉,不打算再熬夜刷题。

陆筝吃多了肚子有点撑,洗过澡在房间里来来回回走动消食,怕影响楼下的住户,干脆到床上躺下,两只脚高高跷起,在空中蹬自行车。

"陆筝,你睡了吗?"

外面响起敲门声,是江淮宁的声音。

陆竽放下腿坐了起来:"没睡。"

她抓了抓乱糟糟的头发,慌乱地踩上拖鞋,还没穿好就连蹦带跳地去开门。

门外的江淮宁穿着干净的白T恤和宽松长裤,身上一股沐浴过后的清爽味道,潮湿的短发黑黝黝的,眼眸微低,唇角带出一点笑:"生日快乐。"

江淮宁握住她的手,把一个深蓝色的小盒子放在她掌心:"陆竽同学,十九岁生日礼物,收好了。"

陆竽微微一愣,视线落在自己手上,心跳不争气地漏掉了一拍。

她本不该这样,可是她控制不住。

客厅里无人,江淮宁说话时刻意压低了声线,磁性低沉:"不打开看看?"

陆竽依言打开盒子,丝绒布上躺着一条精美的项链,底端缀着七颗小小的钻,连在一起是北斗七星的形状。

"喜欢吗?"江淮宁看她呆呆的模样,笑了一下。

江淮宁又提议:"要不要戴上试试?光看着可能看不出什么特别之处。"

她脖颈白皙纤细,锁骨精致,戴项链一定很好看。他目测过,这条链子的长度刚好能让闪亮的几颗钻卡在她两枚锁骨中间的位置。

光靠想象不够,他想看她戴上的样子。

陆竽试着调整呼吸,才没让自己的声音听起来不正常:"是不是很贵?"

"嗯?"没想到她会这么问,江淮宁愣了下,很坦然地说,"不贵。这又不是真的钻石,是锆石,很便宜。"

陆竽心里没有了负担,取出项链想要戴上,手绕到后颈试了几下没能扣上锁扣。

"转过去,我帮你。"江淮宁握住肩膀扳过她的身体,让她背对自己,他捏住她手上的锁扣,轻松扣上,"好了。"

陆竽转过身来,她穿了条米白色的荷叶领睡裙,胸前有三颗小巧的扣子,最上面一颗没扣上,正好露出锁骨,耀眼夺目的钻石就点缀在莹白的皮肤上。

江淮宁看过一眼,声音低低地称赞:"你戴着很好看。"

"谢谢你送我礼物。"陆竽有点不自在,垂下脑袋,手指摸了摸脖子上冰凉的链子。

江淮宁挑了下眉:"跟我还客气。"

手机铃声打断了两人之间流转的淡淡的暧昧气息,陆竽回房拿起床上的手机，放到耳边接听："顾承。"

江淮宁准备回房，忽然听到这个名字，脚步顿住了。

"你说你在哪儿？"陆笋惊讶地扬起声音，抬眸看了眼窗外，不可置信道，"现在吗？你怎么出来的？"

陆笋一句比一句吃惊，挂了电话，匆匆往外跑。

被江淮宁一把攥住，他沉着脸拧了下眉："干什么去？"

"顾承在小区外等我，说有个东西给我，我得出去一趟。"陆笋没有隐瞒他。

江淮宁上下打量她一眼："你就打算这样子出去？"

陆笋低头看了眼身上的睡裙，外出确实不合适，折回房间拿了件稍长的外套穿上，衣摆能盖到大腿。

出来后，她瞧见江淮宁在T恤外穿了件运动外套，怔了怔。

江淮宁说："我跟你一起出去。"

陆笋没拒绝，两人轻手轻脚出了门，没惊扰在主卧休息的孙婧芳。

出了楼道门，夜里的风还有些凉，陆笋拢了拢外套，走到小区外，看到路灯下长身玉立的身影。

江淮宁驻足，没再往前，两手插兜在小区门口等着，眼睁睁看着陆笋小跑过去，脸色晦暗不明。

顾承将手里的东西给陆笋："生日快乐。白天去你班里没找到你。"

"谢谢。"陆笋接过来抱在怀里，挥了挥手，催促道，"你快回去吧，以后别翻墙了，让老师逮住就完蛋了。"

顾承挑着唇轻笑，那张过分俊美的脸庞泄出几分痞气，他俯下身凑到她跟前："我大老远跑过来，就一句话给我打发了？"

"哦，你要吃蛋糕吗？"陆笋说，"我明天带给你。"

"谁稀罕那玩意儿。"顾承哼笑，握住陆笋的胳膊，挑衅一般抬了抬眉，望向不远处等候的江淮宁，跟陆笋提要求，"抱一个我就回去。"

陆笋以为他在开玩笑，使劲儿挣开手，拿话损他："你翻墙摔坏脑袋啦？"

趁她不注意，顾承一手揽过她的肩膀，把人箍进怀里用力抱了一下，在她发飙前松开了手，转过身背对她，一边潇洒地大步往前走一边摆手："走了。"

皎洁的月光温柔洒下，笼着少年张扬肆意的脸。

陆笋抱着一只威武的小狮子毛绒玩具回来。

四月中旬的夜里，凉风缠绕着裸露的小腿，凉意顺着皮肤往上爬，陆笋打了个哆嗦，跺了跺脚说："我们进去吧。"

江淮宁沉沉地"嗯"了声，掏出门禁卡刷开了小区侧门。

两人沉默回了家，锁好门。

陆筝走进房间，正准备关门的时候，江淮宁出声叫住她。陆筝止步，眨了眨眼睛，用眼神询问他：还有什么事？

江淮宁与她隔了几步的距离，声音很低，仿佛打开了夜间电台："北斗七星会随着季节和时间偏移，但是会永远指着北极星……"

就像你无论在哪里，我总会想着你，向着你。

陆筝愣愣地听着他的话，联想到他送她的项链，她下意识抬手摸了下。

陆筝知道北斗七星会永远指向北方，古人常用这个方法来辨别方位，沿用至今。但江淮宁突然提起这个，她有些不明白他的用意。

江淮宁并未解释，淡笑着说："晚安。"

他说完没有立刻离开，站在原地等了几秒。

陆筝后知后觉，跟他挥挥手，道一声"晚安"。

江淮宁看着她的眼睛，最后说了句"早点睡"，回了隔壁的房间，眼神一瞬暗下来。

顾承倾身抱住陆筝那一幕在他脑中反复上演，冲击力太大，以至于他竭力克制，胸口仍旧像堵着棉花一般窒闷。

他并非看不出顾承是故意气他，可他还是上了当，心绪起波澜，难以平静。

江淮宁闭上眼，轻轻地叹一口气。

陆筝脱掉外套躺到床上，怀里抱着的小狮子玩偶毛茸茸的，摸起来柔软顺滑，手指摩挲了几下，突然摸到玩偶背后有一块凸起。

她坐起来，拉开后面细小的拉链，从里面掏出一个深蓝色的福袋，用明黄色的丝线绣着"平安"二字。

福袋的纽扣圆鼓鼓的，也是金黄色的，用绳子编织而成，类似中国结。陆筝拧开纽扣，倒过来抖了抖，掉出来一个胖乎乎的紫色玉葫芦吊坠，还有一张叠成三角形的黄色符纸。

这时，手机连着响了几下。

陆筝拿起来看，顾承已经顺利回到学校宿舍，给她发来了两条消息。

顾承：你觉不觉得那个小狮子长得很像我？

顾承：玩偶里藏着福袋，记得拿出来随身携带，里面装了平安符，请灵渠寺里的大师开过光，特别灵，能保佑你平安顺遂，心想事成。

陆筝笑了，捧着手机打字：已经看到了，谢谢。

临近高考，不少家长到当地的灵渠寺给自家孩子上香求平安符，保佑金榜题名，几乎成了习俗。

她抓起毛绒玩具仔细端详,小狮子脑袋上一圈淡褐色的毛爹开,可爱又威风凛凛,确实有几分顾承张牙舞爪、虚张声势的神韵。

陆笋"扑哧"笑了,倒在了床上,脖子上的项链随之滑落到颈侧。她伸手摸了摸,害怕弄丢了,动手取下来装进盒子里,放到抽屉最里侧藏起来。

次日早晨,在家吃完饭去上学,江淮宁观察细致,还没出家门,他就注意到陆笋脖子上没戴任何东西。

从电梯里出去,他没忍住问:"怎么没戴我送你的项链?"

陆笋没想到他这么快就发现了,轻声解释:"感觉在学校里戴首饰不太好。"

"我看到学校里有女生戴,老师也没说什么。"说话间,江淮宁看到她手里拿着的钥匙串上挂了个精致小巧的福袋,以前没见她用过。

是谁送的不言而喻。

她就那么喜欢吗?

陷入自我怀疑的江淮宁没有理智可言,面无表情地推着自行车走在前面,并且越走越快,胸腔里鼓动着一股躁郁之气。

4

联考成绩出来了,陆笋考得不太理想。

"不太理想"只是刘海志给的委婉说法,事实上,翻看过往成绩就会发现这是陆笋近半年考得最差的一次。

不到六百分。

陆笋在老师办公桌上看到成绩单的时候,表情是空白的。

刘海志没说责备的话,只关心地问她:"是不是压力太大了?"

高考前会安排几次模拟考,让学生对高考有个清晰的认知。模拟到底是模拟,代替不了真正的高考,一切都有机会补救,一切都来得及,不存在一锤定音。

教书这么多年,刘海志见过不少模拟考不行,高考冲上去的学生。

学习跟练车一样,随着时间推移会越来越顺手,当你以为万事大吉的时候,会冷不丁遇到一个瓶颈,不进反退。

整个晚自习,陆笋一句话没说,安安静静地刷题。

晚自习快结束时,数学老师找她谈话,紧接着是物理老师、化学老师。

高三下学期以来,陆笋稳居班级前五,有三次拿了第一,成绩突然掉这么厉害,除了班主任,其他几科老师也很担心。

陆笋本来已经调整好了心态,不觉得这是多么严重的事,就像江淮宁曾经说的，成绩只是一块试验石，不管怎样，跨过去就不要再回头过久地凝视它——她一直是这么做的。

然而，在被老师轮番叫到办公室谈话后，她的情绪终于被逼到崩溃的临界点，只需风轻轻一吹，她就能摔下去。

回家的路上，碍于沈欢和沈黎在，江淮宁有心想安慰她，忍着没说。

到家后，孙婧芳欢欢喜喜地跑过来问他俩考得怎么样。

江淮宁摇摇头，拼命使眼色，没能拦住她的话。

孙婧芳话说出口才接收到儿子的眼神暗示，再看一眼陆竽的脸色，顿时猜到她可能没有考好，若无其事地带过："考完了就丢到一边去，一次考试代表不了什么，咱们高考的时候见真章！"

陆竽知道她在安慰自己，轻轻笑了："我没事。"

孙婧芳点头："这就对了。"

陆竽放好书包，在餐桌旁坐下，默默地喝了小半碗汤。

江淮宁把碗送到厨房，再出来，陆竽就不见了。

月亮藏在云层里，星星黯淡，不到十一点，小区里一大半住户家里的灯都亮着，灯光透过窗户播撒而出。

景和苑距离晓高很近，不少晓高的学生住在这里，高三生占比最多。今天是4月21日，离高考只剩一个多月，高三生都铆足了劲儿冲刺。最后一个阶段，如果能好好把握，提高十几分、几十分也是有可能的。

陆竽两手插进外套口袋里，没敢走太远，就在小区里闲逛，吹一吹微凉的夜风，放空大脑。

可能是太疲惫，她没走几步路就累了，坐在花坛瓷砖上。

四周阒静，能听到细微的虫鸣。陆竽两手托腮，静静地发呆，耳边回荡着老师们对她说的话。

——"陆竽，这次怎么回事？题也不是很难，这不是你一贯的水准。有哪些题不懂？明天找时间我给你讲讲。"

——"是家里出什么事了吗？还是考试的时候身体不舒服？我看过你的答题卡，倒数第二道大题你不该丢分的。"

——"有什么困难跟老师说，老师想办法帮你解决。"

陆竽闭上眼，那些声音并未消失，一遍又一遍在耳边回旋。老师们都是为了她好，也没有苛责她，可就是那些关切的话语，让她压力倍增。

手机响了一声，陆竽回过神，一阵风吹来，脸上冰冰凉凉，她指腹揩过，才反应过来自己没出息地哭了。

她擦干脸上的泪，睫毛沾湿了，眼前犹如盖了一层薄膜，雾蒙蒙的。她努力看清屏幕上的字，是江淮宁发来的消息，问她在哪儿。

陆筝编辑文字,想说她马上就回去了,视线里突然出现一双白色球鞋。

她眼睫颤了一下,缓缓抬起眼帘,含水的眼眸对上江淮宁漆黑的眼。朦胧夜色下,只有两米外一盏路灯抖落些许亮光,照着他的脸庞清晰分明。

"怎么跑到这儿来了,让我好找。"江淮宁站在她面前,俯身与她平视。

陆筝想,此刻她的脸上一定被泪痕糊得跟花猫一样,狼狈又可怜。她撇开脸,不想让他看到自己脆弱的一面,找借口:"我下来丢垃圾。"

她下楼时确实拎了一袋垃圾,已经扔进垃圾箱。

江淮宁没有拆穿她,静静地凝视片刻,指尖按在她眼角,沾上一点泪,轻笑:"这是下雨了?"

陆筝垂下头不再看他,她就知道自己拙劣的演技不可能骗到脑袋聪明的江淮宁,徒增笑话罢了。

江淮宁对她说:"想哭就哭吧,我又不会笑话你。"他不怕死地开玩笑,"你在我面前哭过的次数也不止一回两回了。"

说完这句话,他单膝跪地,支撑着身体,手掌扣在她后颈,将她压在自己怀里,声音轻得只有她一个人能听见:"难过就哭吧,发泄出来就好了。"

这一幕似曾相识。

高二上学期,陆国铭被人诬陷,班里传遍谣言,她忍受不了一气之下跑出学校,江淮宁在商场找到她。她坐在长椅上难过地哭泣,江淮宁就是这般,宽大的手掌扣住她的脑袋,将她按在怀里,不顾人来人往的注视,默默地陪着她,直到她心情平复。

往事浮现,不由得感叹时间如白驹过隙,恍惚间,那已经是很久远的事情了。

周身被清冽好闻的气息包围,陆筝双眸紧闭,悄然落泪,泪水湮没在他的衣服里。

"陆筝,没关系的。"江淮宁声线缓慢,带着抚慰人心的力量,"还没到高考,我们还有时间,我会陪着你,我会帮你。"

到了这一刻,陆筝自己也说不清究竟是为了考试难过,还是因为别的。她心里太乱。

深深地吸了一口气后,陆筝逼自己伸手推开他,她觉得这样太不应该了,她不能贪恋不属于自己的温暖,很不好。

陆筝开口说话,声音还有点没缓过来的哽咽:"我没事了,我们回去吧。"

江淮宁看她不像没事,反倒一副心事重重的样子,不由分说攥住她,将她从花坛上拉起来:"跟我走。"

陆竿被他拽着跟跄了几步，险险跟上他的脚步。

他们在小区里穿行，沿着水泥路走过一幢幢灯火温暖的居民楼，经过最后一幢，旁边是一片空旷安静的场地，安置了许多简易的健身娱乐设施。棋牌桌、漫步机、秋千、太极揉推器，还有乒乓球台、篮球架。

江淮宁松开手，走到花坛边，从繁茂的草木丛中抱出一个篮球，扬手抛出去。

篮球砸到地面弹起，蹦了几下，骨碌碌滚到陆竿脚边。江淮宁轻抬下颌："我以前学习很累想要放松的时候就会一个人过来打篮球，很解压，你试试。"

陆竿哭得眼眶还是红的，眨了下眼，弯腰抱起篮球，朝着远处的篮筐狠狠一丢，像是要把满腔的情绪丢出去。

篮球在空中划过一条抛弧线，没触及篮筐，在半空中就掉下来。

江淮宁缓步走来，手把手教她投篮的要领。

陆竿看过他在学校里打篮球，很厉害，经常能投到三分球，引得场外围观的女生们尖叫鼓掌。

陆竿按照他教的，站在三分线外，盯着那个篮筐，静静等待三秒，用力将手里的球投掷出去。

篮球擦着篮筐边滚了半圈，最终掉进去。

陆竿眼睛亮了亮，差点惊呼出声，她看向江淮宁，脸上已经见不到方才的失落。

江淮宁比了个大拇指，不吝称赞："我就说你一定能行。"顿了一秒，他补充道，"不管是学习还是打球，你都很聪明，一教就会。"

陆竿重拾信心，跑过去捡起篮球，一次接一次投球，有时会投中，有时会落空，但她不在乎结果，只享受投球的过程带来的欢畅淋漓。

陆竿乐此不疲地重复着单调机械的投篮动作，可能过去二十分钟，也可能过去半个小时，两人都没注意着时间。

"好了。"江淮宁走过去握住她的手，"再投下去你的手臂到明天就抬不起来了。你要是喜欢，我们以后常来放松。"

陆竿喘气声急促，额头布满了汗水，浑身筋骨都舒展开了。

江淮宁递给她一片纸巾，带她回去。

陆竿洗了个热水澡躺到床上，没有余裕的精力去胡思乱想，身体太过疲倦，不消片刻就睡着了。

次日中午，教学楼下的大黑板上贴了新的光荣榜。正红色的纸上写着文理科班年级前一百五十名的优秀学生名单。

陆竿从食堂吃完饭回来，站在光荣榜前观看。

理科第一名江淮宁，文科第一名沈黎。

陆竽一排排扫过去，从上到下，最终在尾端的角落里找到自己的名字，差点就掉出前一百五十名了。

她的视线凝在那处，而后再看一眼江淮宁的名字，相隔甚远，一切好像又回到了原点。

5

劳动节过后，学习的氛围更紧张了。

"高考"成了各科老师挂在嘴边的高频词汇，讲题的时候动不动就要说一句"这是高考必考题你们要听好了"。

课堂上，以前爱打瞌睡的学生也都提起精神，听上几句。

顾承撑着腮，两眼发直地望着黑板上一串串公式，手里握着笔，在本子上记笔记。

被陆竽教育过几次，他收起玩闹的心思，开始认真学习，不想将来依靠家里混成个游手好闲的子弟，想要凭双手创造未来。

真正投入到学习中，他发现这件事没想象中那么枯燥乏味，有时候琢磨许久，终于解出一道题，还挺有成就感。

顾承有点后悔以前没用功，落下的功课太多，想要补回来不容易。

正听着课，手机在桌屉里"嗡嗡"振动，声音不小。他吓一跳，趁着老师没发现，手探进去调成静音。

桌屉里的手机屏幕亮了好几次，电话一个接一个打来。下课后，顾承拿出手机一看，着实吃了一惊。

十几通电话，全部都是顾振翔打来的。

顾承想不到他爸打电话能有什么事，吊儿郎当地回拨过去，一声"喂"没来得及说，顾振翔就急迫道："阿承，我给你买了下午两点的高铁票，你赶紧带上证件，来一趟北城。"

顾承听得一愣，张口就给他安排行程，他能有好脸色就怪了："你在说什么？我还在上课，去北城干什么？"

"你妹妹病了，很严重，你先出发，路上我再慢慢跟你解释。"顾振翔没计较他不耐烦的态度，"可能需要几天，你记得先去跟老师请个假。"

顾承皱眉，问："馨彤得了什么病？"

电话里多了继母冯意芸的声音，哭哭啼啼，声不成声调不成调："他……他是不是不愿意来做骨髓配型？我来跟他说，我去求他……"

听到"骨髓配型"几个字，顾承脸色骤变："你说清楚，馨彤怎么了？"

他看不惯冯意芸的行事做派，跟她多说一句话都嫌浪费感情，但他从不讨厌那个同父异母的妹妹，相反，他觉得她可爱又懂事。

窗外的平原飞速滑过，错乱的电线蜿蜒着伸向远方。这是顾承坐在靳阳通往北城的高铁上看到的风景。

顾振翔在电话里无力地叹息："上个月初，你妹妹身上突然出现很多红疹，你阿姨以为是过敏，给她抹了药，总也不见好。带她去医院做检查，经过诊断，你妹妹患了再生障碍性贫血。"

顾承是第一次听到这个病名，对此没有概念，一听是贫血，总感觉没有多严重，怎么就到了要骨髓配型的地步。

顾振翔抹了一把脸，尽量掩饰悲伤的情绪："医生说得了这个病，骨髓造血功能会衰竭，身体抵抗力低下，你妹妹情况比较严重，不做手术可能会危及生命。"

确诊后，夫妻俩就带着顾馨彤来到了北城，找最厉害的医院、最权威的医生，以寻求更多的诊治方案。

结果都是一样，需要尽快做骨髓移植手术。

顾振翔和冯意芸第一时间做了配型，被告知不成功。医生建议，优先在直系兄弟姊妹当中筛选，配型相合的概率会高一些，其次是近亲。

顾馨彤就只有顾承这一个哥哥，两人同父异母，顾振翔没抱太大的希望。况且，顾承还有一个多月就要参加高考，他之前打电话向班主任询问过顾承的情况，得知他近来在学习上很用功。

他暂且按捺住找顾承的念头，花重金在社会上寻找愿意捐献骨髓的志愿者。

自从确诊，冯意芸终日以泪洗面，女儿躺在病床上昏睡的模样令她无法接受，哭求着让顾振翔给顾承打电话，至少是一条希望。

万一，万一配型成功了呢。

希望摆在眼前，冯意芸无法眼睁睁地看着它从指缝间溜走。

下午六点多，顾承抵达北城，下高铁后搭乘出租车前往医院，见到了一对神色憔悴的夫妻。

顾振翔以往总是西装革履，身上携带上位者的威严与傲气，此刻他脊背微弯，鬓间夹杂了一些白发。哪怕他有钱有势，在面对子女生重病时，跟走廊上那些愁容满面的老父亲也没什么两样。

冯意芸就更狼狈了，她是一个即便到了乡下都从头发丝精致到脚后跟的女人，每天穿着不重样的裙子，脸上的妆容毫无瑕疵，打扮得花枝招展。眼前的她头发蓬乱，不知道几天没有洗过，一绺一绺打了结。眼角的皱纹堆叠，像刻刀划上去的。身上裹着一件风衣，皱巴巴的，像揉烂的菜叶。

冯意芸看见他，瞳孔微张，嘴唇抖了抖，没说出话来。

她从前对待顾承如眼中钉，总担心老顾把家产都留给这个前妻的儿子，不把她们母女俩当回事。

到了这一刻，她什么都顾不上了，只希望女儿能活下来。

顾振翔先带顾承去病房。

馨彤待在无菌层流病房里，穿着松垮垮的儿童款病号服，像个被隔离在世界之外的生物，没有一丝生气地躺在那里。

顾振翔低声说："她刚吃过药，已经睡着了。"

顾承呼了口气，无法想象那样一个活泼好动的小姑娘，以后要在病床上度日。

"什么时候能做配型？"他淡声问。

顾振翔疲惫到混浊的眼里迸射出一丝希望的光亮，颤声道："你、你愿意……"

"不是得先做骨髓配型吗？"顾承垂在身侧的手蜷了蜷，不想跟他说太多废话，"成不成功还不一定。"

顾振翔喉咙吞咽了下："我带你去找医生。"

沿着走廊去主治医生的办公室，顾振翔侧头打量身边的少年，个头比他高了半个头不止，体格健壮，眉眼褪去青涩，在慢慢向成熟过渡，介于少年与男人之间的一种气质拔地而起。

顾振翔无声喟叹，自觉亏欠他过多。

经过层层筛查比对，骨髓配型的结果出来了。

可能是命中注定，顾承这个唯一的哥哥，骨髓配型是合格的。

拿到分析报告的顾振翔激动难言，还没说话，只听见"扑通"一声，安静的走廊上，冯意芸屈膝跪在了顾承面前。

一个称得上他长辈的女人，正在向他下跪。顾承怔住了。

冯意芸仰起脸，眼泪顺着眼角滑落，一字一句哽咽道："以前都是阿姨不好，阿姨不该那么对你，你不要跟阿姨计较，馨彤她是你的妹妹，你唯一的妹妹，只有你能救她。只要你答应，你让阿姨做什么阿姨都不会拒绝。顾承，你救救你妹妹。"

"你这是干什么？"顾振翔皱起眉，拉起哭得肩膀抽动的冯意芸。

冯意芸挣开他的手，朝自己脸上扇了一巴掌。

近一个月来，她情绪数度崩溃，下手力道没收住，半边脸红了："阿姨打过你，这一巴掌就算还了，希望你不要记恨我……"

她怕顾承因为过去那些事怨恨她，不愿意做骨髓移植手术，姿态低到了尘埃里，乞求他的原谅。

顾承眼神无波无澜，淡淡扫过她狼狈不堪的脸，别开头："你这副样子是做给谁看？我没说不答应。"

冯意芸胡乱抹着眼泪，忽略了他话里那点不饶人的嘲讽，又哭又笑，一个劲儿说着感谢的话。

手术前，顾承站在安全通道的窗前，给陆竽拨了个电话。

正好是中午放学时间，他不确定陆竽那个三好学生有没有把手机带在身上。

"嘟"声响了很久，在最后一秒被接通。

那边是嘈杂的人声，与顾承这边的寂静对比鲜明，陆竽喘着气，轻声唤他的名字："顾承。"

顾承扬唇笑了，本来是寻求安慰，开口却是无关紧要的话："你在哪儿？"

陆竽说话小声："食堂外面。"

接到电话时，她正在窗口前排队打饭，食堂里太吵，她把饭卡给黄书涵，让她帮忙打一份饭，自己拿着手机跑出来接听。

毕竟是在学校里，她不敢太过明目张胆使用手机，用手捂住，背对着避开人群，说话都压着声音。

"你妹妹现在怎么样？"

陆竽已经知道他妹妹患了很严重的病，需要做骨髓移植手术，顾承过去，是为了做骨髓配型。

顾承侧身靠着墙，窗户打开，外面的风吹进来，已经有了夏日的燥热。2014年的夏天要来了。

"骨髓配型成功了，我身体素质不错，医生建议尽快安排手术。"顾承一字一顿，像说着别人的事，语气听不出起伏。

陆竽了解他，他越是表现得平静，越是能证明他的紧张、在意。若是不在意，他绝不会是这样。

"陆竽，如果移植失败，我没什么影响，可馨彤她就……"

骨髓配型成功只是一个开始，手术完可能会出现排异反应，后续护理也有一堆注意事项。免疫力差，任何一个环节都不能出差错。

"不会的。"陆竽急忙打断他，"手术一定会顺顺利利，相信我，馨彤会没事的，我等你的好消息。"

进手术室前，顾承站在移动病床边，消过毒的手摸了摸顾馨彤的脑袋。

她这段时间一直住在无菌舱里，病情折磨加上药物作用，模样看着很令人心疼。

"别害怕，睡一觉醒来就没事了，再休养一段时间，馨彤就能去学校

343

跟其他小朋友一块学习玩耍了。"他声音很轻，是难得一见的温柔。

冯意芸别过脸去擦眼泪，拼命忍住哽咽声。

躺在病床上的顾馨彤抿了抿苍白的嘴唇，声音小小的："会很疼吗？"

"馨彤是大孩子了，不怕疼的对不对？"顾承没有撒谎骗她不疼，只是告诉她不要怕，忍一忍就过去了，一切都会好的。

馨彤摇摇头："爸爸说，是哥哥将骨髓移植给我，我才能做手术。哥哥移植骨髓会不会很疼？"

顾承眼眶泛起热意，原来她上一句问的"会很疼吗"，是在问他疼不疼。

"不疼。"顾承很肯定地告诉她。

护士前来通知一切准备就绪，可以进手术室了。

移动病床被推往手术室，冯意芸和顾振翔跟在后面，一路安慰着明明很害怕还要故作镇定的小姑娘。

打麻醉前，顾馨彤说："有哥哥陪着我，我不怕。"

手术长达六个小时，从阳光正盛到日落西斜，走廊的灯光永远炽白明亮，让人察觉不到时间的流逝。

穿深绿色无菌服的医生走出来，对患者家属说："请放心，手术非常成功。"

站在后面的冯意芸浑身绷紧的力道一瞬放松下来，软软地滑倒在地，嘴里念着"太好了太好了"。

移植手术的成功，总算让人看见了曙光，接下来就要看预后情况，总之，还不能松懈下来，每一步都得小心翼翼。

好歹目前的结果是好的，给了家属莫大的信心。

顾馨彤醒后，还要在无菌舱里等待骨髓造血恢复，监测各项数据。

顾承临近高考，复习时间宝贵，不可能一直陪在医院里。回靳阳市前，他见了顾馨彤一面。小姑娘病恹恹的，脸上没血色，笑起来像个脆弱的瓷娃娃，一碰就碎："哥哥考试加油，要考一百分。"

顾承抿唇一笑，语气轻松，不拿她当病人，只当她是一个刚睡醒的小姑娘："考一百分可不成，我们的试卷满分一百五十分呢。"

顾馨彤眨了眨眼，张大嘴巴"啊"了声，惊讶道："一百五十分啊。"

"是啊。"顾承仍旧是笑着的，眉眼清澈，以往的锐利凌厉统统消失不见，化身为温柔阳光的大哥哥。

顾馨彤改口："祝哥哥考一百五十分。"

"行，哥哥尽力。"顾承说，"馨彤也要乖乖的，听医生的话，好好吃药，安心养病，不要调皮，哥哥下次再来看你。"

顾承起身出去，顾振翔跟着他走到外面，见他脸色有点白："我找人送你回学校,顺便帮你在学校附近租个房子,再找个阿姨照顾你。医生说你近期的饮食得注意营养搭配,别仗着年轻不当回事。你不是还想当飞行员?没个好的身体素质怎么能行。"

顾承恢复了吊儿郎当的做派,单手插兜,偏着头神色散漫:"多大点儿事,感觉跟献血也没什么区别。行了,你就别操心我了,好好照顾自己。我走了。"

一句"好好照顾自己",让顾振翔差点落下泪来。

顾承买了回去的高铁票,车程四个多小时,到达靳阳市时已经下午四点多,再从市里打车回到县城,还不到下午放学时间。

出租车停在晓高校门口。

橘红的夕阳照在顾承身上,眼眸映出浅淡的琥珀色。

一群群打扮青春靓丽的学生往出走,有说有笑。

顾承拿出手机看了眼,恍然大悟,今天刚好周五,比平时放学早,很多住校生出来闲逛。

他想给陆芋打个电话,或许是心有灵犀,刚找到她的号码,余光就扫见她的身影。

陆芋、黄书涵、袁冬梅三人走出校门。陆芋在中间,规规矩矩穿着单调的黑白校服,跟周围鲜亮的色彩区别开。她扎着高马尾,眼睛亮晶晶的,温柔又充满力量。

"陆芋。"顾承唤了她一声。

他声音不大,但陆芋听见了,抬眸看过来。

顾承穿着黑衣黑裤,背后是大片暖色的夕阳余晖,他背着光,脸上的表情看不清,只觉得他即使身处在人潮涌动的热闹中,仍然孤零零的,摇摇欲坠,像是下一秒就会昏倒。

陆芋挤开人群,快步朝他走来。

在看见她的那一刻,顾承满身的疲倦和不适感被放大到极致,身体晃了晃,倾身抱住了她,将大半个身体的重量压在她身上。

陆芋愣了,声音带着慌乱的颤意:"你、你怎么了?你别吓我。"

"没事,只是太累了,身上没力气。"

顾承呼吸深重,闭上眼就不愿再睁开,身体沉甸甸的,好似有千斤重,想要找个依靠缓一缓。

他真的太累了,从身到心。

如果说,陆芋生日那晚的拥抱,是他为了气江淮宁故意而为之,那么眼下这个拥抱就是他全部的支撑,能让他汲取些许力量。

不然他真的会倒下去。

陆竽一动不敢动，人来人往的校门口，无数学生投来八卦又震惊的目光。陆竽想要推开他，手刚抬起来，联想到近期发生在他身上的事，她就怎么也狠不下心。

"顾承，你好点了吗？"过了一会儿，她轻轻地问，有点紧张，还有点别扭。

"站不稳了？"顾承低笑，"你就这点儿力气？"

"不是啊，好多人看着……"陆竽眯着眼，低下脖颈，想把脸藏起来。

恰在这时，江淮宁一行人从学校里出来，远远看见那对不顾他人目光紧紧相拥的少男少女，眼瞳骤然刺痛，脚步停了下来。

（上册完）